Tempos de Sangue

O Andarilho das Sombras

Eduardo Kasse

Primeira edição

Editora Draco

São Paulo
2012

Eduardo Kasse
é paulistano, nascido em 10 de abril de 1982. Escritor, palestrante e analista de conteúdos, vive nos mundos do planejamento estratégico da informação, edição de textos e literatura. É autor da série de fantasia histórica Tempos de Sangue, que já tem quatro romances publicados: *O Andarilho das Sombras* (2012), *Deuses Esquecidos* (2013), *Guerras Eternas* (2014) e *O Despertar da Fúria (2015)*. Além do conto em *Imaginários v. 5* (2012), publicou outros em e-book que ampliam o universo ficcional.

Publisher: Erick Santos Cardoso
Edição: Antonio Luiz M. C. Costa
Revisão: Ana Lúcia Merege
Produção editorial: Janaina Chervezan
Arte e capa: Ericksama

Todos os direitos reservados à Editora Draco

Dados Internacionais de Catalogação na Publicação (CIP)
Ana Lúcia Merege 4667/CRB7

K 19

Kasse, Eduardo Massami
O Andarilho das Sombras / Eduardo Massami Kasse. – São Paulo : Draco, 2012.
– (Tempos de sangue ; 1)

ISBN 978-85-62942-60-0

1. Ficção brasileira I. Título II. Série   CDD-869.93

Índices para catálogo sistemático:
1.Ficção : Literatura brasileira 869.93

1ª edição, 2015

Editora Draco
R. César Beccaria, 27 – casa 1
Jd. da Glória – São Paulo – SP
CEP 01547-060
editoradraco@gmail.com
www.editoradraco.com
www.facebook.com/editoradraco
Twitter e Instagram: @editoradraco

TEMPOS DE SANGUE

O Andarilho das Sombras

Capítulo I	Olhos na escuridão	9
Capítulo II	Ventos do inverno	24
Capítulo III	Caminhos solitários	42
Capítulo IV	Memórias	56
Capítulo V	Chuva de sangue	70
Capítulo VI	Cantigas ao pé da fogueira	89
Capítulo VII	Relíquias	104
Capítulo VIII	Vozes	126
Capítulo IX	Medo ancestral	143
Capítulo X	Lágrimas ao anoitecer	153
Capítulo XI	A jornada sem fim	180
Capítulo XII	Horizonte	197
Capítulo XIII	Novos ares	209
Capítulo XIV	Confissões	240
Capítulo XV	A nobre mordida	256
Capítulo XVI	A caçada ao demônio	278
Capítulo XVII	Ferro, água, veneno e fogo	309
Capítulo XVIII	Réquiem	343
Epílogo		371

Série
Tempos de Sangue

O Andarilho das Sombras

Das sombras ele surgiu, com sangue na face, malícia no olhar e a sede tão intensa quanto a eternidade... E para sombras ele retornou... E num instante, apenas o vazio da escuridão.

Capítulo I – Olhos na escuridão

Não havia mais ferimentos, somente o sangue seco recobria a pele nua, formando uma casca enegrecida e quebradiça que se esfarelou ao toque. A loucura parecia ter passado também, apesar de algumas memórias estranhas e dolorosas voltarem em relances desconexos.

Não diferenciava, ainda, as visões imaginárias e reais. E vultos vivos dançavam na frente dos olhos.

O corpo e a mente estavam curados. O primeiro, sem qualquer sequela.

Minhas roupas eram farrapos empoeirados. A camisa havia se desfeito como se roída por traças. O meu fedor era insuportável, igual ao dos corpos em decomposição. Eu parecia um morto que não fora aceito no outro mundo e jogado de volta para a vida. Os ossos estavam salientes e a pele se afundava na carne. Todas as minhas juntas estalavam devido à longa imobilidade.

Eram os únicos sons que quebravam o silêncio da cripta.

Não... Eu também podia ouvir meus pensamentos ecoarem, e cada inspiração ribombava nos ouvidos.

Estava um breu total. Mas eu enxergava, via tudo com uma perfeição encantadora, sempre fascinante. O relevo de cada bloco de pedra, veios da madeira maciça da porta, as gotas se formando no teto úmido... Nunca me cansava de admirar.

Havia ratos mortos no chão e teias de aranha emaranhadas nos meus cabelos imundos. Apenas algumas baratas se escondiam nas frestas das paredes. Corriam de lá para cá sem se preocupar comigo. Eu era somente uma peça naquele cenário vazio.

Entretanto, não queria mais solidão. Ela fora minha companheira inconsciente, mas já cumprira a sua missão e eu iria dispensá-la.

Eu precisava de ar fresco, pois o bafo sufocante do meu covil de pedra me enojava. Eu estava fraco e tonto, mas a mente estava viva como nunca estivera em todos aqueles anos.

Forcei a tranca de ferro. Ela estava enferrujada e emperrada. Empreguei mais força e ela rangeu e cedeu depois de algum esforço. Um homem forte teria muitos problemas para abri-la. Entretanto, eu não precisava mais me preocupar com isso.

Puxei a porta e senti a lufada de ar fresco e revigorante. Enchi meus pulmões e foi muito agradável. Havia um pouco de claridade no topo da escada. Apenas uma luminosidade parca e a ponto de se desvanecer. Subi cada degrau lentamente, esmagando as plantas que nasciam por entre as pedras escorregadias.

Ainda estava fraco e cambaleante. As pernas pareciam relutar em obedecer, mas, degrau a degrau, venci o obstáculo e deixei para trás o meu covil.

Enfim, reencontrei o mundo, e estava sedento pelas novidades.

Não sei por quanto tempo permaneci no meu sono repleto de pesadelos. Não sei por quanto tempo a letargia tomou conta de mim, depois da fúria insana, depois de destruir corpos e vidas somente para apaziguar meu espírito revoltado. Entretanto, não houve paz, somente uma loucura arrebatadora. E gritos estridentes de pessoas desesperadas.

Fui dominado pela arrogância e deixei-a sobrepujar qualquer resquício de virtude.

Mutilei inocentes, enfrentei guerreiros e sangrei. E senti dor. Pontadas na minha soberba.

Gargalhei sobre os cadáveres e me diverti em ver meu próprio corpo rasgado por espadas e perfurado por lanças enquanto pessoas sem fé, apavoradas, rezavam com tochas e cruzes nas mãos.

Pessoas tão cegas...

Eu não era indestrutível. Eu não era invencível como sempre acreditei, e isso me deu um prazer estranho, mórbido. Celebrei as minhas fraquezas e vociferei maledicências para quem me atacava pela virtude, em nome de algo que eles nunca conheceram.

Eu teria a minha ruína. E gostava de brincar com esse perigo.

Então, um pouco antes do fim, como uma flechada sem aviso, veio o desespero. E eu chorei, fugi sem destino. Corri como uma besta selvagem, gritando, uivando, até encontrar aquela cripta esquecida. Arrastei-me para o seu interior como um verme sendo engolido pelas entranhas da terra. E, antes de ser dominado pelo sono maligno, arrependi-me.

Praguejei a minha estupidez. E não tive paz.

Mas o que foi feito não se desfaz. E as memórias irão me atormentar pela eternidade. Essa foi a minha lição. Eu me perdi e consegui me reencontrar. Enfim, por duas vezes a morte sussurrou o meu nome e por duas vezes eu a beijei como a uma amante.

Somos cúmplices, e meus caminhos sempre cruzam com os dela. Errantes, andamos de mãos dadas. E aquela noite não seria diferente, a jornada recomeçaria como tem sido desde a primeira vez, há longínquos anos. Porque a sede nunca cessa.

Eu precisava me lavar. Ouvi som de água corrente. Eu não me lembrava de nada, dos locais por onde passei, dos caminhos percorridos. As redondezas eram completamente estranhas. Outrora, eu correra ensandecido e não fixara nada.

Era apenas uma fera insana.

Mas o som da água e o cheiro delicioso do mato molhado eram nítidos. Havia um riacho por perto.

Andei algumas centenas de passos e encontrei o curso d'água sinuoso. Sem hesitar, arranquei as roupas, entrei nele, e a água fria me despertou por completo. Os dedos das mãos começaram a formigar levemente. Então esfreguei meu corpo com vigor e toda a imundície foi levada para longe.

Eu era um novo homem. E junto com a sujeira um pouco da negritude da minha alma foi embora. Eu estava liberto. E sem roupas.

Andei por um tempo, até a lua ficar alta no céu. E, após subir um morro com uma plantação de trigo, reencontrei a vida definitivamente.

Eu reconheci aquele lugar. Já havia passado por ali.

Tudo estava tranquilo no vilarejo, os animais dormitavam dentro dos celeiros, as fogueiras estavam acesas e o brilho das chamas reluzia nas janelas opacas. O cheiro ocre de fumaça se misturava ao de mijo nas ruas imundas. Eu estava em casa.

E em uma casa grande, de algum mercador mais abastado, eu encontrei as minhas novas roupas e os primeiros goles de vida.

O homem bebia vinho. Já havia esvaziado a garrafa enquanto roía um pouco de toucinho defumado. Contava algumas moedas, depositadas com alegria em um pequeno saco de couro. A porta estava aberta, então nem precisei bater. E não fui silencioso como de costume. Não havia tempo para sutilezas. A garganta seca incomodava.

Ele se virou e deu um pulo para trás quando me viu, quase caindo. Esfregou os olhos, como se não acreditasse. E morreu sem saber realmente o que eu era.

Melhor assim.

Achei boas roupas e umas botas novas em um baú de madeira. Vesti-as e me calcei. Minha pele não estava tão pálida apesar de eu continuar com sede. Eu não bebia havia muito tempo.

Despedi-me com uma cortesia, agradeci pelas vestes e pelo saco de dinheiro e continuei noite adentro.

Os ratos passeavam livremente. Havia restos de comida apodrecida por todos os cantos. Os animais eram tão gordos e grandes quanto pequenos porcos.

Para os ratos, esse devia ser o paraíso. Com comida, abrigo e uma boa ratazana! Esse era o desejo dos homens, e os ratos tinham tudo de graça, sem taxas, impostos ou dotes.

A Europa era movida pelo medo das guerras, da doença e de Deus, aliás, principalmente do Senhor. Os padres fizeram um ótimo trabalho ao cegar as pessoas. A única esperança estava na Igreja e nos santos. E ela custava caro. Relíquias sagradas eram vendidas em todos os lugares, indulgências eram distribuídas por um punhado de prata.

Podiam-se comprar lascas de madeira da cruz em que Jesus ficou pendurado, unhas e tufos de cabelo dos santos e dentes dos apóstolos. Reis se ajoelhavam diante das relíquias, nobres cediam terras para os bispos e suas mais belas filhas viravam freiras em mosteiros do outro lado do mar, satisfazendo os desejos do clero de Roma.

O povo era o rebanho de Deus e eu era o lobo pronto para caçar.

O silêncio da escuridão é belo. Mas, por tempo demais, tive-o do meu lado como único confidente. O único que estava dentro da minha cabeça em todos os instantes. Sinto falta de ser o que sou.

A lua encoberta preenche as ruas com uma fraca luminosidade prateada, doentia. Tudo está perfeito. A canção das trevas deve ser tocada, os lábios estão ávidos pelo calor da vida. E, para alguém, esta será a última noite.

Dois homens reclamam do vento frio e úmido, enquanto passam apressadamente. Presas fáceis com cheiro de cerveja, despreocupados e ingênuos, simples camponeses com afazeres e deveres.

Não, hoje não... *Quero algo diferente.*

Um grupo de garotos estava sentado sobre uma grande pedra que ficava em frente ao portão principal da muralha parcialmente destruída. De onde eu vim, ela sequer existia e suas pedras foram usadas nas paredes das casas.

Eles contavam histórias de cavaleiros, sobre como sobreviver em uma parede de escudos e como as mulheres davam prazer aos soldados em troca de proteção. Nenhum deles já vira uma guerra ou tivera uma mulher. Oito, dez anos talvez? Jovens com suas ilusões...

Eu conseguia ouvir a pulsação dos seus corações e sentir o calor das faces avermelhadas, castigadas pelo frio. E isso me excitava. A melodia da morte iria começar.

Aproximei-me entoando uma canção que falava sobre druidas e guerreiros antigos:

"Acorde do seu sono velado
Porque a batalha não tarda
O cerco há dias foi montado
E o sangue já espera pela espada

Os druidas fazem suas rezas
E os deuses movem suas peças
O destino está selado

Machados voam e cortam enlouquecidos
E os corpos sob a lama serão esquecidos
A melodia da dor não cessa
E os reis da guerra têm pressa

Festejam a vitória e a glória
Pois a batalha será lenda
E seus nomes estarão na história"

Com um sobressalto eles se levantaram, assustados devido à minha presença, ainda que enfeitiçados pela minha doce voz. Em sua inocência, olhavam-me com curiosidade. Quatro crianças perdidas em seus próprios pensamentos e dúvidas. E um deles não veria o próximo alvorecer.

– Já não passou da hora de dormir? – perguntei, olhando as estrelas.

– Estamos apenas conversando, nobre senhor – respondeu com a voz trêmula o garoto com o nariz torto.

Confundiram-me com a nobreza. E isso não era difícil, a julgar pelo esplêndido traje que eu usava sob uma suntuosa capa vermelha com fios dourados, recém-adquiridos do nobre e generoso mercador. Mas, acima de tudo, eu estava limpo, fato raro para a época. A ostentação é um dos males da humanidade e um dos prazeres adquiridos após o meu despertar.

– Suas mães devem estar preocupadas – falei com um pequeno sorriso, mostrando os dentes brancos como as estrelas.

– Não somos mais crianças... Já caço javalis com o meu pai! – disse o mais rechonchudo, com indignação.

– Ah! Adoro uma bela caçada! – disse eu, em tom afável.

– Sim! – gritou o menorzinho com empolgação – É preciso cravar a lança no coração do javali, com muita força – se levantou com um pulo e fez um desajeitado movimento com os pequenos braços.

– Você já é um grande caçador! – respondi.

Os três outros meninos zombaram do menor, batendo as mãos na pedra.

– Ele mal consegue segurar uma vareta, quanto mais uma lança! – disse o gorducho, curvando-se de tanto rir.

– Mentira! – esbravejou o pequeno. – Já matei sozinho uma doninha que roubava os ovos das galinhas do meu tio!

– Doninha! No máximo foi um ratinho ladrão de pão mofado e queijo azedo – sibilou o garoto ruivo.

– Qual é o seu nome? – perguntei ao garotinho, que tinha lágrimas nos olhos.

– Edgar, filho de Edgar, senhor... – respondeu ele, com a voz magoada.

– Você é um fracote, Edgar, filho de Edgar? É um maricas? – indaguei com escárnio.

– Não senhor – respondeu o garoto fracamente.

– Você é tolo, Edgar?

– Já sei contar as moedas e preparar a lã das ovelhas tosquiadas na primavera, senhor – respondeu ele, com um pouco de orgulho.

– Está com medo de mim, Edgar? – inquiri incisivamente.

– Por que deveria, senhor? – replicou ele, com os olhos curiosos.

– Então, Edgar, nunca deixe que zombem de você! Seja o mais rápido, o mais forte e o mais esperto – falei em tom áspero, olhando para os outros garotos espantados. – Dance e cague sobre as tripas dos seus inimigos! Ignore o medo e tenha

sempre belas mulheres para aquecer a sua cama! – concluí, enquanto segurava o garoto no colo e dançava rodopiando com ele. – Lembre-se sempre disso, Edgar!
— Farei isso, senhor – respondeu ele, com uma risada marota.
— Agora vão para casa! – falei sério. – Rápido!
Os quatro garotos correram sem olhar para trás, escorregando nas ruas cobertas pelo barro úmido devido ao dia chuvoso. Ao chegar à frente do torreão da face leste da muralha, Edgar e o garoto de nariz torto seguiram para um beco ao lado da taverna St. Mary. O gorducho, com passos curtos e pesados, entrou em uma velha casa nos fundos de uma pequena igreja de pedra e madeira, dedicada a São Eduíno.

O garoto ruivo ficou sozinho e caminhou por uma estreita ladeira escura e fedorenta. Cães latiam na parte baixa da cidade. Algum bêbado devia estar vagando por lá. Bêbados, mendigos, prostitutas e ladrões. A resplandecente vida noturna da cidade!

Isso não tinha importância. Eu me concentrei apenas na minha presa.

Eu era apenas mais um vulto nas sombras, imperceptível, silencioso, e isso proporcionava um sabor a mais no teatro do medo.

Continuei pulando suavemente por sobre os telhados de palha, como se meu corpo não tivesse peso algum. Não posso voar, mas consigo pairar no ar por alguns instantes e mesmo saltar longas distâncias. Uma bênção do meu renascimento.

Um velho caolho e com o rosto marcado pela varíola, cheirando a cerveja azeda, passou mancando, resmungou alguma coisa para o garoto e continuou seu caminho apoiando-se nas paredes até sumir na escuridão. Mais um verme fadado a morrer engasgado no seu próprio vômito em algum beco. A cidade estava infestada de vermes.

De tempos em tempos, eu fazia algum ruído proposital ou mesmo deixava cair algum pedaço de madeira podre. As vielas sufocantes, cheias de imundícies, possuíam por si mesmas uma aura amedrontadora. Aquele era o meu palco e eu era o ator principal.

Minha presa estava apavorada, como uma corça sentindo o cheiro do lobo. Olhava para cima e para os lados freneticamente. Mesmo com o frio ele suava, e seu coração estava disparado. Podia ouvir as marteladas em seu peito jovem.

A respiração ofegante, o limiar entre a razão e a loucura! A inconsciência sombria que nutre o medo e dá um sabor especial ao sangue! Um garoto de cabelos vermelhos sempre tem um sangue especial, raro.

E esse era meu único desejo naquele momento.

Na Irlanda, há mais de um século, encontrei ao acaso uma garota de cabelos vermelhos ondulados e longos como labaredas ao vento. Era jovem e possuía uma beleza misteriosa. Morava nos arredores da Igreja de *St. Patrick* em Armagh. Tinha um rosto magro e selvagem e olhos verdes como as mais novas folhas de azevinho.

Ela era uma das poucas mulheres que ainda cultuavam as velhas tradições. E, como aprendeu com sua avó, respeitava as deusas antigas. *Pagã, feiticeira!* vociferavam os padres da região. Mas o povo a deixava em paz, pois tinha um dom especial. Ela curava as pessoas.

Preparava infusões de hera para tosse e escarros, caldos com raízes de acônito e folhas de acrimônia para evitar os pesadelos e vapores de beladona para espasmos. Ajudava as mulheres a parirem seus filhos e mesmo alguns padres recorriam a ela no desespero da morte.

Não pretendia ficar na cidade, iria para Dyflin buscar um pouco mais de agitação, mas as teias do destino havia muito tinham sido trançadas.

Aquela garota tinha algo especial em seu olhar e eu a observava havia algum tempo. Após o jantar, ela costumava caminhar pela cidade. Seu pai, um mercador local, nunca a impediu, pois no fundo a temia, motivo pelo qual os vadios da cidade também não a incomodavam.

E então nossos fios se cruzaram.

– Uma bela noite para se caminhar – falei, ao me aproximar lentamente, como o predador que encurrala a presa.

– O ar está muito agradável – respondeu ela, sem muita atenção.

Ela parecia não se importar em falar com um completo desconhecido e estava tranquila. Sua voz era suave, mas ao mesmo tempo muito segura, e seu coração mantinha o ritmo. Desde o meu renascimento, minha aproximação podia causar calafrios, medo ou alguma sensação ruim, contudo ela estava serena.

Não havia nuvens e o céu estava pintado de um azul quase negro, salpicado por estrelas tão brilhantes quanto uma moldura de diamantes ao redor da lua cheia. Uma brisa suave trazia o cheiro de enguias recém-defumadas.

– Há noites tão belas que valem por uma vida, não acha? – perguntei, enquanto caminhava ao seu lado com as mãos para trás.
– E vidas tão negras quanto a noite! – disse ela, com um sorriso triste, enquanto seus olhos verdes penetravam os meus.
Os deuses brincam conosco! Pois um frio repentino subiu pela minha espinha e um leve tremor dominou minhas mãos. Nessa caçada, tornei-me o coelho sob o ávido olhar da raposa.
A imortalidade nos dá o tempo, o tempo a experiência, e esta o conhecimento; mas a surpresa sempre existirá, e ao surgir, irá esfacelar nossas máscaras e expor nossa verdadeira face. E a minha eu precisava esconder.
– Aprecio o silêncio e a paz da escuridão – falei após uma longa inspiração. – Meus pensamentos ficam mais claros, e digamos que isso me ajuda no meu trabalho.
– E qual é o seu trabalho? – perguntou ela, com os mesmos olhos incisivos.
– Eu vivo das rendas provenientes das minhas terras e também sou um estudioso da história da humanidade.
– Um rico *Earl* da Inglaterra! – falou a moça, com ironia.
– Meu pai foi um *Earl* em Dunholm e por herança recebi o título, mas nunca me senti um *Earl* de verdade. Sou apenas um viajante em busca de coisas novas, mas sinto falta da fazenda nos vales montanhosos e da cerveja amarga de lá.
– E por que não retorna para as suas terras? – perguntou ela, enquanto colhia uma pequena flor nascida numa falha no muro de pedra construído na época das invasões vikings.
– Há muito para se descobrir nesse vasto mundo. E tão pouco... – Por alguns instantes nada foi dito, somente os olhares se cruzaram.
– Tempo... – Ela completou minha frase com a voz triste. – Não sei quem realmente é, mas sinto seu coração envolto em névoa – disse, tocando um pequeno amuleto de pedra em seu pescoço – Entristece-me o vazio da sua solidão. Posso sentir sua alma repleta de dúvidas.
Seus olhos verdes eram tão profundos, de uma beleza desafiadora. Sentia-os desnudar os abismos da minha mente e expor todas as minhas fraquezas, os meus segredos. Menos de três décadas se haviam passado desde o meu despertar. Era ainda inexperiente e fraco, apesar da arrogância da juventude. Esses olhos refletiam minhas próprias inseguranças, e, como uma criança quando aprende a andar, eu caí e não conseguia me levantar.

– Há dois dias, a deusa Fódla me veio em sonho e me fez a revelação – falou ela, enigmática.

> *"Sob o olho prateado da noite, o andarilho das sombras surgirá, e o chão da Irlanda se tornará escarlate, e os pássaros não mais voarão ao amanhecer. O mal se multiplicará com sede devastadora e as mães chorarão por seus filhos perdidos pela eternidade."*

A máscara não podia cair. Minha passagem nunca deveria gerar lembranças. Eu sentia uma magia ancestral nessa garota e ela ansiava por descobrir o segredo. Como um animal acuado, eu deveria atacar, mas, pela primeira vez em décadas, não queria matar. O instinto bestial não havia despertado naquele momento. Seus olhos verdes refulgiam e eu nada podia fazer. Havia algo misterioso nela e isso me instigava.

– Os deuses são perigosos e traiçoeiros! – disse eu. – Brincam com nossas almas e manipulam nossos pensamentos.

– Os deuses ajudam quem tem coragem e não tenho medo de você! – falou ela, secamente – Há perdição para aqueles que passam à sua frente, mas não para mim!

Ela havia acabado de me conhecer, mas sabia muito sobre a minha existência como se fosse uma amiga íntima. Naquele instante eu poderia ter desaparecido, fugido como um cão enxotado a pauladas. Ela nem perceberia. Mas as teias do destino haviam sido trançadas.

– Realmente não é preciso me temer – falei. – Não lhe farei mal, desejo somente conversar e conhecer também os seus segredos.

Cabelos vermelhos como rios de lava. Vermelhos como rosas recém-colhidas. Vermelhos como a paixão. Ainda podia amar? Essa esperança reacendeu um fogo extinto dentro do meu peito.

– Nunca o vi por aqui – disse ela, interrompendo meus pensamentos.

– Só estou de passagem. Vim conhecer os mistérios e belezas da sua ilha, *Éire*, é como vocês a chamam? – perguntei com entusiasmo.

– O nome é uma homenagem à deusa Ériu, que ajudou nossos antepassados a conquistar essas terras – explicou a moça, orgulhosa. – Ela é uma das três rainhas dos *Tuatha Dé Danann*, nossos verdadeiros deuses. Mas o povo os esqueceu e

só venera aquele deus pregado na madeira – cuspiu com escárnio. Por isso a decadência, a submissão aos povos do norte e tantas batalhas entre irmãos.
Toquei suas mãos e ela se assustou com a frieza das minhas.
– Minha criança, os homens são fantoches em uma história que já foi escrita. Nada é eterno – sussurrei com ironia.
– Os homens deixaram de ouvir – falou ela asperamente. – Agora se ajoelham ao novo deus e aos seus padres famintos por ouro e terras.
Três homens passaram abraçados com uma prostituta gorda de cabelos louros emaranhados. Ela gargalhava e dava gritinhos quando um dos homens começou a beliscar suas opulentas tetas brancas.
– Perdoe minha indelicadeza. Ainda não perguntei seu nome – falei, cortês. E eu estava inflamado pelo que talvez fosse paixão.
– Liádan – falou baixinho.
– Lindo nome – afirmei com sinceridade. – Há um significado?
– Dama da noite – respondeu sorrindo.
Eu devia estar mais branco que o normal. Certamente os deuses se mijaram de rir do meu espanto. Hoje eu havia aplacado um pouco o tédio da sua imortalidade.
Não pude falar nada. Somente a observei, linda e inalcançável como as manhãs de outono. Peguei a pequena flor amarela de suas mãos e coloquei em seus cabelos.
– Você parece uma rainha – falei.
– E você um príncipe de um reino desconhecido, sombrio e belo ao mesmo tempo, como uma flor negra nascida dentre tantas outras brancas – murmurou ela, com lágrimas nos olhos.
Nossos sentimentos não eram carnais, era uma ligação entre mundos desconhecidos. Luz e trevas entrelaçadas em uma dança explosiva e incerta. Segredos desvendados e pecados velados. Os lacres dos receios foram rompidos, e pela segunda vez eu mostrei minha alma e absorvi a dela, e isso foi inexplicável.

Eu morava numa pequena fazenda de quatro jeiras nos arredores da cidade. Seu antigo dono, Brian mac Domnall, estranhou quando cheguei tarde da noite e bati na sua porta. O infeliz não teve nem tempo de piscar. Apreciei seu sangue gorduroso, pois não me alimentava havia dias. Sua mulher e seu jovem filho, ao perceber o assassinato, fugiram correndo para um bosque nos arredores da casa.

– O demônio chegou! O demônio matou o meu marido! – gritou a mulher, desesperada. – O demônio... – foi a última palavra dita por ela antes de morrer com o pescoço quebrado.

O garoto pegou uma faca de estripar peixes e me atacou. Eu podia ter desviado facilmente, mas deixei que ele a cravasse na minha coxa direita. Causar o medo vale a dor! Uma pontada rápida e nada mais. Ele ficou em pânico quando retirei a faca e segurei-o pelos cabelos. Cravei meus dentes em sua garganta e suguei vorazmente. Soltei-o no chão e ele caiu com um baque seco. Meu ferimento já estava praticamente cicatrizado e eu estava saciado.

E, na escuridão lúgubre, olhos me observavam. Eram lobos...

Ótimo! Eles fariam o trabalho por mim. Em pouco tempo nada restaria dos corpos. Retornei à porta da casa e peguei o fazendeiro sem vida. Mais um pedaço de carne para meus novos amigos. A alcateia engordou bastante durante a minha estadia.

Na mesma noite desci um pequeno barranco ao lado do celeiro, até uma pequena cabana feita com freixos e com teto de palha. Acordei o capataz, um homem grisalho aparentando uns quarenta anos chamado Seamus O'Connor.

– Seu senhor e sua família tiveram de atender um chamado urgente do tio, meu pai, em Kildare – foi a primeira cidade irlandesa vinda à minha mente. – E eu sou responsável pela fazenda até a sua volta – falei, enfático.

– Não me lembro do meu senhor ter parentes em Kildare, senhor – falou com a voz trêmula.

– Duvida da minha palavra, seu filho de uma cadela? – rosnei para ele.

– Não, senhor! – falou fazendo o sinal da cruz.

– Então corra e acorde os outros imprestáveis dessa pocilga! E pegue algumas ripas de madeira para fechar as janelas da minha casa! – gritei, ameaçador.

Oito homens assustados martelaram e pregaram por muito tempo, até a casa estar lacrada como um caixão.

– Perfeito! – falei sorrindo. – A partir de hoje, qualquer assunto que precise tratar comigo venha após o pôr do sol, mesmo para os urgentes – falei para o capataz que suava muito.

– Tenho um grave problema nos olhos e de maneira alguma posso ver a claridade. Herança de família! – sussurrei em seu ouvido com ironia.

– Sim, senhor! – balbuciou o pobre homem.

Dei a cada um dos homens trinta moedas de prata. O capataz sorriu, mostrando apenas três dentes amarelados.

Dinheiro e medo. Essas são as únicas chaves capazes de abrir quaisquer portas e silenciar todas as bocas. E eu podia usar os dois.

Passei a viver na casa da família, feita com grossas tábuas de carvalho, vedada como uma rocha. Ainda cavei um buraco sobre as tábuas do chão e fiz uma pequena alcova forrada com panos grosseiros de linho e palha cheia de piolhos. Mas nada incomodava meu sono.

Por seis anos vivi na fazenda e encontrei Liádan quase todas as noites, logo nas primeiras horas após o pôr do sol.

Ansiávamos por isso.

Conversávamos sobre a vida, sobre as inseguranças do mundo, sobre Deus e o Diabo, e o tempo voava rápido. As caçadas se tornaram mais rápidas e menos seletivas. Prostitutas, soldados, leprosos, qualquer um servia. O prazer ainda existia, mas agora eu também possuía Liádan.

Mesmo após todos aqueles anos ela continuava instigante, com os mesmos cabelos longos e rebeldes e os olhos de fogo esmeralda. Os momentos passavam como uma flecha. Um relance na eternidade.

– É incrível como você não envelhece – ela me disse em uma noite de outono, com ressequidas folhas de faia caindo sobre seus cabelos.

– Sou de uma família longeva, até demais – falei, afável.

– Sua pele é tão branca e suas mãos tão frias – havia dúvida em sua voz. – Ainda me surpreendo a cada toque seu.

– São as parcas comidas da Irlanda! – falei rindo – Não são tão fortes quanto as da minha terra!

Ela estava feliz. Linda como um anjo deve ser.

– Imagino o mingau ralo que suas criadas devem fazer... – interrompeu a fala tossindo secamente.

E o acesso de tosse não parou, ela resfolegou e cuspiu sangue em um pequeno pedaço de pano sujo. Os maus humores haviam atacado seus pulmões.

A Dama da Noite murchava aos poucos.

Levei-a até em casa, seu pai estava em Limerick negociando ferro vindo da França. Deixei-a na cama e parti quando ela adormeceu.

Não a vi por dias.
Fui procurá-la e encontrei-a em casa sozinha e febril. Ela sorriu ao me ver, mesmo tossindo muito. Estava pálida e fraca, mas assim mesmo linda. Sombriamente linda.
– Sabia que você viria – falou, ofegante. – Não podia dormir antes de um beijo seu.
Ela sabia da sua morte iminente. Contou-me que ouvia os seus deuses sussurrarem em seus ouvidos. Sua mãe, morta ao concebê-la, chamava-a de um belo jardim florido. Podia sentir o perfume dos jasmins e do pão fresco dourando no forno.
Havia lágrimas nos meus olhos, gotas de sangue rubro. Enfim, a máscara havia caído e não havia mais segredos, somente uma comunhão silenciosa.
– Os seus olhos! – ela falou, com um chiado forte no peito e a voz fraca.
Antes de ela terminar, pus a mão sobre seus cabelos e disse docemente: durma, minha criança!
E seu corpo fragilizado pela doença amoleceu e ela adormeceu profundamente. O último sono dessa vida.
Não havia como sobreviver. Apenas vinte e dois anos e fadada à morte. Freiras rodearam sua cama com crucifixos e fizeram orações. Encheram seu peito de unguentos e remédios fedorentos. A batalha para homens e santos estava perdida.
Enfim, ela teria o descanso e a paz. Por fim, ela seria feliz...
Eu fui egoísta e cego na minha própria dor, no turbilhão dos meus sentimentos, não a deixei partir. A minha benção e a minha maldição também eram as dela agora.
Lembrei-me dos versos havia muito esquecidos e fiz a negra magia se operar em Liádan.

"Hão de perecer seus amores
Mas terá o poder para a morte revogar?
E assim cessarem todas as dores?

Basta não sugar todo o vermelho elixir
E dar do seu próprio sangue
Para outro imortal surgir"

Dei-lhe um presente, o maior dos presentes. Devolvi-lhe a vida e o ar em seus pulmões. Uma nova fúria nasceu em seu coração. Ela queria o meu beijo, então lhe dei o beijo da morte, mas não bebi todo o seu sangue raro. Restou o suficiente para uma semiconsciência, para o momento de redenção.

– Eu posso acabar com o seu sofrimento e dor – falei com ela em meus braços.

Ela abriu os olhos, no limiar entre os dois mundos, e sussurrou sem pensar:

– Por favor, acabe com essa agonia...

Rasguei meu pulso com a unha e deixei-a sugar meu sangue imortal. Ela bebeu vorazmente, gemendo e me olhando com olhos verdes fulgentes. Era um prazer diferente, um prazer carnal e sem pudores.

Eu havia brincado de Deus.

A melodia da morte toca seus acordes finais...
Tudo foi muito rápido.
O salto.
O espanto.
Os dentes.
O gemido.
O fim da canção da vida...

Esvaziei o corpo infantil do garoto ruivo em poucos instantes de êxtase. Com os olhos acesos, rubros como tochas na imensidão, eu não queria parar, eu não podia parar. Esse era meu destino e essa era a minha perdição.

Ele não sentiu dor, apenas o leve cansaço da morte, o momento mais sublime no qual se conhece a verdadeira paz. Antes de partir, fechou lentamente os olhos e suspirou. E a sua alma sem pecados partiu para o sono eterno que nunca conhecerei.

Eu estava tão quente e eufórico, não como nas outras vezes. Era diferente, mais intenso. Sentia a vida percorrer meu corpo, sentia a juventude de um sangue puro e sem vícios. Muito diferente do sangue contaminado com cerveja, alcatrão e sífilis. Queria correr e gritar. O elixir vermelho havia me dominado com sua dádiva imortal.

E nada mais me importava naquela noite.

Capítulo II – Ventos do inverno

A Inglaterra é uma terra que passa de mão em mão. Primeiro foram os celtas, depois os romanos e centenas de anos a seguir os britânicos e saxões. Então, há quase quatro séculos, vieram os vikings dinamarqueses, com seus navios com bustos de feras e seus machados afiados. Agora, no ano de 1156, eram os normandos o povo dominante. Ainda havia alguma turbulência nas regiões fronteiriças, principalmente quando a fome apertava. Saqueadores e bandidos sempre faziam pilhagem e matavam pelas migalhas.

Era uma terra de guerra e sangue. E eu adorava isso!

Eu era um andarilho. Passava agora uma temporada na pequena cidade murada de Carlisle, na fronteira com a Escócia. Era um local medíocre, com menos de duas mil pessoas. Mas seu belo castelo de pedra era imponente como uma montanha sobre o vale. Acabara de ser reconstruído por centenas de trabalhadores vindos de diversos locais da Cúmbria.

Havia uma mistura de línguas e sotaques. Uma mistura de corpos e rostos, um convite para provar cada um dos diferentes sabores da cidade. Uma orgia gastronômica, enfim!

Raramente permanecia por muitos anos em um mesmo local e ali não seria diferente. Cheguei nessa cidade depois de perambular por vilarejos nas montanhas e fazendas ao norte da Inglaterra. Fiz um bom alvoroço por onde passei. Órfãos e viúvas enlouqueceram com a presença do espírito do mal.

O costume e a acomodação são perigosos para a sobrevivência. Apesar da minha imortalidade, é preciso muito cuidado. Muitos já me feriram gravemente, nenhum sobreviveu para contar como. Deve haver algumas maneiras de terminar com a minha existência e nem eu conheço todas.

Mas não me preocupo com isso, viver ou morrer são apenas momentos, e somente a sede me domina. Eu preciso de sangue.
Há nove dias eu não caçava. Meu último jantar foi um ferreiro dinamarquês imenso.
Naquela noite ele ainda martelava um pedaço bruto de ferro ao lado de uma enorme fornalha. A oficina estava muito quente e o gigante fedorento respingava suor a cada martelada. Quando me viu, deve ter pensado que eu era uma alma do mundo dos mortos. Não estava totalmente errado.
Instintivamente ele jogou o pesado martelo em minha direção, o qual passou rente sobre a minha cabeça, espatifando um pote de barro logo atrás de mim. Fui ao seu encontro, andando calmamente, com os dentes pontudos à mostra. Ele pegou uma comprida espada, empunhou-a com as duas mãos e brandiu-a em minha direção. Eu sorri.
– Morra, seu cão sarnento! – rosnou o dinamarquês, com baba escorrendo pela sua barba trançada, cheia de pequenos anéis de ferro.
Com um movimento rápido para o lado, desviei do golpe e chutei a parte de trás do seu joelho direito. O gigante se dobrou, espantado com minha força e agilidade.
Antes dele se levantar, arranhei suas costas profundamente. Minhas unhas cortaram a grossa camisa de lã e rasgaram a pele. Ele deu um urro de dor enquanto se apoiava num banco de madeira.
– Lute como homem! – berrou o gigante.
Não respondi e simplesmente comecei a limpar os restos de pele e pelos das minhas unhas compridas.
Ele atacou, estocando a espada na direção do meu estômago. Dei um pulo para trás e a lâmina passou muito perto. O grandalhão veio novamente, girando a espada por sobre a sua cabeça, tentando me intimidar. Eu podia ver uma fúria branca em seus olhos. Não havia qualquer medo ali, e isso era interessante.
O dinamarquês tentou rachar meu crânio com um golpe de cima para baixo, mas desviei e sua espada espatifou uma pequena mesinha de madeira. Ele abriu a guarda e eu, com a mão bem esticada, finquei minhas unhas na lateral do seu corpo. O homem se encolheu de aflição.
Lambi as mãos. O sangue estava quente, ideal. Eu me divertia enquanto minha presa se desesperava. O ferimento era profundo.
Então, num último esforço, ele se virou para mim e gritou:

– Morte, morte! Odin!

Sua espada passou raspando pela minha orelha, cortando um pouco da camisa de linho cru, bem perto do meu ombro. Ele desabou de joelhos, sem forças, e então eu cravei os dentes em seu peito, sugando vorazmente o sangue espesso e forte do gigante. Lembro-me das suas últimas palavras antes de morrer:

– Chupa o meu rabo, seu merda!

Eu gostava de pessoas com espírito! Como ele morreu com a espada na mão, deve estar agora festejando e fornicando no Valhalla, segundo a tradição do seu povo. Foi uma boa morte e uma bela refeição.

Como o dinamarquês, havia alguns pagãos na Inglaterra, mas esta era agora essencialmente cristã, apesar de alguns velhos costumes ainda sobreviverem. Comemorava-se o natal no dia 25 de dezembro, data do solstício de inverno e do nascimento do deus persa Mitra. E o povo nem desconfiava.

Era inverno e a cidade parecia um grande cemitério. As ruas desertas, as árvores sem folhas e o silêncio absoluto transmitiam imensa paz, quebrada somente pela briga de gatos em um telhado próximo.

Seria difícil caçar hoje, pois as pessoas estavam confinadas dentro das suas casas, envoltas pelo calor das fogueiras. E eu não podia mais adiar, a sede era insana.

Andei por algum tempo pelas ruas de pedra, buscando algum ruído, algum cheiro de cerveja. Nada! Não gostava muito de ser gatuno, de invadir lares, mas *c'est la vie*.

Havia uma grande casa de madeira e pedra próxima ao castelo. Não sabia quem morava lá, mas pelo porte, devia ser alguém muito importante. Sangue nobre e bem alimentado. Se eu quisesse, podia bater na porta, dizer boa noite e dominar todos antes que pudessem responder. Mas, isso não teria graça! Eu precisava de um pouco de emoção, precisava fazer ferver os humores do meu corpo. A surpresa e o risco excitam os instintos, atiçam o animal sorrateiro dentro de mim.

Esgueirei-me silenciosamente ao lado de uma pequena janela na parte frontal da casa. Podia ver o brilho alaranjado do fogo. Olhei para dentro e pude perceber o movimento de três pessoas em meio a fumaça e fuligem. Haveria mais alguém? Algum cão descobriria minha presença? Teria que arriscar.

Passei rapidamente por baixo da janela e contornei a casa. Havia no fundo um jardim gramado, com alguns arbustos desfolhados. A casa de pedra bruta tinha a altura de quatro homens, e na parte superior da parede vi uma janela estreita. Como meu corpo é esguio apesar de eu ser alto, poderia atravessar o vão.

Escalei facilmente as pedras em relevo, como uma serpente subindo em uma árvore nodosa, evitando fazer qualquer ruído. Olhei para dentro da casa. Ouvi vozes e um choro abafado de criança no salão inferior. Na parte de cima parecia tudo tranquilo. Entrei espremendo um pouco as costelas.

Ao pisar no tablado, algumas tábuas estalaram com o meu peso. Permaneci imóvel, esperando alguma reação.

– Pai, se não vendermos o vinho amanhã, o navio vai partir e ficaremos com o prejuízo – falou um homem com a voz anasalada.

– Aqueles porcos querem pagar quarenta pence pelos barris – resmungou o outro homem – Com isso não compro nem um par de rodas para a carroça!

Não notaram minha presença. Então, com passos lentos e suaves, parei bem próximo a uma escada encostada no parapeito da plataforma superior. Pude ver uma mulher de uns vinte e cinco anos sentada numa cadeira, amamentando um bebê. Dois homens conversavam sentados à mesa.

O homem mais velho tomava cerveja, enquanto falava gesticulando muito. O moço, apesar de muito forte e com os braços parecidos com galhos grossos de salgueiro, aparentava no máximo uns 18 anos. Ele estava pensativo e riscava a mesa com uma pequena faca enferrujada. Sua voz não condizia com a sua aparência rústica.

Uma ratazana de olhos vermelhos passou correndo ao meu lado com três filhotes e entrou num buraco na parede.

A precisão era tudo. Com um pulo deveria atordoar os dois homens para depois matá-los rapidamente. A mulher seria a última, pois o pavor não a deixaria reagir. Ela abraçaria a criança e fecharia os olhos, implorando piedade. Talvez eu deixasse o bebê sobreviver. É um sangue doce, mas parco. E hoje eu estava faminto.

Preparei o bote. E saltei como um leão sobre as gazelas.

Como um leão manco!

Quando me apoiei sobre a perna direita para dar impulso, meu pé se enroscou numa fresta na madeira do assoalho. Consegui pular, mas caí a um passo do alvo.

Então, atolei até o pescoço na merda. O inesperado venceu.

Como eu estava ainda desequilibrado, o pai conseguiu acertar minha cabeça com uma pesada panela de ferro. Foi uma pancada forte como a de um aríete. Fiquei atordoado, mas ainda de pé.

Tentei reagir, mas o pai afundou meu nariz com outra panelada. Virei de lado com a força do impacto, jorrando sangue.

Então o filho pegou um machadinho usado para partir ossos e cravou nas minhas costas, arrebentando músculos e nervos. Ele tinha uma força descomunal.

Foi uma dor lacerante, não consegui reagir. Saí correndo como um touro cego com o machadinho ainda nas costas e arrombei a porta de entrada, feita de tábuas grossas e duras. E não foi só a porta que ficou em pedaços, meu braço direito jazia sem vida, quebrado, ao lado do meu corpo.

Fui cambaleante para meu lar, uma velha casa na periferia da cidade. Era bem distante de onde eu estava, porém a dor me fez correr como o vento frio do inverno que congelava meus ossos expostos.

Respirava pela boca fazendo um ruído como o ganir dos cães selvagens. Ainda estava meio tonto, mas pude chegar em segurança. Não fui perseguido.

Consegui retirar o machado das costas com a mão esquerda. Uma dor tão aguda quanto antes. Achei que iria perder a consciência. Era a minha noite de azar e eu iria dormir humilhado, faminto e machucado como um cão que perde uma briga e volta para casa lambendo as feridas.

Os ferimentos iriam sarar, mas meu orgulho teria uma cicatriz eterna. Engoli a seco e fui para o meu covil.

Dormi por quarenta e oito dias, devido à fraqueza e à falta de sangue. Acordei coberto por pó e teias de aranha. Minhas juntas doíam e estalavam pela imobilidade prolongada. Meu cabelo estava empapado com o sangue seco, assim como as minhas roupas. Eu cheirava como um cadáver.

Estava em uma pequena alcova no subsolo da construção, usada como depósito pelo antigo dono, um artesão cujas peças tinham caído nas graças de um nobre da cidade e por isso estava se mudando para mais perto da catedral.

Não havia nenhuma janela, somente uma abertura no teto, fechada com um alçapão de madeira e ferro, por onde descia uma escada de pedra. Eu poderia dormir livre, com os braços abertos! Esse foi o detalhe que mais apreciei. Isso me fez pagar um preço alto pela casa.

– Fico feliz pela sua apreciação! – falou o homem de olhos azul--celeste. – É uma construção bem sólida, feita pelo meu bisavô, reformada pelo meu pai e por mim. Usamos pedras de uma construção do povo antigo, uma muralha próxima à cidade. Elas são muito bem cortadas e alinhadas.

De fato, era uma boa casa, com pedras assentadas com uma massa betuminosa resistente ao tempo. Não era grande, mas bem espaçosa para um homem sozinho. O telhado tinha uma boa vedação e havia apenas duas pequenas janelas de lados opostos na construção, deixando-a adoravelmente escura.

Não apreciava dormir em caixões ou em escavações apertadas. Preferia o conforto de um monte de palha ou mesmo de uma cama. Somente quando era inevitável eu me aninhava dentro desses espaços sufocantes. E na maioria das vezes eu passava as noites assim.

– Senhor George, você a venderia por isso? – perguntei, mostrando três pequenos diamantes.

As pedras diáfanas foram o pagamento por um serviço. Uma rica senhora vinda da Normandia precisava de um favor e eu lhe fiz. A amante de seu marido era linda e jovem, ao contrário da esposa, que tinha o rosto coberto de marcas de varíola e os cabelos prateados. Não havia como competir. Era uma batalha perdida.

Em uma noite quente encontrei a velhota chorando de tristeza e raiva junto à paliçada do pequeno castelo do seu marido, um cavaleiro do rei Henrique II. Com minha natural curiosidade e devido ao ócio momentâneo, puxei conversa.

– Qual o motivo de tantas lágrimas? – Eu lhe entreguei um lenço vermelho bordado.

– A minha tristeza não te interessa – fez uma careta.

– As lágrimas compartilhadas se tornam mais fracas e se dispersam mais céleres – falei, tocando o rosto marcado pela doença.

Ela estava frágil e rancorosa, e o meu toque frio acabou por congelar seu coração, instigar a maldade da sua alma. Com poucas palavras libertei a língua magoada; a senhora me contou a história e pediu a minha ajuda.

Eu odiava ver uma mulher chorar. Mesmo as feias.

A amante gozou pela última vez sob o toque dos meus lábios. Tudo foi muito rápido, e hoje a bela garota definha sob as raízes de um arbusto viçoso que plantei em homenagem ao seu encanto. As flores brancas lembram a alva pele da menina. Quem sabe no final dos tempos ela retorne deslumbrante como na última noite de sua vida.

Uma pena, mas eu precisava de muita riqueza para sobreviver...

– Se venderia? Ela já é sua! – falou o artesão estupefato.
– Se importaria em partir essa noite? – perguntei – Tenho assuntos a resolver pela manhã e gostaria de descansar decentemente. Tenho viajado por semanas.
– Não seja por isso! Vou para a casa do meu irmão! – disse ele, chamando a esposa com um gesto – Ellie, pegue as crianças e arrume as coisas, pois vamos partir agora!
A esposa fez um muxoxo e ameaçou reclamar, mas o marido mostrou-lhe as pedrinhas brilhantes e fez seus olhos faiscarem.
– Quer um pouco de ensopado de coelho com repolho? Ainda está quente! – disse ela, sorridente.
– Agradeço, mas não estou com fome – falei gentilmente. – Preciso apenas descansar.
– O senhor está mesmo muito pálido e com olheiras profundas! – falou, incisiva – Deve descansar bastante e tomar um bom chá de raiz de dente-de-leão! E não se esqueça de rezar ao meio-dia para Santa Tydfil! Ela devolve o vigor para as pessoas!
– Farei isso!
– Ande rápido! – falou George, apressado – Arrume as coisas e vamos partir! Não devemos atrapalhar o bom homem!
Eles tinham dois filhos pequenos, o menor ainda no colo e o maior com dois anos de idade. Uma criança bonita, de cabelos dourados e pele rosada. Dei-lhe um pequeno boneco de madeira que eu havia encontrado no bolso de um roceiro alguns dias antes. Ele abraçou o boneco e deu uma risadinha sincera.
– Obrigada! – disse a mãe.
Depois de arrumar tudo eles partiram com dois criados, que empurravam uma carriola com os pertences da família.
Mais uma casa. Mais uma cidade... Por quanto tempo?
Quatro anos.
Vividos em um piscar de olhos...

Todos os ferimentos estavam curados e sem marcas. Nem meu nariz destruído ficou torto. Ótimo, eu manteria a minha beleza e meu charme.
Eu precisava me lavar. Não suportava meu próprio cheiro. Por sorte ainda tinha um pedaço de sabão. Peguei uma camisa bege limpa, um corselete de couro encerado e uma calça grossa e enrolei na minha capa verde-escuro. Minhas roupas sujas de sangue não prestavam mais.
Segui por uma trilha estreita em uma pequena colina. Lá embaixo dava para ver uma ponte romana em arco que passava

por cima do pedregoso rio Caldew. Desci até a margem e tirei minhas vestimentas imundas. Joguei-as no rio para as águas as levarem para longe. Entrei na água gelada e quase congelei. A correnteza era fraca, pois não chovia havia tempos.

Mergulhei todo o corpo, esfreguei os cabelos vigorosamente, e a espuma saiu suja, marrom.

Levantei rápido, porque estava difícil de respirar.

– Frio, muito frio – falei batendo os dentes.

Eu era imortal, mas ainda possuía imperfeições humanas, tais como sentir frio ou calor, apesar de ter tolerância e resistência bem maiores. Nunca morreria congelado, mas ficaria inerte como uma estátua de gelo até me esquentar novamente. Uma imagem bizarra!

Coloquei as roupas limpas já bem gastas e vesti a capa prendendo-a com um broche feito de âmbar.

– Preciso arranjar sem falta um bom alfaiate para fazer novas roupas, e uma nova criada para não ter que vesti-las tão amarrotadas! – falei, alisando os vincos na camisa com as mãos – Um senhor das trevas deve estar impecável, não com essa aparência de texugo velho!

Minha última criada fora uma saxã sardenta da Ânglia Oriental. Ela e o marido haviam chegado havia pouco tempo na cidade, fugindo de uma revolta que ocorria na região. Suas pequenas terras foram incendiadas e seu filho único havia morrido em combate.

Deixei que eles construíssem um casebre na área ao fundo da casa.

– Tenho um problema de pele incurável e a claridade é fatal para mim – falei, duro. – Portanto, durmo de dia e resolvo meus assuntos durante a noite.

– Sim, senhor! – respondeu o homem.

– Não quero perguntas, não quero conversinhas com os vizinhos – falei francamente –, gosto da minha privacidade e paz.

– Entendemos – falou a mulher.

– E jamais entrem nos meus aposentos enquanto eu dormir! Jamais! – falei alto.

– Respeitaremos suas leis, senhor – respondeu o homem pigarreando.

– Pagarei trinta pence por semana, e, se qualquer regra for quebrada, as consequências serão graves – falei, cuspindo no chão para aumentar a ameaça.

Esse valor era bem alto para os padrões da época, e o casal

estava feliz. A paz durou por quase quatro anos. Eles não me temiam, e, se desconfiaram de algo, guardaram para si. Sempre lhes trazia pequenos mimos encontrados nas minhas visitas noturnas. Era um bom senhor.

– O vestido é lindo! – falou a mulher, colocando-o na frente do corpo. – Vai precisar somente de alguns pequenos ajustes.

– Amanhã me traga um odre de vinho e um bom pedaço de javali assado – disse eu para o homem.

– Vou prepará-lo com tomilho e castanhas frescas – respondeu a mulher, feliz.

Eu não comeria, mas precisava manter o teatro. Jogaria a preciosa carne para os cães e esvaziaria o odre na terra. Manter as aparências, eis a mais podre das necessidades da vida...

Num final de tarde eu estava envolto em pesadelos. E o meu corpo era dilacerado por um grande urso pardo. Era mortal novamente e não conseguia me defender, apenas sentia as dentadas nos braços e pernas. Estava arruinado.

Então de repente fui acordado pela criada. Eu devia estar gritando, e, com preocupação, ela quebrou a nossa regra mais sagrada.

Dei um salto e comecei a rosnar mostrando as presas salientes. Não havia despertado plenamente e, quando recobrei a razão, percebi a mulher morta no chão. O susto foi muito grande para ela. Seu rosto estava retorcido de medo.

Não era para isso ter acontecido. Gostava dela. Mas o que está feito está feito. Esperei escurecer completamente e levei a mulher nos braços até o marido, que aplainava uma tábua perto do casebre.

Quando viu o corpo inerte, começou a chorar e a bater no próprio rosto.

– Seu demônio! Não devia ter feito isso com ela! – urrou em prantos – Assassino! Assassino! A maldição recaiu sobre nós!

Ele estava alterado e fazia muito barulho. Eu não podia chamar a atenção.

– Por que matou ela? Por quê? – continuava gritando enquanto pegava a esposa dos meus braços e colocava sobre a grama.

– Foi um...

– Maldito! – ele me interrompeu com mais gritos. – Animal de Satã! Desgraçado!

Tive de silenciar o criado e, de um golpe rápido, arranquei seu coração com a mão. Ele ficou um tempo de pé, antes de desabar como um boneco sem vida.

Minha sina é trazer a morte.

E as minhas camisas ficaram amarrotadas desde aquele dia...

Ao retornar para a cidade depois do banho frio fui até a casa do senhor Geoffrey, o único alfaiate da região. Não era muito tarde ainda, o sol havia se posto havia apenas duas horas.

Bati na porta, e, antes de abrir, o velhote olhou pela janela.

– O que deseja? – perguntou.

– Gostaria de roupas novas! – falei. – Cheguei hoje na cidade, mas salteadores no caminho roubaram meus jumentos com minhas coisas! Estou apenas com a roupa do corpo – menti para ser recebido.

– Malditos bandidos! – resmungou o velho. – Nossa cidade era um bom lugar para se viver na época dos escoceses. Esses normandos são efeminados! Os guardas não sabem nem segurar uma espada direito! – Ele tinha um sotaque forte do norte. – Entre, entre! – falou, abrindo a tranca da porta.

Havia tochas nas quatro paredes e uma grande lareira central, tornando o ambiente bem iluminado.

– Agora diga, meu jovem, quais são as suas necessidades? – disse, pegando uma comprida fita escalonada para tirar as medidas.

– Camisas, calças e um bom par de botas! – falei, entusiasmado.

– Pois bem! – falou o homem ao subir no banquinho de madeira. – Vamos tirar as suas medidas, senhor... Como se chama?

– Harold – falei. Poucas pessoas após o meu renascimento conheciam meu nome, não lhes dava tempo para isso.

– Meu tio, um bravo guerreiro... que Deus o tenha em bom lugar... chamava-se Harold.

– É um nome comum por esses lados – desconversei.

Geoffrey tirou todas as medidas e fez as anotações necessárias. Pedi cinco camisas, três calças e dois pares de botas, além de um cinturão de ferro e couro que vi numa mesa. Adiantei-lhe o pagamento com oito moedas de prata.

– Volte em dez dias.

As roupas não seriam tão finas, mas eram bem melhores que as minhas atuais, desgastadas pelo tempo e pelas andanças. Meu visual já estava um pouco antiquado.

– Meu caro Geoffrey – virei-me e falei para o alfaiate –, por acaso você não teria alguns criados de sobra? Os meus retornaram às suas terras. Resolveram partir na calada da noite, sem nenhuma explicação. Poderia mandar açoitá-los por isso!

– Os criados! Sempre que precisamos deles eles somem!

– falou, bravo. – Por isso eu tenho somente escravos. De noite prendo seus pés na madeira e eles dormem como anjos! – disse, com uma piscadela. – Comem pouco e quase não falam! E, se resmungam, podemos amaciar seu couro com umas belas chicotadas! Uma maravilha!

A ideia de escravos não era ruim, mas criados bem pagos eram silenciados mais facilmente.

– Agradeço a sua indicação, mas prefiro ainda os homens livres.

– Hunf – resmungou o alfaiate. – Se prefere torrar toda a sua prata com esses mal-agradecidos, vá até a estalagem da Peggie, perto do portão e quem sabe encontrará algo!

– Obrigado! – falei, e saí.

– Volte em dez dias, não se esqueça!

– Retornarei.

A estalagem era um local para viajantes, bandidos e prostitutas. No balcão estava uma senhora gorda de cabelos quase brancos.

– Quer beber algo? – perguntou, ríspida.

– Não. Preciso apenas encontrar criados – respondi.

– Aqueles dois chegaram à cidade e pagaram para dormir no estábulo por seis dias. Essa é a última noite deles.

Era um casal jovem. O homem muito magro, com um rosto comprido e queixo pontudo. A mulher era uma coisinha estranha, com um rosto azedo e impertinente.

Eles deviam servir.

Depois de apenas dez minutos de conversa e vinho por minha conta, aceitaram me servir pelo mesmo valor semanal. Os olhos do homem brilhavam. A mulher esmagava com os dedos um piolho retirado de uma das suas tranças. Levei-os até minha casa, recitei-lhes o sermão e a regras. Concordaram. Todos concordam.

Já ia amanhecer, então fui dormir.

As semanas seguintes foram monótonas. Algumas caçadas, alimentar os lobos com as carcaças, buscar roupas no Geoffrey, ouvir os criados fornicando no barraco de madeira. Estava parecendo a merda da rotina da minha vida passada.

Precisava de algo diferente, mais arrojado. Despertei e saí apressado. A neve começou a cair pesada, os portais do *Niflheim* foram abertos naquela noite. Perfeito! Eu mandaria alguma alma para saciar os desejos da deusa Hel.

E novamente o vazio absoluto na cidade. O silêncio enfático e doentio. Muitos considerariam um mau presságio... Eu era o próprio.

Não tinha nada em mente, andava ao acaso pela cidade, à procura de algum alvo fácil, algum descuido. Não havia lua e estava muito escuro, o que não era problema para meus olhos acostumados. Via tudo com uma nitidez absoluta, apaixonante.

Só sentia falta das cores do amanhecer. Da vivacidade da luz refletindo nas águas calmas de algum lago. Porém, perfeição não existe, infelizmente.

Vi a porta da catedral de Carlisle aberta e essa era uma oportunidade muito boa. Sangue sagrado regado a vinho e carne de cordeiro! A imensa construção feita de calcário vermelho erguia-se como um gigante sentado nas sombras.

Muitos acreditaram na segurança das construções sagradas ou mesmo que a cruz podia me machucar. Quantos já morreram com uma cruz na mão! Criei tantos mártires, enterrados como santos! A fé débil da humanidade é o seu castigo e a minha bonança.

Minha capa comprida, ornada com o desenho de um faisão, o mesmo do brasão da minha família, balançava com o vento. Estava com o capuz sobre a cabeça, e ele escondia o meu rosto e os cabelos pretos compridos, revoltos.

Havia algumas pessoas na igreja, a maioria era de vadios se escondendo do frio. Ignorei-os e atravessei a nave, passando pelo altar e pela imagem de São Davi pintada em uma das paredes. Entrei em uma pequena sala e subi por uma escada em espiral que levava até o alto da torre. Havia uma porta de ferro trabalhado com a cena da crucificação de Cristo. Lá deveria ser o quarto do bispo Æthelwold, um velho quase careca e desdentado.

Ouvira falar dele nas minhas andanças e quando os seus capangas vinham pegar a minha doação para a igreja.

Empurrei com delicadeza a porta. Por sorte, ela estava aberta.

Encontrei o bispo vestido apenas com uma túnica bege, com um cordão de couro prendendo a cintura dilatada. Estava sentado na cama contando algumas moedas de ouro, dentro de um pequeno baú com diversas cruzes incrustadas. Essas eram as relíquias douradas mais sagradas da igreja, pelas quais autorizavam matar ou condenar as almas dos inocentes pobres.

– Como ousa entrar nos meus aposentos? – resmungou o velho, apertando os olhos para enxergar melhor à fraca luz de três velas feitas com sebo.

– Vim em busca do maná de Deus – falei com ironia.

– Volte amanhã! Sim, amanhã! – falou ao tentar esconder o baú embaixo da cama.

– Gostaria de conversar agora – insisti, atirando no colo do velho uma grossa corrente de ouro.

Ele a olhou e deu um sorriso banguela. Aprovou imediatamente o meu gesto caridoso.

– É louvável o filho de Deus generoso com a sagrada Igreja – falou, levantando as mãos para o céu. – Deseja se confessar? Que eu lhe dê uma penitência? Sim! Sempre há pecadinhos escondidos! – piscou maroto.

– Qual é o tamanho da sua fé, bispo? – perguntei, e me sentei em uma cadeira de madeira escura e estofamento vermelho.

– *Gloria Dei vivens homo: vita autem hominis visio Dei* – sussurrou ele, de olhos fechados e com as mãos juntas trêmulas pela devoção ou pela idade avançada.

– A glória de Deus é o Homem vivo e a vida do Homem consiste em ver Deus – respondi prontamente.

Ele ficou admirado pelo meu conhecimento em latim, pois poucas pessoas fora do clero, mesmo da nobreza, utilizavam essa língua. Aliás, a maioria era analfabeta e mal conseguia se lembrar do próprio nome.

– Faço das palavras de Santo Irineu de Lião uma rota para minha vida de servidão e humildade – falou o bispo, abaixando com cuspe um tufo de cabelos revoltos acima da sua testa. – É preciso nos afastar dos pecados e buscar inspiração nos santos. Sim, pelas sagradas falanges do santo Alcuíno!

– E qual é a penitência para os enganadores, para os vendedores de relíquias falsas, para os cobradores de indultos em troca de favores de Deus? – perguntei curioso.

– A mentira e a simonia são atos horrendos! – falou, ruborizado. – Os homens podem ser enganados! Deus não! Ele não! São pecados muito complicados de se limpar, sim... Há de ter uma bela compensação! Isso! Uma grande oferenda para evitar a danação! – falou, olhando a corrente de ouro.

Fiquei em silêncio. O bispo começou a esfregar as pernas inchadas e cheias de varizes com uma careta. As unhas das suas mãos eram amareladas e cascudas. Ele começou a murmurar sozinho algumas palavras sem sentido. O vinho da igreja devia ser de péssima qualidade.

– Tudo pode ser apagado dos pergaminhos de Deus se a mão for generosa, não é, bispo? – perguntei.

– Sim, sim! Nosso senhor é clemente! Ele perdoa as almas dos seus filhos generosos! – falou com a boca brilhante de baba.

– Se importa se eu comer um pedaço de queijo? Na minha idade o estômago vazio causa uma fraqueza danada! Abençoado seja esse queijo! Não lhe ofereço porque o pedaço é muito pequeno. É preciso lutar contra a gula! Sim, sim!

O velho grunhia enquanto rasgava o queijo duro com as gengivas esbranquiçadas, deixando cair os farelos gosmentos na barriga saliente.

– Mas, diga... – balbuciou o velho com a boca cheia. – Tem contado muitas mentiras e vendido muitos artefatos? Pelo sagrado coração de Jesus! Isso não pode, é muito ruim – Balançou os dedos como se reprovasse a ideia. -- Deus vê tudo e chora. Mas se o filho se arrepende e ajuda a boa Igreja, Deus sorri novamente! Sabia que Deus tem todos os dentes? Sim, uma sagrada boca perfeita!

Ele cortou mais um pedaço de queijo e enfiou-o na boca com voracidade.

– Diga filho, vendeu muitos pedaços do manto da virgem Maria? – perguntou e tossiu. – Já vi muitos pedaços falsos por aí. Muitos! Vou lhe contar um segredinho: o verdadeiro manto está em Roma, mas a touca dela está aqui! Sim, sim. A touca da virgem pode apagar seus pecados! – apontou para um pano amarelado e muito puído em cima de um pequeno armário ao lado da cama.

– As traças comeram um pedaço da santa touca! Só uma pontinha! Mas o resto está impregnado com o suor da virgem. Suor ou lágrimas? – falou, pensativo. – Não importa! Posso lhe oferecer por um pequeno punhado de ouro – afirmou o velho com os olhos ávidos – Deus vai gostar de você novamente!

– O que me diz de vender as traças de estômagos santos? – ri alto. – Sim, quero as traças para dar a elas sua batina imunda!

Levantei subitamente e comecei a acariciar o rosto enrugado com as minhas mãos frias. Fiz um pequeno corte com a unha na bochecha flácida. O sangue escorreu tímido.

– Mas que diabos... – falou o bispo, confuso.

– Diabo! Muitos me chamam assim! – mostrei as presas com um sorriso largo.

O bispo se levantou e pegou um pequeno frasco de água benta, que jogou no meu rosto. Gritei alucinado, levando as mãos à face. Até irromper numa gargalhada.

– Meu caro Æthelwold, se eu precisasse de água, seria dessa que eu beberia! – falei, enxugando o rosto na manga da camisa. – Mas, minha sede é outra!

Peguei seu pulso roliço e mordi com força, sugando o sangue amargo. Não era tão puro, mas serviria. O ancião batia nas minhas costas em pânico. Uma massagem bem-vinda!

– Cria do demônio. Me larga! Ai! – gritou com a voz aguda.
– Eu te dou a touca como presente. Sim, sim! Um presente da bondosa Igreja. Ai! Ai!
Continuei minha bebida.
Ele colocou por duas vezes um crucifixo de ouro e marfim na minha testa, implorando a ajuda de uma dezena de santos. Jesus nos observava cabisbaixo em sua cruz.
– Morra com dignidade, seu covarde – sibilei, enquanto soltava seu pulso e mordia seu pescoço azedo de suor.
Dignidade! O bispo aliviou as tripas em cima dos meus sapatos de couro de carneiro e o cheiro nauseabundo impregnou o ambiente. Pela quantidade, o puto não devia cagar havia dias!
Eu já estava acostumado. Quantos bons sapatos foram perdidos!
Deitei-o em sua cama e cobri-o com uma manta de lã grossa. Ele parecia dormir, com os lábios murchos em um meio sorriso. Na verdade era uma contorção de dor engraçada. Cada morto uma careta.
Peguei a corrente de ouro e o pequeno baú com as moedas. Coloquei-os em uma bolsa de pano grosso que havia trazido comigo. Nela estavam minhas roupas novas e as minhas riquezas. Não todas, pois algumas enterrei sob o porão, para precisões futuras.
Beijei o anel de rubi do bispo e desci as escadas.
Voltei à nave central da igreja e tudo estava calmo. As paredes grossas de pedra abafaram os gritos. O silêncio é divino.
– Com licença – falei para uma senhora vestida em um amarrotado vestido azul. Ela estava sentada num banco rústico, praticamente uma tora de carvalho. Deveria ter uns trinta anos e possuía uma beleza comum, apesar dos cabelos desgrenhados e do rosto um pouco sujo.
– Pois não, senhor – ela respondeu desconfiada.
– Uma dama tão viçosa e bela poderia me fazer um favor? – perguntei galante.
– Se eu puder – disse, envergonhada.
Agachei e limpei a bosta dos sapatos na barra do seu vestido.
– Muito obrigado – disse, ao lhe dar a pesada corrente de ouro e um beijo na testa.
– Por nada, senhor! – ela me agradeceu sem tirar os olhos da brilhante joia.
Cortesia e presentes são a chave para a felicidade de uma mulher.

Saí assoviando da igreja, com o baú abarrotado de moedas e pedras preciosas. Elas tilintavam a cada passo.
Dessa vez não me preocupei em ocultar o corpo do bispo. Iria partir essa noite. Daria adeus a Carlisle e, enfim, as mortes misteriosas cessariam. Era inegável que pude agitar um pouco essa monótona cidade. Até a família Barrelwood, agora ilustre, ganhou notoriedade ao espantar o demônio a paneladas. E eu nem podia negar.
Fui até um estábulo e bati na porta do casebre ao lado. Após alguns instantes, um homem baixo e de nariz protuberante abriu a porta, segurando um cajado.
– Já é tarde! – resmungou sonolento, enquanto me observava.
Eu tinha uma bela aparência e devia estar corado pela refeição feita, por isso não fui enxotado a pauladas como um bêbado ou mendigo.
– Quero comprar o seu melhor cavalo e uma boa sela – falei cortês.
– Precisa ser agora? Está muito frio aí fora! – falou o homem de mau humor.
– O senhor será recompensado pelo transtorno – respondi, enquanto pegava cinco moedas de ouro do baú. Eram romanas e pesadas, e com certeza valiam muito.
– Vamos ao estábulo, senhor. Tenho um ótimo cavalo lá! O melhor da região – ele parecia surpreso.
Todos os cavalos, uns doze, começaram a relinchar e a balançar de um lado para outro, frenéticos. Alguns davam coices no ar, e um cavalo malhado mordiscava a anca de uma égua marrom pequena com tremores por todo o corpo. Um porco imenso roncava no canto, alheio aos barulhos.
O homem ficou assustado com o nervosismo dos cavalos.
– Parece que viram uma alma do outro mundo – falou, desconfiado.
– Pode ser! – respondi descuidado.
Eu estava com pressa.
Ele me levou até um grande cavalo negro, muito agitado com a minha presença. O animal empinava sobre as patas traseiras, tentando me afastar com os cascos dianteiros.
– Ele é um pouco arisco, mas corre como um rio forte! – falou o homem, orgulhoso – Vem direto das terras frísias. Não vai encontrar animal melhor. Está com três anos!
Estiquei a mão e toquei o focinho do cavalo. Saía vapor

das suas narinas e seus olhos estavam assustados. Cheguei mais perto e, envolvendo seu pescoço com o braço, falei:

– Calma, rapaz, não vou lhe fazer mal. Preciso da sua ajuda nesta noite.

O garanhão era arisco, contudo se acalmou aos poucos, permitindo que o homem colocasse a sela de couro de ovelha em seu lombo.

Montei-o cuidadosamente e ele me deixou guiá-lo. Dei outra moeda de ouro partida para o homem eufórico.

– Quando precisar de mais cavalos me procure – falou acenando.

Com esse valor eu poderia ter pagado dois cavalos. Essa noite o dinheiro da igreja finalmente havia feito uma caridade.

Cavalguei rápido por uma estrada de terra à margem dos muros da cidade. Faltavam apenas algumas horas para as primeiras luzes do dia. Rumei para o sul, para terras desconhecidas.

Queria aventura e conhecimento.

As pegadas ficaram marcadas na neve. O mal estava partindo e o parco calor do amanhecer derreteria os vestígios, não a lembrança, o medo das pessoas.

Andamos sem parar por umas dez milhas pelos caminhos montanhosos. Faltava menos de uma hora para amanhecer e eu precisava de abrigo rápido. E não havia nenhuma cidade à vista.

Saí da estrada e entrei num bosque. Algum casebre, caverna ou celeiro salvaria a minha vida. Galopei e não encontrei nada.

– Estou fodido! – pensei alto.

Havia calculado mal o tempo. Estava rodeado de árvores e mais nada! Não seria possível nem cavar um buraco no chão antes do amanhecer.

– Fodido até os bagos – resmunguei olhando ao redor.

Não costumava ter medo após o meu renascimento, mas fiquei muito assustado e pensei nas malditas queimaduras de sol. O garanhão, cujo nome agora era Fogo Negro, pastava sossegado, comendo as últimas folhas de um arbusto já ressequido pelo inverno.

Alguns instantes e seria o fim! Jovem, belo e esturricado como um pedaço de toucinho! Minha pele começou a arder e ficar irritada. A primeira claridade do dia feria meus olhos e eu ofegava.

De repente ouvi barulho de cascos na estrada, distante apenas uns cem passos. Cutuquei a barriga do Fogo Negro com a bota e ele não gostou muito de ter sua ceia interrompida. Puxei as rédeas e galopei forte em direção ao barulho. Era puro desespero, não pensei nos riscos, não pensei em nada! Só imaginei o meu rabo torrando ao sol.

Então, os deuses sorriram para mim. Era uma carroça grande, puxada por dois jumentos cinzentos, e estava carregada com diversas peles de boi. Estas deveriam dar uma boa cobertura para a temida luz. Eu torcia por isso!

Saí do bosque correndo como um louco. Os cascos levantavam blocos e mais blocos de neve e lama. O homem atarracado que guiava a carroça não teve reação. Eu parecia um espírito da floresta enfurecido.

Pulei do cavalo em movimento e voei em cima do homem. O impacto o derrubou do seu banco, partindo a sua coluna na queda. Deixei o corpo inerte no chão e puxei os jumentos para dentro da mata. Se eu ficasse lá, alguém poderia levantar as peles e adeus vida!

O maligno astro-rei já estava despontando atrás de um monte no leste. Eu havia andado por uns duzentos passos e precisava adentrar um pouco mais no bosque. O calor no meu corpo era quase insuportável.

Fogo Negro me seguia obediente.

– Só mais um pouco, jumentos de merda! – falei ao puxar vigorosamente os lentos animais.

Os raios fúlgidos já incendiavam as folhas no meio das árvores.

Então, soltei as cordas de cânhamo que prendiam os jumentos, para que eles não me levassem para passear durante o sono, e pulei na carroça, entrando embaixo das peles de boi. Um raio solitário queimou meu tornozelo esquerdo. Tenho a marca até hoje.

O fedor das peles era horrível! Ainda havia restos de pelanca grudenta na parte de baixo, porém estava bem escuro.

Tive sorte.

O sol de inverno no nordeste da Inglaterra é frágil, sempre encoberto. E aquela dúzia de peles serviu bem. Não foi o melhor dia de sono na minha vida, todavia eu estava vivo.

Capítulo III – Caminhos solitários

Afastei Liádan do meu pulso dolorido. Ela mordeu forte e rasgou minha pele. A dama da noite bebeu bastante e me deixou levemente zonzo. Não demorou muito e o sangue parou de escorrer. Ela se deitou na cama e começou a se contorcer e a gemer de dor. Seus olhos revirados eram agora duas bolas leitosas e sem vida. O renascimento havia começado.

Sua respiração ficou cada vez mais rápida, mais intensa. Seu peito subia e descia forte como as ondas do mar. Em breve ela iria morrer. Assim como eu morri.

Tossiu forte.

Ela colocou as mãos na garganta como se sufocasse. E o desespero tomou conta da sua face. Rolou de um lado para outro da cama se debatendo contra a parede de barro. Esticou a mão em minha direção, como se suplicasse ajuda, mas não pronunciava nenhuma palavra. Eu nada podia fazer além de esperar.

Uma espuma amarelada saía da sua boca e eu podia escutar seu coração ribombar. Seu corpo todo tremia e ela suava muito. Virei de costas, atordoado. Será que daria certo? Será que o seu corpo aguentaria? Eu nunca havia feito isso. Poderia dar algo errado?

Então, ela inspirou forte e parou de se debater bruscamente. Não ouvia mais sua respiração nem o coração bater. E assim minha linda dama permaneceu por um bom tempo. Até o milagre acontecer.

Seus cabelos ficaram muito vivos novamente, o mesmo vermelho de quando a conheci. Não havia qualquer vestígio da doença e os seus olhos voltaram a ser esmeralda. A noite ganhara uma rainha. A mais linda perdição dos homens.

Nós dois dominaríamos as trevas...

Levantei as peles fedorentas e limpei o sebo grudado no meu rosto. Minhas roupas estavam nojentas. Já era noite. Pulei em um galho próximo e olhei ao redor. O bosque estava deserto. Somente uma coruja piava em uma árvore na minha frente. E, num voo rasante, desceu e matou um ratinho silvestre.

Fogo Negro não fugiu. Estava a alguns passos pastando tranquilamente. Com um assovio curto chamei-o e ele prontamente veio, balançando a imponente cabeça. Ambos nos respeitávamos.

A cidade mais próxima devia estar a umas seis, sete milhas, portanto era preciso correr para não passar por todo o desespero novamente. Eu era muito rápido, mas minha velocidade era ideal apenas para curtos espaços, poucos passos mortais. Longas distâncias me esgotavam muito, principalmente se eu não tivesse me alimentado, por isso eu precisava de um cavalo.

Galopamos rápido e chegamos a uma aldeia às margens do rio Lauder. Faltavam algumas horas para amanhecer e eu precisava encontrar abrigo.

Amarrei o cavalo numa árvore e fui procurar algum local.

Andei por meia hora já sem qualquer esperança.

– Vou arranjar um caixão para levar comigo nas viagens... – pensei alto.

Andei, vadeando a cidadela, e então vi minha salvação sobre as águas do Lauder. Um grande moinho d'água usado para transformar grãos em farinha. A construção onde os grãos eram macerados era rústica e forte e com apenas uma pequena janela para o vento não espalhar a farinha.

A porta de madeira maciça estava apenas encostada, sem as trancas. Entrei devagar. Poderia haver alguém cuidando do local. Por sorte estava vazio. Somente a grande roda dentada girava, fazendo a mó de pedra triturar os grãos. Os estalos eram constantes, mas não incomodariam. Vários ratos correram e se esconderam nas frestas da madeira. Às vezes gostaria de me transformar em um. Seria muito mais fácil encontrar um bom esconderijo...

Eu poderia dormir em um dos cantos escuros cobertos de mofo, mas se alguém chegasse de manhã eu teria um despertar desagradável e muito perigoso.

Precisava fazer algo mais secreto e decente.

O chão da construção era de madeira e algumas tábuas

estavam soltas. Havia um vão de uns quatro palmos entre a terra úmida e as madeiras. Estava ótimo.
– Esse buraco deve servir por alguns dias! – falei contente.
Saí e fui procurar algo para forrar o buraco enlameado. Encontrei algumas tábuas e usei-as. Era uma cama dura, mas pelo menos não acordaria molhado todas as noites – pensei. Não iria ficar muito tempo. Era uma aldeia pequena demais.
Fui até onde Fogo Negro estava amarrado e soltei-o para andar livremente pela floresta. Assim evitaria que ladrões ou lobos o pegassem. Ele sempre voltaria ao meu chamado.
Enterrei ao lado de um olmo o pequeno baú repleto de moedas de ouro e de joias. Guardei comigo uma dúzia de peças de prata, algumas moedas de ouro e um rubi médio para alguma necessidade não esperada. E isso era mais do que um camponês teria por toda sua vida. As gerações futuras se fartariam com tanta riqueza enterrada e esquecida...

– Harold Stonecross! – repreendeu-me minha mãe. – Como não lembra onde enterrou os torques de ouro do seu pai?
– Eu juro! Deixei-os embaixo dessa cerca! – choraminguei.
– Seu moleque idiota! – bateu na minha cabeça com força. – Você já tem doze anos e não serve nem para cuidar do tesouro da família enquanto seu pai e seu irmão matam os vikings junto com o rei Ethelred!
Eu ainda não entendia muito bem por que guerreávamos contra os dinamarqueses, pois em tempos de paz fazíamos comércio com eles e ocorriam uniões entre saxões e vikings. Até cultuávamos deuses parecidos. Eu era um garoto ingênuo.
A esposa do rei, Ælfgifu da Nortúmbria, era prima do meu pai, e por isso minha família jurou lealdade a eles. Meu irmão mais velho, Wiglaf, um homem altivo e de cabelos negros revoltos, na magnitude dos seus 21 anos, era comandante da guarda pessoal do rei e isso deixava a todos orgulhosos. E eu tinha tanta importância quanto um monte de bosta de corvo.
Depois do meu nascimento, minha mãe ficou muito doente e não pôde ter mais filhos. Meu pai sempre me culpou por isso, pois desejava muitas crianças ranhetas correndo pela casa. Ele tinha vários bastardos com as escravas, mas, por orgulho, minha mãe os enxotava da casa sempre que podia.
Ele me odiava.
– Uma besta! – falava sempre para o meu irmão. – Nunca vai conseguir matar um homem!

Os deuses riem da nossa sabedoria...
— Eu vou achar o ouro, eu juro! – falei com a testa dolorida.
— Acho bom, pois seu pai vai matar você se descobrir isso! – falou séria.

Talvez matasse mesmo.

Cavei por horas. E encontrei somente pedras e ossos de veado enterrados pelos cães da família. A imagem do meu pai me espancando com a vara que ele usava para tocar os bois era clara. Já estava escuro e resolvi não voltar para casa naquela noite.

Fugi.

E nunca mais os vi...

Preparei minha cama sob as tábuas e dormi. Tive pesadelos e calafrios.

Despertei e afastei cuidadosamente as tábuas soltas. Tudo estava vazio. Somente o estalar do moinho acabava com o silêncio. Ouvi os ratos correndo nas vigas acima da minha cabeça. Os ratos nunca param, nunca descansam.

Saí cautelosamente, não queria ninguém espalhando boatos sobre uma invasão ao moinho. Precisava desse refúgio enquanto permanecesse no local. Era uma noite muito escura. O ar estava parado e nenhuma brisa movia as folhas das árvores. Subi no telhado para ter uma visão melhor da aldeia. Uma grande fogueira estava acesa e um boi era assado inteiro. Havia muitas pessoas ao redor das chamas.

Pulei do telhado e fui para a cidade, atravessando uma pequena ponte de madeira que cruzava por cima de um braço do rio Lauder. Um bando de lontras mergulhou, assustado com a minha presença. Eu podia ouvir os abafados guinchos dos filhotes nas tocas sob o barranco da margem do rio.

A cidade não era murada e sequer tinha uma paliçada. Era uma rota comercial e parecia não temer invasões. Um povoado humilde e tranquilo. Havia menos de meia centena de casas, um celeiro médio e uma igreja pequena. Mesmo que houvesse somente uma pessoa na cidade, haveria uma igreja. A dominação era completa.

Todas as casas estavam trancadas e escuras, pois todos os aldeões se reuniam junto à fogueira. Devia ser alguma comemoração.

Cheguei junto à multidão e quase tive as calças lavadas por um velho que vomitou ao meu lado. Todos estavam muito bêbados para perceber a presença de um forasteiro em sua pequena aldeia. Cerveja, vinho e hidromel, longos goles eram dados por todos. Um bando de homens e mulheres cambaleantes e felizes.

O cheiro de carne assada impregnava o ar. Eu prefiro o aroma da carne crua. O sabor intenso do sangue morno escorrendo vagarosamente pela garganta.

Um grupo tocava flautas e uma harpa desafinada. Algumas crianças batiam pedaços de paus tentando acompanhar a música. Duas mulheres riam alto enquanto dançavam de braços dados.

Um homem rodopiava com uma espada enferrujada nas mãos. Uma espada aposentada das batalhas, usada somente para fazer buracos na terra para colocar sementes.

Um jovem gordo de cabelos castanhos compridos e sorriso largo passou o braço esquerdo em volta dos meus ombros, esticando para mim uma caneca de estanho cheia de uma cerveja bem clara.

– Vamos comemorar, meu amigo! – falou, com o nariz encostado no meu rosto. – A benção do Papa Nicholas para o nosso rebanho foi milagrosa! Os pastos estão cheios de bezerros, como nunca estiveram antes!

Essas foram as últimas palavras antes do rapaz desmaiar de tão embriagado.

Havia várias presas ao alcance de um braço, mas hoje estava com vontade de apreciar as delícias de uma donzela. Precisava olhar um pouco mais. E meus olhos eram aguçados como os de um falcão.

Uma jovem quase tão alta quanto eu conversava com algumas mulheres mais velhas sentadas nos degraus da porta da igreja. Seu cabelo cacheado estava todo enfeitado com fitas verdes e azuis. E seus mamilos quase apareciam pelo grande decote do vestido.

Mantive certa distância e olhei-a por alguns instantes. Então, nossos olhares se cruzaram, e ela, tímida, virou a cabeça rapidamente. De tempos em tempos, ela me fitava, sempre com um leve sorriso disfarçado.

Eu já era bem-afeiçoado quando mortal. Agora, sou irresistível.

Passava da meia-noite e as velhas se despediram da moça. Sozinha, suscetível e pronta para mim.

Andei calmamente, fingindo me alegrar com a música, olhando para o boi assado, que começou a ser destrinchado por diversos mendigos afoitos. Um frade com o cabelo ralo tonsurado batia neles com um cajado enquanto as crianças se divertiam com a cena.

– Parem, seus desgraçados! – uivou o frade – Parem em nome de Deus! As orações de agradecimento ainda não foram feitas, seus animais!

Agradecidos ficaram os estômagos dos vagabundos pelos nacos preciosos de carne, engolidos às pressas.

Encostei-me na parede da igreja, ao lado da garota. Envergonhada, ela deu um passo para o lado. Pela sua respiração forte e a face ruborizada, percebi se tratar apenas de um joguete feminino.

– Aquele boi deve estar delicioso – sorri.

– Ele era o touro mais forte da região – a garota respondeu sem jeito. – Neste ano nasceram muitos novilhos e para agradecer a Deus festejamos e mandamos ouro para Roma, para o bom Papa.

– As bênçãos do Papa realmente são divinas – concordei com ironia. – Alguém coberto com tantas riquezas deve mesmo ser iluminado.

Ela assentiu e mordeu o lábio carnudo.

– Gostaria de um pouco de cerveja? – perguntei.

– Sim, cerveja abre o apetite – respondeu ao tomar a caneca da minha mão.

– Uma boa bebida sempre é revigorante! – falei.

Ela bebeu com quatro goles longos toda a cerveja. E logo começou a ficar vermelha e a rir sozinha.

– Que noite quente! – falou, abanando-se com as mãos. – E sem nenhum vento! Podia ter um vendaval daqueles que levantam as saias e desarrumam os cabelos – disse, soluçando. – Não quero suar, pois só vou me lavar daqui a três meses!

Esse era o costume da Europa. Não só dos pobres, mas de todos. Os ricos, os nobres, o clero, todos! Nos meses mais frios as pessoas fediam como porcos, exalando odores horrendos por debaixo das saias grossas e calças de couro.

O clima frio e a falta de água perto das casas eram a combinação perfeita para a imundície. Desde os romanos nunca mais conseguiram construir um aqueduto para trazer água dos rios distantes. O povo ficou mais burro desde a partida dos gigantes.

E ainda havia as crendices! Muitos banhos enfraquecem a pele, abrem espaço para as doenças e os maus humores. Mesmo os soldados cobertos de sangue se limpavam somente com um pano úmido. De fato, onde existe uma concentração de moscas, há um grupo de pessoas conversando!

Mesmo os cães, ao ouvirem ralhos de seus donos, não fogem

com medo das pauladas, mas sim pelo bafo nojento deles. E eu tenho o faro dos cães!

Desde meu renascimento, passei a me banhar mais frequentemente, o fedor chega a queimar minhas narinas. Tenho a vontade de encher uma tina de água e pedir para minhas presas se lavarem antes da minha refeição, mas isso sim causaria pavor e medo. Correriam como se tivessem visto o diabo!

– Corre! Vamos ver se pegamos um naco de carne – falou a garota me puxando pela mão.

A bebida libera a verdadeira personalidade dos seres. Eu era um desconhecido havia alguns instantes e agora estava sendo tratado como um amigo de infância. Como um amante puxado pelas mãos em um campo de relva recém-nascida. Sim, eu era irresistível.

As orações já tinham sido iniciadas e interrompidas pouco depois. O frade gritava e gesticulava desesperado, mas ninguém prestava atenção. Uma turba se amontoava ao redor do boi. Um cortou o rabo, o outro um pedaço do lombo gorduroso. Dois homens se socavam no chão por causa da comprida língua marrom. Os ovos do boi rolavam pela terra e eram chutados pelas crianças maltrapilhas.

– Só vão sobrar os ossos! – resmungou a garota.

Então, soltei da mão da garota e, veloz como um gato, corri em direção à multidão, peguei a faca de um homem cambaleante pela embriaguez e, com um grande impulso, saltei e pousei sobre uma das grandes toras verticais que prendiam a tora no qual o boi estava amarrado. Todos pararam e me olharam absortos. Um misto de espanto e admiração. E eu adorava isso!

Cortei um grande naco próximo das costelas. Pulei no chão e caminhei calmamente pelo meio da multidão que me olhava boquiaberta.

Cheguei até a garota e lhe entreguei a carne, ainda sanguinolenta em algumas partes.

– Senhores, a carne vai esfriar! – falei olhando para a multidão.

Ouve um alvoroço e logo me esqueceram. Carne era algo raro para o povo, ainda mais uma carne boa como aquela. A turba avançou como um bando de hienas barulhentas sobre o boi. Muitos tiveram os pés chamuscados pelas brasas. Mas hoje era dia de festa. E ainda havia muita bebida.

A moça encheu a caneca vazia em um dos barris de cervejas que estavam perto da igreja e bebeu tão rápido quanto antes.

– Vamos comer essa carne lá em casa! – falou com a voz mole.
– Logo começarão as brigas e um sujeito magro e delicado como você não conseguiria se defender!

Não respondi, somente escorei a moça cambaleante até sua casa de madeira escurecida que ficava à beira do rio Lauder, mas em um lado oposto do moinho onde eu estava. Ela não estava completamente bêbada, mas suficientemente alta. E isso facilitaria as coisas.

– Meus irmãos vão ficar na festa. E vão dormir lá mesmo no chão, como bichos amontoados uns sobre os outros. Voltarão somente amanhã, com a cabeça dolorida e alguns dentes quebrados!

Ela jogou a carne sobre um prato de barro vermelho.

– Gostaria de um pouco de vinho de amoras? – falou sorrindo.

– Estou bem. Já bebi muito por essa noite!

– Nunca vi um homem dizer que já bebeu demais! – falou torcendo o nariz.

Ela colocou um pouco da bebida para si, pegou uma faca curta e começou a fatiar a carne em pedaços grossos.

– Ai, merda! – gritou largando a faca – Cortei o dedo!

Peguei sua mão e suguei o sangue, um néctar adocicado com um suave sabor de álcool.

– Ei! Não precisa esvaziar todo o meu dedo agora! – puxou a mão.

– É um costume na minha terra fazer isso até o sangue parar de pingar – respondi.

– Então sua terra é bem estranha! – falou enquanto enrolava o dedo na barra da saia.

Pude ver, um pouco acima dos joelhos, o par de coxas brancas e roliças, sem manchas ou marcas. Ela percebeu meu olhar e, com certa malícia, sorriu. Abracei-a por trás e comecei a beijar seu pescoço, acariciando seus cabelos.

Ela gemeu.

Afrouxei lentamente as cordas finas que prendiam a frente do seu vestido, até deixá-lo solto o bastante para, com um pequeno gesto, despi-la totalmente.

– Você é bom nisso! Qual é o seu nome mesmo? – perguntou a garota, enquanto empurrava o vestido verde com os pés.

– Harold Stonecross – sussurrei no seu ouvido.

– Parece um nome importante – virou-se e acariciou os meus lábios. – E você tem todos os dentes! Tão brancos!

– Um privilégio pelo qual agradeço todos os dias – mordisquei sua orelha.

Peguei-a no colo e deitei-a sobre uma cama simples, com um saco grosso cheio de palha e lã servindo de colchão. Ela tirou minha camisa e tocou com as mãos quentes no meu peito.
– Você está tão frio...
– Aproveite a noite, minha cara. Não diga nada – disse ao beijar seus lábios avermelhados.
Seu corpo foi tomado por leves tremores. Os bicos dos seios ficaram rígidos enquanto eu os lambia suavemente com a ponta da língua. Podia sentir que ela esfregava vigorosamente as pernas uma nas outras, dedilhando os pelos encaracolados na sua intimidade.
Suas inspirações eram curtas e rápidas, feitas pelos lábios entreabertos. Estava em um êxtase intenso e eu sentia o cheiro do desejo exalado por cada um dos seus poros úmidos. Desci com a língua pela sua barriga magra. Senti os pelos eriçados e o sangue cada vez mais perto da pele macia.
Apalpei com força o seu peito, enquanto mordiscava devagar ao redor do umbigo suado. Percebi que ela empurrava a minha cabeça para baixo e, sem hesitar, obedeci.
– Isso! Assim! – gemia, com a voz aguda – Ai, meu Deus! Meu Deus!
Então eu mordi sua coxa, bem perto da virilha, o sangue escorreu obediente e eu o suguei devagar, apreciando cada gole. A garota ria, ria alto, apertando cada vez mais a minha cabeça contra o seu corpo. Ela não se continha de satisfação e eu me deleitava em seu sangue.
Bebi por um longo tempo e ela teve o prazer mais longo da sua vida.
Estava morta, mas parecia dormir. Parecia sonhar com coisas boas, pois seu semblante era suave. Seria um sorriso nos seus lábios? Talvez.
Dizem que os santos vislumbraram a verdadeira felicidade no instante da morte. O instante onde tudo é perfeito e magnífico. Eles devem ter gozado no derradeiro momento...
Peguei a garota e vesti-a novamente. Saí da casa com ela nos braços e fui em direção ao moinho. Precisava me livrar do corpo, pois pretendia ficar algum tempo na aldeia e não queria alardes sobre um assassinato.
– O que aconteceu com a moça? – perguntou um velho ao cruzar meu caminho.
– Bebeu um pouco demais – falei sorrindo.
– Todos nós! Todos nós – soltou uma gargalhada.

Não encontrei mais ninguém e pude chegar rápido ao moinho. Tudo estava calmo. Dava para ouvir a música tocada na cidade, um som leve e distante. Coloquei a garota deitada no chão e entrei no moinho para pegar a pá que era usada para recolher a farinha grossa.

Fogo Negro veio na minha direção, relinchando em um trote rápido. Ele passara o dia comendo mato e frutinhas caídas no chão da floresta.

– Prometo trazer um pouco de aveia da próxima vez! – falei, dando tapinhas nas suas costas.

Peguei a garota e andei por uns trezentos passos para dentro da floresta. Fogo Negro estava ao meu lado e espantava uns mosquitos com o rabo, enquanto mascava uma planta espinhosa. Eu poderia simplesmente largar seu corpo ali para apodrecer ou ser devorado por animais selvagens, mas, pelos bons momentos, cavei um buraco fundo e coloquei-a lá. Cortei um galho de um arbusto com flores alaranjadas e plantei na terra fofa. A planta cresceria forte e viçosa.

– Esse sentimentalismo ainda acaba comigo!

O céu estrelado e muito limpo, sem nuvens ou a constante fumaça das grandes cidades, era lindo. As estrelas do Arado estavam muito brilhantes.

– Até mesmo as estrelas têm alguém – pensei alto. – E eu tenho só os vaga-lumes e morcegos como companheiros noturnos!

Fogo Negro bateu com o longo focinho nas minhas costas, como se quisesse me consolar.

– É verdade! Agora eu tenho você – acariciei a sua crina brilhosa. – Pelos deuses, esse cavalo me entende?

Fogo Negro me olhou de soslaio. Essa seria uma questão para eu resolver depois. Ouvi passos na escuridão. Muitos passos. E não estavam longe.

Pulei numa pedra alta e tentei ver alguma coisa. Nada. O som se aproximava rápido. Mandei Fogo Negro para longe com um tapa nas suas ancas. Subi numa árvore e fiquei imóvel entre os galhos.

– Guerreiros! – sussurrei.

Eles não portavam estandarte e nem todos tinham espadas ou lanças. Foices, garfos e enxadões denunciavam a marginalidade desse exército de uns trinta homens. Somente quatro iam a cavalo e possuíam cotas de malha brilhantes. Os demais vestiam gibões de couro ou roupas comuns.

Seguiram rumo à trilha para o povoado. Eu os acompanhava do alto das árvores.

– Seus cães do inferno! – rosnou alto um dos homens montado num cavalo – Dessa vez eu quero o trabalho bem-feito! Não quero nenhum filho de uma vadia vivo. Essa aldeia vai ser nossa!

Os homens urraram e marcharam ainda mais rápido, como se um chicote invisível açoitasse suas costas.

– Hoje eu quero uma mulher quente na minha cama – falou um dos capangas –, uma potranca de tetas grandes! Sim, molhada e fogosa!

– Será que há alguma prata escondida naquela igreja? – disse um homem barbudo – Prometi um cálice de prata para a minha mulher.

– Você ainda está com aquela vadia gorda? – respondeu um homem atarracado. – Deve doer bastante quando ela pula em cima de você.

Não pareciam estar indo para uma batalha, mas sim para uma caçada sob céu estrelado. E as presas estavam dormindo ou bêbadas demais para reagir.

Pararam a poucos passos das casas. Havia uma rua principal e três vielas estreitas que desembocavam na praça da aldeia. Todos os caminhos estavam desertos, exceto pelos cachorros em busca de ossos ou de algum naco de carne. Os homens se separaram em pequenos grupos e avançaram.

Foi um massacre. Muitos nem souberam como morreram. Suas almas devem estar vagando confusas, sem rumo. Mulheres eram estupradas, casas saqueadas e depois incendiadas. As crianças choravam desesperadas pelos cantos. Todo o butim fora trazido para a praça onde o esqueleto do boi jazia sobre brasas fracas.

Pequenas sacolas de couro, com poucas moedas de prata, uns poucos cordões de ouro, dois broches de água-marinha, um machado e dois escudos trincados. Esse era o tesouro do local. Ou melhor, esse era o tesouro dos aldeões.

– Padre, em nome do sagrado coração de Jesus Cristo, iremos poupar sua vida – falou um dos cavaleiros, beijando uma pesada cruz de marfim presa por uma corrente – Mas, para isso e para evitar que sua preciosa igreja seja queimada, diga onde estão o ouro e a prata!

– Somos um povoado pobre e o nosso humilde templo vive de doações – falou o padre com a voz doce.

– Só vou repetir mais uma vez, padre. Onde está o ouro? – vociferou o cavaleiro.

– Já lhe disse, senhor... – respirou profundamente. – Não temos nenhum bem, a não ser as peças simples doadas pelos pobres fiéis.

– Se o senhor prefere do jeito difícil... – falou o homem enquanto colocava a ponta de ferro da sua lança no braseiro.

– Não há nada de valor nessa igreja! – gritou o padre, assustado – Vocês não são cristãos?

De fato a maioria dos homens era cristã, mas entre o medo do castigo divino e as riquezas terrenas eles preferiam as segundas. Muitos viraram as costas, outros entraram nas casas que ainda não haviam sido queimadas. Uns poucos protestaram baixo, sem efeito.

O guerreiro com a cota de malha manchada de vermelho mostrou a ponta da lança incandescente ao padre.

– Meu bom padre – falou, passando a mão sobre a cabeça do velhote – sou um fiel seguidor das leis de Deus, e uma delas nos manda ser generosos. E eu sou! Todos os meus camaradas aqui – falou, apontando para os homens ensanguentados e sujos – vão receber igualmente os presentes da sua cidade. Então, por que o senhor não pode dividir a sua parte conosco?

Os homens riram e gritaram com escárnio para o padre.

– Pela Virgem Maria! Não temos nada de valor! – berrou este, ajoelhado.

O cavaleiro encostou o ferro em brasa na bochecha do padre.

– Argh! – gritou ele. – Salvai-me, Senhor!

– Pare de choramingar! – falou o pescador. – Foi só um arranhão!

Os dentes da enguia eram afiados como pregos e foi difícil soltá-la do meu dedo. Estávamos pescando há horas e a fome apertava o estômago.

– Pode comer essa enguia se quiser! – disse o homem grisalho e com a pele marcada pelo Sol.

– Crua? – perguntei, enojado.

– Não, sua besta! Vamos cozinhá-la com cenouras! – respondeu – Lógico que é crua! – gargalhamos muito.

Desde a minha fuga da fazenda do meu pai, vaguei pela floresta. Comia frutas e alguns pequenos passarinhos pegos com uma armadilha de gravetos malfeita. Andei por três semanas até chegar à cidade de Alnwick. Eu estava maltrapilho e sujo. Dormia ao relento embaixo das janelas das casas e de manhã era acordado com vassouradas ou com um balde cheio de mijo quente. Pensava em retornar à fazenda, mas meu orgulho não permitia.

Tentei pedir esmolas, mas tudo o que consegui foram boas cusparadas e muitos tapas na cabeça. Um frade me ofereceu um pedaço de queijo e duas maçãs e os devorei rapidamente. Em troca ele me levou até um beco e levantou suas vestes marrons. Pediu para eu chupar seu pau fedorento. Chutei seu saco com tanta força que ele ajoelhou sem ar.

– Enfie esse pau molenga no próprio cu – gritei com raiva.

Corri, glorioso e confiante. Por dias, roubei frutas e pães e apanhei como um cão vadio. Essa era a vida do *Earl* Harold Stonecross. O mendigo Harold Stonecross.

Certa manhã, antes de o sino da igreja badalar para acordar a cidade, tentei pegar um grande peixe vermelho dentro de um balde sobre o assento de um barquinho de madeira. Acordei somente no outro dia, com a cabeça dolorida.

Prevendo o roubo, o pescador veio por trás de mim e acertou a minha cabeça com o remo. O homem exagerou na força e eu caí desacordado. Por dó e culpa, ele me levou até a sua casa, onde me limpou e me deu abrigo.

– Acorde, rapazinho! – falou, com a voz rouca.

Ainda estava um pouco tonto, tentei fugir, mas caí de joelhos.

– Calma, garoto! – disse o pescador ao me levantar – Você ia fazer uma coisa muito feia, mas não vou prejudicá-lo.

– Tenho sede – consegui balbuciar. – Um pouco de água, por favor...

Bebi tudo, mais babando do que engolindo.

– Obrigado, senhor – falei sem jeito.

– Sou Charles, o pescador!

– Sou Harold, o sem lar – falei rindo.

Contei toda a minha história para Charles e ele me contou a sua. Sua mulher havia morrido de parto havia dois anos e desde então ele vivia sozinho em um casebre às margens do lago. E a partir desse dia passei a ser seu aprendiz, seu filho.

Eu era um rapaz esguio, mas muito saudável. Aprendi rápido sobre peixes, iscas, redes e armadilhas para enguias. Era feliz e gostava do trabalho. E por cinco anos eu fui Harold, o ajudante do pescador.

Mas os deuses mudaram o rumo da maré.

O padre colocou a mão sobre a queimadura triangular no seu

rosto. Chorava como um bebê e implorava a piedade do cavaleiro inflexível.

– Mais uma vez – disse este, em tom monótono. – Onde está o ouro?

– Esses são todos os pertences da igreja – respondeu o padre, enquanto tirava de baixo da batina uma pesada cruz de ouro com pedras vermelhas cravejadas. – Agora, por Deus, deixe-me em paz!

– Bom, muito bom! – falou o homem com a joia na mão. – Há algo mais para mim?

– Isso é tudo! – respondeu o outro, com um sorrisinho trêmulo.

– Jesus tenha pena da sua alma, padre! – falou o cavaleiro, beijando a cruz valiosa.

Então, ele cravou a lança na barriga do homem, que agonizou um pouco antes de morrer. Os outros fizeram o sinal da cruz e rezaram preces silenciosas, mas ninguém ousou protestar.

Dormiram o resto da madrugada e no dia seguinte partiram deixando uma aldeia morta.

– Maravilha! Acabei de chegar e já estou numa cidade fantasma! – falei. – Fogo Negro, partiremos agora.

O cavalo bateu duas vezes a pata dianteira e relinchou.

– Esse bicho está brincando comigo!

E novamente eu ganhava o mundo, rumo ao desconhecido, cavalgando por caminhos solitários e indefinidos. Era guiado pelo instinto.

Eu era um nômade das sombras.

Capítulo IV – Memórias

Meu futuro era traçado a cada passo rumo ao sul, a cada galope pela trilha de terra batida. Nunca estivera por aqueles lados da Inglaterra e o coração batia forte a cada nova curva, a cada colina vencida. Era um local muito bonito e a lua refletida nas calmas águas de um lago ao nosso lado estava magnífica.

A noite tinha suas dádivas.

Avistei uma cabana quase na beira do lago, não havia fumaça e ela parecia abandonada. Desmontei e desci a encosta úmida, coberta por musgos e plantas rasteiras. A porta estava aberta e pude ver, sentado em um banco de madeira, um cadáver com o crânio partido.

– Boa noite, meu amigo! – falei para o morto – Bebeu demais, não foi?

Esse abrigo serviria por um dia. Era escuro o suficiente, apesar de estar perigosamente rachado.

Fogo Negro foi pastar e eu me tranquei na casa. Ele era um ótimo cavalo e já estava acostumado com a rotina de todas as noites. Ainda faltavam duas horas para o nascer do Sol. Vedei umas frestas nas janelas com uns panos velhos.

– Isso deve tapar a luz! – disse confiante.

Deitei sobre as tábuas úmidas e fechei os olhos.

Então meus pensamentos foram inundados por lembranças. Tão distantes. Tão vivas...

Liádan estava confusa e muito agitada. Ofegante e totalmente indócil. Não compreendia o que se passara naqueles instantes de dor e desespero. Ela estava assustada, pois o mundo ao seu redor era diferente. Podia ouvir os vizinhos conversando na casa ao lado e sentir o cheiro do orvalho na terra. Percebia agora todos os detalhes antes encobertos. Os sussurros, os olhos vermelhos dos ratos vistos por entre as frestas, cada passo na rua. Cerrou as pálpebras e tampou os ouvidos como se quisesse cessar tudo aquilo.

– O que você fez comigo? – perguntou temerosa – Eu me sinto tão diferente, estou tão confusa...

– Eu lhe dei a minha imortalidade – falei docemente. – Agora não temerá mais a doença e a morte. Seu corpo será jovem e belo para sempre!

– Não diga besteiras! Só os deuses são imortais – respondeu com escárnio.

– Então somos deuses...

Ela se agachou no canto e ficou balançando o corpo, ainda tapando os ouvidos sensíveis.

– Tudo está diferente! Todo esse barulho... – falou. – Calem a boca. Falem mais baixo! – gritou para o céu.

– Com o tempo você vai se acostumar – falei – Eu lhe ensinarei o que tive de aprender sozinho...

E eu fui seu mestre.

Por várias noites conversamos sobre o renascimento, sobre o perigo da claridade do dia, sobre tudo. Com o tempo seu desespero diminuiu e sua curiosidade aumentou. Ela nunca me culpou pelo que fiz. Porém também nunca me agradeceu.

– Para não enlouquecer com os sons do mundo, focalize sua atenção, limpe sua mente – falei em uma noite de procissão. As pessoas carregavam cruzes e oferendas para serem depositadas na porta da catedral.

Estávamos sentados no alto de um torreão de pedras, de onde era possível ter uma boa visão da cidade. O vento alvoroçava o cabelo de Liádan e a deixava com uma aparência selvagem. Ela lembrava uma *Valquíria* vinda para levar os mortos em batalha.

– Não consigo ficar calma com todas essas vozes, com todas essas lamentações – resmungou. – Minha cabeça está bagunçada por causa desse tumulto. Nunca mais vou conseguir ter um pouco de paz?

– Vê aquele homem com a cruz? O com o rosto cheio de tumores? – falei, apontando para o meio da multidão.

– Sim, eu vejo! – respondeu, surpresa. – Eu consigo enxergá-lo como se estivesse a poucos passos!

O homem estava a uns trezentos passos, mas mesmo assim conseguíamos ver as verrugas purulentas do seu rosto. Tínhamos a visão de um falcão. Mais um dom do renascimento.

– Você consegue ouvir o coração dele? – perguntei.
– Concentre-se.
– Eu ouço um monte de pessoas mal-educadas! Falem mais baixo! – gritou. – Você também não pode ouvir o coração dele! Gosta de caçoar de mim!
– O coração bate como um tambor de guerra! Tum, tum tum, tum tum – respondi. – Com o tempo seus ouvidos se acalmarão – disse ao lhe dar um beijo na testa.
– Ou isso ou fico louca! – falou.
– Mais?

Ela me deu um tapinha no ombro e depois um beijo na bochecha. Deitamos e observamos as densas nuvens que encobriam as estrelas.

– Vou sentir saudades do amanhecer – falou Liádan.
– Eu gostaria de vê-lo novamente – respondi.
– Se isso acontecer, você estará morto! – falou séria.
– Quem sabe como será o futuro? Quem sabe como serão os próximos segundos da nossa existência? – falei, com os olhos fixos no céu. – Já fui filho de um importante *Earl*, ajudante de pescador, andarilho e tantas outras coisas... Mas nunca imaginei me tornar o que sou!
– E eu, há alguns dias, esperava encontrar meus antepassados, mas acho que ainda vai demorar bastante – respondeu ela.
– E isso a deixa triste?
– Não... – ficou calada por um tempo. – Meu coração mudou... E eu vejo as coisas com outros olhos. Não sei qual é o meu destino...
– Seu destino é viver ao meu lado e acompanhar os rumos do mundo e as mudanças vindouras – respondi.

Abracei-a com ternura.

Ficamos assim por algum tempo. E agora o tempo pouco significava, não havia pressa ou ansiedade. Não corríamos atrás das horas, mas caminhávamos ao seu lado.

– Eu sinto um vazio na barriga e uma inquietude, uma agitação intensa – disse Liádan subitamente. – Minha garganta começou a arranhar, como se estivesse muito seca...
– A sede chegou, enfim! Minha querida, é hora de caçar – falei, me levantando com um salto. – Achei que você nunca teria sede e eu já estou morto!
– Então isso é a sede? – perguntou.
– Sim, agora vou lhe ensinar como saciá-la!

Fazia doze dias desde o seu renascimento e fiquei ao seu lado todo o tempo, sem tomar uma gota de sangue. E eu havia dado um pouco do meu para ela. Estava faminto. Eu tive sede nos primeiros instantes, mas com ela tudo parecia diferente, mais sereno.

– Não matarei crianças! – afirmou. – Não ainda.
– Mas elas são deliciosas! – falei.
– Eu disse não! – esbravejou.
– Tão macias e suaves... – disse eu, lambendo os lábios.

Ela só me olhou de soslaio. Seus olhos verdes me acertaram como um raio.

– Está bem, está bem – falei submisso.

Mulheres! Não se contentam em mandar no nosso coração. Querem nossos gestos, nossa mente, nossa alma! E não há como lutar. Seu encanto é tanto que ficamos indefesos como bebês. Satisfazemos seus caprichos com alegria. Suas extravagâncias são singelas e os grilhões que nos prendem a elas não incomodam, não machucam. Viramos bonecos...

Como somos tolos!

Ela ainda não podia saltar sozinha de tão alto, por isso abracei-a, fui para a borda de pedras rústicas da construção e sem dizer nada pulei.

– Quer nos matar! – gritou, apertando-se contra o meu corpo.

Caímos suavemente no chão. A torre tinha a altura de vinte homens.

– Por que não descemos pela escada? – perguntou Liádan, irritada.

– E perder a chance de impressioná-la?

Ela deu um risinho disfarçado e continuou o caminho até as pessoas.

Entramos no meio da multidão, como lobos disfarçados de ovelhas. Uma orgia religiosa tomava conta das pessoas. Velhos cegos, crianças deformadas e mulheres carecas. Era um circo de lamentações e dor. Não havia um único agradecimento a Deus. O povo só sabia pedir, implorar e quase nunca era atendido. Se cada lágrima chegar ao céu, ele já virou um mar.

Andamos um pouco e então Liádan escolheu sua vítima. Um jovem magro de uns dezesseis anos, com os cabelos loiros encaracolados e a pele muito rosada. De longe parecia uma menina. Ele segurava uma réplica do cajado usado por São Patrício.

Depois do renascimento, Liádan ficara ainda mais linda, com sua pele alva e olhos verdes emoldurados por um refulgente cabelo vermelho cacheado. Ela parecia uma ninfa saída dos livros antigos. Eu a observava a distância enquanto ela conversava com o rapaz. Ele estava com os braços cruzados e o olhar displicente. De tempos em tempos ele bufava e se afastava. Depois de alguns minutos ela voltou irritada.

– Esse veadinho não quis me acompanhar! – disse, muito brava. – Será que estou com bafo?

– Você está perfeita! – respondi. – Deixe-me tentar agora.

Logo o rapaz me acompanhou para uma viela escura e eu fiz um gesto para Liádan nos seguir. Foi muito fácil convencê-lo, bastou eu falar algumas palavras insinuantes ao seu ouvido e acariciar seus lábios vermelhos. O safado ficou todo empolgado e com a calça um pouco mais apertada. Seu sorriso era quase tão belo quanto o meu, mas muito mais angelical.

A viela terminava em um beco, com um grande muro de pedras ao fundo. Não havia nenhuma janela ou fresta para alguém nos observar, além da maioria das pessoas estar perto da catedral.

Joguei o rapaz com força contra a parede e ele estremeceu. Comecei a acariciar seus cabelos e pescoço enquanto ele tentava soltar os cordões que prendiam a minha calça. Rasguei a sua camisa, deixando à mostra seu peito branco, quase tão branco quanto o meu. Ele ofegava e tentava me beijar a todo custo.

– Quero ser todo seu! – falou esfregando as tetinhas pontudas.

Virei-o e arranhei suas costas sem pelos com as minhas unhas afiadas. Ele começou a ficar vermelho e eufórico como se tivesse bebido barris de hidromel. Então peguei seus cabelos com força e empurrei-o para o lado, fazendo-o cambalear hesitante.

Liádan veio rapidamente e, enquanto eu me afastava, cravou os dentes no pescoço magro do rapaz.

– Para, sua imunda! – guinchou com a voz estridente – Está doendo! Ai meu Deus! Alguém me ajude!

O bostinha se debateu, gritou, mas nada adiantou.

– Delícia! – falou ela, com sangue escorrendo pela boca.

– Você tem que aprender a beber sem se sujar toda! – falei com um sorriso. – Isso chama muita atenção!

Ela veio e me beijou, Sua boca estava deliciosa, quente.

Bebi o pouco restante. Não me saciou completamente, mas serviu para esquentar o corpo. Deixamos o cadáver no canto e voltamos para a procissão. Liádan estava feliz como nunca.

– Que calor gostoso subindo pela espinha! – falou eufórica.

– É a nova vida em suas veias! – respondi.

– Todos os sangues são tão bons assim?.

– Não – falei. – Sangue de velhos não me deixa tão animado. O de pessoas doentes mantém o estômago quieto por pouco tempo. O de bêbados costuma me deixar feliz! Mas, o mais especial de todos é o de pessoas com cabelos vermelhos!

– Então a sua amizade de todas as noites tinha um interesse sórdido! – riu. – Mas imaginei terminar na sua cama e não sob os seus dentes!

Passeamos por um tempo, olhamos as pessoas e tentamos descobrir o gosto do sangue delas.

– Vê aquele gordo suado como um javali? – ela disse apontando discretamente – O sangue dele deve ter gosto de banha.

– Vamos lá provar? – falei.

– Já estou cheia por hoje! E quero daqui a mil anos caber nos meus vestidos!

– Teremos então que comprar muita seda! – falei, e corri.

– Volte aqui, seu besta! – disse ela, pegando-me pela manga.

Desde o meu renascimento nada mudou em mim. Meus cabelos continuam negros como a noite e sinto o vigor da juventude. Com Liádan não seria diferente. Seria sempre bela. Seria minha pela eternidade. Eu era feliz.

– As cruzes deviam ter o poder de espantar o mal, de nos ferir. – Ela apontou para uma grande cruz dourada.

– E podem! – respondi, sério. – Basta que nos acertem bem no meio da cabeça!

– Idiota!

Voltamos saciados e felizes para o nosso lar.

– Você gostou de acariciar aquele rapaz? – sussurrou no meu ouvido. – Vi um brilho diferente nos seus olhos.

– Quis deixar a carne mais macia para você – desconversei.

– Ele era bonito, parecia uma dama! – disse ela, com malícia.

– Mas, tinha algo no meio das pernas. E isso não me agrada – respondi secamente.

– Sei...

– Ora, vai dormir – falei virando de costas.

Dormimos tranquilos e eu sonhei com belos pescoços cheios de veias saltadas. Acordei algumas vezes só para olhar para Liádan. Eu a adorava mais que a minha própria existência.

Eu era o seu amigo.

Passávamos horas somente conversando, contando mentirinhas para provocar o outro, inventando histórias sobre o futuro sem fim.

– Ouvi dizer que há um povo que é tão escuro quanto a noite! – falou ela.

– É verdade? Nunca vi ninguém assim!

– Eles vivem do outro lado do mar, em terras muito distantes, cheias de areia e feras gigantes. São muito antigos, tão antigos quanto as próprias árvores.
– Então daqui a alguns séculos, se o mundo não acabar antes, seremos mais antigos que eles! – falei incisivo.
– Só espero não ter muitas rugas! – riu.
– Eu também!
Gargalhamos até a barriga doer.
Ela me ensinou a tocar flauta e a dançar. Cantava muito bem e sempre tinha uma música nova.

"Das belas florestas antigas
Veio o cavalo alado
Lembrado nas cantigas
E no poema recitado

E no céu da cor do mar
Voa gracioso
Rodopiando no ar
Relincha majestoso

Então a dama escarlate assovia
E o garanhão pousa ao seu lado
E a crina comprida ela acaricia
O animal enfim foi domado

E ela monta como uma princesa
E eles partem rumo ao céu estrelado
E as estrelas se iluminam com a beleza
Da dama escarlate e do cavalo alado"

– Belíssima canção – falei, hipnotizado pela voz doce.
– As pessoas se esqueceram das coisas mágicas do mundo! – respondeu. – Só cantam sobre a dor, os pecados, as punições e o inferno quente!
– Ou sobre umas belas tetas!
– Homens!
A minha vida toda sempre tive uma mulher na cama, mas com Liádan eu realmente amava e sorria em todos os momentos, embriagado pelo néctar da paixão. Ela me completava, e a cada beijo seu eu explodia em um êxtase imemorial.
Percorremos a Irlanda de norte a sul, ficávamos pouco tempo

em cada local. Conhecemos castelos, dormimos escondidos em mosteiros. Bebemos o sangue de mendigos e nobres. Cantamos juntos nas tavernas em troca de algumas moedas de prata.

– Comprei esse vestido para você – falei, ao trazer um vestido preto com enfeites prateados. – Mandei o melhor costureiro de Kildare fazer!

– É lindo! Custou muito caro? – perguntou ela, com o vestido na frente do corpo.

– Digamos que custou apenas a fé de um homem – sorri com os caninos salientes.

– Harold Stonecross, você não presta!

– Eu seria mal-agradecido se não usasse os dons que ganhei! – falei acariciando seus cabelos. – Você mesma evitaria muitas lutas com suas presas se usasse mais as suas belas coxas!

– E você não teria ciúmes? – perguntou ela, maliciosa.

– Morderia o braço de raiva, mas nunca confessaria! – respondi.

– Vê aquele moço com o odre sobre o ombro?
– Sim.
– Ele é bonito, não é?
– Um pouco...
– Teria ciúmes dele?
– Não sei – menti.
– Veremos...

Ela foi em sua direção e trocaram algumas palavras. Puxou-o pela mão para um canto escuro, onde as tochas da praça não iluminavam bem. Começou a acariciá-lo e a mostrar suas belas pernas. O rapaz beijava seu colo, quase tocando os seios pequenos. Ela começou a mordiscar seu pescoço, enquanto ele levantava o seu vestido.

Eu observava de perto e ela olhava mordaz para mim, provocando uma fúria corrosiva.

O rapaz abaixou as calças. Foi seu último gesto...

Como uma faísca, voei em cima dele e quebrei-lhe a coluna com uma joelhada certeira. Ele caiu como um saco de estrume, curvado de dor e com uma expressão de espanto no rosto. Então, como um abutre carniceiro, abaixei-me sobre ele e mordi seu pescoço, sugando todo o sangue adocicado. Eu parecia um demônio de olhos negros, a perdição da humanidade.

– Então... – falou Liádan.
– O que foi? – respondi aborrecido.
– Você tem ciúmes!

– Só fui defender você!
– Foi defender seu orgulho! – falou incisiva.
Fiquei em silêncio. A raiva havia passado. E ela me abraçou e nada disse. As palavras não eram necessárias. Nossos corações batiam juntos.
– Você vai me proteger sempre? – perguntou ela, beijando as minhas mãos.
– Juro pela minha vida! – respondi.
Peguei um anel de prata da mão do jovem e coloquei no dedo médio dela. Ficou um pouco largo, mas serviria para o momento.
– Agora você é a minha mulher! – falei.
– Sim, eu sou – respondeu ela, com lágrimas nos olhos.
Ela me deu um beijo e cortou uma mecha do seu cabelo com uma pequena faca que sempre levava escondida sob o vestido. Havia o perfume de rosas. E os cabelos eram labaredas intensas.
– E você é o meu homem – falou com os olhos verdes divinos – E tem meu cabelo, meus olhos, minha alma!
Vivemos juntos por vinte anos. Um tempo perfeito. Uma época de descobertas e ilusões. Éramos felizes. E os anos passaram rápido. E de repente, a dama escarlate sentiu vontade de partir. O fogo do seu coração era levado para longe pelos ventos da aventura.
– Hoje a deusa falou comigo e me disse para partir – falou com os olhos verdes marejados. – Não posso mais ficar. Há um prenúncio em tudo isso.
– Não diga bobagens! – zombei – Foi somente um sonho.
– Não foi um sonho, foi uma visão.
– Não importa! Amanhã essa vontade terá passado! Vamos caçar algo especial esta noite! – falei animado.
– Meu querido Harold... – disse ela, suave. – Não me coloque entre meu amor e a minha devoção. Meu coração é seu, mas prometi obedecer e seguir a deusa, mesmo com essa nova vida.
– Então eu vou com você! – falei segurando as suas mãos.
– Preciso ir sozinha – rebateu Liádan, tristonha.
– Temos toda a eternidade para irmos até o infinito! – disse, e supliquei: – Eu preciso ir com você!
– Nossos destinos já estão entrelaçados em uma única teia. – Sorriu. – Mas agora o meu caminho é outro.
– E para onde você vai? – perguntei angustiado.
– Meu coração será meu guia – respondeu.
– Seu coração está comigo! – gritei.
– Então me espere...
– Essa dor vai me matar – lamentei.

– Esse não é um adeus, mas sim uma breve despedida – falou Liádan. – Faça do nosso reencontro a sua esperança, a sua razão de ser! Você estará comigo em todos os momentos – afirmou, alisando o anel de prata, escurecido pelos anos.
– Então vou esperar você até o fim dos tempos! – solucei.
Ela começou a flutuar e graciosamente voou para longe. Voou para o seu destino incerto. A brisa da noite a carregou sem pena do meu coração dilacerado pela perda. Tudo foi muito rápido, e o golpe rasgou a minha alma em duas.

Não sei se ela voou para junto dos deuses ou se está em terras distantes além do mar. Não sei se ela ainda gosta de mim, mas eu penso nela a cada instante, sonho com ela simplesmente ao fechar os olhos. Mandei prender a sua mecha de cabelos em um pingente de ouro fundido. É o meu amuleto, que levo junto ao coração, e a minha esperança de um dia reencontrar a minha dama da noite. Depois de décadas nem um fio sequer caiu da mecha, que continua viva como o fogo mais intenso.
O que é o nosso pensamento... Uma história de anos se passou na minha mente e a noite ainda é densa, sem nenhum sinal do amanhecer.

Depois que Liádan se foi, o tempo passa cada vez mais devagar...
Fiquei desolado, deitado no chão da nossa casa como uma criança indefesa. Chorava e me culpava. Eu havia feito algo de errado. Eu estraguei tudo.
Permaneci inerte por duas luas cheias, preso aos meus próprios medos. Os caminhos à minha frente eram tortuosos e dentro do meu peito o vazio reinava. Seria um pesadelo? Uma artimanha dos deuses invejosos pela nossa felicidade?
Não... Ela se foi...
Tudo naquela casa lembrava a minha dama da noite. A fogueira queimando cascas de bétula, para dar um aroma suave ao ambiente, um vaso de barro com gérberas e camomilas próximo à porta e uma grande travessa de prata cheia de ameixas, avelãs e maçãs, para relembrar os tempos da nossa vida mortal.
Essa era a minha ilusão, era o que eu desejava ver. Piscar os olhos e ver os cabelos vermelhos brilhando junto às chamas e os olhos verdes de brilho único.
Devaneios!
Resquícios de um passado recente. Espinhos que ainda perfuravam o meu coração.

Agora, o fogo estava fraco, as flores murchas e as frutas podres. A casa estava vazia e negra como os recônditos mais sombrios do mundo.

Não suportava viver sem ela e não mais poder vê-la entrar com o vestido respingado de sangue.

– Eu tentei não me sujar! – diria. – Mas era um homem grande. Ele se debateu como um peixe fora d'água!

Não! Isso não aconteceria! Não era mais o meu lar! Ela estava distante e o meu coração sangrava naquela casa!

Reavivei as chamas e peguei um toco em brasa. Passei-o nos seus vestidos amontoados em uma mesinha baixa. Pegaram fogo rápido. Abri o tampo de madeira que recobria nossa cama e joguei o galho incendiado na palha seca.

O inferno enfim chegara.

E eu desabei impotente, como um verme vomitado no chão. Desolado, derrotado, deprimido. Sozinho novamente. Queria morrer e deixar o meu corpo imortal ser consumido pelas chamas purificadoras. A fumaça densa me deixou um pouco tonto e o calor era causticante. Seria o fim de Harold, o eterno, Harold, o demônio, Harold, o solitário!

Minha visão estava turva e os pensamentos nublados. Eu estava no limite entre o real e as ilusões da morte quando vi Liádan dizendo suas últimas palavras.

– Esse não é um adeus, mas sim uma despedida. Faça do nosso reencontro a sua esperança, a sua razão de ser! Você estará comigo em todos os momentos...

Os ecos da sua doce voz repercutiam na minha mente, no mais íntimo da minha alma!

– Minha querida... – falei aos prantos. – Eu te amo! Eu vou te esperar enquanto meu coração bater.

Então, como se o espírito do meu amor me possuísse, levantei cambaleante em meio às chamas e quebrei a janela com um salto.

Uma dezena de pessoas estava na frente da casa, todos muito temerosos pelo incêndio. Assim que eu saí, o teto de palha e ripas de carvalho desabou, deixando as altas línguas de fogo lamberem o céu.

Muitos homens vieram com baldes d'água e tentaram acalmar as chamas. Havia casas por perto e o vento estava forte.

Duas mulheres vieram em minha direção, desesperadas.

– Você está bem?

– Saiam daqui! – falei ainda atordoado.

– O senhor está machucado? – afastaram-me da quentura das chamas.

Meus pulmões ardiam e eu tossia alto, cuspindo um catarro preto de fuligem. Mas a verdadeira dor estava no meu coração, na lembrança do meu amor, da minha dama da noite.

Então, a besta ressurgiu em mim. Empurrei as mulheres e rosnei para todos, mostrando as presas imensas.

– Deixem queimar! – vociferei. – Não quero que sobre nada! Devem restar somente cinzas!

O pânico foi geral. As pessoas corriam e gritavam, apelando para Deus e seus santos protetores.

– O demônio está aqui! – gritou um velho sem um braço.

– Sim, eu sou o demônio e vou destruir suas almas se não fugirem agora! – gritei.

Todos sumiram.

E a casa estava totalmente no chão. Mas ainda era pouco.

Corri como o vento até alcançar uma trilha de pedras. A dor da separação impregnou meu corpo e eu me movi com a velocidade dos pensamentos. O mundo passava lentamente ao meu redor e tudo parecia mais cinzento. Atravessei as vilas e cidades sem perceber. Parei somente quando encontrei o mar.

Nunca mais consegui tal feito. Sou mais rápido que todos os homens, mas ainda não pude cavalgar o vento novamente.

Precisava deixar a Irlanda, não queria mais estar nessa terra, no lar da minha amada. Queria fugir, apesar de ser impossível me esconder do meu próprio coração. Mas, o desespero me enlouqueceu e bloqueou o raciocínio. As pessoas se escondiam da minha malévola presença. Eu lembrava um espírito recém-saído dos cantos mais quentes do inferno.

Estava muito amargurado, com a mente embebida em fel, com os nervos retesados e os músculos latejando em pontadas dolorosas.

Foi a pior sensação da minha longa existência.

Roubei um *currach* de pesca pequeno e lancei-me ao mar. Levantei sua única vela bem corroída pela maresia e, pela primeira vez desde o meu renascimento, implorei para um deus: supliquei alto para o antigo Njord por uma travessia rápida.

Então veio um vendaval e as ondas se tornaram monstros gigantes e famintos. E eu fiquei à mercê dos caprichos do mar. O barco era jogado como um brinquedo no meio da imensidão negra.

A lua já estava baixa a oeste e a chuva gelada aumentou minha melancolia. Deitei no barquinho e aguardei. Aguardei

uma onda me atirar no mar, aguardei o Sol aparecer e torrar meu corpo, aguardei a morte.
Mas ela não veio.
Ainda não era o meu fim.
E as apostas continuariam nos altos salões.
Eu estava à deriva.
E a imensidão salgada me rodeava.
E não iria lutar.
Não havia nada que eu pudesse fazer.
Somente esperar.
Então, os deuses mexeram mais uma peça do tabuleiro.
Fui atirado contra o casco de um navio mercante e o *currach* se despedaçou. Foi como achar uma virgem num puteiro.
A galé estava ancorada por causa do mau tempo e todos dormiam ou jaziam embriagados demais para perceber a minha presença nas sombras. Escalei seu casco liso furtivamente e passei pelos remadores exaustos.
Eu poderia matar todos facilmente, mas isso não seria inteligente. Eu precisava deles para me levar para terra. Assim, como um rato sorrateiro, desci para o porão úmido e fétido da embarcação. Havia montes de peles, lãs, lingotes de ferro e algumas cerâmicas. As madeiras do compartimento estavam impregnadas de musgos e algas. O cheiro de vômito era nauseante.
Arrastei-me para junto das peles e lãs e me escondi debaixo delas. E por lá fiquei.
Passaram-se dias e semanas...
Passamos pela calmaria e pela revolta das ondas...
Passaram por um surto de febre e diarreia...
E a morte lhes beijou a face.
E os abraçou com força.
E as horas não passavam, em uma eternidade temerosa.
Para mim, somente um momento de reflexão...
Fui acordado por um homem grande, com barba e cabelos castanhos ensebados. Toda a sua pele era gordurosa. Ele lembrava um ogro furioso e carregava um chicote de couro, que estalou sobre a minha cabeça.
– Levanta, seu vagabundo! – cuspiu no meu rosto depois de berrar como um bode.
– Só aproveitei a carona – falei irônico.
– Seu cão insolente! – disse, estalando o chicote na minha bochecha. Um fio de sangue escorreu e eu pude sentir o gosto levemente

amargo. Havia tempos eu não bebia nada e meu sangue estava estagnado, envelhecido, se é que esse é o termo certo. Eu devia estar branco como um fantasma, com olheiras profundas.
– Já chegamos em terra? – perguntei com uma longa espreguiçada.
– Estamos em *Cymru,* e vou entregar você para ser vendido como escravo! – gritou ele, com um sotaque arrastado.
– Ótimo! Enfim chegamos em terra!
Levantei-me, tirei a sujeira da roupa e dei um soco no rosto do ogro, desacordando-o na hora. Nunca gostei muito de usar métodos tão diretos, mas meu espírito não estava para embromações.
Saí do porão e era o início da noite. Todos os marinheiros me olharam assustados. Simplesmente ignorei-os e pulei nos cascalhos da praia. Caminhei sem rumo. Estava em *Cymru,* apesar de não fazer ideia de onde isso era.
Meu coração ainda doía muito, mas sair da Irlanda me deixou mais leve. Eram ares diferentes e o cheiro da maresia revigorou o meu corpo cansado da jornada. Eu não sentia o peso dos anos, mas a falta da dama da noite envelhecia o que restou da minha alma.
Atravessei os vilarejos de *Cymru,* que vim a descobrir ser Gales. Passei pela Escócia, terra de homens valorosos e guerreiros sem medo, pintados de azul. Vi muitas batalhas e a exaltação da maldade humana. Vi a Igreja massacrar as pessoas e a esperança. Vi crianças mais fortes que adultos e adultos aos prantos como crianças.
Por anos e anos eu andei sem rumo, sem nenhum desígnio para a minha existência imortal. Vaguei para onde meus pés pudessem me levar. Era um cadáver ambulante, um caminhante decrépito na escuridão. A cada dia eu me escondia mais dentro da minha alma lúgubre. E eu estava me perdendo nos seus caminhos tortuosos e profundos. Todo o brilho e vaidade se foram. Restou somente a sede primária, sem prazer ou excitação. Eu era um animal solitário. A mais infeliz das bestas sobre a terra.
Mas mesmo a maior das dores é passageira. E quando não vemos saída, até a mais estreita das portas pode levar ao recomeço...
Então, enfim, retornei à Inglaterra. Minha terra, meu lar, lugar onde eu poderia esquecer Liádan. Contudo, ela permaneceu nos meus pensamentos. E a dor imortal ainda me corrói.

Enfim, adormeci.

Capítulo V – Chuva de sangue

Acordei com os relinchos do Fogo Negro. Ele parecia agitado, assustado. Corri para fora da cabana e vi dois homens puxando uma corda que envolvia o pescoço musculoso do cavalo.
– Perderam algo? – perguntei, ao sair das sombras.
– Tentamos dominar esse cavalo – falou o mais gordo e suado.
– Percebi – falei, e sentei sobre um tronco caído.
– Então nos ajude, imbecil – gritou o homem com o rosto vermelho pelo esforço.
– Se assim desejam...
Assoviei duas vezes e meu bom cavalo correu até mim, derrubando um dos homens dentro do lago e o outro em cima de um monte de bosta pastosa, feito prestimosamente havia pouco tempo por Fogo Negro.
– Por que não faz como o seu amigo e vai tomar um bom banho? – ri deles.
O homem gordo, todo sujo, sacou uma espada pequena e correu na minha direção.
– Seu cu de bode miserável – gritou enquanto tentava me golpear no estômago, sem êxito. – Fique parado para eu espalhar as suas tripas fedorentas!
Esquivei-me de um golpe dado para cortar o meu pescoço e, abaixando-me rapidamente, dei-lhe uma rasteira que o fez rolar barranco abaixo. O infeliz parou somente na borda enlameada do lago.
Estava prestes a me mijar de rir, mas o balofo era persistente. Ele escalou pela segunda vez o barranco liso, escorregando e ofegando como um porco. Ao chegar à minha frente, já estava tão cansado e sem fôlego que, com um tapa forte na sua mão, fiz sua espada voar longe.

Ele ainda tentou me esmurrar no rosto, mas desviei facilmente. Acertei uma joelhada no seu saco e o fiz se dobrar de dor. O desgraçado caiu e se contorceu sem ar. O outro homem veio ajudar o amigo, mas Fogo Negro lhe deu um coice no peito, fazendo-o desmaiar na hora.

Agora eu tinha um parceiro para as brigas.

Os dois passariam uns bons dias doloridos. Montei meu cavalo e novamente peguei a trilha poeirenta rumo ao desconhecido. Não me interessei em me alimentar desses dois. A agitação e as gargalhadas fizeram meu estômago reclamar depois de um tempo, contudo havia outra urgência. Precisava encontrar uma morada mais segura e definitiva.

Eram os últimos dias do inverno e logo a primavera iria chegar. O clima já estava mais ameno. As folhas estavam nascendo e algumas flores despontavam tímidas nos arbustos. Os esquilos corriam para suas tocas para comer as últimas bolotas guardadas.

A vida seguia seu curso.

E eu não tinha nenhuma ideia de qual seria o meu...

O pescador e eu saímos para pescar em alto-mar. Eu sentia algo dentro de mim que me dizia para não ir. As águas estavam bem agitadas e o céu era de um cinza pesado, mas assim mesmo ele insistiu.

– Hoje o mar está bom para peixes grandes! – falou animado.

Depois de navegar algumas milhas mar adentro, fomos surpreendidos por uma tempestade inesperada e muito violenta, como se o deus do oceano estivesse tomado por uma cólera insana. Nosso barco era robusto e bem calafetado, mas virou migalhas quando uma onda pesada quebrou sobre nós.

A água estava muito fria e eu tinha batido a cabeça num pedaço do barco. Procurei por Charles, gritei, chamei-o, mas estava zonzo e logo desmaiei.

Acordei em uma praia de areias escuras, envolta por montes não muito altos. Não sei quanto tempo fiquei na água, nem onde estava. Minha cabeça latejava e minha boca estava seca e rachada como se eu não houvesse bebido nada por dias.

Tudo estava deserto e o dia estava bem nublado e úmido. Meu corpo todo doía e eu estava com muita dor de cabeça. Coloquei a mão um pouco acima da testa e havia um calombo saliente. Foi bem onde uma madeira do barco havia batido. Levantei e apalpei minhas pernas e braços.

– Pelo menos não há nenhum osso quebrado – falei, esticando-me e estalando as juntas um pouco inchadas.

As gaivotas voavam alto e davam rasantes para pegar os caramujos escondidos sob a água rasa. Seu grasnar barulhento fazia minha cabeça doer ainda mais e desnorteava os meus sentidos. Comecei a ter uma náusea incômoda e meu estômago revirou.

Eu estava muito fraco e, depois de apenas alguns passos, caí de joelhos. Tudo começou a girar e calafrios estranhos percorreram meu corpo. Vomitei em uma golfada azeda. Tudo ficou escuro.

Apaguei...

Algo machucava as minhas costelas salientes. Despertei, mas a claridade só me permitiu ver um vulto disforme. Coloquei a mão sobre os olhos e aos poucos a imagem de um garoto baixo e magricelo com apenas meia dúzia de dentes encaixados em uma gengiva esbranquiçada se formou. Ele carregava um pedaço de pau e me cutucava sem parar.

Ele tinha o lado esquerdo do corpo torto e os olhos um para cada lado. O moleque continuou me cutucando até que eu segurei o pau e ele saiu correndo, tropeçando nos pequenos montes de areia formados pelo vento. Parou a uns vinte passos e abaixou as calças. Mostrou sua bunda ossuda e cheia de marcas profundas.

– Isso deve ser um delírio – pensei alto.

Usei o pau como apoio para me levantar, mas ele estava podre e se partiu com o meu peso. Caí novamente.

– Isso deve ser um sonho! – falei.

Eu podia ouvir as risadas curtas do infeliz. Ele soltava guinchos agudos e fazia um barulho estridente pelo nariz, como o som de um grilo.

Com muito esforço me levantei e, ainda tonto, consegui caminhar. O pequeno ser, parecido com uma salamandra, bateu palmas e pulou com um pé só. Permanecia com as calças meio arriadas. Conforme eu me aproximava, ele se distanciava. O moleque pulava e rodopiava como um louco e me lembrava os druidas em êxtase das histórias antigas.

Arrastei-me por uns dez minutos, então vi uma cabana feita de troncos e coberta por uma palha verde. O magricela correu e abraçou um homem alto e forte que saía da cabana.

– Papai! – falou o garoto – Visita do mar! Eu achei ele... dormindo, achei! Ele é engraçado! Cai, cai! – se jogou no chão me imitando. – E cheira como os peixes! Sim... Será ele peixe, papai? A gente assa ele! Pode? Come com vagens e repolho... E depois a gente peida bastante!

– Quieto, Edred! – falou o homem. – Está tudo bem? – perguntou-me.
– Meu barco naufragou e eu desmaiei em alto-mar – respondi. – Acordei somente agora. Ou melhor, fui acordado por ele – apontei para o vermezinho.
– Desculpe se meu filho o incomodou – falou o homem alto e loiro. – Ele é tonto das ideias.
– Eu sou tonto! – falou o garoto. – Eu mostrei meu rabo para ele!
– Vá para dentro! – repreendeu o pai. – Agora!
O filho entrou cabisbaixo, cutucando o nariz.
– Que lugar é esse? – perguntei.
– Você está em Scarborough, em Yorkshire – respondeu.
– Então estou longe da minha terra! – falei, surpreso.
– Venha, tome um pouco de caldo de peixe, vai aquecê-lo – falou o homem.
– Peixe! Sim, ele é um peixe fedorento! E vamos cozinhá-lo com couve! – falou o jovem, e saiu correndo da cabana. – Delícia!
– Edred... – ralhou o pai com severidade.
– Papai, eu te amo! – respondeu ele, com um sorriso banguela.
– Eu sei.
Entramos, e o homem colocou um pouco do caldo em uma tigela de barro escura. Cortou uma fatia grossa de pão e serviu um pouco de cerveja clara em um copo também de barro.
– Meu nome é Eofwine, o redeiro – disse o belo homem.
– Eu sou Harold e sou pescador... Era pelo menos até pouco tempo atrás.
Contei-lhe a minha história com o pescador e como naufragamos. Pobre Charles! Que a sua alma descanse até o dia de Jesus voltar. Assim era o desejo dele.
Demorei alguns dias para me restabelecer completamente. Fui muito bem tratado.
Por alguns meses ajudei Eofwine. Ele me deu abrigo e comida. A vida deles era uma história comum naqueles tempos. Sua mulher morreu no trabalho de parto que durou mais de meio dia. Ela sofreu muito. As beatas da região acreditavam que ela estava possuída e o demônio passou para o bebê deformado.
Tentaram matar o pobre Edred. Diziam que ele era uma prole de Satã. Seu pai não permitiu e fazia catorze anos que viviam isolados naquele pedaço da praia.
Fiquei amigo do garoto. Nunca conheci alguém tão sincero e leal em toda a minha longa existência. Ele adorava me

acompanhar nas pescarias no rio Esk. Falava e contava histórias sem parar. Parecia uma gralha.

– Ei, meu pinto é maior que o seu – falou com a mão dentro da calça marrom surrada.

– Você nunca viu o meu para saber! – respondi.

– Você tem o sono pesado! – riu. – Ronca e peida a noite toda!

– Seu moleque safado! – gritei e corri atrás dele.

– Pintinho! É sim! – provocou.

Eu o segurei pela camisa e nós dois caímos na grama úmida. E rimos muito.

– Ei, Harry... – Edred falou baixinho. – Eu gosto de você!

– Eu também, moleque! – respondi esfregando os seus cabelos grossos.

– Você sempre vai morar aqui? – perguntou com os olhos ávidos. – Seria bom! Daí eu posso ter um irmão...

Não falei nada e o abracei.

– Um irmão de pinto pequeno! – disse, protegendo-se dos beliscões que eu dava na sua barriga.

Apesar da deformidade do seu corpo, sua saúde e vontade eram de ferro. Uma vez, enquanto Eofwine foi vender as redes na feira de Ripley, distante muitas milhas a sudoeste de Scarborough, caí adoentado, com uma febre repleta de delírios e dores intensas pelo corpo. Ele cuidou de mim e ficou ao meu lado por dois dias sem pregar os olhos. E, quando eu melhorei um pouco, percebi um corpo franzino deitado no chão.

Peguei-o no colo e coloquei-o na cama.

– Ei, Harry... – falou, sonolento. – Você disse muitas palavras más... Você estava bravo, bravo! Dormia um pouco, gritava muito. Fiquei assustado! – disse com as mãos nos ouvidos.

– Agora já está tudo bem... – falei. – Graças a você!

– Eu te dei sopa de cogumelos! – sorriu. – Aqueles que nascem na bosta dos carneiros...

– Durma, agora... – respondi.

Ele apagou e dormiu por um dia e uma noite, tamanha era a sua exaustão.

Edred e Eofwine viraram a minha família e eu era o filho mais velho agora. Mas, como todo filho, um dia eu precisaria trilhar meu próprio caminho.

Então, no início de verão de 999, resolvi ir embora.

Falei sobre minha partida com Eofwine, que me abraçou com os olhos vermelhos e desolados. Insistiu para eu ficar, mas meu coração estava irrequieto, algo lá no fundo me dizia para partir o mais rápido possível.

Ele me deu uma faca comprida com a lâmina larga e o cabo de madeira vermelha entalhada, dada a ele pelo seu avô. O redeiro acreditava que ela dava sorte, além de poder ser útil em algum imprevisto da jornada.

– Obrigado por tudo! – falei com lágrimas nos olhos.
– Sempre encontrará abrigo aqui!
– Aqui eu tenho uma família – abracei-o. – Eofwine, não conte ainda para o moleque. Ele vai sofrer muito...
– Farei isso... – respondeu com a voz embargada.

Não consegui dormir naquela noite. Antes do galo cantar eu já estava pronto. Comi um peixe ensopado e bebi o vinho de amoras silvestres deixado sobre a mesa. Havia também um pedaço de toucinho defumado.

Guardei-o, enrolado em um pano, em uma bolsinha de couro junto com as poucas moedas que conseguira com a venda dos peixes apanhados no mar e no rio Esk. Peguei a minha trouxa com uma muda de roupa, um pão duro e um pedaço de queijo de cabra e, sem olhar para trás, parti silenciosamente.

O Sol apareceu no céu e eu caminhei até ele estar em sua posição mais alta.

Parei para descansar e comer um pedaço do pão seco e do toucinho. Deitado de barriga para cima na grama fofa, eu divagava e imaginava coisas, quando ouvi um barulho no mato à minha direita.

– Um ensopado de coelho seria excelente agora! – pensei alto.

Então o barulho ficou mais intenso e se aproximou rápido. Levantei ligeiro e saquei a faca.

– Oi, Harry! – Edred apareceu todo suado por entre os arbustos. – Você anda como um jumento! Para que correr se não vai chover? Isso me cansa!
– Moleque! – falei assustado. – Como chegou até aqui?
– Com os pés! Eu acho que é isso... – coçou a cabeça. – Tem as sandálias...
– Seu pai vai te matar! – interrompi bravo.
– Papai...? Não! Papai me deixou ir... – disse Edred. – Papai já sabia! Sim! Ele me permitiu! Até dei um beijo nele.
– Eu ouvi você cochichar de noite com o papai! – continuou, enquanto pegava um pedaço do meu pão. – Andar me dá fome... Ei...? – coçou dentro da orelha com a unha comprida e suja – Lembrei! Você ia embora. Então de noite pedi

ao papai para ir junto! Sim! Bati o pé e fiquei bravo... Se ele não deixasse eu ia... Nossa que pão duro! – falou com a boca cheia. – Ei...? Ah sim! Eu ia fugir... Daí ele deixou... – balançou a cabeça. – Só que eu dormi demais! E atrasei. Sim! Mas corri como uma lebre e encontrei você! – sorriu mostrando os poucos dentes e uma massa pegajosa de pão.
– Então, meu caro Edred, descanse um pouco porque o caminho é longo.
– Posso comer todo o pão? – perguntou.
– Coma!
– Ai, meus dentes! – disse, rasgando pedaços grandes. – Enquanto eu descanso, vai caçar algo macio... Você é muito folgado!
Não respondi.
Afastei-me um pouco e me sentei em uma pedra grande. Logo o moleque adormeceu. Eu estava um pouco receoso com ele, mas sua companhia foi muito bem-vinda.
Edred despertou logo.
Levantou e se espreguiçou profundamente.
Juntou rápido as suas coisas e começou a andar.
– Vamos seu molenga! – riu. – Não quero passar a noite aqui fora!
Então, seguimos nosso curso.

Cavalguei por algumas milhas e longe no horizonte surgiu uma muralha de terra e de pedra. Cidades muradas costumavam ter boas casas para se alugar ou mesmo para comprar. Depois de dormir em uma carroça e em uma cabana, ter algo mais sólido seria ótimo.
Em cima da murada havia quatro guardas vestidos em boas cotas de malha. Dois empunhavam lanças compridas. Todos tinham espadas longas nas bainhas.
– O que faz um viajante chegar tão tarde na nossa cidade? – gritou um deles.
– A necessidade de abrigo! – respondi prontamente.
– E você está sozinho? – perguntou o guarda.
– Não! – falei alto. – Estou com o meu cavalo!
– O sujeito parece dizer a verdade, capitão – cochichou o guarda para o seu superior.
Nada passava despercebido pela minha apurada audição.
O grande portão de madeira se abriu com estalos e rangidos

altos. Fogo Negro entrou em um trote majestoso, até mesmo insolente.

– Você tem alguma arma? – perguntou um guarda mais velho, mas ainda muito altivo e forte.

– Somente os meus dentes! – sorri.

– Tem muita sorte de chegar aqui sem problemas. Alguém tão bem-vestido é um alvo cobiçado pelos salteadores.

– O caminho estava tranquilo e a estrada deserta – respondi.

– Teve sorte, rapaz.

– Eu preciso achar uma casa para comprar – desmontei do cavalo. – E com poucas janelas. É que eu tenho um problema de nascença nos olhos. Não tolero muito bem a luz – cochichei para o soldado.

– Pelo sangue de Jesus Cristo, como você é branco! Sua pele é fina como a da asa de um morcego! – falou o guarda com a tocha próxima do meu rosto.

– Há anos não sinto o Sol... Sabe como é... Fere os meus olhos – falei.

– A casa do velho Robert Wood! – interrompeu animado o outro guarda, um jovem forte e com uma cara bonachona. – Depois da sua morte, seu filho, o Maneta, precisa vendê-la rapidamente para pagar as dívidas da família com a Igreja.

– Robert, que Deus o tenha em bom lugar! – falou o velho guarda. – Ele lutou comigo contra os escoceses em Cowton Moor. Sabia muito bem como usar uma espada!

– Pode me levar até lá? – perguntei, estendendo-lhe duas moedas de prata.

– Ei capitão! – gritou o guarda. – Podemos escoltar o forasteiro até a casa do velho Robert?

– Vão, a noite está tranquila! – falou o homem de meia-idade com a barba bem-feita.

– Então, vamos agora mesmo, senhor! – disse o mais novo.

Atirei para o capitão uma das moedas mais pesadas e ele sorriu de aprovação.

– Obrigado, senhor! – agradeceu.

Godfrey, o mais velho, e John me contaram um pouco da rotina da cidade. Era um forte militar usado para reunir tropas e como ponto de apoio e abastecimento em tempos de guerra, principalmente contra os escoceses. Os muros de terra dura seriam substituídos por pedra e um castelo estava sendo erguido na parte central da cidade. Juraram que o próprio Rei Artur havia ficado nessa cidade por uns tempos.

— Eu mesmo sou descendente dele – falou John. – Por parte de mãe!

— E eu sou irmão do Papa! – zombou Godfrey. – E ele me convidou para tomar vinho em Roma na próxima semana – gargalhou.

— É sério... – esbravejou o outro, com o rosto vermelho. – Pergunte para a minha mãe!

— Sua mãe está tão maluca que é capaz de dizer que o sagrado Espírito Santo desceu do Céu e fodeu com ela para depois de nove meses você nascer! – caçoou o velho.

— Agora eu vou acabar de partir seu nariz torto, seu velho peidorreiro...

— Os garotos querem parar com essa frescura? – Uma mulher de cabelo louro, quase branco, interrompeu a discussão, enquanto uma morena de corpo bonito ria escandalosamente.

Eram duas putas maltrapilhas que nos chamavam de uma casinha de madeira. A loira mais velha abaixou um pouco o vestido e começou a balançar as suas tetas flácidas.

— Ei, Godo! Quem é o seu amigo bonitão? – perguntou a morena. Ela tinha uma pinta enorme na bochecha.

— Não enche, Carmem! – respondeu o guarda, bravo.

— Ui! Está nervosinho? Precisa de uma chupada gostosa? – falou com gestos com a boca e a mão.

— O pinto do nobre Godfrey está mais mole que uma lombriga recém-cagada! – zombou a loira.

— Passe mais tarde aqui para eu tentar reanimar o pobre coitado! – falou a morena. – E traga seu amigo... Uma boa dose de vinho e uma trepada bem dada vão trazer a cor de volta à sua pele.

Mandei um beijo para elas e continuei meu caminho.

— Vagabundas! – falou o guarda. – Até ontem elas falavam que o meu pinto era duro como um carvalho! Vadias!

— Isso não teria sido na década passada? – falou John sem conseguir segurar o riso.

— Não enche! – respondeu Godfrey, mal-humorado.

A cidade estava deserta, exceto por alguns bêbados e mendigos jogados no chão. Um cachorro malhado correu em nossa direção e rosnou, mas fugiu de medo assim que Fogo Negro reagiu bufando com as grandes narinas.

A casa não ficava muito longe do portão norte. Era uma forte construção de pedra e madeira, rodeada por uma bonita cerca viva de dez palmos de altura. Sobre as paredes cresciam musgos, liquens e algumas plantas trepadeiras, deixando aquela visão ainda mais melancólica. E realmente havia poucas janelas.

John bateu na porta. Tudo estava silencioso.

Bateu novamente e com mais força. Havia um leve cheiro de fumaça vindo de dentro da casa.

Depois de algum tempo as dobradiças rangeram e a pesada porta de madeira e ferro se abriu. Surgiu um homem grande e alto, com os cabelos castanhos desgrenhados e remelas em volta dos olhos vermelhos. Ele bocejou forte e se espreguiçou desajeitado. Seu braço direito era apenas um toco com uma mãozinha atrofiada. Os dedinhos se enrolavam sobre a palma da mão de uma maneira muito estranha.

– Mas que merda, John! – falou, sonolento – Veio me cobrar de novo, seu veadinho? Fale para o bispo que assim que eu vender a casa eu o pago!

– Não viemos aqui para isso, Will! – falou Godfrey. – Esse senhor quer te fazer uma oferta!

– A essa hora da noite? Não pode ser amanhã cedo? – respondeu ranzinza.

– Seu idiota! Bater tanta punheta afetou sua cabeça! – falou John. – Ele pode salvar sua família da excomunhão!

– Minha família está tão fodida que a excomunhão é apenas um dos problemas! – respondeu Will, indiferente.

Ele tentou fechar a porta, mas impedi prendendo-a com o pé.

– Vai querer vender essa pocilga ou não? – perguntei irritado.

O grandalhão me olhou dos pés à cabeça.

– Entrem então – virou as costas e adentrou a casa.

– Deve ser difícil brincar com o pinto usando a mão esquerda – cochichou John. – O Maneta só bate uma com a mão esquerda! A outra não serve nem para coçar o saco!

– Pergunta para a sua irmã! – retrucou Godfrey. – Ela é canhota... Uma tentação do Diabo! Deve fazer isso para todos os machos que vão à sua casa!

– Cala a boca, pinto de lombriga!

A casa estava pouco iluminada e o homem colocou mais madeira na fogueira. Puxou uma cadeira e fez um gesto para que eu me sentasse.

– Então, senhor...?

– Harold Stonecross.

– Então senhor Harold, essa é uma boa casa, construída pelos meus antepassados há mais de um século – coçou a barriga com a mãozinha deformada. – Eu não gostaria de vendê-la,

mas meu pai deixou uma grande dívida com a Igreja – cuspiu quando acabou de falar.
– E quanto seria essa dívida? – perguntei curioso.
– Bom, deixe-me ver... – mexeu os dedos da mãozinha como se contasse. – Somando as taxas atrasadas e as demais cobranças, umas... duzentas moedas de prata.
– Se sair agora lhe dou este broche pesado de ouro e este anel de prata cravejado com esmeraldas – mostrei as joias. – Devem valer o dobro da sua dívida. Mas só se você for embora agora!
Ele examinou as joias e mordeu o broche para ver se era ouro mesmo. Ficou em silêncio e foi buscar vinho. Pegou quatro copos de cerâmica vermelha e nos serviu.
Fingi beber.
– Pois bem, senhor Stonecross... – falou calmamente. – É uma boa oferta, mas ainda é pouco.
– Pouco? – falei indignado. – Certamente essas joias comprariam qualquer casa dessa cidade. Até mesmo um pequeno castelo.
– Escuta o senhor Stonecross, Will! – falou Godfrey. – Você não pode perder essa chance!
– A oferta não é ruim, mas é uma boa casa, não há nem goteiras... – falou o maneta mostrando o teto.
– Para mim já chega! – levantei-me irritado – Enfie essa sua casa sem goteiras no rabo! Perdi muito tempo com você!
Já estava na porta quando senti uma mão forte segurar o meu ombro.
– Não se irrite, senhor Harold – falou Will. – É que há muita pressão em mim depois que o velho morreu!
– Então vá cagar para ver se alivia essa pressão – respondi bravo.
– Eu aceito as joias! – disse ele, estendendo a mão para selar o acordo.
– Feito! – cumprimentei-o. – Agora suma daqui antes que eu mude de ideia!
– Já vou, senhor – falou ele – Só preciso pegar alguns poucos pertences.
Will subiu uma escada e foi para o andar superior da casa. Ficou lá por uma meia hora e desceu com um grande baú nas costas. Para minha surpresa, atrás dele apareceu uma linda garota de cabelos negros bem lisos, contornando o pescoço comprido. Sua pele era dourada como o centeio. Seu corpo esguio se mexia graciosamente enquanto ela descia a escada. E tinha um belo par de tetas!

Olhei-a fixamente e vi que ela também não desviou o olhar. Senti um calor crescendo nas minhas bochechas.

– É uma potranca! – cochichou John. – Daria meu soldo para cavalgá-la.

– Senhor Harold, essa é a minha irmã Stella – falou Will, orgulhoso.

– Uma bela jovem!

– Puxou a família da minha mãe. Eles são da Itália. Vieram para nossas terras no século passado para trabalhar como marceneiros e artesãos. Gostaria de respirar aqueles ares mornos e sentir o Sol forte numa praia de areias brancas.

– Ela deve ter vários pretendentes – falei.

– Tem sim! Mas, depois da morte do papai não temos como pagar o dote.

Tirei da bolsa um pequeno crucifixo incrustado de topázios e coloquei sobre a mesa. O maneta abriu a boca de espanto.

– Eu lhe dou essa joia de presente e ainda dispenso qualquer dote se a der para mim – disse ao olhar a cruz ricamente adornada. – Prometo cuidar muito bem dela e ser um marido correto.

– O filho da puta tem sorte – disse John, entusiasmado, batendo a mão nas costas de Godfrey. – Vendeu a casa, livrou-se do dote e ainda ganhou um crucifixo que vale seis meses de campanha! Puta que o pariu!

– E o senhor Harold ganhou uma bela esposa! – falou Godfrey cortês.

– Fico feliz pela minha irmã. Finalmente encontrou um homem bom! – falou Will, com a mãozinha trêmula.

– E quem disse que eu quero ficar com ele? – perguntou Stella com uma voz incisiva.

– Cala a boca! – gritou Will. – Respeite o senhor Stonecross.

– Vá se foder, seu deformado! – vociferou ela – Esse branquelo deve ser um maricas!

– Você já está velha! Já tem dezesseis anos e nenhum marido! – falou ele, segurando-a pelo braço.

– Seu merda! – cuspiu no rosto dele. – Você não tem colhões para me prender!

– Sua *puttana,* quer acabar tendo que trepar com qualquer um para sobreviver? – indagou Will, com o rosto vermelho e as veias da testa saltadas.

Eu me encostei no batente da porta e comecei a rir da selvageria. Ela tinha o sangue quente. Era uma potranca a ser domada.

– Vão – falei alto. – Eu me acerto com a minha garota.

– Não vou ficar aqui, seu veado! – sibilou enquanto tentava fugir – E não sou sua!

Impedi a sua passagem e a segurei firmemente junto ao meu peito enquanto ela se debatia como um animal enjaulado. Ela tinha um perfume cítrico, misturado ao cheiro do suor cheio de cólera. Isso me excitou. Ver as gotículas escorrerem do seu pescoço até se perderem por entre os seios fartos despertou em mim um instinto selvagem, como se o próprio deus Baco encarnasse no meu corpo.

– Acalme-se, minha querida – sussurrei no seu ouvido.

No mesmo instante ela parou de se debater e me fitou com os olhos mais serenos. Dei-lhe um beijo tocando o canto dos lábios e acariciei seu rosto lindo com as costas da mão.

– Suba e descanse um pouco – sorri. – Esquente a cama para mim.

Obediente, ela se virou e subiu calmamente.

Todos me olharam admirados.

– Os senhores não têm mais o que fazer? – perguntei irônico.

– Oh, sim! – respondeu Godfrey – Se precisar de algo sabe como nos encontrar!

Observei-os se distanciando pela rua de pedras, parcamente iluminadas por tochas.

– Ei, Will... – falou o guarda mais novo. – Como nós trouxemos o homem até você, não há como nos dar uma parte do dinheiro?

– Sem chance! – falou o maneta. – Mas que tal irmos foder umas bocetas? Eu pago!

– Se todas as noites de vigília fossem assim, eu nunca mais reclamava – falou o velho guarda.

– Será que a lombriga do velho Godo vai acordar? – indagou John.

– Vire a bunda e eu lhe mostro...

Fechei a porta e sorri vitorioso.

Subi lentamente as escadas e encontrei Stella deitada na cama. Quando me viu ela deu um sorriso tímido e ficou com os lábios entreabertos, sensuais. Parei onde estava e a admirei sem pressa. Ela se cobria com um lençol feito de linho muito fino e isso evidenciava todas as suas curvas generosas.

Eu a devorava com os olhos.

E ela percebeu.

E sorriu com uma malícia triunfante.

"O viajante muito andou
Por terras onde nunca estivera
E numa noite sem lua ele se perdeu
E o desespero surgiu
E ele correu cego
Por bosques distantes
Até desmaiar de exaustão

E quando o Sol nasceu
A rainha das fadas surgiu
Com cabelos de ébano
E lábios da cor de rosas selvagens

E no ar ela dançava
Tão leve como o vento
Tão linda como as estrelas do sul

E a sua voz era doce
Como a mais doce flauta
E seu canto melancólico envolveu o seu coração

Então a alma do viajante saiu do seu corpo
E flutuou até as mãos suaves da rainha
E ela a prendeu em um vaso de cristal
E num instante o viajante adormeceu...

E ao acordar na sua cama
Não se lembrava de nada

Mas toda noite em seus sonhos
Ele voltava ao reino mágico
E juntos eles se amavam

E assim foi por anos
Até o final da sua vida
Quando enfim ele pôde ser feliz
E viver eternamente com a rainha das fadas."

Uma lágrima brilhante escorreu pela face linda de Stella. Minha poesia havia entrado nos cantos mais distantes do seu coração e trançado cordas para aprisioná-lo à minha vontade, aos meus desejos mais íntimos.

Meu encanto era irresistível.

Edred estava muito feliz. Mais do que de costume. Ele assoviava melodias inventadas na sua cabeça e peidava sem se preocupar com nada. Essa era a aventura da sua vida. E eu era o seu guia. Um guia temeroso nessa jornada incerta. Logo iria escurecer e não podíamos passar a noite no relento.

Andamos por algum tempo e o Sol se despedia do horizonte. O vento soprava forte e começava a gelar os ossos. O estômago resmungava, mas mastigamos apenas algumas frutinhas verdes colhidas na beira da trilha. Todo o pão e o toucinho haviam acabado. E por pouco a esperança não se esvaiu.

Vimos sinais de fumaça distantes no horizonte. Apertei o passo e pedi que Edred me seguisse. Ele se esforçou ao máximo até quase cair de exaustão.

– Ei, Harry! – gritou. – Você devia ter arranjado uma mula!

– Jura? – falei jocoso – E com qual dinheiro?

– Sei lá! – respondeu – Até isso sobra para eu pensar! É cada uma... Seria bom se você trabalhasse e não fosse tão vagabundo! Sim... Isso mesmo!

Não dei ouvidos e continuei andando. Tudo estava muito silencioso, havia somente o farfalhar do vento passando por entre as folhas verdejantes das árvores. Eu estava envolto nos meus pensamentos. Eu me lembrava da minha família rica e importante, de Charles, o pescador, de Eofwine... Como a minha história sofrera reviravoltas naqueles últimos anos! Minha mente estava longe, imersa em sinuosas memórias, quando fui interrompido bruscamente.

– Harry, preciso parar! Ui, Ui... – o moleque se contorcia. – Nossa Mãe!

– O que foi agora?

– Aquelas frutinhas verdes... Ui! – disse, jogando a pequena trouxa de roupas no chão – Eu estou cagando nas calças!

Edred saiu correndo até uma moita e se aliviou soltando grunhidos altos. Dava para ouvir os jatos pastosos se espalhando no mato.

– Puta merda! – disse com a voz apertada. – Assim eu vou cagar as minhas tripas! – Deus do céu! Como fede! E nunca acaba!

Ele ficou naquela batalha por alguns minutos, tempo que me garantiu boas risadas.

– Para! Chega de rir! – gritou ele com o rosto vermelho.

– Ei...! Vai pegar umas folhas macias para eu limpar a bunda... Ai! Essas daqui arranham...

– Podemos continuar agora – falei, entregando-lhe algumas folhas de videira.

– Hunf! – resmungou ele, pegando a trouxa de roupas – Só andamos, andamos! E nada de chegar!

Apesar das reclamações, Edred me seguiu de perto. Antes de escurecer completamente, avistamos uma vila com casas construídas sobre um pântano malcheiroso. Andamos por trilhas úmidas e escorregadias até chegar à primeira construção. Era um casebre erguido sobre estacas, do tipo que chamam de palafita, para evitar as inundações no pântano. Subi uma escadinha com os degraus enegrecidos e envergados. Bati na porta três vezes.

Os sapos coaxavam e os mosquitos nos devoravam vivos.

Demorou um pouco até uma velha corcunda, com um tapa-olho de couro grosseiro, abrir a porta e nos observar desconfiada. Ela segurava um candeeiro velho e enegrecido de fuligem.

– Não tenho nada para dar a vagabundos – disse, cuspindo a cada palavra.

– Ora! Vagabundo não! – esbravejou Edred. – Somos viajantes! Sim... Eu acho que é isso! Velha doida!

– Desculpe meu irmão! Ele é meio tonto... – falei baixinho.

– Vão embora! – disse ela, tentando fechar a porta.

– Só queremos abrigo e um pouco de pão – supliquei. – Posso lhe dar um pence.

– Hum... – rezingou a velha. – Podem dormir no chiqueiro se quiserem! Os porcos são bem calmos.

– Velha sovina – xingou Edred. – Vamos ter que ficar com os porcos! Ai, ai, ai!

– Para nós é perfeito – entreguei-lhe a moeda.

– Vão para lá – apontou para uma construção de madeira. – Já levo a comida...

Fizemos acomodações na palha úmida cheia de fezes secas e piolhos. Os porcos guincharam e se amontoaram num canto. O lugar fedia demais. Logo a velha trouxe uma sopa rala e fria de nabos e dois pedaços de pão mofado.

– Ei Harry! – falou Edred, espiando a velha se afastar. – Se a gente fizer fogo! Sim! Muito fogo! E assar um porquinho gordinho? Hum! Já posso sentir o sabor do torresmo! Sim! Nossa! Uma barriguinha com carne macia. Delícia!

– Come sua sopa e vai dormir! – falei.

– Sopa! – resmungou. – Isso é uma tigela de água suja!
– Então deixe aí que eu como! – falei.
– Hunf!

Edred tomou toda a sopa e se deitou. Logo já estava roncando e contando historietas confusas. Eu acabei a minha refeição, mas demorei a pegar no sono. Meu passado dominou meus pensamentos e o futuro deixou meu coração apreensivo. Eu desejava ter a mesma paz do moleque.

Mas as teias do destino há muito foram trançadas.

Despertei com um porco cheirando a minha cara. O moleque ainda dormia tranquilamente de barriga para cima e os braços esticados em forma de cruz. Acordei-o, e ele deu um sorriso largo e banguela assim que abriu os olhos remelentos.

Meu corpo estava coberto de picadas e eu tinha o mesmo cheiro dos animais.

– Já passou da hora de acordar, seus vagabundos! – sibilou a velha caolha.

– Viajamos por muito tempo... – falei calmamente.

– Vagabundos têm desculpas para tudo! – retrucou ela, enquanto atirava verduras para os porcos.

– Velha fodida! – Edred xingou baixinho.

– Minha senhora... Não temos mais dinheiro, mas podemos pagar com trabalho – falei.

– Eu não quero! – respondeu ela bruscamente.

– Sempre há algo para se fazer! – insisti. – Algo que a senhora não dê mais conta!

– Já que insistem... Vão até a floresta buscar madeira para remendar os buracos da casa. E não me tragam madeira podre ou cheia de cupins, seus vagabundos!

– Obrigado! – respondi.

– Obrigado? Ora, vá se danar! – esbravejou Edred. – Ela merecia uns sopapos, isso sim! Como você é idiota, Harry!

– Vamos logo, seu moleque chorão – falei, sem paciência – Ou prefere voltar correndo para o papai?

– Seu cu de enguia! – xingou. – Ah ah ah! – Nunca vi um cu de enguia! Ei... Harry? Enguias têm cu?

Ignorei a pergunta.

Pegamos um machado grande e algumas outras ferramentas de metal e partimos.

Atravessamos o pântano e caminhamos ao lado de um rio lamacento até encontrar uma árvore imponente. Demorei mais de uma hora para cortar a árvore. E meio dia para fazer algumas tábuas grosseiras com uma cunha de ferro e um martelo pesado. Nós as amarramos com uma corda grossa e arrastamos com dificuldade até a casa da velha.

Meus braços formigavam e minha barriga doía. Logo iria escurecer e não tínhamos comido nada. Mas assim mesmo estávamos felizes.

A velha nos trouxe um mingau de aveia e algumas uvas secas. Devoramos como bichos famintos. E continuamos famintos, pois a refeição era parca.

– Agora que estão de barriga cheia, arrumem logo essas tábuas! – falou a velha.

Acendemos uma fogueira e jogamos no fogo ramos de artemísia e estrume seco para espantar os mosquitos. A lua surgiu e por mais algum tempo continuamos cortando e aplainando as grossas tábuas. Até que o cansaço endureceu os músculos e turvou a visão. Resolvemos dormir. O moleque apagou assim que deitou. E eu continuei com os meus pensamentos. Não conseguia dormir. Voltei para perto da fogueira e comecei a entalhar um pedaço de madeira. Meu corpo não resistiu muito. Fui logo envolvido nos braços do sono.

Acordei muito cedo com o canto de um bando de tordos. A fogueira já estava apagada e fria. As nuvens escondiam o Sol, mas o dia não estava frio. Resolvi caçar algo mais saboroso para comermos no desjejum, pois provavelmente teríamos sopa rala ou mingau novamente.

Fiz uma lança rústica, amarrando a minha faca comprida em um pedaço de pau que achei no caminho.

Depois de algum tempo voltei com uma lebre gorda. E alguns cogumelos frescos.

Edred ainda dormia, babando como um bebê. Acordei-o e, como sempre, ele abriu os olhos com um sorriso.

– Fiz isso para você ontem à noite – entreguei-lhe a escultura de madeira.

– Ei! Harry... – olhou atentamente para o objeto. – Que é isso?

– Fiz um boneco para você – afaguei os cabelos gordurosos do moleque.

– Boneco? – fez uma careta. – Para mim isso parece um pinto de madeira!

– Haja calma! – falei olhando para cima.

Tirei a pele da lebre e coloquei-a para assar na recém-avivada fogueira. Coloquei os cogumelos nas entranhas do bicho para dar um sabor melhor. Enquanto isso, trabalhei as madeiras até ter tábuas retas o suficiente para substituir os pedaços podres da casa da velha. O serviço ficou bom.

Saboreamos a lebre como uma iguaria. Ou melhor, saboreamos meia lebre, pois a velha pegou metade para si, como pagamento por mais uma noite.

– Bruxa maldita! Fedorenta – resmungou Edred.

– Logo vamos partir – falei.

Ficamos lá por quase um ano.

Com o tempo, a velha chamada Martha começou a ficar mais amena conosco, dando-nos mais comida e liberdade. Ela era muito respeitada no pântano, como curandeira e conselheira. Para alguns ela tinha o poder de prever o futuro. Acreditavam mais nela do que nos frades andarilhos chegados de regiões distantes e até mesmo do continente.

Não tínhamos planejado ir embora naquele dia, mas algo estranho aconteceu. Algo que até hoje não consigo explicar. Era o último dia do ano de 999. Havia uma histeria silenciosa sobre um possível fim do mundo. E o fato que ocorreu colaborou muito com isso.

Estávamos montando armadilhas para pegar rãs para o almoço quando Martha veio correndo, desesperada e suando muito.

– O céu! – gritou com a voz tremida

– Calma... – falei segurando a mão dela.

– Vai chover sangue! – revirou o único olho. – Chuva de sangue! Sangue!

– Ei, Harry? – o moleque falou com os olhos virados para cima. – Só vejo nuvens, como sempre!

Então a velha deu um grito e morreu.

Os homens que estavam conosco ficaram assustados e correram para as suas casas, largando fisgas e armadilhas no chão.

E de repente uma forte ventania começou. O céu ficou negro e os trovões rugiram distantes. Então, pedaços de carne e sangue começaram a cair sobre nós. O terror tomou conta dos corações. Muitos rezavam fervorosamente para todos os santos. Uma mulher enforcou seu filho temendo o juízo final.

Edred e eu ficamos paralisados salpicados de vermelho. Tremíamos assustados. E fechamos os olhos. Até o completo silêncio.

E nesse dia o mundo não acabou...

Capítulo VI – Cantigas ao pé da fogueira

A noite com Stella foi deliciosa. Sua juventude e fogo envolveram todo o meu ser. Ela aqueceu a minha fria pele e fez o meu coração imortal bater mais forte. Não fui caçar apesar de ter sede. Todas as minhas outras lascívias foram saciadas de uma maneira nova, diferente do prazer momentâneo de quando eu era mortal. Eu tinha o seu corpo, a sua mente, a sua alma.

Ela ficou exausta e dormiria durante todo o dia, não estava acostumada com um amante imortal. Logo iria amanhecer. A casa era bem escura, mas as pequenas janelas no salão poderiam ter uma perigosa claridade. Saí para procurar algo para vedar as aberturas e achei atrás da casa algumas peles de carneiro deixadas para secar. Serviriam.

Arranjei alguns pregos grosseiros que usei para fixar as peles nos pequenos vãos das pedras da parede. Amanhã precisaria fazer algo melhor. Tranquei a porta com uma grossa viga de madeira, suportada por duas hastes de ferro. Podia ouvir um bando de morcegos retornando ao seu esconderijo. No fundo, eu me sentia como um deles.

Havia um grande baú, comprido, do tamanho de um homem. Hoje ele seria a minha cama. Coloquei alguns panos grossos para tentar deixar aquilo mais confortável, mas mesmo assim dormi todo torto e tive um dia péssimo. Se eu fosse mortal certamente acordaria com o pescoço duro. Mas duro estava somente o meu estômago.

Levantei e Stella ainda dormia profundamente, com o semblante calmo. Falei algumas palavras em seu ouvido e ela sorriu. Isso a deixaria adormecida até eu retornar. A cada dia o meu poder de persuasão crescia mais e mais. Esse era o meu maior dom desde o renascimento.

Saí em busca de sangue fresco. Uns bons goles do puro líquido vermelho! Já podia sentir o sabor na minha boca e o calor descendo lentamente pela minha garganta até aquecer totalmente o meu corpo, devolvendo a cor para a minha pele pálida. Caminhei pelas ruas desertas, olhei dentro das construções, até encontrar a minha presa.

Havia um grande mosteiro na cidade. Um prédio antigo, localizado ao norte do portão principal no sopé de um monte não muito alto. As janelas pequenas das celas no claustro estavam todas silenciosas e escuras, exceto por uma. Ela deixava ver uma fraca luz de velas, trêmula e amarelada. Esgueirei-me pelas sombras e, sem emitir um ruído sequer, dei um salto e pousei no beiral estreito das janelas. Fui movido pela curiosidade e recompensado pela sorte.

Uma freira com aparência de no máximo dezoito anos se açoitava nas costas com uma tira de couro bem fina. Havia vários vergões recentes e antigos e o sangue escorria dos ferimentos pela sua pele nua. O cheiro me deixou excitado e, rapidamente, invadi a sua cela e me sentei na cama. Ela estava de costas para mim e rezava com fervor para um Cristo de madeira pregado na parede.

Não percebeu a minha presença.

Quase nunca percebiam.

– Senhor! – falou enquanto se flagelava com a tira de couro cru – Perdoa-me! – Sagrada Virgem, intercede por mim... Tu que ficaste intacta mesmo após o parto do teu filho... Perdoa-me! Eu não resisti... Estou tão suja... Imundo é o meu ser... Entreguei o meu corpo ao prazer do demônio!

– E foi bom pelo menos? – perguntei baixinho.

Como se saísse de um estado de transe, ela virou a cabeça para o meu lado, mas seus olhos ainda não me viam realmente. E ela era bonitinha! Longe de ser linda, mas mesmo assim era um desperdício uma jovem assim vir se enclausurar em um mosteiro. Homens certamente brigariam por mulheres muito mais feias e fedidas.

Depois de alguns segundos ela deu algumas piscadelas rápidas e quando me viu ameaçou gritar. Porém, na velocidade de um pensamento, eu fui para trás dela e tapei a sua boca gentilmente. Ela me mordeu com força, mas aguentei firme.

– Calma... – sussurrei no seu ouvido. – Vamos apenas conversar.

Ela parou de lutar e sua respiração se restabeleceu. Seu

coração se acalmou e as palpitações mantinham agora um ritmo constante.

— Se eu tirar a mão da sua boca, você não vai gritar, não é? — perguntei diminuindo a pressão nos seus lábios. Ela balançou a cabeça e eu tirei a mão devagar.

— Quem é você? — perguntou ao cobrir os seios nus com as mãos.

— Sou um anjo enviado pelo senhor — falei sorrindo.

Peguei um pano branco e molhei-o em uma bacia de barro que ficava sobre uma mesinha simples de madeira. A água tinha um perfume de laranjas maduras. Limpei os seus ferimentos delicadamente enquanto ela chorava baixinho. Os bicos dos seios, durinhos e pontudos, tentavam minha vontade. Eles escapavam por entre os dedos dela e sua visão me enlouquecia. Queria mordê-los naquele instante, mas me controlei.

— Deus está muito bravo comigo? — perguntou com os olhos muito vermelhos.

— Não, minha criança! — passei a mão nos seus cabelos castanhos encaracolados — Ele me mandou para ouvir as suas súplicas.

— Eu não devia... — ela começou a chorar alto e a soluçar.

— Tudo bem! — abracei-a e senti o seu corpo quente. Seu coração batia forte e cheio de vida.

— Vivo aqui desde os doze anos — soluçou — A minha mãe morreu leprosa e depois disso meu pai me abandonou. E por isso vivo aqui!

Ela abaixou a cabeça e começou a chorar novamente, como uma criança que recebe um castigo sem ter cometido qualquer falha.

— Eu nunca quis ser freira! — gritou e socou a cama. — Eu nunca quis!

— Deus sabe, e por isso me mandou para acabar com a sua dor — falei, enxugando as lágrimas da sua face com os dedos.

— Bendito seja o nosso Senhor! — olhou para cima. — Enfim as minhas preces foram ouvidas!

— Está pronta para a liberdade, doce criança? — segurei suas mãos.

— Sim, querido anjo! — lágrimas abundantes escorriam pela sua face. — Esperei isso por toda a minha vida!

— Então feche os olhos — falei beijando-lhe a testa. — Feche os olhos e se imagine voando para longe dessa prisão, como um pássaro rumo aos belos campos verdes do sul.

Ela fechou os olhos.
E eu os beijei delicadamente.
– Sim, eu estou vendo! – gritou em êxtase – Estou voando por sobre um campo florido! Sinto o meu corpo leve! – falou abrindo os braços.
Então eu cravei os dentes no seu pescoço.
Ela nada sentiu.
As ilusões eram verdadeiramente reais no seu coração. A freirinha ansiava por isso havia anos.
Ela morreu rapidamente.
E eu a deixei deitada na sua cama enquanto o fogo vermelho percorria as minhas veias.
Saí tão silenciosamente quanto entrei. Não como um demônio de perdição, mas como um bom anjo do Senhor.
Se houver mesmo um Juízo Final, estou ferrado.

Foram todos para casa rezar. Rezaram como doidos, fazendo promessas silenciosas que nunca iriam cumprir. Os maridos foderam suas esposas ou amantes ou as duas pela última vez. E elas fingiram o gozo pela última vez.
Então veio a noite...
E os temores aumentaram. E começaram as náuseas e os calafrios. Todos pensavam na chuva de sangue. Todos temiam a fúria sagrada de Deus.
Menos Edred.
Ele apenas comia e falava suas besteiras costumeiras.
E o tempo passou lentamente.
E, na primeira hora do ano 1000, Jesus não veio glorioso dos Céus, escoltado pelos anjos ao som das trombetas magníficas. Nem a lua caiu da imensidão. Tampouco a terra foi consumida por fogo.
Muitos não dormiram.
Mas com a primeira luz do dia veio a euforia.
Estávamos vivos!
Na mesma merda de vida, mas vivos!
E todos rezaram a Deus.
Agradeceram por ele não vir ainda.
E não arrasar o mundo todo com fogo e raios, mandando para o inferno todos os maus cristãos.
Nunca vi padres tão sorridentes quanto naquele dia. O dia em que Edred e eu partimos do pântano e recomeçamos a nossa jornada rumo ao desconhecido. Sentíamo-nos felizes

e imortais, pois o próximo fim do mundo só aconteceria em 1000 anos. E isso parecia distante demais, inalcançável. Que grande ironia! Pois há muito tempo as teias do destino foram trançadas...

— Ei, Harry! — falou Edred, contente. — Estou feliz! Sim! Demais! Nosso rabo não vai queimar no inferno! Não, Não! — ele começou a bater palmas e saltitar — Só mais tarde. Quem sabe amanhã?

— Se você for um bom garoto, você vai para o céu, para junto dos anjinhos — falei irônico.

— Os padres falam que eu sou filho do Capeta! — falou com uma careta.

— Besteira! — respondi despreocupado. — Você é filho de um homem muito bom! Seu pai é melhor do que qualquer padre!

— E a minha mãe? — perguntou, tristonho.

— Era uma ótima mulher — apertei o ombro torto do moleque. — E ela está no céu te esperando.

— Ei! — gritou ele. — Acho então que ela vai ter que esperar bastante! O mundo não acabou!

— Sim, ela vai ficar junto às estrelas mais um pouco — respondi.

— Então sempre vou olhar para cima antes de dormir! — falou Edred feliz.

Continuamos nossa jornada pelo caminho poeirento, sempre seguindo em frente, sem olhar para trás. E por meses fomos de cidade em cidade, pelos vilarejos mais ermos, guiados pela sorte ou pela necessidade. Rimos juntos, choramos juntos e crescemos.

O vigor do moleque era admirável. Mesmo com sua deformidade ele era incansável.

— O que me diz de nadarmos um pouco? — falou já sem as roupas. — Essa perdiz vai demorar a assar ainda!

— Vai você! — atirei uns gravetinhos no fogo sem dar atenção. — Está meio frio hoje.

— Está com vergonha de mostrar o seu pinto pequeno, Harry — falou, rindo e correndo pelado para o rio.

— Seu moleque idiota! — falei enquanto tirava as roupas.

Nadamos por quase uma hora. Rimos despreocupados. Imitamos as lontras que nos observavam curiosas. Naquele momento, esquecemos de tudo. Éramos apenas duas crianças se divertindo. E, quando olhamos para a margem, não vimos as nossas roupas e nem a nossa perdiz assada.

— Puta merda Edred! — gritei. — Roubaram as nossas roupas!

– Ei! Nossa! – olhou pensativo – As roupas que se fodam, levaram nosso almoço também! – berrou e saiu do rio aos tropeços.

– Corre, Harry! Eu estou vendo eles! Ai, Ai! Pega esses veados! Pega a perdiz!

O garoto mancava de uma perna, portanto com apenas poucos passos ultrapassei-o e fui ao encalço dos larápios. Eram três moleques mais novos que Edred, mas rápidos como o diabo. Meus pés descalços doíam a cada passo, pois a trilha era coberta por algumas pedrinhas pontiagudas.

Tentei esquecer a dor e me esforcei o máximo que pude. Eles estavam a uns duzentos passos na minha frente quando a trilha se bifurcou. Não pude ver direito para onde eles seguiram. Olhei para trás e vi Edred distante, correndo com todas as suas forças.

Peguei o caminho da direita.

Uma má escolha.

Dei de cara com uma procissão que seguia uma imagem grande de madeira bem escura do Santo Wynfrith. Dezenas de fiéis pararam os cânticos e me olharam abismados, fazendo o sinal da cruz e rogando pragas. As moças davam risinhos maliciosos e mordiam os lábios. Fiquei paralisado por algum tempo, pois a surpresa foi muito grande. Minhas pernas tremiam.

Corri de volta para o bosque e pulei atrás de um arbusto espinhoso, arranhando toda a minha barriga. Os gritos raivosos dos fiéis me assustaram. Os padres pediam a Deus que mandasse fogo dos céus e me fulminasse. As velhotas queriam os meus bagos cortados e até os cães pulguentos rosnavam.

Eu já havia me borrado duas vezes.

Então Edred apareceu mancando. Arfando como um porco cansado. Parou bem na frente da procissão, que agora não entendia mais nada.

– Vem para cá, moleque! – chamei-o colocando a cabeça por cima do arbusto.

– Ei! Estou cansado! Espera! – enxugou o suor da testa. – Ufa! Nossa como minhas pernas doem! Ai, ai, ai! E raspei o meu saco numa árvore.

As pessoas estavam boquiabertas e incrédulas diante do ocorrido. Os mais novos riam e faziam piadinhas. As jovens estavam, digamos, admiradas com o membro avantajado dele. Algumas senhoras desmaiaram e um padre gordo colocou as duas mãos na cabeça em completo desespero.

– Gostaram, foi? – falou Edred balançando o pinto com as

mãos, – Eu deixo pegar! Podem vir! Um de cada vez, hein! Devagarzinho!
– Cala a boca, moleque! – gritei. – Vem para cá agora!
– Já vou! Já vou! – respondeu ele, mal-humorado. – Como é chato!

Puxei-o pelo braço e saímos correndo. E a turba, agora realmente enfurecida, veio atrás de nós, como cães perseguindo um coelho. Estavam prestes a nos alcançar, por isso fiquei apavorado. Edred, ao contrário, estava zangado.

– Para de me puxar, Harry! – resmungou. – Podemos descansar? Ei! Eles têm paus. É? Ei! Por quê?

– Cala a boca e corre, moleque! – apertei sua mão com mais força.

– Vamos lutar! Esse pessoal é frouxo! É sim! – olhou para trás e quase caiu. – Eu pego aquele padre gordão! Quebro ele em dois!

Eu não aguentava mais correr. Então paramos na beira de um rochedo com um rio bravo abaixo. Não havia como voltar. E nossos algozes estavam cada vez mais perto.

– E agora, Harry? – perguntou Edred, enquanto mordia o dedo nodoso.

– Agora a gente pula!
– Oba!

Caímos da altura de seis homens até bater na água fria. Fomos levados pela correnteza, enquanto o povo nos observava lá de cima.

– Morram, seus pecadores! – gritou uma velha quase careca.

Encontrei Godfrey e John em uma tranquila ronda pela cidade. Não me reconheceram de longe, por isso o velho guarda segurou o punho da espada. O mais jovem forçou a vista e logo abriu um largo sorriso.

– Senhor Harold! – veio com os braços abertos na minha direção. – Como passou o dia de ontem?

– Dormi bastante – retribuí o abraço.

– Ah sim! O problema dos olhos, não é mesmo? – segurou no meu ombro.

– Isso mesmo.

– Nossa, deve ser muito ruim não poder ver o dia... – falou John pensativo.

– É um incômodo com o qual já me acostumei.

– E você gostou da nossa cidade? – Godfrey desconversou.

– Acabei de sair, então não vi muitas coisas ainda. Deixei Stella dormindo. Ela ficou bem cansada! – sorri com malícia.
– O senhor não perde tempo, senhor Harold! – John piscou para mim.
– É preciso cuidar do patrimônio – falei orgulhoso.
– É claro! Ainda mais uma princesinha como ela – o guarda mais velho coçou o bigode grosso.
– Eu nem sairia mais de casa – falou John, empolgado. – Iríamos brincar o tempo todo.
– Respeite o homem, criatura! – repreendeu-lhe Godfrey.
– Desculpe... – falou envergonhado. – É que... Você sabe como é!
– Tudo bem! – respondi – Agora eu preciso achar um bom carpinteiro. E que trabalhe de noite!
– Talvez o Michael possa fazer isso – respondeu Godfrey. – Ele é um bom homem e precisa de dinheiro para pagar uma aposta perdida.
– Ótimo! – respondi, satisfeito. – Peça para ele ir até a minha casa e tirar as medidas para fazer vedações nas janelas. Diga também para fazer um caixão maior que eu, na largura de duas pessoas e bem forrado com algo macio. É sempre bom estar precavido.
– Sem problemas – Godfrey me olhou desconfiado. – Tem certeza de que deseja mesmo o caixão?
– Certamente. – falei ao lhe dar seis moedas de prata e nenhuma outra explicação. – Usem uma para tomar cerveja e as demais para pagar os serviços. Ah! E por favor, fale para ele tirar as medidas do lado de fora da casa. Minha esposa não gosta de ser incomodada.
– Sim senhor! – falou John.
Os dois foram embora felizes com a gorjeta generosa.
– Ei, Godo – falou o jovem. – Quanto será que custa uma cerveja na terra do senhor Harold?
– Não importa! Com essa moeda podemos tomar dez cada um! – respondeu.
– Então vamos logo para o *Baby Halfling* tomar a melhor da casa! – disse John.
– Mas só uma, pois ainda temos que fazer o restante da ronda – falou o velho.
Eram bons homens.
Peças fundamentais para manter as aparências.
Para não deixar suspeitas.
E manter as máscaras de sempre.

Era preciso manipular todas as variáveis do jogo da vida. Prender amarras fortes nos homens e torná-los fantoches submissos.

E havia um único propósito nisso tudo.

O desígnio mais inerente de todos.

Sobreviver.

Como ovelhas tolas as pessoas vivem sob o manto do cotidiano. Acordam, rezam, trabalham, comem, trepam, rezam e dormem. E deveriam continuar assim. O conhecimento traz a liberdade, mas também instiga grandes dores e medos.

E, às vezes, a loucura.

É mais saudável viver alheio a tudo.

Mas alguns são espertos demais...

Os primeiros meses na cidade foram bem tranquilos. Michael fez um bom trabalho com as janelas e com o caixão grande, belamente ornado com fios de prata e entalhes geométricos. Stella ficava mais linda a cada noite e passou a compartilhar ao meu lado a beleza da lua e das estrelas antigas. O fogo da sua alma aquecia todo o meu corpo e pela primeira vez em décadas eu estava verdadeiramente feliz. Eu pensava em Liádan, mas a sua imagem estava cada vez mais distante, diáfana. O amor de Stella me completava. E a submissão ao meu encanto foi sendo substituída aos poucos pelo sentimento puro e real.

– Harold, meu amor – falou ela acariciando o meu rosto. – Será que não há uma cura para a sua doença?

– Infelizmente não há – dei-lhe um beijo.

– Na terra da minha mãe há um médico, Roggerio dei Frugardi, muito bom! – falou esperançosa. – Ele faz milagres com as mãos. Ele pode te curar!

– Não se apegue a esperanças tolas! – resmunguei.

– Quem sabe na França, onde tudo é mais avançado – segurou as minhas mãos e me olhou aflita.

– França, Itália, Reino dos Germanos, não importa! – falei, bravo. – Terei que viver com isso até o fim dos meus dias. E se você me ama, não mais falará sobre isso!

– Eu gostaria de poder sentir o calor acolhedor do dia e a brisa da manhã ao seu lado – choramingou.

– Impossível! – esbravejei e tentei me afastar.

– *Farabutto!* – gritou ela, e me deu um tapa forte no rosto. – Eu te amo e quero estar sempre ao seu lado.

– E o que eu posso fazer?

– Mostre-me a verdade, amor meu... – abraçou-me. – Eu sinto algo diferente no seu olhar...
– Você odiaria! – respondi secamente.
– Cabe a mim decidir – falou determinada. – Quem é você de verdade, Harold Stonecross?
Lentamente fiz meus caninos aumentarem e o olhar de terror de Stella me rasgava a alma. Mas agora eu não podia parar. O monstro já estava liberto.
Ela desmaiou e antes que seu corpo inerte caísse tomei-a nos braços e coloquei-a na cama. Chorei muito. Tinha medo de perdê-la, contudo o destino já fora selado. Eu só podia aguardar o seu despertar. E torcer para não ficar sozinho novamente.

Quase morremos mesmo. Ficamos no rio por bastante tempo até Edred conseguir se agarrar numa árvore caída. Assim que passei, ele esticou a perna e eu consegui segurar o seu pé escorregadio. O moleque nos tirou da água com muita dificuldade, arfando e retesando todos os músculos do seu corpo disforme. Ficamos estirados na beirada lamacenta do rio, exaustos e com frio.
– Harry, estou congelado! Ai, ai! Meu saco dói! – resmungou com os lábios arroxeados.
– Eu também estou com muito frio!
– Precisamos achar algo para vestir – disse Edred esfregando o corpo com as mãos nodosas.
– Precisamos mesmo! – falei tremendo.
– Então levanta!
– Eu quero, mas minhas pernas não me obedecem – falei, sem conseguir firmar direito os pés no chão.
– Alguém deve morar por aqui, não é, Harry? Sempre mora. É... Ai, ai. Tomara!
– Deve... – respondi soltando fumaça pela boca.
O local era bem deserto e o bosque se adensava conforme nós seguíamos na direção oposta ao rio. Por causa das árvores e arbustos o vento já não era tão forte e frio. Mas, logo iria escurecer e teríamos sérios problemas se não encontrássemos algo para vestir.
Caminhamos fatigados por mais de duas horas. Comemos algumas nozes e frutinhas caídas no chão, e elas ajudaram bastante. Ainda não havíamos encontrado nenhum indício de gente. Não havia trilhas, nem cheiro de fumaça. Eu tremia até os ossos.
Estava quase para escurecer quando encontramos uma

pequena cova na terra. Não era o ideal, mas poderia nos abrigar do frio.
Edred e eu pegamos alguns gravetos e cascas de árvores secas. Demorou um pouco, mas conseguimos fazer uma fogueira. O calor do fogo aqueceu não só os nossos corpos, mas também o coração, e repentinamente uma alegria contagiante surgiu. Rimos de tudo o que aconteceu e adormecemos felizes por estarmos vivos, por estarmos juntos.
Acordei com a cantoria dos pássaros. O Sol tímido indicava que era por volta de dez horas. Ainda havia brasas na fogueira. Reavivei-as depressa, pois a manhã estava fria. Não vi Edred, então saí do abrigo e encontrei-o agachado afiando a ponta de uma vara de madeira comprida em uma pedra. O moleque assoviava contente e não ligava para o frio úmido que fazia as juntas doerem.
– Ei, Harry! – falou após soltar um longo peido.
– Fala... – respondi ainda sonolento.
– Hoje eu vou caçar um cervo bem delicioso! – disse, lambendo os beiços rachados pelo frio – Ah se vou!
– Viu algum por aí? – perguntei sem atenção.
– Não, mas senti o cheiro deles! – farejou o ar com fungadas barulhentas – Sim! Eles estão pastando perto daqui.
– E como pretende abatê-los?
– Ora, Harry! – olhou-me incisivo. – Como você é burro! Vou usar a minha lança de caça! – mostrou-me a vara com a ponta rombuda.
– Boa sorte! – sorri.
– Eu já volto! – disse, correndo para o norte – Não seja molenga e prepare a brasa. E se achar um pouco de água será bom! Duvido... É burro. Sim! Demais!
– Não se perca! – gritei.
Eu estava com muito frio e com uma preguiça imensa para ir atrás dele. Preferi ficar ao lado do fogo. Logo ele voltaria com a cara emburrada e as mãos vazias. O moleque só aprendia as coisas na marra. Não adiantava dizer não, pois ele era teimoso como uma mula velha.
Mas Edred demorou muito, por isso resolvi ir ao seu encalço. Não havia Sol e o dia cinzento já havia alcançado a sua metade. Andei menos de uma milha e encontrei-o arrastando com dificuldade um cervo adulto, com a lança rudimentar espetada na barriga.
Fiquei atônito.

– Ei, Harry! – gritou – Vai ficar só olhando, seu puto? É? Então não vai comer nem o rabo dele!

Ainda sem palavras, ajudei-o puxar o bicho para o nosso acampamento. Com algumas lascas de sílex retiramos a pele do cervo e cortamos pedaços grandes de carne. Fizemos espetos e deixamos assar no fogo forte.

– Como foi que você pegou o bicho? – perguntei desconfiado.

– Ele estava dormindo. Daí eu fui e furei a barriga dele! – falou triunfante. – Eu sou um caçador muito bom! Sim!

Essa história estava muito estranha, mas a fome era tanta que o assunto se perdeu a cada dentada na carne macia e suculenta.

– Ei! Faz um casaco de pele para mim? – pediu Edred.

– Posso tentar! – respondi.

Depois de comer até a barriga doer, comecei a descolar o couro da carne com a pedra de sílex. Raspei cuidadosamente o sebo e a gordura para deixar o mais limpo possível. Fiz dois buracos por onde passariam os braços e cortei algumas tiras do couro que serviram para amarrar o colete grosseiro. Ficou horrível, mas serviria para aquecer o moleque.

– E para você? – perguntou ele, contente com a vestimenta.

– Não tem couro suficiente! – respondi.

– Então vou caçar outro amanhã! – falou ele, pensativo.

– Sim, mas agora vai recolher madeira para a nossa fogueira.

Já estava acostumado a ficar pelado, não sentia muito frio, somente uma sensação estranha, mais por vergonha do que por reação ao clima. Fazer o colete demorou bastante e o dia já findava. Passaríamos outra noite como animais selvagens. Edred estava feliz como sempre. Correu com a sua lança atrás de um esquilo que passou por nós. Por pouco não caiu ao tropeçar em um toco.

Eu gostaria de ser como ele.

Deitamos e nos preparávamos para dormir quando ouvimos um barulho de galhos sendo pisados atrás de nós. Edred pegou a sua lança e eu peguei um pau incandescente da nossa fogueira. Os passos se aproximavam e estavam cada vez mais nítidos. Esprememo-nos na cova, como animais acuados à espera do ataque.

Então surgiu na nossa frente um homem, de aparência assustadora, por causa da luz emitida pela fogueira.

Ele carregava uma lança comprida e se aproximou apontando-a para nós. Um cão pequeno latia muito, mas não ousava chegar mais perto.

– Pelo amor de Deus, estamos apenas perdidos nessa floresta! – gritei em pânico.

– Harold, seu veado! – ralhou Edred. – Vamos lutar! Eu tenho uma lança também! Vem, vem! – gritou para o homem, enquanto dava estocadas com a vara em sua direção.

– Calma, filho! – falou o homem com a voz carinhosa – Não quero lhes fazer mal! Apenas segui o rastro do cervo que matei hoje cedo. Pensei que os lobos haviam roubado ele.

– Eu o cacei! Ele dormia! – falou Edred. – E agora já comemos tudo! E eu tenho até um colete de caçador!

– Cala a boca, moleque – esbravejei – Pedimos desculpas, senhor! Não sabíamos que o animal era seu.

– Era mesmo! – falou Edred bravo. – Agora é meu! De Edred, filho de Eofwine, o melhor caçador do mundo!

– Perdoe ele – abaixei o pau flamejante – Ele é tonto.

– Muito tonto! – o moleque retrucou cutucando o nariz.

O homem soltou uma gargalhada alta e pediu desculpas pela chegada repentina. Eu fiquei um pouco tímido por estar sem roupas, mas o moleque saiu triunfante com a sua lança e o seu colete de couro ensebado. O cachorrinho pulava e abanava o rabinho curto freneticamente. Edred se atirou ao chão e começou a brincar com ele, rolando na terra úmida. O cãozinho lambia Edred e ele também o lambia contente. Pareciam amigos há tempos.

Contei a nossa história para o homem e como nos roubaram na beira do rio, e ele nos convidou para irmos até a sua cabana de caça, distante algumas milhas dali.

– Quando os vi pelados, achei que vocês eram dois maricas trepando longe dos pais! – disse, olhando-me de esguelha.

– Ei! – resmungou Edred. – Eu não sou maricas! Veja o tamanho do meu pinto! Já fodi várias... Ei? Qual é o nome mesmo? Ah, lembrei! Bodegas!

– É boceta, filho! – falou o homem, rindo muito. – Gostei desse moleque!

Edred e o cachorrinho corriam por entre as árvores, pulando em cada poça de lama que viam. Os risos e os latidos abafaram os sons da floresta. Andamos bastante até chegar a uma cabana bem precária. O homem me deu uma calça de pano grosso e uma camisa furada e para o moleque uma bata comprida e manchada de sangue. Ele a vestiu e colocou o colete fedido por cima. Correu e bradou que era um cavaleiro do rei com o seu fiel cão de caça.

– Bem, nós ainda não nos apresentamos. Meu nome é Kilian,

mas todos me chamam de Espeto, por causa da minha habilidade com a lança – disse o homem, orgulhoso.
– Eu sou Harold e esse é Edred – falei.
– E vocês gostariam de passar a noite aqui?.
– Não queremos incomodar, senhor Kilian – falei, saindo da cabana.
– Pode me chamar de Espeto – estalou os dedos. – Nestes tempos de guerra não é muito seguro ter um nome estrangeiro.
– Então ficamos aqui fora mesmo, Espeto – falei, me acostumando com o apelido.
– Se assim prefere! – levantou os ombros. – Só tome cuidado com um bando de lobos que vive por aqui e adora carne de jovens aventureiros.
Ao ouvir isso, Edred pegou sua gloriosa lança e entrou na cabana.
– Boa noite, Harry! – acenou para mim com a mão torta. Ele deu um assovio alto e o pequeno cão o seguiu obediente.
– Eu gostei desse moleque! – Espeto riu. – Nunca vi o Crucifixo tão obediente!
O cachorro tinha o pelo curto e duro, todo branco, exceto por uma mancha preta nas costas em formato de cruz.
– Quando ele nasceu – contou, fazendo uma pausa para coçar a barba grisalha –, os aldeões disseram que era um animal sagrado, um sinal de Deus para termos mais fé nele. De sete cachorrinhos, somente ele sobreviveu. Quiseram mandá-lo para Londres, até a Abadia de Westminster, mas eu não permiti. Era o meu cão! E isso é apenas uma marca! – disse ao acariciar a barriga do bicho.
– O povo vê milagres e sinais em todos os lugares! – falei. – Nas terras do meu pai havia uma árvore muito velha e com o tronco bem grosseiro. Os peões acreditavam ter a imagem de São Cuthbert entalhada na casca!
– É assim mesmo! – falou o homem. – O povo sempre precisa de algo para se apegar, para esquecer um pouco a vida miserável e submissa. E os religiosos instigam isso, inflamam as mentes para ver santos até na bosta de vaca! E nas cascas de árvores e nas manchas em cãezinhos também.
– Ei! Essa mancha parece um pinto! – divertiu-se Edred, deitado no chão, olhando com atenção para o pelo do Crucifixo.
Rimos por um longo tempo e passamos uma noite agradável, cantando músicas de batalhas antigas e hinos aos heróis sempre vivos na memória. Eu estava feliz e o meu coração já

virara andarilho, com uma família em cada bosque, em cada praia distante. Charles, Eofwine e agora o Espeto. Eu gostava de todos. Só não sentia saudades do meu pai verdadeiro, cujo rosto está nublado na minha mente.

Adormecemos aquecidos por uma fogueira pequena que estalava bastante por causa da madeira ainda úmida, esfumaçando tudo ao nosso redor. Enfim, estávamos abrigados em uma cabana simples e aconchegante, um novo lar dentre tantos outros.

Para nossa sorte, pois os lobos uivavam do lado de fora.

Capítulo VII – Relíquias

Segurei a mão de Stella e fiquei ao seu lado, com o coração apertado, imerso em uma agonia lacerante, debilitante, dolorida como uma facada no estômago. O tempo havia parado. Nenhuma brisa, nenhum ruído, nada! Somente o silêncio e o medo insano. O sangue havia fugido das minhas veias e eu nada conseguia fazer além de chorar e implorar clemência aos deuses. Fui tomado por náuseas e calafrios. Ouvia sussurros incompreensíveis dentro da minha cabeça. Mal podia sustentar o meu próprio corpo. Minha visão estava cada vez mais turva.

Vomitei.

Uma golfada escura e fétida de sangue coagulado. E logo em seguida outra. Um gosto nauseabundo permaneceu na minha boca e uma poça repugnante ficou por entre meus pés. Senti nojo, a visão disso me fez, naquele momento, odiar o bastardo no qual me tornei.

Cada inspiração ardia e os meus pulmões pareciam não se encher. Eu estava ofegante e o meu doce amor estava morbidamente imóvel e com o rosto aflito.

Stella vai me abandonar?

Vai me odiar para sempre?

Teria todo o direito, todos os motivos. Eu sou o verme pútrido que contamina a sua pureza para saciar as minhas luxúrias. Não! Não são luxúrias! Verdadeiramente eu sinto o mais profundo amor dentro de mim, muito forte, intenso e vivo. Contudo, sou culpado de ser egoísta e desejar tê-la em meus braços a qualquer custo. Inconscientemente eu a preguei na cruz do meu individualismo.

– Por que fizeram isso comigo? – gritei, desesperado, olhando para os céus e cravando as unhas pontudas na carne nua do meu peito. O sangue escorreu devagar e rapidamente os ferimentos cicatrizaram, relembrando-me da minha sina eterna.

Eu não suportaria vê-la partir e não poder sentir o calor da sua pele bronzeada em contraste com a minha palidez doentia. A imagem do adeus é absurdamente dolorosa. A visão mais terrível para um amante. E se assim fosse, minha vida se tornaria um fardo pesado demais para ser carregado pela eternidade. Eu arrastaria correntes grosseiras envoltas da minha alma ou no que restasse dela. Tive vontade de sumir somente para não ver o medo ou, pior, o desprezo nos olhos da minha amada, as mais raras pérolas negras de todo o universo. Eu sentia o gelo inumano percorrer o meu corpo adormecendo as minhas mãos e os meus pensamentos. Nada mais fazia sentido.

Por muitas décadas a minha máscara se mantivera intacta, mas hoje ela tinha sido esfacelada pelas mãos do destino, e então eu mostrei o meu rosto desnudo para o meu amor. Mostrei a aberração que sou. A bela face de Harold Stonecross foi substituída pelo semblante do emissário da morte.

Eu nunca a machucaria e preferiria morrer a ter de magoá-la, mas ela conheceu o meu segredo mais íntimo, viu quão horrendo eu era. Não pela minha aparência, pelas presas salientes, pelos olhos vermelhos. Ela viu quão horrenda era a minha existência. Eu caminhava nas trevas entre dois mundos e não pertencia a nenhum deles. Já tinha sido humano, mas nunca seria uma divindade, somente um exilado, um andarilho sem lar ou pátria. Era um pária. Um demônio para os homens, uma diversão para os deuses entediados.

Fechei os olhos por um instante, temeroso e impotente. Blasfemei contra a minha insensatez estúpida. Pousei a testa sobre a mão de Stella que eu segurava firmemente entre as minhas.

– Seus desgraçados! – praguejei. – Matem a mim! Ela não merece a dor! Não basta para vocês? Será a inveja tão dolorosa a ponto de lhes impor os mais repugnantes trejeitos humanos? Seus tronos de ouro já estão sem brilho e suas vozes não mais impressionam! São somente vagas lembranças substituídas pelo franzino homem de Nazaré! Os poderes divinos se tornaram pó! Pó! – gritei abrindo os braços.

Então o vento começou a uivar lá fora. Um vendaval maligno. Um vento como eu nunca havia visto. E sons de lamentações inundaram a casa. Vozes lamuriosas e cheias de agonia. Fogo Negro começou a relinchar alto no fundo da casa.

Seriam as almas dos mortos mandados como presente para a deusa Hel?

– Nunca a levarão, condenados vindos do gelo eterno! – Desafiei o invisível enquanto a abraçava com força. – Vão! Voltem para os rios de gelo do *Niflheim*!

Senti como se me observassem. Senti um calafrio e depois ansiedade. Aos poucos os ventos se acalmaram e as lamentações se transformaram em gargalhadas sórdidas até cessarem completamente, distantes.

Estariam os deuses zangados com as minhas blasfêmias? Não importava! As palavras já tinham sido ditas. E tudo já fora escrito. Nada era novo, nada era surpresa para o detentor das antigas Runas, que por nove noites ficou pendurado nos galhos da *Yggdrasil*. Agora a minha única preocupação era Stella.

Eu estava esgotado demais para reagir, absurdamente exausto para buscar alguma explicação e no limiar do desespero ouvi uma voz doce.

– Harold... – disse Stella apertando a minha mão – Harold...

– Estou aqui, meu amor! – sussurrei.

– Quem é você? – perguntou com os olhos desconfiados. – Quem é você de verdade?

– Quem sou eu? Eu sou um monstro! – respondi enojado. – Eu sou a pior besta sobre essa terra tão frívola. Nascido de um joguete entre forças ancestrais, com a missão de destruir a nova fé improfícua dos homens. Que ironia! Pois, foi pela fé que me tornei isso! – falei apontando meu rosto com as duas mãos.

Então me afastei e meu semblante oscilou entre a vergonha e o ódio. Sentimentos que zuniam na minha cabeça e confundiam os meus pensamentos. Eu tinha certeza do escárnio dos deuses naquele momento, das zombarias e grosserias praguejadas pelos imortais beberrões. O poderoso assassino da noite vencido pelos mais primitivos sentimentos humanos. Um tolo! Era isso que eu era. Apenas um fantoche. Apenas uma peça insignificante no tabuleiro da vida.

– Por que não me contou antes? – uma lágrima solitária escapou do seu olho.

– Pelo medo e egoísmo – respondi, com uma respiração lenta e profunda. – Eu vou entender se partir agora. Vá e tente se esquecer de tudo!

– Harold... – falou com a voz doce, mas trêmula. – Como você é idiota! Minha alma já está enlaçada à sua. Não pelo seu encanto, do qual já despertei, mas pela minha própria vontade e anseios. Um desejo insensato que ignora qualquer pecado, qualquer punição – falou, tocando por hábito uma pequena cruz de ouro pendurada no seu peito. – Transpõe o ser negro que você se tornou e busca o jovem Harold, humano, belo em sua ingenuidade. Um Harold desconhecido para mim, mas vivo aí dentro, em algum recôndito da sua alma – falou com a mão no meu peito, tocando sem perceber o amuleto que Liádan havia me dado há muito tempo. Onde ela estaria agora? Pensava em mim?

Passado...

Fiquei sem palavras e o nó na garganta se desfez aos poucos. Então abracei Stella e juntos sorrimos. E ao nos olharmos carinhosamente percebemos que o amor pode vencer qualquer barreira, mesmo as mais sórdidas, tramadas pelos deuses e pelas senhoras do destino. Sorrimos ainda mais e nos beijamos longamente, como dois amantes inebriados pela verdadeira paixão.

E o silêncio reinou absoluto.

Acordei antes de o dia clarear. Essa era a minha rotina havia algumas semanas.

Edred roncava baixinho no canto, abraçado com Crucifixo. Espeto ainda dormia todo encolhido tal qual um casulo. Então julguei ser cedo demais para levantar. Pensamentos e lembranças afloraram na minha cabeça e nela o tempo voou, até que o primeiro feixe de luz despontou inerme por uma fresta na parede. Eu gostava da noite, mas o amanhecer trazia uma felicidade inesperada ao coração, uma pontada de ânimo e esperança. Isso me fazia sorrir. Se eu soubesse qual seria o meu futuro, teria aproveitado mais, acordado mais cedo somente para ver o Sol aparecer no horizonte.

Se eu soubesse...

Espeto levantou com um pulo e o cachorrinho foi cumprimentá-lo abanando o rabinho. Edred ainda dormiria por algum tempo.

– Como passou a noite, Harold? – perguntou o caçador, se espreguiçando.

– Muito bem! – falei após um longo bocejo. – Aqui é um lugar de muita paz.

– Ótimo! Venha me ajudar a arranjar alguns ovos para fazer algo para o desjejum – disse ele, pegando um cajado de madeira escura.

Crucifixo voltou para o lado do moleque e subiu com

cuidado em cima da barriga descoberta. Edred soltou um grunhido, mas não acordou.

A manhã não estava muito fria, apesar do tempo encoberto por nuvens densas. As folhas estavam úmidas por causa do orvalho noturno. Vi muitas pegadas dos lobos que sempre rondavam a casa. Marcas grandes e profundas na terra fofa. Senti um grande alívio por ter conseguido um abrigo seguro. E acima de tudo por Espeto nos acolher de bom grado.

Encontramos ninhos de cisnes, de onde retiramos cinco ovos grandes. Espeto pegou com um odre de barro um pouco de água de um córrego pedregoso. Colhemos amoras e morangos silvestres. O homem resolveu comer algumas lagartas encontradas nas folhas de um arbusto florido. Ele me ofereceu uma com um sorriso gosmento, mas recusei imediatamente. Aquilo embrulhou meu estômago.

– Essas lagartas são iguarias maravilhosas, meu caro Harold! – disse ao colocar uma amarelada e bem gorda na boca – Têm uma casquinha por fora e uma polpa adocicada!

– Para mim é apenas uma meleca nojenta – falei virando o rosto.

– Deliciosas! – disse após engolir. – Simplesmente deliciosas!

– Eu prefiro ficar com fome! – falei.

– Você deveria provar esses petiscos qualquer dia! – falou, esfregando a barriga. – Um presente dos céus!

– Não, obrigado! – respondi prontamente.

– Devo pegar algumas para você comer mais tarde? – falou maroto.

– As amoras e os ovos bastam! – respondi apertando o passo.

Retornamos para a cabana e Edred ainda dormia tranquilo. O fiel companheiro peludo veio nos receber na porta com latidos agudos. O moleque acordou e como sempre estava de bom humor.

– Vou dar uma mijada! – falou indo para fora da cabana – Não quer mijar também, Crucifixo?

O cãozinho correu em sua direção, mais preocupado em farejar as pegadas dos lobos do que em aliviar a bexiga. Ele se encolhia e choramingava a cada cheirada dada nas marcas recentes deixadas na terra.

– Nossa! Nossa! Estou com uma fome! – falou o moleque. – Eu comeria um porco inteiro! E uma dúzia de franguinhos bem macios! Sim! Daqueles pequenos! Nossa...

– Então me dê esses galhos secos para eu reavivar o fogo – Espeto sorriu. – Senão Edred vai comer a própria mão!

– Anda logo, Harry – o moleque gritou lá de fora. – Não seja lerdo como sempre! Ai, ai, ai! Minha barriga está muito nervosa! Vai rápido... Ei! Posso comer uma dessas peras? – perguntou e apontou para uma pereira frondosa.

– Ainda estão verdes! – falou Espeto assoprando a chama tímida.

– Para mim estão perfeitas! – respondeu Edred, ao pegar uma pequena e morder com dificuldade – Está dura! E deixa a boca formigando. Nossa, está tudo paralisado! Legal! – falou, cutucando a língua esbranquiçada com os dedos sujos.

O moleque jogou a fruta babada para o cãozinho, que não ligou para o petisco e prosseguiu explorando o ambiente. Crucifixo latiu nervoso para um cuco pousado sobre o cercado quebrado de madeira. Edred pegou uma pedra e atirou no pássaro, mas o projétil passou longe. O cuco voou e sumiu por entre as árvores.

– Da próxima eu pego ele! – falou, convicto. – Daí eu asso para comer com muita farinha e lhe dou os ossos! Sim! Você vai gostar! Se vai!

O fogo já ardia e espalhava fumaça pela pequena cabana. Espeto pegou os grandes ovos amarronzados de cisne e quebrou-os em uma panela pesada de ferro, misturando-os com grãos de centeio e algumas ervas frescas até formar uma papa grossa. Deixou a massa no fogo enquanto colocava as amoras e morangos em uma tigela rústica de barro. O homem amassou as frutinhas com um pilão de madeira até extrair um caldo cheiroso e de cor bem viva. Colocou a água fria do odre e fez um suco delicioso. Comemos os ovos com alguns nacos de carne de javali salgada. E bebemos todo o suco doce.

Crucifixo roía tranquilamente um joelho do javali, fazendo bastante barulho com os dentinhos afiados. Edred olhava admirado enquanto coçava uma picada de pulga na barriga branca.

Como sempre o desjejum foi ótimo e encheu nossas barrigas. E, com as forças renovadas, estávamos prontos para mais um dia de jornada. Espeto queria caçar algumas lebres e coelhos para oferecer no vilarejo próximo. A cada quinze dias havia uma feira e as pessoas da região levavam suas coisas para vender ou trocar.

Todas as partes dos bichos orelhudos eram aproveitadas. A carne, a pele e as patas. Até os rabinhos felpudos eram dados para as crianças brincarem. O povo acreditava que esses animais traziam boa sorte, então as pessoas extremamente supersticiosas guardavam suas patas como amuletos de bons augúrios. Apenas a fé em Deus não bastava. Aliás, ela nunca bastava.

Espeto pegou um arco de caça longo, quase do seu tamanho, e uma aljava com flechas compridas e finas. Tirou duas cordas enroladas de uma gavetinha. Guardou uma no bolso e usou a outra para encordoar o grande arco. O homem fez muita força e as veias da sua testa saltaram. Ficou vermelho.

– Essas cordas são feitas de cânhamo e são as melhores! – disse arfando. – Bastante resistentes e difíceis de arrebentar. – Colocou o pequeno laço na ponta do arco.

Ele me deu um arco mais curto e cinco flechas menores. Eu nunca havia atirado antes e ele deve ter percebido pela minha expressão de surpresa.

– Hoje você vai aprender como se maneja um arco! – disse contente – Meu povo tem os melhores arqueiros do mundo! Para caçar prefiro isso às lanças!

– Espero conseguir pegar uma lebre bem grande! – respondi ao tentar esticar a corda do arco, que se mostrou extremamente dura de puxar apesar da arma ser relativamente pequena.

– Ei! – resmungou Edred. – E eu uso o quê? O pinto?

– Calma, filho! – respondeu o homem, rindo. – Eu guardei para você a minha arma especial.

– É? – perguntou o moleque, abobalhado.

– Sim! – respondeu Espeto.

– Então me mostra! – Edred se pôs a pular no mesmo lugar, sem poder conter a ansiedade.

Espeto pegou uma pequena lança de arremesso escondida atrás de um armário de madeira. Ela tinha a ponta de metal bem afiada e um cabo avermelhado. Assim que viu a arma, os olhos de Edred brilharam, e seu sorriso banguela apareceu largo no rosto.

– Harry! – gritou com a lança sobre a cabeça. – Melhor que essa bosta de arco!

– Tenha muito cuidado, Edred – falou Espeto, sério. – Apesar de pequena essa é uma arma muito perigosa e pode ferir gravemente ou até matar...

– Vou ter cuidado! – falou o garoto, colocando o dedo de leve na ponta afiada. – Juro pela santa... – ficou em silêncio por alguns segundos. – Esqueci o nome!

– Tudo bem, rapaz! – respondeu Espeto, enquanto enrolava um queijo duro em um pano.

– Vou chamá-la de Fodedora – disse Edred, orgulhoso – Ela vai ser o terror das lebres, dos veados e dos bandidos! Vai ser a salvação das donzelas e das virgens! Elas vão querer trepar comigo!

E o moleque empunhou a pequena lança com orgulho, o que faria até o último dia da sua vida.

Saímos rumo ao norte e andamos por bastante tempo. Espeto tirou uma pele de lebre do bolso e deu para o cachorro cheirar. Ele ficou agitado e correu ligeiro, subindo uma encosta íngreme e pedregosa. O cãozinho parou lá no topo farejando o ar e olhando para trás como se quisesse nos apressar. Começou a cair uma chuva fina e ela gelou os nossos ossos.

Subimos aos trancos e nos deparamos com um campo coberto de grama e arbustos baixos. Podíamos ver as lebres pulando e correndo ligeiras. Espeto fez um carinho no Crucifixo por ter nos guiado corretamente. Ele pediu para ficarmos abaixados e em silêncio. Deitamos na grama molhada e apenas observamos. As lebres pastavam tranquilas, comendo umas florezinhas amarelas. Três filhotes brincavam de pular um em cima do outro. Haviam nos visto, mas estavam seguros da distância e da sua velocidade. Até os animais pecam pelo excesso de confiança.

O galês se ajoelhou e colocou delicadamente uma flecha na corda.

Inclinou o grande arco um pouco para a direita e puxou firmemente com um único movimento até as penas brancas tocarem a sua bochecha. A ponta triangular metálica emitia um brilho tímido, opaco. Então, ele prendeu a respiração por um instante, focou os olhos como um falcão e disparou.

A flecha zuniu e cortou as gotas finas da chuva. Percorreu em um piscar de olhos a distância de quarenta passos e, então, cumpriu o seu destino. Ela entrou na cabeça de uma lebre mais afastada do grupo um pouco abaixo da orelha esquerda. O animal morreu na hora, sem dor ou agonia.

Crucifixo estava ansioso para correr para a presa abatida, mas foi contido por um movimento de mão do Espeto. O cãozinho chorou baixo com as orelhas caídas, mas obedeceu. As lebres correram para longe das nossas vistas, mas duas permaneceram paradas, enquanto olhavam para nós apoiadas apenas nas patas traseiras.

– Bichinhos petulantes – sussurrou Espeto enquanto colocava outra flecha no arco.

E novamente a seta da morte voou rente à grama. Contudo o tiro não foi fatal. A flecha acertou a perna dianteira, deixando a lebre se contorcendo no chão de barriga para cima.

Corremos até o animal e ele nos olhou com os olhos pretos grandes e assustados. Olhos que só vi novamente após o meu renascimento. Tentava se levantar, mas não conseguia. Devia estar com dor, pois emitia um som baixo como um ronco.

Então para nosso espanto, Edred cravou a lança no focinho do animal, matando-o na hora.

– O bicho tava chorando! – disse Edred. – Daí eu ajudei ele! Não foi? É?

– Sim, rapaz! – falou Espeto. – Você fez bem!

– Agora eu sou um caçador? – perguntou Edred, limpando o sangue da ponta da lança na grama molhada.

– O melhor de todos!

– Viu, Harry! – disse o moleque, aos pulos – Eu tenho um colete de caçador! Eu tenho uma lança Fodedora de caçador! O meu cão é caçador! E o meu pinto é maior que o seu! – cantarolou.

– Seu moleque idiota – soquei seu ombro.

Fomos até a outra lebre e Espeto retirou cuidadosamente as flechas fincadas nos animais mortos.

– Boas flechas são muito caras e difíceis de fazer! – limpou-as em um pano verde.

Não havia mais como caçar naquele local, pois os bichos ariscos fugiram para suas tocas subterrâneas. Senti um peso no coração. Uma sensação ruim tomou conta do meu corpo. Os olhos suplicantes e temerosos da lebre não me saíam da mente. Era estranho nós, homens, escolhermos, definirmos a vida ou a morte desses seres indefesos.

Bastava apontar um dedo, uma flecha...

Que ironia! O destino havia muito já fora traçado.

Por que cantas, ó pássaro ferido?
Canto porque vivo ainda estou
E tu não ficas com raiva da mão que te apedrejou?
A raiva cega os olhos e não nos deixa saber para onde voar

E por qual caminho desejas seguir?
Todos! No céu não há estradas definidas, há somente a liberdade da imensidão azul
Então partirás sem rumo?
Vou guiado pelo vento e nos ares mornos rodopiarei feliz!

Agora entendo o teu canto!

Então, por que não cantas também?
Não posso, pois diferente de ti, não consigo voar
Isto é muito fácil de se resolver
Solta as amarras presas ao teu coração e deixa a felicidade entrar
A alma radiante é leve
Tão leve que qualquer brisa pode carregar

O silêncio se quebrou com as minhas palavras. Stella escutou o meu poema com os olhos brilhantes. Ela estava muito cansada, mas assim mesmo seu rosto irradiava uma beleza sem igual. Nosso amor era intenso e eu me sentia feliz somente por estar ao seu lado e ouvir a sua voz doce dizer meu nome.

– Harold! – disse baixinho. – Que linda história!

– A inspiração é você – segurei as suas mãos quentes junto ao meu peito. – As palavras do menestrel são vazias sem um grande amor, são apenas histórias ouvidas e repassadas pela boca que as repete sem pensar.

– Então me ame cada vez mais, pois quero adormecer ao som da sua doce voz! – disse ela, acariciando a minha face pálida. – E quero acordar a cada amanhecer... – perdeu a fala por um instante. – Quero acordar e ouvir você sussurrando no meu ouvido, antes de me dar um longo beijo!

– Isso eu juro pelo meu sangue! – Peguei-a no colo.

Carreguei-a até o meu caixão, porque logo amanheceria. Deitei-a carinhosamente e depois repousei ao seu lado.

– Ainda não me acostumei muito com isso – se ajeitou como pôde. – Gostaria que dissesse algo belo para eu adormecer mais rápido.

– Durma, querida – falei no seu ouvido.

E ela dormiu. Usei um pouco do meu encanto para deixá-la mais relaxada. Observei-a por um tempo, até perceber a claridade ganhar força lá fora. Fechei a tampa do nosso ninho.

Mais um pequeno ciclo se completava na eternidade. E por dois anos esse ciclo se repetiu. E a cada despertar eu sorria, pois Stella estava ao meu lado, linda, perfeita.

Despertamos assim que o Sol se pôs. Era uma noite abafada de verão. Havia chovido há pouco e agora o ar estava muito úmido e quente. O cheiro de terra molhada me fez relembrar meus tempos de criança na fazenda do meu pai.

As galinhas corriam para o viveiro assim que a chuva grossa começava. Os pintinhos amarelos se tornavam marrons com a lama. Brigavam pelas minhocas e percevejos. Os cavalos relinchavam e trotavam felizes pelo pasto verdejante, enquanto os escravos colocavam as toras de madeira no abrigo coberto com palha grossa. Os carneiros se espremiam juntos sob a copa de um grande olmo, tão velho que diziam que foi plantado há mais de cem anos por um ancestral meu.

Meu pai bebia hidromel ao lado de Wiglaf enquanto me olhava com desprezo. Eu era o segundo filho, o esquecido, o merdinha que nunca seria como o irmão guerreiro. Minha mãe havia feito um bolo com uvas e aveia e o cheiro inundava todo o salão da grande casa do meu pai.

– Venha Harold! – chamou-me minha mãe com um sorriso. – Aproveite enquanto está quente!

Meu pai puxou o bolo para si e dividiu em três pedaços iguais com a sua espada curta, pegando um para si e oferecendo os outros dois para a minha mãe e para o meu irmão.

– As migalhas são do moleque – falou com a boca cheia. – Quem sabe eu deixo uma uva para ele?

– Harold, eu lhe dou um pedaço do meu! – interveio a minha mãe. – É muito grande e não vou aguentar comer tudo!

– Coma o seu bolo quieta, mulher – gritou o meu pai – É por isso que ele se tornou um veadinho! Um garoto inútil e mimado... Só sabe chorar e correr para as tetas das escravas!

Wiglaf riu, mas não fez nada. Continuou comendo o seu pedaço de bolo, até que a sua barba rala ficou cheia de farelos e migalhas. A minha mãe comia cabisbaixa e meu pai arrotava alto a cada pedaço engolido.

Saí correndo e comecei a chorar em um canto da casa.

Eu tinha apenas seis anos.

Eu não estava com sede. Na noite passada suguei bastante sangue de um mercador do reino de Castela. Tinha um sabor diferente, condimentado, e eu gostei muito. Stella estava faminta e comeu vorazmente todas as frutas compradas no dia anterior. Resolvemos sair para dar um passeio. Sempre caminhávamos quando eu não precisava caçar.

Stella tinha pena das pobres almas e me pedia que eu escolhesse somente os muito doentes ou velhos. Às vezes eu fazia isso. Muito raramente, para dizer a verdade. Ela não comeria pão mofado se pudesse escolher um recém-saído do forno. E eu adorava o sangue jovem e forte.

Como a noite estava quente, muitas pessoas estavam nas ruas, em volta de fogueiras ou nas tavernas abertas. Havia um pequeno grupo cantando e dançando ao som de um alaúde e tamborins. Eram artistas de teatro que tinham chegado recentemente à cidade. Eles faziam muita algazarra com as suas roupas coloridas e sua alegria contagiante. Uma roda com muitas pessoas formou-se em volta deles, batendo palmas e fazendo bastante barulho.

Um rapaz magro se ergueu sobre pernas de pau e começou a fazer malabarismo com bolinhas de madeira. As pessoas riam e jogavam moedas para os artistas. Alguns davam maçãs, pães ou mesmo um jarro de cerveja escura. As crianças riam enquanto corriam em círculos em torno das carroças do grupo.

Um homem atarracado e duas mulheres de cabelos louros bem curtos começaram a fazer piruetas e dar saltos mortais. Pareciam ter pernas de lebre, pois pulavam muito alto. O povo admirado soltava gritos ou ficava completamente em silêncio a cada acrobacia realizada.

A monotonia da cidade enfim havia sumido, para a ira do padre gordo e de um bando de beatas parecidas com corvos, por causa dos vestidos negros e fechados até o pescoço.

– Vocês deveriam expulsar da cidade esses adoradores do demônio – vociferou o padre quase careca para um guarda que observava o grupo a distância.

– Eles não fizeram nada de errado – respondeu o homem limpando a sujeira da unha com uma pequena faca.

– Eles estão fazendo barulho e rindo como demônios! – falou o padre, com o seu sotaque francês – Os bons cristãos dessa cidade não podem nem rezar, nem dormir em paz! – gritou para o grupo.

– Infelizmente não posso fazer nada! Eles vieram para o aniversário do *Earl* Edwin – respondeu o guarda, rindo com o homem que acabara de cair da perna de pau direto em uma poça de lama.

– O bom *Earl* Edwin poderia muito bem ter encomendado uma missa na nossa bela igreja ao invés de dar abrigo a esses baderneiros. Bando de hienas do inferno!

Edwin agora era o herdeiro daquela cidade e das terras circundantes até aonde os olhos alcançavam. Seu pai, o *Earl* John, era quem cuidava de tudo, mas há alguns meses ele adoecera e por semanas ficara acamado, cuspindo e cagando sangue.

Sua mulher, madrasta do herdeiro, uma mulher com cara

de doninha e de aparência doentia, havia morrido recentemente da mesma maneira. Os meios-irmãos de Edwin, Margareth e Thomas, gêmeos com as mesmas feições azedas da mãe, haviam seguido a vida religiosa na França e apenas mandaram uma carta com os seus sentimentos pela morte dos pais.

Somente Edwin, o primogênito, retornou da guerra contra os irlandeses. Teve apenas o tempo de sentar ao lado do seu pai e segurar a sua mão. O velho abriu os olhos, suspirou e morreu. O jovem chorou por cinco dias antes de prestar juramento ao bispo, ao rei e assumir a cidade.

O rei Henrique era muito amigo do *Earl* John e amava Edwin como seu próprio filho. Por isso decidiu liberar o jovem das obrigações militares. Desde então o jovem se estabelecera na cidade e esta florescera. O *Earl* de 23 anos tinha os cabelos louros compridos até os ombros e um sorriso cativante. Não era bonito, mas tinha um encanto especial. Adorava as artes, tanto que mandou construir uma arena onde os atores podiam apresentar as suas peças.

Paul, o padre, foi contrário, esperneou, resmungou, mas nada pôde fazer. Fazia o sinal da cruz sempre que via um ator, mas para as belas atrizes sempre tinha um sorrisinho malicioso. Ele dizia que a Igreja odiava o teatro, abominava esse tipo de arte, pois ela trazia alegria às pessoas. Fazia-as esquecer da dor, do medo e do sofrimento que eram as principais amarras da sagrada instituição.

Jesus Cristo era lembrado em um momento de dor, em sua cruz de madeira. E, a cada sermão, os padres martelavam cada vez mais fundo os pregos da cruz nas almas das pessoas.

Stella estava contente e aplaudia um anão que fazia piruetas desengonçadas no platô de pedra da praça central da cidade. Ela me pediu uma moeda de prata, que jogou para o homenzinho. Ele a pegou e fez uma longa reverência para Stella, antes de mandar um beijo malicioso, fazendo gestos como se estivesse apalpando os seios dela e sair correndo para detrás da carroça.

Mesmo com tesouros deixados para trás e com muitas coisas valiosas enterradas e perdidas por toda a Inglaterra, eu era um homem rico. Sempre guardava algumas lembranças das pessoas que eu visitava. Joias, moedas, roupas, tudo era útil para manter o padrão de vida digno. Digno do rei das trevas. E as igrejas e mosteiros eram os melhores lugares para encontrar riquezas.

Todos os atores agradeceram ao público e guiaram suas

carroças até um velho celeiro abandonado que lhes foi dado como pousada pelo próprio Edwin. As pessoas começaram a se dispersar, ficando somente o padre Paul e o guarda.

– O bom Edwin podia ter cedido esse celeiro para guardarmos as vacas da igreja – disse cabisbaixo – Contudo ele cedeu o espaço para as crias de Satã.

– A igreja tem um bom espaço nas fazendas, não tem? – indagou o guarda.

– Para as obras de Cristo nunca é demais! – falou o padre, zangado. – Preciso falar com o bispo para colocar um pouco de juízo na cabeça do bom Edwin.

– Seria bom o bispo mandar um vinho melhor para os guardas que cuidam da igreja! – disse o outro, cuspindo no chão – Esse não esquenta nem a garganta nos dias frios!

– Vá se foder! – rosnou o padre, batendo na barriga do guarda com um cajado de madeira escura ornado com pedras verdes. – Eu devia mandar expulsar você dessa cidade!

– Boa noite, padre! – disse o homem. Virou as costas e partiu assoviando.

– Volte aqui, sua besta! – resmungou o padre gordo, enquanto corria, arfando, no encalço do guarda. – A nossa conversa ainda não acabou!

Stella riu da briga e seu sorriso iluminava toda a noite junto com a lua e as estrelas distantes. Ver os atores havia deixado seu espírito alegre, tão alegre que me pediu para irmos até o campo fora dos muros da cidade para colher algumas flores e pegar morangos silvestres.

Um passeio realmente seria maravilhoso.

Ao norte do portão principal, havia uma porta de madeira grossa. Ela era pouco usada pelos habitantes e a chance de haver algum guarda lá era bem baixa. Eu era um homem livre e poderia ir e vir tranquilamente, mas me deter em explicações para guardas desconhecidos me faria perder um tempo precioso junto a Stella. A noite passa muito rapidamente.

Corremos para a porta e não havia ninguém lá. Peguei uma tocha na murada e levantei a pesada tranca de ferro que travava a porta pelo lado de dentro. Saímos para os campos cinzentos. Infelizmente tudo parecia cinzento.

Pulávamos como duas crianças em uma manhã de Sol. Eu sentia falta da luz, mas não disse nada para Stella. Não queria estragar a noite perfeita.

O cheiro das flores noturnas perfumava o ar e o barulho da

água correndo em um pequeno riacho era tranquilizante. Stella bebeu da água gelada e molhou a sua blusa branca, não sei se de propósito. Deixou os seus seios fartos marcados na roupa. Os bicos ficaram intumescidos e salientes sob o fino tecido quase transparente. Ela percebeu meu interesse e sorriu maliciosa, com a boca entreaberta e os olhos ávidos. Fui ao seu encontro, mas ela me empurrou e correu por entre as flores coloridas.

Depois de alguns passos, parou, olhou para trás e não me viu. Procurou ao redor, tentando firmar a visão na escuridão. Seu semblante passou da alegria para o receio em um instante.

– Harold! – gritou – Harold, apareça agora! Anda, seu *finocchio!* Estou ficando nervosa! Vou embora sozinha, hein! E pode me acontecer algo... – ficou em silêncio por alguns instantes. – Harold! – berrou desesperada.

Então na velocidade de um pensamento eu surgi atrás dela e abracei-a com carinho.

– Seu idiota! – protestou, batendo no meu braço e pisando com força no meu pé esquerdo. – Nunca mais faça isso!

– E por que não? – falei sem soltá-la.

– Porque isso me assusta! – respondeu ela, se debatendo.

– Essa é justamente a parte interessante! – mordisquei o seu pescoço.

– Então é assim? – falou, brava. – Vou desaparecer também! E quem sabe eu não encontro algum lindo homem perdido por aí?

Seus cabelos negros estavam perfumados. Ela costumava lavá-los com leite de cabra misturado com águas de flores. Passava muito tempo esfregando, desembaraçando, penteando... E eu, diferente dos demais homens do meu tempo, também gostava de banhos prolongados. Havíamos comprado uma grande tina de madeira, na qual colocávamos água fervente e depois fria, até a temperatura ficar morna e agradável. Certa vez Godfrey me disse que minha pele iria apodrecer e eu ficaria exposto a todas as doenças. Nunca acreditei nisso. E mesmo que fosse verdade, eu ainda era imortal.

Ela sabia como me provocar.
Sabia como despertar todo o meu ciúme.
Ela era linda.
Perfeita como a mais brilhante estrela do norte.

Virei-a e beijei a sua boca carnuda. Beijei-a longamente e com o fervor da paixão. Beijei-a como da primeira vez.

Deitamos em meio às flores. Vaga-lumes dançavam sobre as nossas cabeças.

E a explosão de amor aconteceu.
E a noite passou bem depressa.

Pegamos uma trilha estreita à margem de um pequeno riacho. Espeto queria algo mais para vender na cidade. Duas lebres não valiam quase nada. E agora, com Edred e eu, ele precisava comprar muito mais mantimentos. Encontramos uns montinhos de bosta e algumas pegadas recentes de cervos. Silenciosamente as seguimos. Andamos um bom tempo até que Crucifixo rosnou baixinho. Abaixamos e então o galês pediu que eu colocasse uma flecha na corda do meu arco curto. Ele já havia avistado a presa.

Era um belíssimo cervo macho com seus chifres imensos e pelo avermelhado. O animal tinha um porte magnífico e eu fiquei admirado. Tinha o esplendor dos tempos antigos.

– Esse é um belo animal – falou Espeto. – Na minha terra, há muitos séculos, os grandes reis saíam para caçar cervos nas noites de lua cheia. Havia uma lenda sobre um grande cervo branco como a neve. Acreditavam ser um presente dos deuses para os homens e aquele que o matasse se tornaria o homem mais poderoso do mundo.

– E alguém conseguiu? – perguntei, colocando uma flecha no arco curto.

– Nunca! – respondeu baixinho apontando para o pescoço do animal. – É no pescoço que você deve acertar. Daí o bicho vai sangrar mais e morrer mais rápido.

– Ele não morre de uma vez? – indaguei espantado.

– Não morre – disse Espeto. – Ele foge e temos que correr atrás dele. Seguimos as marcas de sangue e rezamos para nenhum lobo faminto sentir o cheiro. Se tivermos sorte ele ficará cansado logo e com isso podemos acertar outra flecha.

– Daí ele morre? – perguntei incrédulo.

– Pode ser, pode ser – respondeu. – Agora puxe a corda até perto da sua orelha, mire um pouco acima de onde quer acertar e atire, meu rapaz!

Fiz uma força absurda para puxar a corda e minhas mãos começaram a tremer levemente. Minhas costas doíam e os braços fraquejaram. Mirei o melhor que pude e soltei a corda. A flecha voou rápida, perfurando algumas folhas até se fincar na barriga do cervo. Ele deu um balido alto grave e saltou, correndo mata adentro.

A perseguição se iniciou.

Podíamos ouvir balidos e bufadas logo à nossa frente. Edred ficou para trás, xingando porque não o esperamos. Não havia como esperar o garoto. O bicho era rápido demais até para nós.

Espeto habilidosamente colocou uma flecha no seu arco e disparou. O projétil bateu em um galho e se perdeu por entre as árvores. Imediatamente, ele colocou outra flecha na corda, mas sem puxá-la ainda. Tentei fazer o mesmo, mas não tive a mesma habilidade e o arco se enroscou nas folhagens.

O cervo estava perdendo muito sangue. As folhas estavam salpicadas e havia rastros visíveis no chão. Edred gritava não muito longe e eu respondi para ele encontrar o caminho. Espeto estava um pouco à frente, não conseguia vê-lo, ouvia somente suas pisadas firmes. Ele se esgueirava dos obstáculos como uma cobra e a sua agilidade impressionava, apesar do cabelo bem grisalho.

Então o caçador parou bruscamente e atirou mais uma flecha. Dessa vez o animal bufou alto e depois houve o silêncio. Corri em direção ao cervo e o vi parado, babando e com as pernas tremendo. A flecha de Espeto estava fincada profundamente na sua coxa traseira.

Preparei então meu arco, mirei no pescoço. O cervo se debatia e tremia. Mas, assim mesmo atirei. Ele caiu com um baque seco e morreu gorgolejando sangue misturado com a sua baba espumante. Desta vez não me senti tão mal. Aos poucos o assassino dentro de mim despertava.

Espeto se abaixou do lado do cervo e rezou para um dos seus deuses, agradecendo pelo belo prêmio e pela ótima caçada. Ele pegou um punhado de terra úmida com uma mão e com a outra esfregou o sangue ainda quente. Misturou os dois e passou no meu rosto com o polegar, fazendo alguns desenhos que só ele podia decifrar.

– Harold Stonecross! – falou olhando-me fixamente. – Enfim se tornou um caçador! Que seus passos sejam sempre abençoados por Belenus!

Aprendi com ele o respeito pelos animais. Aprendi a ser forte, mas justo. A usar a cabeça quando os braços falham. Espeto me ensinou a ser um homem de verdade.

Edred chegou arfando e todo suado. Estava bravo, porque não esperamos por ele. Crucifixo estava ao seu lado, feliz como sempre.

Fizemos um suporte, com galhos fortes trançados com cascas de árvore. Colocamos o animal sobre o transporte improvisado e o arrastamos até a cabana. Salgamos a carne para não apodrecer. Estava anoitecendo e o frio aumentava a cada instante. Um chuvisco caiu novamente. Porém, estávamos animados.

E amanhã iríamos até a cidade.

A manhã estava cinzenta e o vento soprava forte e úmido. Espeto preparou nosso desjejum com os rins do cervo temperados com ervas e cozidos junto com cebolas. O restante da carne ele havia colocado em um grande saco que levaríamos até o mercado. Crucifixo ganhou a língua e uma costela ainda com a gordura. Ele roeria o osso durante todo o dia até o nosso retorno.

Comemos depressa e fomos vender as peles de lebres e quase todas as partes do grande cervo. Edred assoviava e cantava baixinho, carregando um grande jarro com mel, que fora recolhido durante semanas. Espeto fazia algumas contas de quanto trigo conseguiria com as peles das lebres. Ele queria também enguias defumadas. Eu fiquei encarregado de carregar o pesado saco de carne. Afinal, essa era a minha presa, o meu prêmio.

A cidade não era grande. Não passava de um vilarejo interiorano. As pessoas se espalhavam pelas ruelas de terra, depenando galinhas, curtindo couro, esculpindo móveis de madeira. Alguns conheciam Espeto e o cumprimentavam calorosamente.

– Como foi a temporada da caça este mês? – perguntou um homem narigudo e bem magro.

– Não foi das melhores! – respondeu – Os bichos estavam ariscos como nunca e se debandaram para bem depois do rio.

– Você tem alguns ovos de pica-pau? – perguntou o outro, coçando o saco.

– Não tenho. Hoje só trago carne e peles – respondeu – Sua filha está sofrendo das tripas novamente?

– A dor volta sempre!

– Vou ver se consigo algo para daqui uma semana.

– Agradeço, bom amigo!

Seguimos nosso caminho até que o silêncio foi quebrado.

– Ei! Para melhorar as tripas é só dar uma cagada! – falou Edred confiante – Tô certo? Sim, sim!

– Está, filho, mas para as mulheres isso nem sempre é tão fácil assim – disse Espeto.

– O que é mais fácil do que arriar as calças e largar o barro? – perguntou o moleque, indignado. – E elas usam saias! Então nem precisam soltar os cordões! Sim! É só abaixar e deixar o menino fazer bico!

Espeto sorriu e continuou andando.

O local fedia a merda, pois tudo era jogado nas ruas. Se não tomássemos cuidado podíamos ser pegos por uma baldada de imundícies atiradas de alguma janela. Todas as cidades da Inglaterra fedem a merda.

Havia uma construção de madeira bem grande. Ali funcionava o mercado local. Pessoas de todos os cantos vinham vender ou trocar mercadorias. Aveia, trigo, lã, cerâmicas, ferro, escravos. Tudo podia ser encontrado lá. Inclusive um monte de ladrõezinhos esperando pelo dinheiro fácil dos compradores distraídos.

Espeto colocou as peles, o mel e o saco pesado de carne em cima de uma bancada imunda de madeira. Um homenzinho de olhar astuto examinou a mercadoria e ofereceu em troca apenas um saco de trigo, um jarro pequeno de vinho de bétula e quatro arenques defumados.

A proposta não foi aceita e Espeto pediu três sacos de trigo, quinze enguias defumadas e três cordas novas de cânhamo para o arco. O homenzinho ficou vermelho, esperneou e gritou como se possuído pelo demônio.

Como a negociação iria demorar, nosso mentor nos deu algumas moedas para irmos dar uma volta e comprar algo para comermos.

Edred estava radiante, pois adorava passear pelas feiras. Ficou impressionado com um grande urso preto sem dentes, dançando apoiado somente sobre as patas traseiras. Ele rodopiava e dava pequenos saltos enquanto seu dono enchia de pancadas os seus pés com uma vara comprida. Havia um homem fazendo malabarismo com cinco pequenas facas e um gorducho enfiando a lâmina de uma espada goela abaixo.

Uma mulher esquisita mordeu uma maçã e logo em seguida deu uma cusparada, revelando três vermezinhos brancos. Dois homens riam enquanto tentavam enfiar as mãos por dentro do vestido de uma puta baixinha. Ela olhou para nós e balançou a língua. Edred retribuiu com um beijo no ar.

Paramos em frente a uma barraca que assava um grande javali. O cheiro era delicioso e estávamos prontos para pedir uns nacos dessa iguaria. A gordura pingava abundante e chiava ao cair sobre as brasas vivas levantando a fumaça perfumada. A boca se encheu d'água e a barriga começou a resmungar. Foi então que senti uma mão entrar suavemente no meu bolso e pegar as moedas. Com um salto me virei rapidamente e consegui segurar a camisa do marginal. Outro menino veio correndo na minha direção, mas Edred derrubou-o no chão com o cabo da Fodedora. Então um terceiro, surgido do meio da multidão pulou nas minhas costas. Puxei-o pelos cabelos e o joguei no chão. Eu era bem maior e mais forte, apesar de ser esguio. Ele puxou da bainha uma faca comprida, tentando se levantar, mas Edred colocou a ponta da lança no rosto dele.

– Se mexe que eu furo seu olho! – disse o garoto com a voz firme – E depois pego ele e enfio no seu cu!

Peguei de volta as minhas moedas e dei um chute na bunda do moleque. Ele caiu de joelhos e depois correu em disparada, junto com o que havia levado uma rasteira de Edred.

O outro estava no chão com a faca na mão e olhar insolente.

– Ei, Harry! Minha nossa! – Edred disse espantado. – Essa é a faca do meu pai!

Olhei-a com mais atenção e confirmei com a cabeça. A bela faca de cabo vermelho e lâmina larga. E era o mesmo moleque que havia nos roubado no rio, o mesmo rosto sardento e azedo.

– Essa faca é minha! – falei autoritário.

– Tenta pegar então, seu trouxa! – apontou a faca para mim, mesmo com a ponta da lança sobre o seu nariz torto.

– É melhor você me dar agora! – falei nervoso.

– Vá se foder! – sibilou o moleque.

Então em um instante ele estava se contorcendo de dor. Largou a faca no chão e colocou as duas mãos no saco. Edred habilmente havia girado a sua lança, batendo com bastante força o cabo dela nos ovos do infeliz. Até senti um pouco de pena do menino, que chorava e soluçava quase sem ar.

Peguei a faca e a bainha.

Estava feliz por ter recuperado um presente tão estimado. Era como se eu tivesse reencontrado uma relíquia muito valiosa.

Edred sorria.

Estava muito contente por ter derrotado dois garotos sozinho. A cada dia o moleque me surpreendia.

– Harry, você é um veadinho mesmo! – riu.

– E posso saber por quê? – perguntei.

– Estava com medo dos moleques – falou confiante. – Se eu não estou lá para salvar o seu rabo, lá se vai todo o dinheiro! E vamos logo comer algo!

Dessa vez ele estava certo. O moleque salvou o nosso almoço.

Compramos carne de javali e sentamos na sombra de um grande olmo para saborear a preciosa refeição. Espeto chegou feliz pelo bom negócio feito. Sentou do nosso lado e pegou um bom pedaço do javali para si.

O dia prosseguia perfeito...

Stella e eu nos amávamos cada vez mais e os dias, as semanas, os meses passavam rapidamente. Sempre tentávamos fugir da monotonia e da rotina. Algumas vezes íamos ao bosque, outras conversávamos com Godfrey e John, que se tornaram nossos amigos. Às vezes íamos até a cidade vizinha, quando algum grupo de saltimbancos estava por lá. Somente o amanhecer nos afastava da felicidade plena. Mas, esse era o menor dos nossos problemas.

Todos da cidade já nos conheciam e sabiam do meu problema com a luz, por isso as perguntas eram cada vez mais raras. O que não cessava eram as fórmulas milagrosas, as relíquias sagradas e as bênçãos infindáveis.

No começo Stella ainda tinha a tola esperança da minha cura, mas depois ela se lembrava de tudo e desistia. Isso fazia o meu coração sangrar. Mas eu nada podia fazer por ela.

Então, num dia de outono do ano de 1161, o padre Paul morreu.

E o destino começou a ser reescrito.

O religioso acordou todo arroxeado. Na noite anterior, ele esteve, digamos, rezando até mais tarde com uma das beatas, uma jovem de cabelos castanho-escuros e de seios fartos. Ela contou para o chefe da guarda que o padre Paul começou a ofegar e ficar sem ar. Depois disso caiu e se contorceu por um tempo antes de subir aos céus. O esforço físico das orações com a jovem garota foi demais para seu coração.

O povo estava de luto e uma caravana com monges e bispos veio até a cidade. Então um tal padre William foi nomeado o novo pároco da cidade. Era belo, no auge dos seus 33 anos, forte e de cabelos castanho-claros aparados bem rentes à cabeça. Tinha as sobrancelhas grossas e os olhos inteligentes. Parecia muito calmo. E não tirava os olhos de mim.

Durante toda a missa rezada por um bispo bem velho, padre William me observava, desviando o olhar de tempos em tempos. Fazia algumas anotações em um bloco de papéis amarelados. Suas mãos sujas de tinta e a velocidade com que ele escrevia, molhando a pena freneticamente em um pequeno tinteiro colocado no banco ao seu lado, mostrava que ele era um erudito.

E ele não parava de me observar.

– O que acha de irmos embora? – perguntei a Stella.
– Espere um pouco! – respondeu. – Já faz mais de duas horas! Deve estar no final.
– O padre novo não para de me olhar – falei no seu ouvido.
– Deve ser somente impressão – disse irritada – Alguém tão branco como você chama a atenção!
– Pode ser...

A missa terminou e então saímos da grande igreja. Um monge segurava um cajado pequeno e de madeira bem rústica. A multidão se acotovelou, tentando tocar o artefato. Diziam que pertenceu a São Pedro e foi dado a ele pelo próprio São José, pai de Jesus. Mas os guardas da cidade faziam uma barreira de contenção, deixando passar somente quem pagasse. Para os demais fiéis restava receber os porretes dos guardas nas cabeças.

Uma relíquia maior da igreja.

Uma peça sagrada que as pessoas pagavam para tocar.

Um pedaço de madeira velha... Poderia ser verdade?

Quem sabe!

E o povo acreditava cegamente. Como sempre...

Capítulo VIII – Vozes

Depois da missa interminável rezada em latim para expurgar a alma do padre gordo de todos os pecados, o novo padre, William Long, assumiu a responsabilidade religiosa pela cidade. As festividades do aniversário do *Earl* Edwin foram muito boas. Vinho, carnes e doces para todo o povo da região. Sem contar os espetáculos dos saltimbancos e as músicas alegres tocadas por bardos vindos de toda a Inglaterra. Todos riam e naquele período esqueceram a fome, a doença e os impostos. Esqueceram até o medo de Deus. Estavam muito felizes e bêbados demais.

O novo padre era mais tolerante a esse tipo de festa e tudo ocorreu bem. Ele até distribuiu algumas bênçãos na praça central. O povo gostava dele. Algumas mulheres estavam apaixonadas. Mas, as beatas formavam uma parede de ferro em torno do padre.

Enfim, nada disso importava. Eu estava sedento e precisava caçar. E o terreno não poderia ser mais propício, pois em dias de comemoração as pessoas ficavam mais tolerantes a conversas e abertas a convites inusitados. Principalmente as belas damas embriagadas. E essas eram as que Stella mais odiava. Não era ódio na verdade, era um ciúme intenso. Contudo, no fundo ela sabia que as moças me davam apenas o prazer da saciedade. Ela me dava todos os outros.

E eu precisava do prazer do sangue. Precisava me entregar totalmente ao elixir rubro. Espesso, vívido e quente como o fogo que brota das montanhas do continente.

E, com os festejos, tudo era mais fácil.

Um cadáver largado na rua era provavelmente o efeito final do excesso de álcool ou mesmo a consequência de alguma briga por dinheiro ou por mulheres. Tudo era aceito mais facilmente e sem as perguntas inoportunas dos soldados.

Esses estariam tão bêbados quanto o restante da população. E nessa noite eu também iria comemorar.

Stella havia ficado em casa, pois sabia das minhas intenções e não gostava de participar disso.

– Harold, há uma senhora moribunda sendo cuidada pela Mary, da Rua St. James – falou antes de eu sair. – Por que não acaba com o sofrimento dela?

– Vou visitá-la se puder – respondi sem me importar muito.

Eu não queria o sangue doente e velho da moribunda. Eu queria as delícias da juventude ou a alegria dos ébrios. Isso era algo que minha amada nunca entenderia. E eu também não desejava essa sina para ela.

A noite estava gostosa, apesar de fria. Havia pouco parara de chuviscar. A lua encoberta fez com que mais tochas e fogueiras fossem acesas para a festa. O cheiro de carnes e peixes assados inundava o ar, assim como o de cerveja, vinho e hidromel. Nos becos o cheiro de mijo e vômito sobrepujava qualquer outro.

Dentro de um barril vazio, pude ouvir um bando de ratos fazendo uma algazarra despreocupada. Estavam trepando para garantir o sucesso da próxima geração, que nasceria em menos de vinte dias. Ao lado um gato cinzento dormia tranquilamente. Devia estar com a barriga cheia, pois ratos não faltavam na cidade. Certamente havia uma dezena de ratos para cada humano.

As pessoas estavam todas arrumadas com as suas melhores roupas. Alguns até se lavaram para a ocasião. As crianças corriam com as mãos e os bolsos cheios de confeitos e bolos. Um garoto de cabelos encaracolados, de pele quase tão branca quanto a minha, espetava algumas codornas e colocava-as sobre as chamas com penas e tudo. Uma ferida no seu rosto soltava pus, que ele limpava com um pano que cobria as codornas abatidas.

Um homem ruivo muito alto e gordo atravessou na minha frente com dois enormes mastiffs tigrados. Os cães me olharam e choramingaram, pondo os rabos grossos entre as patas. O gigante estranhou a atitude dos cães, porém nada disse e seguiu o seu caminho. Seria uma presa ideal, mas os cães fariam barulho e chamariam muita atenção.

Continuei meu passeio enquanto assoviava uma canção inventada na hora. Se eu fosse um bardo, essa poderia se tornar uma bela música. Quem sabe, quando na eternidade da minha existência eu ficar cansado de tudo, eu siga por esse caminho.

Eternidade...

Palavra que admiro e ao mesmo tempo temo. Pela

eternidade fico próximo aos deuses, mas nunca serei deus por causa das minhas privações.

Como sinto falta do nascer do Sol...
Como sinto falta do calor do meio-dia...
Como sinto falta do céu azul da primavera...
Passado... E isso é somente um instante na eternidade.

Estava vestido com uma bela camisa de linho repleta de detalhes em fios azuis nas mangas e na barra e calças grossas de algodão. Minhas botas de couro marrom tinham detalhes em metal. Nos braços usava dois braceletes de prata e no pescoço um torque de ouro. Eu era um alvo perfeito para os ladrões da cidade. Sozinho, andando devagar e com ar de desatenção. Infelizmente ninguém tentou me roubar.

Parei do lado de uma grande fogueira. As labaredas ultrapassavam os telhados das casas e preenchiam o local com um brilho avermelhado. As madeiras úmidas estalavam e faziam muita fumaça, mas a brisa vinda do oeste a carregava para o lado oposto de onde eu estava. Agachei encostado em uma parede de madeira e esperei.

Dezenas de pessoas passaram por mim. Velhos, aleijados, garotos, donzelas e religiosos.

Esperei apenas alguns instantes. E logo a vítima certa apareceu.

Então meu coração se acelerou, as pupilas se dilataram e todos os meus sentidos ficaram mais aguçados. Agora o instinto dominava a razão e a sede superava qualquer complexo e remorso. A besta da noite se deleitaria em sangue.

Segui calmamente no meio da multidão. Havia muito barulho, muitas risadas. Havia pessoas caídas inconscientes e outras aliviando as tripas na porta de uma casa. Dois guardas jovens conversavam com uma menina de no máximo doze anos. O ruivo colocava a mão por dentro do vestido dela, fazendo-a dar gritinhos e risadinhas. Havia crianças chorando por não encontrar os seus pais. Um casal jovem fodia em um canto escuro, logo atrás do muro da igreja, embalados pelo clangor dos sinos. O homem chupava vorazmente as tetas pequenas da garota. Ela puxava os cabelos dele enquanto entrelaçava uma das pernas em volta da sua cintura. Um mendigo jogado no chão tocava uma punheta, animado com o casal.

Tudo estava normal. Todas as pessoas estavam ocupadas e distraídas com os seus interesses. Todos estavam alheios à minha presença, à minha intenção.

Minha presa nunca imaginaria que nessa noite iria morrer. As Nornas aos pés da sagrada Yggdrasill já traçaram o seu destino. E eu não passava da ferramenta de realização.

Nessa noite nossos fios se cruzariam, se entrelaçariam e o dela se partiria depois disso. E sua existência terminaria. Mas, eu me importava somente com o sangue. Queria beber até perder o ar. Beber para saciar a sede eterna. Nem que fosse por apenas um instante na vastidão da minha vida imortal.

A cidade estava cheia de pessoas vindas de toda a Inglaterra para as comemorações por mais um ano de vida do *Earl* Edwin, o novo benfeitor dessa região. E uma delas me instigou o desejo pelo seu sangue.

Uma bela moça de cabelos tão longos que ultrapassavam a sua cintura olhou-me rapidamente enquanto eu estava agachado próximo à fogueira, e algo nos seus olhos cor de mel me fez sentir um desejo imenso de tê-la entre os meus lábios. Seu cabelo era de uma cor quase dourada, como ouro antigo, e sua pele branca como as areias das praias além do mar no oeste.

Era linda.

Tão linda que senti um friozinho percorrer toda a minha espinha até deixar o meu coração apertado e a respiração trêmula. O desejo de sangue não era o único naquele momento.

Continuei no seu encalço, cada vez mais próximo. Eu podia sentir um leve aroma de flores vindo dos seus cabelos compridos. Podia imaginar o calor da sua pele nua em meus braços antes de dar o último suspiro e os pelos finos do seu corpo se eriçando a cada toque suave. Podia ver os seus lábios sorrirem mesmo na iminência da morte. E o prazer imenso, como ela nunca experimentou antes.

Eu era belo e ninguém podia resistir ao meu charme.

Apertei o passo e a distância de apenas um braço nos separava. Toda a bagunça das pessoas desapareceu da minha mente. Meus olhos acompanhavam fixamente os movimentos delicados da moça esguia. Movimentos sinuosos e excitantes.

Sem perceber, sorri.

E senti as pontas das minhas presas se insinuarem para fora da boca. Tive de controlar a ansiedade e relaxar para não colocar tudo a perder.

E os dentes não eram as únicas partes crescidas do meu corpo.

Mais um pouco...

Eu estava quase ao seu lado.

E logo usaria meus encantos. E ela se sentiria atraída por mim como as abelhas pelo néctar das flores.

E antes do Sol raiar eu me deliciaria no melhor dos prazeres. Sua carne, seu sangue, sua alma seriam meus.

E era assim que deveria ter sido.

Mas, subitamente uma mão fina e suja de tinta me tocou levemente no ombro interrompendo os meus pensamentos. Minha primeira reação foi virar e socar a cara do infeliz, mas apenas me virei e vi o padre William com um sorriso gentil pregado no rosto, com as suas sobrancelhas grossas e os olhos ávidos por descobrir quem eu realmente era.

Retribuí o sorriso, acenei um cumprimento rápido e continuei meu caminho. Estava com pressa. Não podia perder a moça.

– Senhor Harold! – falou o padre com a voz tranquila. – Teria um tempo para conversarmos? Estou tentando me encontrar com o senhor desde que cheguei aqui.

Merda. Foi a primeira palavra vinda à minha mente. Aliás, como o puto sabia o meu nome? Isso eu descobriria depois, agora tinha outros planos.

– Sinto que agora não é um bom momento, pois tenho algo inadiável para resolver – falei, ao perceber o objeto da minha cobiça se distanciar – Se for possível, podemos marcar para amanhã depois do pôr do sol.

– Se assim prefere... – levantou os ombros – Posso esperar até amanhã para lhe contar o que sei sobre outros como você...

Merda. A curiosidade matou o gato! E deixaria a minha deliciosa ratazana escapar.

– Outros como eu? – perguntei.

– Exatamente... – respondeu, com um sorriso discreto de satisfação. Ele havia acertado em cheio. – Venha comigo até a igreja. Lá temos um ótimo vinho feito com as melhores uvas de Roma. Isso se você puder beber algo...

O filho da puta era algum tipo de adivinho? Jogava comigo ou sabia quem realmente eu era? Iria descobrir e depois quebrar lentamente o seu pescoço comprido.

Mesmo com a sede torturando o meu corpo, a minha mente e com o desejo lascivo de descobrir o sabor da menina de cabelos longos, acompanhei William até a igreja. Ele cumprimentou os dois soldados que faziam a guarda e abriu a pesada porta de madeira, trancando-a com uma barra de ferro após entrarmos.

Fomos até os seus aposentos, onde havia apenas uma cama

estreita com diversos manuscritos espalhados, uma mesinha com três velas acesas e um tinteiro, um armário de madeira escura e duas cadeiras estofadas de encosto alto. No chão, junto à pequena janela, havia uma pilha de livros.

Era o quarto típico de um religioso, simples e sem luxo algum. As riquezas eles guardavam em outros locais bem longe dos olhos das pessoas. Entretanto, o que me intrigou foi ver sobre a pilha de livros o desenho de um rosto de homem com dentes salientes e olhos de gato.

O padre percebeu o meu espanto e foi na direção da pilha de livros. Pegou o desenho, feito com uma riqueza incrível de detalhes em um pergaminho de pele de cordeiro bem fino. Os cabelos um pouco abaixo dos ombros, o nariz fino e um pouco de sangue no canto da boca. Tudo era representado com esmero e com cores vivas.

– Esse retrato eu fiz há menos de um ano em Florença – entregou-me o pergaminho. – E há dezenas de outros desenhos feitos por toda a Europa! Homens e mulheres, todos sempre jovens e belos. Fascinantes!

– E onde eu entro nessa história? – desconversei, tentando controlar meus sentimentos.

– Meu caro Harold! – disse ele, sentando-se em uma das cadeiras e empurrando a outra para mim. – Você pode passar despercebido pelo povo. Por essas pessoas tolas e sem conhecimento – pigarreou. – Eu já vi muito, apesar de não ter tanta idade. E sei reconhecer os mistérios dessa terra.

– Padre – sorri –, infelizmente você só me fez perder tempo! Eu tenho somente uma maldita doença de pele que não me permite contato com a luz do Sol. Infelizmente!

– Ah sim! – exclamou ele. – A doença de pele!

– Isso mesmo! – respondi irritado.

– É uma pena ver pessoas tão jovens, ao serem tocadas pela luz do Sol do Nosso Senhor, terem o corpo coberto de bolhas e queimaduras e gritarem em uma agonia inimaginável, cobrindo os olhos com as mãos em brasa, até se desintegrar em um monte de cinzas... – fez uma pausa para colocar um pouco de vinho em uma bela taça de vidro colorido. – Não vou lhe oferecer, pois também acredito que possua um pequeno problema no estômago, certo? – disse ao erguer a taça e dar um longo gole. – Delícia! Mas, voltando ao assunto, que doença terrível essa sua!

Fiquei atônito e as palavras fugiram da minha mente. Eu

olhava para o padre e sentia admiração e medo, um temor intrínseco pelo desconhecido. Não tinha ânimo ou reação para usar o meu poder de persuasão contra ele.

– Vejo que essa marca na sua mão esquerda foi feita por um beijo do Sol, não foi? – perguntou com malícia no olhar.

– Infelizmente devo negar! – menti da melhor forma possível. – Essa foi feita na forja de meu pai. Foi um acidente! Eu tinha cinco anos e sem querer encostei no ferro quente de uma armadura.

As sobrancelhas grossas de William se levantaram com as minhas palavras firmes, mas logo ele retornou à sua postura impassível.

– Então, *Earl* Harold Stonecross – disse pausadamente o meu título e o meu nome. – Apreciei muito a nossa conversa! Mas, deixemos os assuntos restantes para outra noite.

– Melhor assim – levantei-me e caminhei em direção à porta. Estava intrigado. Como ele sabia tanto sobre mim? Essa fora uma noite cheia de surpresas.

– Com o tempo, verá que sou seu amigo e as confidências serão trocadas espontaneamente – disse ele, gentil.

– Durma bem, padre! – falei com ironia na voz.

– *Dominus vobiscum!* – disse ele, fazendo o sinal da cruz em minha direção. – E antes de amanhecer seria bom o senhor tomar algo bem quente e forte. Algo para deixá-lo mais corado – falou de dentro do seu quarto, sem aparecer à porta.

Fiquei em silêncio e saí da igreja por onde entrei, retirando a pesada tranca e jogando-a longe da porta. Era muito pesada, mas atirei-a como um graveto podre.

Os guardas se prepararam para me abordar, mas lhes joguei duas moedas de prata e o gesto amenizou suas suspeitas.

– Tenha uma boa noite! – disse o barbudo.

Apenas levantei a mão e acenei. Não queria conversa.

Eu estava bravo. Bravo, desconfiado e faminto.

E, como já não havia mais esperança de encontrar a moça de cabelos compridos, fui até a Rua St. James e suguei todo o sangue cansado da moribunda. Sua pele era tão fina e enrugada que bastou encostar os dentes para o sangue escorrer. No fim, o pedido de Stella foi atendido. Uma boa ação involuntária foi feita. E as fiandeiras deviam estar rindo muito da minha pretensão.

Voltei para casa. Não lembro o caminho percorrido nem quanto tempo demorei. Meus pensamentos estavam todos no ocorrido.

Faltava ainda uma hora para amanhecer.

Stella cochilava ao lado da fogueira. Deixei-a dormir. Ainda estava pensando nas palavras do padre William e o retrato que vi não saía da minha mente.

O tempo passou rápido e a noite terminou. Era hora de dormir. Porém isso seria difícil com o turbilhão de imagens rodopiando na minha cabeça. Nunca havia ficado tão confuso e atordoado assim desde o meu renascimento.

Mas, eu precisava dormir. E quem sabe sonhar que nada disso realmente acontecera.

Fechei a tampa do caixão. E a escuridão lúgubre dominou tudo. Até a minha mente e o meu coração. Por causa do cansaço, apaguei.

Edred, Espeto e eu ficamos até anoitecer na feira para acabar de comprar as coisas para a cabana e também para aproveitar a bagunça do evento. Era gostoso ouvir um pouco de barulho quando se mora no meio da floresta. As vozes e os risos aqueciam a alma. Edred até flertava com uma garota ruiva. Ele exibia seus braços fortes e de tempos em tempos dava um sorrisinho banguela. Ela retribuía tímida, mas eu desconfiava ser mais por chacota do que por interesse.

– Ei, Harold! – disse ele, animado. – Acho que essa noite eu vou comer aquela ruiva!

– Boa sorte, irmão! – respondi.

– Vou mostrar para ela a potência da minha lança – falou com um risinho malicioso. – Vai ficar toda ardida! Vai sim! Ah se vai!

– Garoto, se quer ganhar uma mulher tem que tratá-la com carinho – falou Espeto, deitado na grama, mascando um pedaço de capim. – Tem que deixá-la com as pernas moles e com as coxas molhadas!

– Ei! – disse Edred coçando a cabeça – Tenho que jogar água nela?

– Não, filho! – respondeu o outro, cuspindo o capim e se levantando. – Umas boas linguadas e dedos espertos resolvem o problema.

Espeto e eu fomos rindo pela rua central.

– Seus putos! – gritou Edred. – Não entendi a linguada! Onde faço isso? Ei! E os dedos? Ei! Ponho o dedo na língua dela?

Olhamos mais uma vez as bancas, compramos o vinho de bétula tão apreciado pelo caçador. Ele tomou uns bons goles e guardou o restante. Eu preferia cerveja clara. E às vezes tomava uma caneca de hidromel. Mas o meu fraco era pela cerveja mesmo.

Edred raramente bebia. Teimava em tomar água pura e por isso vivia com diarreias fortíssimas e às vezes crises de vômito. Todas as sujeiras das cidades eram levadas diretamente para os rios por canais ou mesmo pelas águas da chuva. E todos os rios maiores eram sujos e fedorentos. Tinham uma água amarelada e com gosto ruim. Somente os pequenos riachos e mananciais mais afastados ainda tinham uma água boa para beber, mas nem sempre era possível se abastecer neles.

Por isso bebíamos vinho, cerveja e hidromel. Além de ser bom para a alma, evitava as doenças. Mas, o moleque não se preocupava com isso e sempre cagava como um pato.

Como havia sobrado um pouco do dinheiro que Espeto nos deu para comprar comida, pedi um jarro grande de cerveja clara e bebi com gosto. Ela estava morna e isso ajudou a espantar o frio. Edred deu uns goles apenas e fez uma careta.

– Não importa de onde seja a cerveja... – deu um arroto estridente. – Ela sempre tem o mesmo gosto de mijo de velha!

– E você já bebeu mijo de velha para saber? – perguntei curioso.

– Eu não! – resmungou – Ei! Você acha que sou tonto? Não bebi nada! Só acho que o gosto deve ser esse! Argh!

Andamos mais um pouco, porém logo escureceu. Então Espeto resolveu dormir em uma taverna. Era melhor do que ir para a floresta de noite. Ele temia os ladrões e os espíritos errantes. Na verdade ele temia muito mais os espíritos e demônios, pois nos ladrões sempre era possível dar uma surra.

– Vou-lhes contar uma história que aconteceu na minha aldeia quando eu era criança – disse o caçador. – Foi mais ou menos assim...

"Havia um grupo de cinco amigos inseparáveis. Em um dia frio de inverno, quando uma chuva fina e cortante caía desde cedo, eles resolveram ir até a floresta de Gwydyr pescar. Não era muito longe, mas o caminho pelas montanhas rochosas era perigoso, ainda mais com o tempo ruim. Nem os pássaros saíram dos seus ninhos naquele dia. O vento cortante penetrava suas peles e gelava até os ossos.

Brychan, o chefe da aldeia, um homem com o corpo marcado pela guerra, aconselhou-os a deixar a pescaria para outro dia. Já havia peixe suficiente para nos manter até a próxima lua cheia, quando os deuses iriam nos devolver o Sol. Contudo, tomados pelo ímpeto da juventude, deram as costas e partiram. O mais velho tinha quinze anos e o mais novo treze.

Meu pai tentou impedir meu irmão Fychan de partir, mas ele disse que iria com os amigos. Não houve quem mudasse a decisão deles. E lá se foram.

Passaram-se três dias e eles não retornaram. Então Brychan decidiu mandar os melhores caçadores e guerreiros da aldeia no encalço dos garotos. Eu ajudava o meu pai com a lenha quando veio o chamado. Eu queria ir junto, mas tinha apenas oito anos na época e iria somente atrapalhar.

Eles foram.

E durante seis dias ninguém retornou.

As mulheres fizeram sacrifícios para o deus das águas Nuada e para Cerridwen, a deusa da natureza. Os anciãos invocaram a sabedoria dos antepassados e a proteção dos espíritos da floresta. Eu apenas pensava no meu irmão e no meu pai.

Foi então que no sétimo dia os homens voltaram. Foram recebidos com beijos pelas mulheres e com ansiedade pelos aldeões.

Mas algo estava errado, pois somente um garoto estava com eles. Era Cad, o mais novo, filho do ferreiro. Estava muito pálido e fraco. Teve de ser trazido em uma rede carregada por dois dos caçadores. Estava praticamente inconsciente e nada falou desde que os homens o encontraram na beira do rio.

Brychan ordenou que o alimentassem e o deixassem descansar até o dia seguinte. Enquanto o garoto dormia, foi tomado por tremores e suores. Ele falava coisas sem sentido e gemia de dor. O ancião mais velho tinha muita sabedoria. Fez uma infusão de ervas e pós mágicos e assoprou a fumaça do preparado nas narinas do menino. Ele deu um grande suspiro e se acalmou, dormindo tranquilamente o restante da noite.

Amanheceu e todos estavam curiosos para saber o que havia acontecido. Ele demorou a acordar, devido ao cansaço e ao seu estado debilitado. Após tomar uma sopa de carne de faisão com castanhas, os anciãos vieram conversar com ele. Era tradição do povo da nossa aldeia ouvir toda a história antes de tomar qualquer decisão. E tudo deveria ser contado no pátio de sacrifícios e com detalhes.

Os homens rezaram aos deuses pedindo sabedoria e ajuda. As mães dos outros garotos estavam aflitas e choravam pelos cantos.

Eu sentia falta do Fychan. Na noite passada vi meu pai chorando baixinho, segurando a faca de caça do meu irmão. Estava com a lâmina partida. Ele a encontrou caída a poucos passos de onde Cad estava desmaiado. Quando me viu, ele enxugou as lágrimas e ralhou comigo para que eu fosse dormir. Homens não podiam chorar. Ele sempre me dizia isso quando eu caía ou me machucava nas brincadeiras. Lágrimas são para as mulheres e os bebês. E eu não era mais um bebê.

Meus pensamentos foram interrompidos, pois as perguntas começaram.

– O que aconteceu na floresta? – perguntou um dos velhos para Cad.

– Nós pescamos durante o dia todo – disse ele, gaguejando – Havíamos pegado mais de dez peixes grandes e algumas dúzias de peixinhos menores. A água estava muito fria, mas continuamos com ela até a cintura por um longo tempo. Foi um dia bom.

– Isso foi no primeiro dia, quando saíram da aldeia? – perguntou outro ancião, cego e desdentado.

– Sim, chegamos ao rio no final da manhã – disse o rapaz, após pedir um pouco de hidromel. – Como sabem, estava muito frio, e aquela chuva fazia os dentes baterem. Antes de começar a pescar, fizemos uma cabana com folhas e com as peles que havíamos levado. Ficou boa.

– E nada de estranho aconteceu? – falou Brychan.

– Não.

– Nada mesmo? – insistiu o chefe da aldeia.

– Não... – parou para pensar um pouco. – Não até escurecer.

– Até escurecer? – gritou desesperada a mãe de um dos meninos desaparecidos.

– Sim... Ouvimos vozes – disse Cad, trêmulo. – Vozes de mulheres. Algumas gemiam, outras choravam.

– E o que fizeram? – indagou o ancião cego.

– Ficamos quietos na cabana, então as vozes foram se distanciando e sumiram. Daí dormimos. Foi uma boa noite.

O garoto fez uma pausa para tomar o hidromel. Ele pediu outra caneca, mas Brychan não deixou porque ficou com receio dele ficar bêbado e se esquecer do ocorrido.

Cad resmungou e continuou sua história.

– No dia seguinte pescamos e nadamos até o final da tarde. Eu tentei pegar uma lontra com a minha fisga, mas não consegui. Ela mergulhou e sumiu. Fychan decidiu caçar um filhote de cervo para comermos. Ele pegou seu arco e sua faca e saiu pela floresta.

– E vocês o deixaram ir sozinho? – esbravejou o meu pai. – Não era quase noite?

– Falamos para ele ficar, mas Fychan sempre foi o mais

teimoso – disse ele, sem encarar o meu pai. – Foi então que tudo aconteceu. E foi muito ruim!

– Diga logo em nome dos deuses o que aconteceu! – falou Brychan, segurando a mão do garoto.

– As vozes voltaram – disse ele, assustado – E agora os gemidos e lamúrias estavam mais altos. Ficamos apavorados e apesar de serem vozes de mulheres eram assustadoras.

– Vocês fugiram? Deixaram o meu filho sozinho na mata? – indagou o meu pai, aflito.

– Ouvimos um grito! – Cad falou de cabeça baixa e com lágrimas nos olhos. – Era o Fychan gritando por ajuda. Então pegamos nossas facas e fisgas e corremos na direção da sua voz.

O garoto começou a chorar alto e a soluçar. Tentou correr e fugir, mas Brychan o impediu. Sua mãe implorava para os anciãos deixarem seu filho descansar, mas eles estavam ansiosos pela verdade. Todos nós estávamos.

Percebi como era grave a situação por causa das lágrimas de Cad. Um jovem de treze anos que chorasse na frente de todos certamente levaria uns belos sopapos para aprender a ser homem. Contudo, o chefe da aldeia o abraçava e também tinha a face triste.

– Tudo bem, filho! – falou um dos anciãos. – Continue a sua história.

– Já estava bem escuro e trombávamos com os galhos das árvores. Os gritos eram trazidos pelo vento e as vozes pareciam nos rodear. Tentamos ficar o mais juntos possível, mas logo vi que Aodh já não estava do meu lado. Prosseguimos somente o Grilo, Buidhe e eu. Corremos o máximo que pudemos e depois da distância de um tiro de flecha vimos Fychan caído no chão.

– Ele estava morto? – perguntou meu pai com desespero na voz.

– Não senhor! – balançou o corpo para frente e para trás. – Ele estava vivo, mas muito pálido e com os lábios roxos. Havia marca de dentes no seu pescoço e sua roupa estava toda rasgada. Ele estava nu. Quando eu me abaixei do seu lado, ele abriu os olhos e ficou me olhando por um tempo. Então sua expressão mudou para o pânico.

– Corre, Cad! – Fychan gritou aterrorizado – Corre para longe!

– Quando me virei vi uma jovem muito bonita de cabelos vermelhos compridos e cacheados. Parecia que uma luz fraca e azulada emanava do seu corpo. Ela usava um vestido verde quase transparente. Ele deixava à mostra todo o seu corpo. A ruiva estava a uns quinze passos da gente e não entendi por que nosso amigo ficou tão desesperado. Provavelmente estava com medo de que o animal que o atacou voltasse.

– E essa jovem estava sozinha? – perguntou um dos anciãos, acendendo um cachimbo comprido.

– Estava, mas logo chegaram outras três tão bonitas quanto a primeira, só que agora com os cabelos negros como a noite sem lua. Elas sorriram para nós e nos chamaram com as mãos, sem dizer nenhuma palavra. Fychan gritava desesperado para corrermos.

– Vão, seus idiotas! – gritou e tentou se levantar, mas caiu logo em seguida – Seus tolos! Fujam e chamem os guerreiros da aldeia!

– Mas suas palavras não tinham efeito, a visão das jovens esquentava os nossos corações. Apesar do escuro podíamos ver como eram lindas. E o brilho dos seus corpos agora pulsava como uma respiração. E cada vez nos aproximávamos mais, com passos lentos, como se estivéssemos sendo puxados por magia. Quando chegamos bem perto, pude ver uma mancha vermelha no canto da boca da jovem de cabelos ruivos. Então, como se eu tivesse sido atirado nas águas geladas de um rio, retomei a consciência e entendi que aquilo era sangue e que era de Fychan! – Cad ficou ofegante. – Ela mordeu Fychan! Dei um pulo para trás e atirei a minha fisga. Ela se cravou na coxa da jovem, que gritou horrivelmente. Achei que iria desmaiar naquela hora!

– Você foi corajoso e demonstra ter um coração de guerreiro! – disse Brychan. – Mas o que aconteceu com seus amigos?

– Buidhe correu em direção ao Fychan e pegou seu arco – Cad disse tremendo muito. – Então, enquanto ele colocava uma flecha na corda, as jovens se transformaram em velhas horrendas, com roupas verde-musgo e rostos muito brancos. Elas tinham as unhas muito compridas e os dentes podres. E suas vozes eram atemorizantes, cheias de lamentações e gritos. E seus corpos exalavam um cheiro pútrido como o de um pântano ou como o dos mortos.

Todos da aldeia estavam calados agora e até os anciãos ficaram apreensivos. Meu pai estava desolado e minha mãe precisou ser amparada por outras mulheres. Eu fiquei em um canto, pensando sozinho como seriam horríveis essas velhas demoníacas.

– Sei que é difícil para você, filho, mas continue se puder – pediu Brychan com a voz embargada.

– Buidhe atirou a flecha, mas essa sumiu no ar como magia – assoou o nariz na manga da camisa. – Então Fychan, em seu último esforço, se levantou empunhando sua faca de caça e se

lançou sobre a velha ruiva, agora com os cabelos tão grossos como serpentes. Ele cravou a lâmina no peito dela, porém foi atirado para trás e a faca se quebrou.
  Meu pai tirou a faca destruída do bolso e pôde ver que o ferro parecia ter sido corroído. O cabo tinha marcas de sangue enegrecido e seco.
  – Fychan está agora junto dos nossos deuses – proclamou o ancião cego.
  – Então... – Cad continuou a sua história –, as velhas avançaram em Buidhe e no seu filho – disse olhando para o meu pai. – Grilo tentou bater em uma delas com um pedaço de pau, mas ela o pegou pelo pescoço e levantou-o como se fosse feito de palha. Ouvi um estalo e seu corpo sem vida foi atirado ao chão.
  – Não! – gritou a mãe do garoto. – Arianrhod tenha pena de nós!
  – E o que aconteceu depois disso? – perguntou Brychan angustiado.
  – Buidhe e Fychan foram mordidos pelas velhas – disse Cad, com lágrimas escorrendo pelo rosto. – Grilo estava morto. Eu caí de costas no chão e fiquei paralisado. Então uma das velhas veio até mim e mordeu meu pulso, tomando apenas alguns goles de sangue. "Meu pequeno garotinho!", falou a velha de cabelos cor de fogo, com a voz rouca. "Vai e conte para todos o que aconteceu." Depois disso, elas se transformaram em bolas de luz e partiram. Eu me levantei e me arrastei até o rio. E no caminho encontrei o corpo de Aodh enrugado como uma casca velha. Parecia que todo o sangue do seu corpo havia sido sugado. Então quando avistei a nossa cabana eu desmaiei e quando acordei já estava aqui.
  – Vá descansar, filho! – falou Brychan. – Você já fez demais!
  Os anciãos conversaram entre si e depois de um longo tempo o velho cego veio até nós.
  – Forças antigas da nossa terra despertaram e estão caminhando entre nós – disse com muito pesar. – Espíritos ancestrais malignos rondam nossa aldeia e se nada fizermos irão trazer a doença, a desgraça e a morte. As velhas que Cad disse são conhecidas como banshees, as servas da deusa Badhbh.
  Os aldeões ficaram alarmados. Todos conheciam as lendas. Todos sabiam da desgraça vindoura. Então os anciãos prepararam os rituais de purificação e de proteção. Ervas e amuletos foram trazidos e os deuses foram invocados. Os sacrifícios inundaram a terra de sangue. Até mesmo um padre recém-chegado que tentava converter nossa gente fugiu, temendo a fúria demoníaca.
  Os guerreiros saíram em busca das mulheres, mas nada

encontraram. Então os velhos resolveram que seria mais prudente sair dali o mais rápido possível. Arrumamos as nossas coisas com pressa e partimos. Deixamos para trás toda uma vida, o nosso lar por varias gerações. Brychan estava muito triste, entretanto não podia fazer nada.
E, desde então, virei um andarilho."

– Assim como nós, não é? – disse Edred.
– Assim como vocês.
– E o que aconteceu com o pequeno Cad? – perguntei.
– O pobre garoto seguiu conosco até o novo local escolhido para morarmos – disse Espeto. – Mas a cada dia ele ficava mais fraco e débil e nem toda a sabedoria dos anciãos pôde curá-lo. Então depois de vinte dias do encontro com as *banshees* ele partiu desse mundo – concluiu, com os olhos avermelhados.
– Que triste! – disse Edred. – Nunca mais vou atrás de uma mulher bonita... – Olhou para o lado – Ei, Harry! Veja que docinho! – disse, apontando para uma menina loira sardenta que estava nos olhando pela janela. – Ei, gracinha! – gritou para a menina, que fechou a janela bruscamente.
– Seu safado! – ri da petulância dele. – Quem estava dizendo que nunca mais iria atrás de um rabo de saia?
– Ei! Você não entende nada! – disse irritado – Ela é loira! Loira! E as *banshinas* são ruivas ou morenas! Viu? Eu sei das coisas!
– São *banshees,* moleque! – Espeto gargalhou de Edred.
Encontramos uma taverna antiga em uma parte mais afastada da cidade. Entramos e um homem, ou melhor, um homenzinho, quase um anão, veio nos atender.
– Boa noite, nobre senhores! – disse, sorrindo – Sou Jack Small, seu criado! Vão até a mesa e já lhes sirvo uma porção de enguias que acabei de fritar!
Ele trouxe as enguias, um grande pão escuro e cerveja. Comemos e bebemos até a barriga doer. Edred ainda guardou o pedaço do pão para roer mais tarde.
O lugar estava vazio, exceto por dois homens mal-encarados que bebiam em um canto pouco iluminado. Eles levavam espadas, e um deles, com uma cicatriz no pescoço, levava um grande machado de dois gumes. Ambos vestiam trajes surrados. Mas eles ficaram quietos e não demos muita atenção.
Era quase nove horas.
Pedimos um quarto e o baixinho nos levou até o andar superior da taverna. Havia somente duas camas, mas Jack nos

arranjou uma pele de carneiro. Estava infestada de piolhos, contudo nos serviu bem. Edred disse que só dormiria se fosse numa das camas, portanto eu tive de me acomodar no chão mesmo.

Jack Small nos deu boa noite e desceu. Trancamos a porta e nos acomodamos. O cheiro das enguias defumadas dominou o quarto, superado somente pelo cheiro da fumaça do cachimbo do caçador.

– Ei, Espeto! – chamou Edred aflito. – O Crucifixo vai ficar com fome! Isso! E uma fome daquelas!

– Não se preocupe, filho! – respondeu o outro, bocejando. – Ele tem um bom joelho de javali para roer.

– Só um osso? – perguntou o moleque, zangado. – Isso não enche nem a goela! Não, não! Come você só um osso! Sua barriga vai gritar! Osso não mata a fome! Só faz doer os dentes! Ai, ai, ai!

– Se a fome apertar, ele pode caçar algum rato desavisado perdido dentro da cabana – falou irônico.

– Rato! – bateu a mão na testa como força. – Ai, ai, ai! E essa agora! O pobrezinho tem que comer esses bichos nojentos! Eu vou levar esse pedaço de pão para ele amanhã... – disse guardando o pão duro no bolso da calça. -- Comer um rato! Só me faltava essa! Se fosse um esquilo, tudo bem! Ou mesmo um coelhinho! Mas um rato! Não! Santa Susie o ajude!

– Não conheço nenhuma santa com esse nome – disse Espeto com um sorriso maroto.

– É mesmo! – o moleque riu. – Não é essa! Nossa! Essa era uma puta que conheci na vila dos riachos! Que belas tetas tinha!

Conversamos um pouco antes de dormir, mas logo Edred já roncava alto.

Então todos nós pegamos no sono.

E eu sonhei com a fazenda do meu pai e com a minha mãe. Acordei com muita saudade, até mesmo do jeito rude do velho. Como será que eles estavam? Sentiam a minha falta? Um dia iria reencontrá-los? Será que eles me esperavam com um pedaço de bolo e um jarro de hidromel envelhecido nos barris de carvalho?

Estava fora havia quase sete anos. O menino franzino e chorão se tornara um homem.

Eu já havia visto dezenove invernos. Vivido quase a metade dos anos de um homem pobre. E pensar nisso me entristeceu, pois, apesar das boas pessoas que encontrei na minha jornada, não tinha família, nem filhos, nem um pedaço de terra para chamar de lar.

Edred também crescera e, apesar de sua deformidade,

ficara muito forte. Nisso ele me superava com certa facilidade. E também ficara mais esperto. Mas, seus olhos petulantes eram os mesmos que vi na praia. Olhos de um menino feliz acima de tudo. Ele era apenas dois anos mais jovem. E do vermezinho raquítico e ossudo ele passou a ser um jovem barbado e com bons músculos. Continuava feio demais, mas ele não ligava para isso. E a sua felicidade indefectível cativava.

Edred, meu irmão.

Edred, meu companheiro teimoso de viagem...

Espeto acordou e saiu devagar. A noite ainda reinava escura. Fingi que dormia para não atrapalhar o bom homem. Provavelmente ele iria atrás de alguma vadia para poder aliviar os seus desejos masculinos. Aliás, todos nós fazíamos isso de vez em quando. Até mesmo o moleque pagava putas ou mendigas com o dinheiro que conseguia. Na falta destas, pobre das cabritas.

Eu queria ter uma mulher.

Não apenas para chupar e foder. Eu queria uma companheira, uma mãe dedicada para os meus filhos. Eu tentaria ser um bom pai, pelo menos melhor do que o meu foi para mim. Mas quem seria louca o bastante para viver com um perdido? Com um homem sem nada, nem mesmo um teto? Espeto era muito bom, contudo éramos apenas hóspedes da sua boa vontade. E o meu coração estava confuso. Vozes indefinidas sussurravam na minha mente. Sentia uma grande mudança vindo. Não entendia qual, mas sabia que viria.

O vento soprou forte e fez as janelas velhas baterem. O canto lamurioso da tempestade dominou o ar. Os galhos estalavam e um cavalo apressado passou a galope. Senti um calafrio percorrer a minha espinha e os dedos dos pés formigavam levemente. A chuva caía pesada no telhado e logo as paredes começaram a escorrer.

Um relâmpago incendiou o céu e logo o som do trovão ribombou grave e estremeceu todos os ossos. Thor estava zangado e seu martelo batia sem cessar.

Fechei os olhos, temeroso. Então, de súbito, um som espremido ecoou pelo quarto.

Edred deu um peido longo e fedorento. Espantou de vez o medo e abriu o caminho para gargalhadas descompromissadas.

E, ainda assim, ele roncava alheio a tudo.

Capítulo IX – Medo ancestral

Stella levantou a tampa do caixão lentamente. O ar fresco tocou a minha face. Abri os olhos e pude ver seu sorriso sincero. Como era linda. Linda e minha. Tinha a pele livre das marcas das doenças e todos os dentes na boca. Era um verdadeiro anjo. Um anjo sensual exalando um perfume adocicado.

Estava com um vestido azul bordado com linhas douradas, e uma flor branca contrastava com os seus cabelos negros. Seus seios macios tentavam escapar pelas fitas frouxas. Era uma visão deliciosa.

– Você cortou os cabelos? – perguntei admirado.
– Sim, não gostou? – olhou-me com dúvida.
– Perfeita! – falei alto ao me sentar no caixão.

Ao contrário da maioria das mulheres da época, que usavam cabelos muito compridos e geralmente trançados até a cintura, os de Stella estavam um pouco abaixo do ombro, muito lisos e desfiados, não sei se propositalmente ou por causa de alguma dificuldade com a tesoura. Minha bela dama adorava quebrar regras e essa era uma delas. Ainda bem, pois ficou magnífica.

Ela segurou a minha mão e o seu calor me fez bem. Levantei-me e beijei seus lábios doces e vermelhos por um longo tempo. Sentia seu coração bater tranquilo e sua pele emanava um suave cheiro de flores. Mesmo no frio ela fazia questão de se limpar e usar suas águas perfumadas.

Nossos corpos se tocaram e, quando olhei nos seus olhos amendoados, percebi o desejo latente. Afastei as alças do vestido levemente apoiadas nos seus ombros. Ele deslizou rapidamente pelo seu corpo delicioso e repousou sobre os seus pés. Senti a sua pele arrepiar e a sua respiração acelerar um pouquinho. Ela puxava lentamente o ar pela boca carnuda e estremecia enquanto eu passava delicadamente as unhas nas suas costas nuas. Seus pelos se eriçaram e os bicos dos seios intumesceram ao máximo. Ela abriu a minha camisa e me abraçou com força, roçando as mamas contra a minha pele fria. Mordeu o meu lábio inferior até deixá-lo dolorido, mais um pouco ele sangraria.

Eu adorava isso.

Stella afrouxou os cordões da minha calça e colocou sua mão dentro dela. Um sorriso malicioso tomou conta dos seus lábios. Sua mão suave me acariciou do começou ao fim, com movimentos lentos e caprichosos.

Joguei-a sobre a cama. E nossos corpos nus se entrelaçaram como o espinheiro e a rosa selvagem. E os gemidos ecoavam pelas paredes de pedra e subiam aos céus para mostrar aos deuses que ainda existia o desejo nessa terra cheia de falsos pudores. Nessa casa o pecado era soberbo.

Fiquei banhado no suor dela e ela pelo fruto do meu prazer. E ao final tomamos um bom banho na tina de água morna, previamente preparada por ela. E por pouco não repetimos tudo. Na verdade, a fome falou mais alto.

O exercício nos deixou famintos. Minha amada foi comer um pedaço de bolo de carne e frutas frescas. Tomou quase uma jarra da cerveja aguada adorada por ela. Pediu que eu lhe trouxesse o queijo de leite de cabra do Queixo Pontudo, um velho metido, porém o melhor queijeiro de toda a região.

– Tente arranjar um bem fresco! – falou, enquanto arrumava a mesa. – O outro que você trouxe estava começando a embolorar! E havia carunchos no da semana passada!

– Tudo para a minha deusa! – falei, saindo pela porta que dava no quintal dos fundos.

Encontrei o fiel Fogo Negro saboreando um monte de alfafa recém-colhida, trazida por um fazendeiro que se tornou nosso amigo. Todas as tardes ele jogava um monte generoso sobre o nosso muro e partia assoviando com a sua velha carroça. Sempre lhe mandávamos vinho de amoras e facas de caça para a sua coleção. Para sua esposa Genevieve iam vestidos e colares.

Quando me viu, o garanhão bateu a pata da frente e veio na minha direção. Seu pelo brilhou com a luz da lua cheia. Hoje, o céu estava totalmente sem nuvens, e isso era raro na Inglaterra.

Ele mordiscou meu braço e relinchou. Dei tapinhas no seu focinho e coloquei na sua boca uma maçã que peguei escondido de Stella. Peguei a sela e coloquei no lombo do cavalo sobre uma manta feita com pele de ovelha. E, então, saímos pela noite.

O cavalo negro era meu companheiro, meu amigo. Fazia muito tempo que não tínhamos nossas aventuras. Eu sempre cavalgava com ele por um tempo nas primeiras horas da noite, entretanto não havia nada de muito emocionante.

A lua estava imponente no céu e resolvemos sair da cidade. Ao passar pelo portão principal, cumprimentei Godfrey, responsável pela guarda. Depois da morte do capitão, ele havia assumido o posto.

– Boa noite! – acenei.
– Como está senhor Harold? – perguntou ele, cortês.
– Muito bem!
– Vai aproveitar essa bela noite para um passeio? – sorriu.
– Sim! Quero respirar ares mais puros! – respondi acariciando a crina do cavalo. – E onde está o John?
– Está doente! – falou, mudando a expressão do seu rosto. – Há dois dias ele e seus dois irmãos têm febre e vômitos. Está cagando sangue também.
– Espero que não seja nada grave! – disse eu, preocupado.
– Eu também.

Saímos rumo ao bosque próximo, logo após o campo de trigo. Atravessamos um pequeno riacho, sujo com as imundícies vindas da cidade, e galopamos pela trilha de terra coberta de folhas amareladas. As árvores antigas se fecharam sobre nós e a escuridão lúgubre reinou. Fogo Negro confiava em mim e eu não tinha medo, por isso meu bom cavalo seguia imponente e tranquilo.

Nem percebi o tempo passar e a noite avançava rapidamente. Grilos, lobos e espíritos da floresta enchiam o ar de sons desconexos. Eu estava feliz. A liberdade sempre me deixava feliz.

Eu tinha uma visão plena de tudo desde que fui agraciado com os meus dons e nenhum detalhe escapava dos meus olhos eternos. Vi um gato-do-mato correr com um passarinho na boca. Vi também uma coruja me observar de longe enquanto destrinchava uma lagartixa para seus filhotes.

E não deixei de perceber um bando de saqueadores se aproximar furtivamente de mim. Eram cinco homens armados com facas e espadas velhas.

Enfim, um pouco de diversão!

Senti os músculos do Fogo Negro se retesarem, como se ele

se preparasse para correr do perigo. Dei três tapinhas no seu pescoço e logo ele se acalmou. Eu tinha tudo sob controle.

Continuamos com um trote calmo e despreocupado e tudo aconteceu muito rápido.

Dois homens maltrapilhos pularam na frente do cavalo empunhando suas espadas enferrujadas. Um terceiro apareceu por trás segurando um arco curto. E os outros dois homens continuaram atrás dos arbustos, um de cada lado da trilha, a fim de bloquear qualquer tentativa de fuga.

– Passe todas as joias, armas e comida, seu bosta! – falou o homem loiro e magricela, com uma grande cicatriz na boca e aparência de uns trinta anos. Ele jogava sua espada ridícula de uma mão para a outra. Talvez isso impressionasse alguém.

Não a mim.

Ignorei a ordem e continuei sossegado no lombo do Fogo Negro. Comecei assoviar e isso os deixou putos.

– Quer morrer, otário? – gritou o homem, cuspindo muito. – Dê logo tudo o que tem!

– Por que não me deixa em paz e vai se foder? Seu monte de merda de bode! – respondi com escárnio.

Os outros homens riram do insulto.

– Calem a boca, seus bostas! – vociferou o homem irritado.

Ele veio na minha direção, pisando forte e bufando, com a espada apontada para mim, mas Fogo Negro empinou imponente e com uma patada certeira bem no meio da cara fez o homem cair para trás, desorientado. Seu rosto virou um misto de baba, barro e sangue.

Então a dança da morte começou.

Em um rápido movimento, fiquei em pé no cavalo, com os braços cruzados. O segundo homem na minha frente cerrou os dentes e me atacou com a espada, mas saltei com grande velocidade. Ele era um grandalhão de pele amarelada, marcada pela doença, com meia dúzia de dentes podres. Dentes destruídos com a joelhada forte que acertei no seu rosto. Seus olhos se encheram de lágrimas e ele recuou com a mão na boca sanguinolenta.

O saqueador atrás de nós tremia e balbuciava orações. Segurava seu pequeno arco de maneira desajeitada e, mesmo de muito perto, tive certeza de que não me acertaria. Estava em pânico. Não passava de um garoto com no máximo treze anos. A flecha caiu da sua mão quando subitamente apareci na sua frente, sorrindo e mostrando as presas salientes.

– Pela Virgem Maria! – resfolegou.

Cravei os dentes no seu pescoço, arrancando um naco de carne. O sangue jorrou longe. Ele começou a se mijar e tombou de joelhos, com o olhar já nos portões de Satanás.

Um dos homens correu de trás do arbusto empunhando uma machadinha ridícula. Ele tentou rachar minha cabeça, mas desviei e acertei o seu joelho esquerdo com a sola da minha bota de couro de touro. Ouvi um estalo e o homem desabou no chão, gemendo de dor.

Então, o último tentou me atacar pelas costas com uma faca pequena. Fui para o lado e ele passou reto. Atacou novamente, mas segurei forte no seu pulso, fazendo-o largar a arma e chorar como um bebê. Mordi o seu peito sujo e bebi longos goles do sangue espesso. Ele ficou apavorado e imóvel, como se os seus músculos tivessem congelado. Caiu no chão com a mão no ferimento.

O bandido com o joelho destruído tentou se levantar, mas Fogo Negro acertou-lhe um coice muito forte no queixo, esmagando a sua mandíbula. O infeliz desmaiou na hora.

Um garoto morto, um moribundo e três muito feridos. Esse era o saldo da batalha. Uma luta que serviu para aquecer os músculos e a alma. Eu estava eufórico e meu garanhão relinchou magnífico.

Montei no meu companheiro e prossegui o meu passeio noturno.

– Merda, Fogo Negro! – falei, bravo. – Stella vai me matar! Sujei de sangue a camisa nova que ela me fez! Puta merda!

A bela camisa de linho importado da Bélgica, tingida de verde-claro, ficou toda salpicada de vermelho. Havia até um pedaço de pele grudado nela.

O cavalo relinchou agitado. Parecia zombar de mim.

– Ria mesmo, seu puto! – falei irritado. – Só não reclame se ela ficar brava e se esquecer da sua aveia amanhã!

Ele balançou a cabeça e soltou o ar forte pelas narinas.

Apesar da camisa, tudo estava perfeito. Harold, o Imortal, havia atacado, e logo as histórias e boatos surgiriam. Meus feitos eram famosos e eu era apenas um homem magro e doente com aversão à luz. Um ótimo disfarce.

E a nossa jornada estava longe de acabar.

Cavalgamos por um tempo. A paisagem noturna e o ar puro sem os fedores da cidade faziam bem. Paramos para Fogo Negro beber água e descansar. Eu sentei em uma pedra e me recostei no tronco maciço de um grande carvalho. As formigas trabalhavam do meu lado, carregando folhas verdes e um besouro morto. Uma noite como qualquer outra, mas algo estava estranho. Tudo estava muito silencioso. Nenhum canto, nenhum uivo e até o vento parou.

Ouvi uma risada estridente trazida pela brisa noturna. Não consegui distinguir de onde vinha e não vi ninguém. Fogo Negro ficou irrequieto. Senti um farfalhar nos arbustos na minha frente. Fiquei em pé, mas o mesmo vazio permanecia. Outra risada irrompeu no ar e pude sentir algo frio e úmido tocar a minha nuca. Um arrepio percorreu o meu corpo.

Virei rapidamente e somente o grande carvalho estava ali. Meu cavalo se assustou demais e saiu galopando por onde tínhamos vindo. Um leve temor tomou conta da minha mente, porém me mantive altivo.

– Sou Harold Stonecross, o suplício da humanidade, não um andarilho qualquer. Quem quer que esteja brincando com a sorte, vai sofrer muito – falei, e minhas palavras ecoaram pelos confins do bosque.

– Tolo Harold! – disse uma voz grosseira. – Stonecross, o solitário!

Outra risada ressoou alta e me envolveu como se eu estivesse preso em um grande círculo sonoro. Percebia movimentos em diversos lugares, mas nada podia ver. Certamente não era humano, tampouco animal. Saltei em um dos galhos do carvalho para tentar uma visão um pouco melhor, mas tudo estava deserto. Eu fiquei bastante irritado.

– O grande senhor da morte é lento como um cadáver! – disse com ironia um homem muito pequeno num galho acima do meu.

Com um rápido impulso, pulei na sua direção, cravando as minhas unhas no tronco do carvalho, mas o homenzinho não estava mais lá.

– Por que não desce para conversarmos? – ele disse, sentado no meio da trilha. – Prometo não fugir! – falou, erguendo a mãozinha e sorrindo maliciosamente.

Desci cautelosamente, sem tirar os olhos do homenzinho. Ele estava com as pernas cruzadas e os dedos das mãos entrelaçados.

– Se importa se eu tomar um pouco de vinho? – perguntou, ao fazer surgir uma garrafa belamente ornada. – Ajuda a esquentar.

Deu longos goles e arrotou em seguida.

– *In vino, veritas!* – falou o pequenino. – Delicioso! – Deu outro belo arroto.

Repentinamente uma névoa densa começou a surgir, deixando o ar gelado e muito úmido. A nuvem branca subiu rapidamente e escondeu toda a mata ao nosso redor. Havia tempos não via algo assim. E o meu conhecimento e as minhas vivências eram vastos.

O homenzinho deu mais um longo gole. O líquido escuro escorreu pelo peito peludo. Ele estava sem camisa e vestia apenas um pequeno calção surrado. Tinha a altura de uma criança de seis anos, mas era muito musculoso e seu rosto era de um velho com a barba levemente grisalha.

– É uma bela noite para uma conversa! – espreguiçou – Pegue uma pedra e se sente! Não quero ver a sua bela vestimenta suja de lama.

Ele tinha um sotaque estranho e seus olhos eram miúdos, vermelhos como o fogo. Aparentavam profunda sabedoria e malícia. Eu ainda estava confuso e receoso, mas me agachei ao seu lado e permaneci em silêncio.

E por um tempo nada foi dito.

– Vejo que não é muito de falar, Harold! – disse ele, calmamente.

– Você sabe o meu nome, mas não me disse o seu – respondi secamente.

– Nomes! Que apego idiota aos nomes! – balançou a cabeça em reprovação. – Contudo, seria falta de educação minha não me apresentar.

Ele retirou do bolso do calção uma flautinha velha, feita com vários bambus de diversos tamanhos unidos lado a lado. Começou então a tocar uma melodia muito alegre e cativante, apesar de rústica. Levantou-se e começou a dançar na névoa. Como por magia a fumaça branca se dissipou e pude ver lobos, cervos, castores e muitos outros animais ao nosso redor. Os galhos das árvores estavam repletos de corujas, cucos, falcões e muitos passarinhos coloridos que complementavam a música com pios harmoniosos. Fadinhas azuis voavam sobre a minha cabeça, deixando rastros brilhantes e muito luminosos.

– Caralho! Os bandidos devem ter comido muitos cogumelos... Ou então isso é apenas um sonho! – falei abismado.

– Não, meu amigo! – respondeu o homenzinho. – Todos têm segredos! Todos temos os nossos disfarces e esconderijos. Todos nós possuímos a magia ancestral da terra e da vida! Basta olhar com cuidado para conseguir ver!

Os bichos fizeram uma algazarra e o pequeno homem saltitou e tocou sua música com perfeição. De repente ele começou a crescer, ficando um pouco mais alto do que eu. Seus pés transformaram-se em patas de bode, pelos castanhos surgiram nas suas pernas e braços e dois chifres apareceram na sua cabeça. Suas orelhas cresceram e se tornaram pontudas como as de um veado. Então, com um assopro forte na flauta, ele interrompeu a música.

Levantei e estava pronto para me defender, mas o ataque não aconteceu.

– O bom Harold quer saber quem sou eu! – falou olhando para os bichos e as fadas. Agora sua voz era grave e imponente. – E eu vou contar para ele, meus amigos! Por favor, ajudem-me se eu esquecer algum pedaço da canção!

As fadas fizeram surgir em suas mãos pequenas harpas e, todas juntas, tocaram quando ele começou a cantar.

"Lá no topo do monte sagrado eu nasci
Filho de Zeus e de sua ama Amaltéia
E nos bosques verdejantes cresci
E fui consagrado em Atenas, Tebas e Plateias

Temido nas noites escuras
E adorado ao nascer da manhã
Ofereciam-me as virgens mais puras
Em troca da proteção do grande deus Pã

Fiz garotos e homens enlouquecerem de pânico
Amei Syrinx, mas para muitas mulheres dei prazer
Ergueram estátuas minhas por todo o mundo helênico
E nas orgias na floresta até Dioniso vinha o vinho trazer

Até a minha morte declararam aos brados
E os tolos choraram de dor e agonia
Mas, então corri pelos prados
Tocando na flauta uma rústica melodia

Então a Grécia caiu
E em Roma fui me refugiar
E o mito do Lupércio surgiu
Pronto para os lobos matar

Estou aqui agora e para todo o sempre
Pashupati, Fauno, Cernunnos ou Silvano
Há sempre um humano que lembre

Do deus grego, celta, hindu ou romano

Sou o espírito das matas e dos animais
E hoje os padres me chamam de demônio e Satanás
E não me importa, porque eu sou um deus
O temido Pã nascido de Zeus"

    Apesar de bem simples, a música era grandiosa e tinha uma imensa força ancestral, divina. Eu já havia ouvido histórias sobre os deuses antigos de terras sagradas, contadas pelos monges bêbados no salão do castelo do meu pai. Conhecia também as passagens dos deuses do povo gigante que construiu os antigos banhos e caminhos de pedra da nossa ilha. E o meu avô sempre falava do deus chifrudo Cernunnos. Contava a todas as crianças da vila histórias assustadoras para termos medo de andar sozinhos nas florestas. Mas eu nunca imaginaria que um deus das nossas matas poderia ter vindo de tão longe.
    Ele me olhou e sorriu. Desabei de joelhos e abaixei a cabeça, sentindo calafrios e o coração bater como um tambor de guerra. Pã colocou a mão forte sobre a minha cabeça e eu senti uma energia sombria percorrer o meu corpo, fazendo estremecer os músculos e a alma. Os animais ao nosso redor saíram correndo como se uma força invisível os espantasse.
    – O poderoso Harold Stonecross de joelhos! – disse ele, com a voz grave e ressoante. – Você acreditava ser o terror sobre essa terra! Acreditava ser bem velho e ter o peso dos séculos nos ombros, mas não passa de uma criança para mim! Não passa de um menininho assustado!
    Levantei-me com imensa dificuldade, pois as minhas pernas tinham perdido toda a força. Ele estava zombando de mim, mas eu não conseguia, não tinha coragem para reagir, todo o meu ânimo parecia ter abandonado a minha carcaça pálida. Agora eu entendia melhor como os mortais se sentiam antes de eu lhes dar o beijo do sono eterno. Eu quis voar no seu pescoço e me fartar do sangue divino, porém nenhum músculo reagia ao meu comando. Poderia tentar fugir, correndo como o vento, mas perto do deus das matas eu era apenas um filhote de coelho olhando para o lobo feroz. Restou-me ficar e tentar usar minha malícia para envolvê-lo com palavras. Contudo, o medo era dominante naquele momento. Eu estava preso na aura malévola de Pã. Preso como uma mosca em uma teia. E a aranha se aproximava com as presas abertas.

– Por que está tão assustado, nobre Harold? – perguntou com ironia. – Minha cara está muito feia hoje? Estão os meus chifres pontudos demais?

Eu tentei falar, mas só consegui balbuciar grunhidos e palavras tremidas. Minha língua adormeceu pelo medo. Eu estava dominado.

– Está sentindo as mãos formigarem e as pernas ficarem bambas? – indagou ao colocar o dedo peludo no meu nariz – Sim, eu aposto! Eu tenho certeza! Meu trabalho sempre é bem feito! Bem-vindo ao pânico e ao desespero! Esse é o meu dom! Esse é o meu poder! E a perdição de quem eu desejar!

O ser eterno soltou um urro assombroso, e então nuvens negras encobriram a lua. Um raio cortou o céu iluminando a paisagem escura. O rosto do deus era demoníaco e seus olhos emitiam um brilho negro terrível. Sua sombra horripilante tremeluzia no solo, vindo sorrateira na minha direção. Eu me encolhi diante dele e em certos instantes quase perdi a consciência. Dei alguns passos inseguros para trás até ser barrado pelo tronco de uma árvore baixa. Seus galhos pareciam vivos e senti-os me prender.

Um forte trovão ribombou nos céus. E a tempestade tomou forma.

Ele se aproximou, gargalhando. Seus passos pesados faziam marcas profundas na lama. Os raios e os trovões tornaram-se incessantes. Pã encostou seu rosto no meu, mas eu virei a cabeça com medo. Podia sentir a sua respiração quente e fétida no meu pescoço e os pelos da sua barbicha tocaram a minha bochecha.

– Olhe para mim, Harold! – o deus gritou com imponência.

Senti a minha cabeça virar contra a minha vontade, mas permaneci com os olhos fechados.

– Olhe e veja, seu tolo! – apertou os meus ombros com tanta força que senti os ossos se partirem.

Cerrei as pálpebras e tentei lutar contra uma força invisível. De nada adiantou, pois a vontade dele prevaleceu e os meus olhos se escancararam. Vi os dois grandes olhos totalmente negros, vidrados, raivosos. Então a luz preta emanada por eles se intensificou e recobriu todo o meu corpo.

O mais absoluto silêncio me envolveu e diante de mim vi algo insano. Uma história dolorosa e devastadora. E com isso pude entender os propósitos do deus.

E então tudo escureceu.

Capítulo X – Lágrimas ao anoitecer

Apesar das goteiras e do barulho nas janelas velhas por causa do vento soprado do leste, a noite na taverna do Jack Small foi boa. O dia já havia clareado e as cotovias cantavam vigorosas, pousadas sobre os telhados das casas. Estava um pouco frio e lá fora uma névoa espessa encobria a cidade. Somente os sons dos espirros e escarros matinais quebravam a monotonia da manhã.

Um gato cinzento entrou no quarto com um ratinho preto na boca. Ele pulou sobre uma cadeira de madeira e começou a se deliciar com o seu desjejum. Edred acabara de acordar e mijava ruidosamente num balde de estanho. Com desenvoltura, ele jogou o líquido amarelo pela janela. Uma mulher xingou lá embaixo. Ele respondeu gritando algumas obscenidades e logo em seguida riu mostrando as gengivas esbranquiçadas e quase sem dentes.

Eu estava com bastante fome. A barriga do moleque também roncou alto. Ele vestiu rapidamente as roupas e abriu a tranca da porta de madeira grosseira. Espiou lá fora e esticou os braços até contorcer para trás o corpo envergado. Deu um longo bocejo e estalou os dedos como gravetos secos.

– Vamos logo, seu molenga! – sorria como sempre. – A minha barriga dói muito de tanta fome! Ai, ai, ui! Como dói! Fica quieta um pouco, sua barriga malcriada!

– Como sempre! – retruquei para provocá-lo.

– Não sou feito de ar, sou? – perguntou bravo. – Tenho cara de vento? Então preciso encher a pança com algo bom! Quem não come é planta! Se é! Acho...

– Não prefere esperar para ver se o Espeto volta? – falei preocupado.

– Nem sabia que ele tinha saído! – respondeu ligeiro.

— Também, você estava roncando como um javali!
— Que se foda! Eu dormi muito bem – disse, cutucando a orelha com o dedo nodoso. – Se a mocinha não conseguiu dormir, não é minha culpa! Agora vamos achar algo para roer! O Espeto deve estar dormindo com alguma vadia! Ah se deve! Eu fiz muito isso! As vadias me amam!
— Acredito...

Descemos as escadas e encontramos o caçador comendo e bebendo em uma mesinha no canto. Quando ele nos viu, sorriu e fez um gesto para sentarmos com ele.

— Já ia acordar vocês! – disse, com um pedaço de pão na boca. – Como dormem!

— Ei! Deixe um pedaço de pão para mim! – resmungou o moleque.

— Vá lá e peça uma refeição para vocês! – disse Espeto, puxando o pão. – Seu esfomeado!

O caçador estava de bom humor. A noitada devia ter sido muito boa mesmo. E segundo suas próprias palavras, deu para esfolar o pau.

Comemos e bebemos cerveja morna. Edred preferiu não beber nada. Conversamos sobre coisas sem importância e sobre as ancas de uma prostituta que se sentou à mesa ao lado. Subimos e arrumamos as nossas coisas. O gato tinha acabado de comer o ratinho e lambia vigorosamente os pelos da pata. O bichano miou e desceu as escadas vagarosamente com o rabo levantado.

— Ei! – gritou Edred. – Ele vai cagar! Se vai!

Rimos e descemos com os degraus rangendo sob o nosso peso. Edred subitamente correu desesperado para fora da taverna, largando os pacotes no chão. Precisou aliviar as tripas. Voltou pouco tempo depois, suado e com um sorrisinho de alívio no rosto. Pagamos nossa estadia e alimentação e agradecemos.

— Quando retornarem podem me procurar! – disse Jack Small. – E obrigado pela boa conversa, senhor Kilian!

— Não seja por isso! – respondeu Espeto. – Até breve!

Pegamos os pesados sacos com as compras feitas no mercado no dia anterior e partimos para a floresta. Apesar de cansativa, foi uma boa viagem. Chegamos ao anoitecer e, exaustos, fomos deitar. Edred ainda brincou um pouco com o Crucifixo. O cãozinho estava agitado e pulou muito ao nos ver. O moleque deu o pedaço de pão duro guardado com tanto cuidado para o amigo, que comeu tudo no mesmo instante.

– Tava com fome, né? – passou a mão na cabeça dele. – Você não comeu os ratos? Sei que não! Coisinhas nojentas! Espeto é doido! Sim, sim! Doido de pedra! Onde já se viu um cãozinho bom como você comer ratos! Eles fedem e têm pulgas! Nossa, como têm!

Crucifixo latiu, abanou o rabinho e, como uma lebre ligeira, foi correndo para baixo da cama do caçador. Rapidamente ele voltou com algo na boca. Era um pedaço de uma carcaça de ave.

– Passarinho pode! – disse o moleque. – Passarinho é gostoso!

Ele se deitou e o cãozinho pulou sobre a sua barriga branca. Logo os dois estavam dormindo profundamente. Espeto e eu trocamos algumas palavras sonolentas. Foi uma conversa breve. Tão breve quanto um piscar de olhos.

Adormecemos. E naquela noite sonhei com ratos gigantes e passarinhos assados.

E os dias se passaram, corriqueiros. Ajudamos na pequena plantação de cenouras e repolhos, pescamos e colhemos frutas silvestres do outro lado da pequena colina. Fizemos um grande viveiro para criar perdizes e codornas. Ouvimos boas histórias ao lado da fogueira. E demos boas risadas com o Crucifixo e com o moleque.

Em um dia ensolarado, alguns amigos do Espeto vieram até a cabana e saímos numa caçada, no encalço de um bando de javalis. Seguimos a trilha por horas até encontrar um bando perto de um alagadiço. Os dez homens fizeram o cerco e prepararam seus arcos e lanças. Eu fiquei com um machado de dois gumes para poder rachar os crânios dos bichos vivos ou agonizantes mesmo depois de espetados. Não usei a arma nenhuma vez e confesso a minha frustração.

Espeto foi na linha de frente e disparou a primeira flecha. Ela se fincou nas ancas do grande chefe do bando. Ele bufou e correu na direção oposta à nossa. Bem para onde os homens queriam. O bando o seguiu direto para a armadilha. Dois homens haviam contornado o alagadiço e esperavam os bichos com as suas lanças. Três caçadores dispararam flechas e o grande macho caiu quase morto. Um rapaz da nossa idade pulou em cima do animal e cortou sua garganta com uma faca comprida. O sangue jorrou escuro, misturando-se com as folhas mortas e a lama. O garoto gritou e bateu no peito nu com a mão suja de sangue.

Uma fêmea bem gorda morreu com duas lanças espetadas no seu corpo escuro e peludo. O resto do bando se desesperou e cada animal correu em uma direção. Um macho jovem veio para cima de mim, mas eu pulei para o lado, caindo em cima de um espinheiro. Furei todas as partes do meu corpo, além de ficar enganchado no arbusto. O javali continuou correndo com os olhos vidrados e com a baba espessa escorrendo pelo focinho poderoso.

– Seu veadinho! – Edred gritou ao correr atrás do animal. – Veadinho demais!

Um dos homens teve a perna dilacerada pelas presas de um javali tão grande quanto o líder da alcateia. Ele gritava de dor e sangrava muito. Um dos companheiros pegou musgo, misturou com lama e colocou no ferimento para estancar o sangramento. O infeliz ficou coxo desde então.

Conseguimos abater mais três javalis. Edred surpreendeu a todos nós quando matou o jovem macho com a sua lança curta. O moleque nunca iria alcançá-lo na corrida, ele já estava distante uns trinta passos, porém dois homens apareceram na frente do animal. Acuado, ele investiu contra os caçadores, mas logo virou e fugiu.

Quando o bicho veio com o focinho cheio de espuma em sua direção, Edred não correu. Permaneceu imóvel como se possuído por um espírito de caçador e com incrível agilidade fincou o cabo da lança no barro. Então o moleque se agachou e travou o cabo com o pé. O baque foi muito forte e o jovem javali deu um guincho horrendo antes de cair morto sobre o moleque.

Corremos temendo o pior.

– Ai, ai! Tira esse bicho de cima de mim! – arfou Edred. – Como é pesado! E como fede! Fede igual ao Harry!

Os homens rolaram o animal e viram a lança certeira fincada no coração. Ela resistiu bem ao impacto e não se partiu.

– Agradeça aos deuses, filho! – falou Espeto com um sorriso largo. – Você teve muita sorte! Agradeça aos deuses!

– Sorte nada! – retrucou o outro, limpando o sangue do rosto. – Eu sou o melhor lanceiro da Inglaterra! Sou sim! E o Harry é um veadinho medroso!

Todos riram da petulância do garoto. E eu fiquei envergonhado.

Voltamos para a cabana com os nossos prêmios. Tudo seria vendido e o dinheiro seria dividido. E naquela noite houve festa e muita bebedeira. Dois homens começaram a brigar e rolaram no chão se socando. Um dos caçadores, um grandalhão de nariz torto chamado Bor, jogou água fria sobre os lutadores e logo a disputa cessou. Eles se abraçaram e fizeram as pazes tão rapidamente quanto iniciaram a briga. E todos nós estávamos felizes. A felicidade dos plebeus. E dos jovens tolos.

Caçamos, pescamos e também aprendemos a lutar e a nos defender.

Algumas semanas depois do grande abate dos javalis, Espeto, Edred e eu estávamos voltando de uma caçada com uma raposa e quatro lebres. Crucifixo havia abatido um esquilo que carregava orgulhosamente na boca. Fazia tempo que não chovia e o dia foi muito quente, mas isso não tirou o nosso ânimo. Pelo contrário, ríamos e cantávamos canções de batalhas antigas. Edred, como sempre, empunhava altivo a Fodedora, sua lança curta. Eu estava com meu arco e com a faca dada por Eofwine, o pai do moleque. Espeto levava seu arco longo e um machado usado para cortar madeira ou mesmo para acabar com o sofrimento de algum animal agonizante.

Tudo estava tranquilo e os pássaros cantavam nas árvores ao nosso redor.

Então, ao chegar perto da cabana, a floresta emudeceu.

O caçador fez um sinal para nos abaixarmos e ficarmos quietos. Avançamos alguns passos nos arrastando pela mata e pudemos ver claramente quatro pessoas na frente da nossa cabana. Tudo estava revirado e muitas coisas tinham sido quebradas e jogadas do lado de fora. A plantação estava arruinada e havia algumas perdizes da nossa criação mortas.

– Malditos ladrões – rosnou Espeto. – Malditos!

– Vamos foder com os rabos sujos! – falou Edred eufórico.

– Você aguenta, moleque? – perguntou o caçador.

– É um bando de veados! – cuspiu. – Mato eles com um braço nas costas!

Meu coração acelerou, pois eu nunca havia participado de uma luta para valer. E não estava nem um pouco confiante. Eles eram bandidos, já deviam ter participado de diversas brigas, e Edred e eu éramos apenas moleques que aprenderam a caçar havia pouco tempo. Todavia, logo os meus pensamentos foram interrompidos.

– Está conosco, Harold? – perguntou o caçador.

– Eu estou com vocês – respondi criando coragem.

Espeto deu a ordem para o cãozinho ficar parado atrás das árvores, e ele obedeceu prontamente.

– Edred, Harold e eu iremos atirar as flechas – preparou o arco. – Só depois de acertarmos você corre e fura o homem. Estamos logo atrás de você!

– Harold, acerte o gordo. – Olhou profundamente nos meus olhos, como se quisesse ter certeza da minha participação no cerco. – É como matar um cervo. Respire fundo, mire e atire.

Confirmei com a cabeça e também coloquei uma flecha na corda. Eles tinham um homem a mais, mas seriam pegos desprevenidos e sem armas em punho. Torcia por isso.

Espeto e eu nos ajoelhamos e retesamos as cordas ao máximo. Eu estava com medo de errar e estragar tudo, mas olhei para o caçador e ele piscou para mim. Os bandidos estavam a menos de trinta passos. Não havia como errar. Não havia!

– No três! – falou Espeto, baixinho. – Um... Dois... Três!

Disparamos as flechas e elas zuniram como vespas assassinas. A do Espeto atravessou o pescoço do homem grande e ruivo. Ele tombou de joelhos e o sangue espumante saiu da sua boca cheia de dentes podres, escorrendo pela barba ruiva trançada. Um já estava morto.

Minha flecha se fincou na barriga do gordo, que caiu de lado se contorcendo de dor.

– Vai, garoto, e fura eles! – gritou Espeto, e correu, empunhando o seu machado. Os outros dois homens estavam confusos e atordoados, mas conseguiram sacar suas armas. Coloquei outra flecha na corda e me preparei para mais um disparo se fosse preciso.

Edred empunhou a Fodedora com as duas mãos e saiu a pique para cima do homem de cabelos grisalhos, mas ainda vigoroso. O sujeito tentou aparar o golpe com a espada, mas só conseguiu desviar um pouco a lâmina, que raspou as suas costelas. Ele urrou de dor, mas se manteve de pé. A carga fora muito forte, e Edred conseguiu parar somente a quatro passos de distância. O moleque se virou e tentou furar o rosto do homem, mas ele desviou e estocou na direção da barriga nua de Edred. A lâmina raspou a pele. O moleque, agora segurando a lança curta com apenas uma mão, atacou seu oponente e lhe fez um corte feio no braço esquerdo, mas o homem conseguiu tirar a arma da mão dele com um forte golpe de espada.

Agora Edred estava desarmado e indefeso. E o bandido se preparava para dar o golpe fatal.

Eu já tinha esticado a corda quase na altura da boca quando o inesperado aconteceu. O moleque pegou um punhado de terra seca do chão e jogou no rosto suado do homem. Instintivamente ele levou as mãos aos olhos, e então Edred acertou um chute forte no saco do infeliz, que desabou cego e com a mão entre as pernas.

Espeto também mostrou uma bravura incrível, pois enfrentou um homem de cabelos castanhos compridos que era pelo menos um palmo mais alto e com uma espada longa. Seu machado não era uma arma boa contra uma espada, mas sua habilidade de luta superava a do ladrão.

O grandalhão tentou rachar a cabeça do caçador, mas ele aparou o golpe com o machado, dando-lhe um soco no rosto logo em seguida. O bandido cuspiu um dente e atacou novamente, dessa vez tentando cortar-lhe o pescoço. Agilmente Espeto se abaixou e bateu com a parte de cima do machado na barriga do homem. Ele perdeu o ar e se dobrou de dor.

– Desistiu, seu merda? – zombou do grandalhão.

– Vou enfiar a minha espada na sua bunda! – vociferou o outro em resposta.

– Tente! – sorriu Espeto.

O bandido quis espetar a barriga do caçador, mas ele aparou o golpe. Logo em seguida, atacou e acertou uma machadada com ferocidade no pescoço do homem. O corpo caiu para o lado e a cabeça rolou até parar nas pernas do gordo com a flecha na barriga. Ao ver os olhos esbugalhados do companheiro, começou a gritar mais alto ainda e se cagou todo. Desmaiou de dor e pânico.

Enquanto isso Edred acabara de fincar a lança no estômago do seu infeliz oponente. Ele estrebuchou e morreu. O moleque estava feliz e arfava de cansaço.

Eu já estava aliviando a pressão na corda quando vi um homem, vindo de trás da cabana. O maldito correu na direção do moleque com uma foice. Estiquei novamente a corda e atirei a flecha rapidamente. Fechei os olhos temendo errar, mas ela se fincou na testa do bandido com um baque seco. Ele caiu e o silêncio retornou.

– Harry, seu idiota! – resmungou Edred – Eu ia matar ele sozinho!

– Belo disparo, garoto! – falou o caçador com o rosto salpicado de sangue.

Espeto pegou a espada do morto e entrou na cabana. Edred e eu rodeamos a propriedade para ver se havia alguém mais. Tudo tranquilo.

O gordo morreu logo em seguida, pois perdera muito

sangue. Nós três nos abraçamos e festejamos por estarmos vivos. Enterramos os corpos na floresta e naquela noite bebemos e comemos com fartura. Vomitamos e bebemos novamente. O moleque e eu havíamos nos tornado homens.

Então vieram o outono, o inverno, a primavera e o verão, e um ano se passou, e então outro. E nem percebemos, pois estávamos felizes e acostumados com a nossa vida. Não éramos mais nômades famintos de beira de estrada. A cabana era nosso lar. A floresta era o nosso refúgio.

Eu acabara de completar vinte e dois anos. Já era um homem barbado e bem alto. E tinha sorte de estar vivo depois de todas as aventuras da minha jornada. Mas, não houve comemoração, não houve sorrisos nem presentes. Somente o silêncio e as lágrimas escondidas, contidas. Espeto estava muito doente e Edred e eu nada podíamos fazer.

Havia alguns dias, o caçador começara a tossir. No começo era uma tosse leve, sem catarro. Ele tomava mel e infusões amargas feitas de plantas mágicas, todas as noites se alimentava de um caldo de aves bem quente e inalava vapores de ervas aromáticas fervidas. Suava muito, e nesses momentos sua saúde parecia melhorar. Dormia bem e com pouca tosse.

Contudo, nas primeiras horas da manhã, com o vento frio e úmido batendo no peito, ele piorava e as tosses voltavam mais intensas. Mesmo assim ele não largou o trabalho, apesar de Edred e eu insistirmos bastante. Então foi rapidamente tomado pelo cansaço e pela falta de ar. Uma febre forte invadiu o seu corpo e os escarros com sangue surgiram constantes. E havia dois dias que ele sequer se levantava da cama.

Pedimos ajuda para os seus amigos e para as velhas da cidade. Trouxemos bebidas, melados, unguentos e até bebidas santas vendidas para nós pelo padre Archibald. Pagamos com as economias de todo um ano. Nada fez efeito.

Ele sabia que iria morrer logo e então nos pediu os seus amuletos. Espeto se prostrou de joelhos e rezou para os deuses. Foi um momento comovente e doloroso.

Colocamos peles sobre ele, mas o frio nunca cessava. Tinha sede, mas não conseguia beber água ou vinho. A fome desapareceu. E seu sono incompleto era repleto de caretas e delírios.

A noite se aproximava e eu ainda alimentava as aves. Edred descascava alguns legumes para o jantar e o Crucifixo dormia ao lado da cama do bom homem. Começou a ventar bastante e logo a chuva veio forte. Os raios desenhavam o céu e os trovões faziam estremecer a terra. Acabei meus afazeres rapidamente e entrei na cabana. As madeiras do fogo estalavam e os legumes ferviam em um caldeirão enegrecido.

O moleque jogou ossinhos de faisão para o cachorrinho, mas ele não quis comer. Olhou triste para nós e choramingou baixinho.

Edred foi para um canto e começou a chorar. Eu tentava manter a calma e o controle, mas de vez em quando alguma lágrima escapava. O vento fez a pequena janela bater. Fechei-a e vi que Espeto me olhava com olhos doces e calmos. Aproximei-me e senti a sua respiração chiada e ofegante. Sentei ao seu lado e segurei sua mão fria. Ele apertou a minha, mas não tinha mais a força e o vigor de outrora.

Olhei-o com carinho e ele retribuiu com um sorriso.

– Harold, meu bom jovem! – falou e tossiu bastante em seguida.

Edred se aproximou chorando bastante e sentou no chão bem ao lado da cama.

– Não chore, filho – falou o caçador, com a voz trêmula. – Já vivi bastante e chegou meu momento de festejar com os deuses no outro mundo.

– Mas é que... Mas é que... – Edred gaguejou como se não encontrasse as palavras. – Eu não quero ficar sozinho! Quero caçar de novo!

– E você vai, filho! – Passou a mão frágil na cabeça dele. – E o Harold vai cuidar de você e você dele!

– E o Crucifixo? – perguntou limpando o nariz na barra da camisa.

– Agora ele é seu e você vai cuidar dele direitinho para mim – respondeu. – Posso confiar em você?

– Pode! – Edred beijou a testa do caçador e saiu correndo pela chuva com o cãozinho no seu encalço. Era possível ouvir os gritos de dor do moleque, cada vez mais distantes e abafados pelos trovões.

Não o impedi, pois na verdade queria fugir também. Ir para bem longe e fingir estar tudo bem. Porém permaneci ao lado do Espeto e pude ouvir as suas últimas palavras.

– Tenha uma vida longa e feliz, meu filho – disse com muita dificuldade.

Então ele começou tossir e cuspir sangue. Ele tentava respirar, mas o ar não entrava. Sentei-o, mas de nada adiantou. E depois de alguns minutos de agonia ele soltou o ar vagarosamente pela boca e partiu para junto dos seus antepassados.

Eu fechei os seus olhos e cobri o seu corpo, que parecia agora bastante velho e franzino. E naquela noite acendi uma vela e pedi aos deuses para Kilian encontrar o seu caminho no mundo dos mortos. E chorei baixinho até dormir, no chão mesmo. Sonhei com todos os momentos bons do passado.

Minha cabeça rodava e meus ossos doíam como se eu tivesse sido pisoteado por cavalos enlouquecidos. Abri os olhos, mas um clarão avermelhado ofuscou a minha vista. Minha cabeça latejava bastante e eu me sentia bem fraco, como se não houvesse me alimentado por meses.

Aos poucos minha visão retornou e vi Stella dormindo na cadeira ao lado do meu caixão. Seus cabelos estavam desgrenhados e seu vestido estava bastante sujo. Uma pequena fogueira esquentava o ambiente frio. Levantei, me apoiando como pude, mas ao tentar ficar de pé caí. Senti uma dor profunda no ombro e quase desmaiei novamente. Com o barulho, minha bela dama despertou assustada e me ajudou a sentar na cadeira.

– Graças a Deus! – abraçou-me com força – Pensei que nunca mais acordaria!

– Estou dormindo há quanto tempo? – perguntei, ainda bastante tonto e confuso.

– Três semanas! – respondeu tossindo – E nada nesse mundo o acordava.

– Preciso de sangue! – disse eu, baixinho. – Estou muito fraco.

Ela me olhou insegura, mas logo desceu as escadas. Ela parecia mais magra, porém não me preocupei muito com isso, pois eu ainda estava sem nenhuma condição de raciocinar corretamente.

Não sei quanto tempo se passou, pois adormeci na cadeira. Acordei com Stella tocando a minha face. Ela trazia uma pequena jarra cheia até a metade de sangue vivo. Ela colocou na minha boca e dei goles longos. Certamente não era sangue humano, mas serviu bem para eu recuperar as forças. O rosto da minha amada expressava asco, pois ela nunca me vira bebendo antes. Então eu me virei e continuei com goles longos até a última gota.

Senti novamente a vitalidade percorrer as minhas veias e meu corpo já não doía tanto. Então me lembrei de Pã e o medo mudou a minha expressão. Lembrei-me de tudo e da desgraça vindoura. Eu havia dormido demais.

– O que foi, meu amor? – perguntou ela, um pouco ofegante. – O que aconteceu com você?

Contei-lhe parte da história, mas achei melhor omitir a última parte. Todos os detalhes estavam vivos na minha memória e a lembrança deixou as minhas pernas trêmulas e o meu coração apertado.

– Por isso é que o pobre Fogo Negro voltou tão assustado – disse ela, segurando a minha mão já não tão fria. – Ele parou na porta e começou a relinchar como um louco. Os olhos dele estavam apavorados e ele babava como se tivesse corrido por horas. Vi que você não estava e então meu espírito gelou. Montei e o deixei me levar pela floresta. Encontramos você desmaiado e com o ombro esmagado, como se um urso o tivesse atacado. Você estava suando e tremendo muito. Foi difícil, mas consegui botá-lo no cavalo. E desde aquela noite você grita, chora e diz coisas sem sentido sobre morte e destruição... – Interrompeu a fala para tomar fôlego.

Percebi a sua pele muito pálida, levemente arroxeada. Havia olheiras profundas no seu rosto e ela estava bem cansada. Algumas manchas escuras recobriam seus braços e pescoço. E havia pequenas feridas nos seus tornozelos e pés. Ela tentou cobrir os braços, mas eu a impedi.

Toquei seu rosto e estava muito quente. Pude notar uma toalha branca cheia de sangue em cima da cama. Nesse instante o pânico retornou à minha mente. Abri a nossa pequena janela e vi a cidade deserta.

– Está acontecendo! – falei, assustado. – Está acontecendo!

– Você me assusta, Harold! – disse ela, ao se levantar da cama.

– Maldito eu sou! – praguejei. – Você devia ter me acordado antes!

– Eu tentei meu amor! – respondeu ela, com lágrimas nos olhos. – Mas você não acordava!

– Arrume as suas coisas e me espere. Volto em uma ou duas horas! – Desci as escadas como um louco. – Tranque tudo e não deixe ninguém entrar!

Não esperei para ouvir suas perguntas. Peguei Fogo Negro nos fundos e cavalguei rápido. A cidade parecia ter sido devastada pelas hordas infernais. As casas estavam abertas e havia corpos putrefatos no meio da rua. Alguns moribundos imploravam por ajuda na frente da igreja e o castelo estava com os portões fechados. Guardas de prontidão na murada atiravam flechas num grupo que tentava escalar os muros com uma escada de madeira.

Vi mulheres aos prantos com seus bebês mortos no colo. Um velho caolho com o rosto repleto de feridas purulentas gritava com as mãos levantadas para o céu.

– É o fim! A ira do Senhor recaiu sobre nós! Purificai-nos com vosso fogo sagrado!

Ele levou uma pedrada na nuca e caiu agonizante. Um bando de moleques maltrapilhos com paus e tochas tentou roubar meu cavalo, mas rosnei para eles com as presas afiadas e salientes e eles saíram correndo assustados.

– Senhor Harold! – um homem gritou atrás de mim.

Virei Fogo Negro e vi Godfrey montado num cavalo marrom com outros oito guardas. Eles afastavam com as lanças todos que tentavam se aproximar.

– Pelo bom Deus, vejo que não está doente! – falou com um sorriso aliviado. – Venha comigo até o castelo. Rápido!

Seguimos a galope até o imponente castelo de pedra, ainda incompleto. Os guardas abriram os portões e tiveram de repelir meia dúzia de miseráveis com lanças e tochas. Fomos diretamente para os estábulos e um serviçal levou os cavalos para tomar água.

– O que está acontecendo? – perguntei, contudo já conhecia a resposta.

– A cidade toda está morrendo! – disse ele, com o rosto coberto de suor. – Primeiro foi John que começou a passar mal, depois seu irmão, depois sua mãe. Ele morreu em menos de uma semana, e, nos dias seguintes, quase toda a cidade parecia enferma.

– E muitos morreram? – perguntei.

– Duas em cada três pessoas estão mortas ou muito doentes! – disse ele, com a voz séria. – Os saudáveis vieram para o castelo e fechamos o portão. Até o bom *Earl* Edwin está morto!

– Os portões não irão barrar a desgraça! – falei incisivo. – Junte todos e parta antes do amanhecer! Essa cidade está condenada!

– Condenada? – indagou espantado. – Os bispos virão de Westminster para livrar a cidade de todo o mal!

– Então vão morrer também! – falei irritado. – Se ama a sua vida, Godfrey, parta agora e leve com você o maior número de pessoas possível!

Nesse momento ele ficou pálido e concordou com a cabeça. Minhas palavras bateram forte na sua alma e consegui convencê-lo. O desespero e o medo facilitaram a persuasão.

– E você vem conosco? – perguntou, ainda meio paralisado.

– A minha jornada é outra! – Montei no meu cavalo. – Agora vai! Antes que seja tarde!

– Que Deus esteja com você e ilumine os seus caminhos! – Ele acenou, com muita tristeza no olhar.

Saí em disparada e pedi para os guardas abrirem o portão. Derrubei umas três pessoas e ainda quebrei o nariz de uma mulher totalmente coberta por feridas em formas de bulbos. Mas não era hora de ter piedade ou remorso. Eles já estavam mortos mesmo.

Havia crianças muito pequenas engatinhando nuas pelas ruas. Um bando de cães devorava o cadáver de um homem e corvos bicavam uma mulher ainda viva. Ela gritava de dor e desespero, mas as aves comiam pedaços muito pequenos. Sua morte seria lenta e agonizante.

Vi um moleque se enforcar em um carvalho. A dor o enlouqueceu. Cinco garotos espancavam três prostitutas e gritavam que a doença era culpa delas. Dois mendigos trepavam ao lado do poço e gritavam obscenidades para todos.

– Já estamos todos fodidos mesmo! – berrou o careca com uma grande cicatriz na bunda. – Estamos todos fodidos!

Passei na frente da igreja e vi o padre William Long observando tudo de cima do campanário. Quando me viu ele acenou. Dei a volta na construção e deixei Fogo Negro amarrado sob um pequeno telhado que cobria a porta dos fundos. Algo me instigava para ir ao seu encontro. Algo me dizia para eu subir e ver o padre. Escalei as paredes altas como um gato e entrei pela janela. Fui até o campanário e encontrei William escrevendo em um livro grosso. Ele estava bem pálido e as manchas escuras estavam espalhadas pelo seu corpo.

– *Diabolus simia Dei* – disse, em latim perfeito, enquanto escrevia no livro com uma pena. – O diabo imita Deus!

– Não é o momento para joguetes, padre! – falei.

– Boa noite *Earl* Harold! – disse ele, cortês. – Há tempos não o vejo!

– Estou com pressa! – respondi duramente. – Se não percebe, há uma cidade em ruínas lá embaixo.

– E você parece muito saudável apesar de tudo! – replicou ele, com sarcasmo. – Ao contrário de mim, pois a doença já começou a se manifestar no meu corpo. Não devo ter feito direito as orações! Mas você deve estar em dia com as suas preces!

– Essa desgraça nada tem a ver com o seu Deus! – falei.

– Harold, Harold! – disse ele, com reprovação. – Tudo tem a ver com Nosso Senhor!

Virei as costas, cheio das baboseiras e da impertinência do padre, mas fui interrompido.

– Já vai tão cedo? – perguntou, astuto. – Se eu bem me lembro, temos uma conversa para acabar!

Sim! Aquela conversa! Tirou-me o sono e causou-me pesadelos durante um bom tempo. Os malditos desenhos e o real conhecimento do padre sobre mim. Eu tinha pressa, mas a curiosidade foi maior. O infeliz iria morrer logo e eu nunca mais saberia o mistério por trás de tudo.

– Então fale logo! – disse eu, irritado. – Ou arrancarei as palavras da sua boca!

– Não bebeu bastante sangue hoje? – perguntou ele, com ironia. – Se quiser posso lhe oferecer um pouco do meu.

Fiquei em silêncio, olhando-o fixamente.

– Pois bem, *Earl* Harold – respondeu, tomando fôlego. – Contar-lhe-ei tudo. Mas, antes me deixe pegar alguns papéis. Venha comigo até o meu quarto.

Descemos as sólidas escadas de pedra feitas em espiral e fomos até os aposentos do padre. Pregados nas paredes havia muito mais desenhos de pessoas com os dentes como os meus, sempre manchados de sangue. Todas eram jovens e belas. E bem no meio da parede vi o meu rosto, desenhado em um velino grande.

– Andou pensando muito em mim, padre? – perguntei com deboche.

– Não penso em você – sorriu. – Penso na sua maldição.

Ele pegou alguns papéis empoeirados, beijou a cruz pendurada no seu pescoço e começou seu relato.

No ano de 1144 do nosso Senhor, quando o Papa Lúcio II foi eleito, mudei-me para Roma. Era muito jovem e queria estudar as sagradas escrituras e conhecer os livros antigos e profanos. Trancafiei-me em mosteiros e bibliotecas e devorei todo o conhecimento ao meu alcance. Tinha predileção pelos apócrifos e pela demonologia.

Estudei sobre centenas de demônios, li relatos de pessoas possuídas e também estudei o mal em diversas culturas. E a minha curiosidade se aguçava cada dia mais. Porém, eu estava descrente, pois nunca havia visto ou sentido o mal de perto. Mesmo os meus companheiros de estudos, quanto mais liam, mais desacreditavam da verdadeira fé.

Mas tudo mudou em 15 de fevereiro de 1145.

A Itália passava por diversas revoltas e problemas. Muitos negavam e desrespeitavam a autoridade do Papa Lúcio II. Então, como mostra da sua coragem e santidade, ele marchou para pacificar e amenizar os corações. Pelos sortilégios de Satã o nosso pastor foi atingido por uma pedra e ficou gravemente ferido. Sofreu muito em seu leito, e todos rezavam pela piedade de Deus.

Depois do segundo dia, ele não abria mais os olhos e passava o tempo todo dormindo. Os ossos da lateral da sua cabeça estavam esmagados e seu rosto estava bastante inchado. Tentaram sangrias, emplastros e até trouxeram da igreja de Saint-Sernin de Toulouse a santíssima língua do Santo Hilário de Poitiers. Ela estava guardada embalsamada e já havia curado dois cegos, um leproso e um manco. Tudo foi inútil.

Padre Willian parou um pouco o relato para enxugar o suor. Sua respiração estava ofegante devido à doença. Ele tossiu forte e escarrou sangue em uma vasilha de barro. Por uns instantes o homem outrora altivo perdeu totalmente o fôlego e quase desmaiou, tombando de lado na cadeira. Dei-lhe água e aos poucos ele se recobrou. Colocou algumas ervas na boca e começou a mastigar. Aquilo pareceu aliviar um pouco o cansaço e as dores. William Long pediu desculpas e prosseguiu a sua história.

Nessa época eu já angariara grande estima por parte dos cardeais e consegui permissão para ver o Papa pouco tempo antes do seu último suspiro. Era o quarto dia após o ataque covarde. O santo homem estava deitado com as mãos entrelaçadas sobre o peito. O Camerarius havia colocado uma túnica branca confortável em Lúcio II e de tempos em tempos vertia um pouco de vinho na sua boca. Mas ele só piorava.

Um concílio formado por cardeais influentes já pensava em um sucessor. Até a corte de Rogério II da Sicília veio para influenciar ou mesmo comprar as decisões dos religiosos. Como sempre, a questão não era sagrada.

Acabara de cair a noite do dia 15 e todos nós torcíamos por um milagre para salvar o nosso pai. Fazíamos vigília, rezávamos e pedíamos a intercessão dos santos e de Deus. As pessoas choravam na praça em frente à Basílica de São Pedro. Monges jaziam enfraquecidos nas ruas sujas, pelo jejum total feito desde o ataque. Somente os lacaios de Giordano de Pierleoni festejavam.

– *Maledetto Bugiardo!* – vociferou.
Ele pediu desculpas, tossiu um pouco e retomou a leitura dos manuscritos. Mas boa parte da história ele havia memorizado e não precisava ler. Ele vivia tudo intensamente, como se cada momento estivesse passando pelos seus olhos naquele exato instante.

O silêncio reinava absoluto. Nós estávamos trancafiados em nossas celas rezando e fazendo promessas. Alguns se mortificavam com cilícios e chicotes grosseiros. Não queríamos acreditar no fatídico fim do Papa. A Igreja não estava preparada para essa perda repentina.
Então ouvimos um grito sufocado.
Corremos para os aposentos de Lúcio II e vimos uma cena insólita. O santo homem estava morto com os olhos esbugalhados e com marcas de dentes no pescoço. Um filete de sangue escorria de um dos furos. De pé ao seu lado, um homem muito alto e magro, com a pele branca como a de um morto e o cabelo amarelo como o ouro recém-forjado, segurava a férula de prata, rodopiando-a com as mãos. Em um dos dedos estava o anel de ouro fino, cravejado de rubis, retirado do Papa.
O medo e o ódio confundiram os nossos corações. Um dos cardeais mais velhos se aproximou e tentou segurar o homem, mas logo foi atirado brutalmente pela janela. Atirado com apenas uma das mãos, como se fosse um boneco de palha! Um dos bispos chamou pelos guardas, mas, com um gesto, o homem fez a pesada porta de carvalho se trancar atrás de nós.
Ele sorriu e deixou à mostra os grandes caninos, pontiagudos como os de um leão. Seus olhos eram completamente negros e as veias azuis da sua testa estavam visíveis mesmo com pouca iluminação. Certamente não era humano. Mas naquele momento eu estava apavorado demais para raciocinar.
Havia, além da aberração e do Papa, cinco homens no quarto. Dois desmaiaram, o Camerarius morreu do coração e apenas eu e o padre Salvatore nos mantivemos despertos. O monstro sorria e girava a férula de prata por entre os dedos compridos e ossudos. Então, subitamente, ele parou e quebrou o cajado prateado com o joelho. Quebrou o objeto maciço como se fosse um graveto podre!
Temíamos pelo pior. Beijamos nossas cruzes e pedimos piedade para o Senhor. Então ele soltou uma gargalhada e disse...

Padre William parou um pouco a leitura para acender outra vela, pois a anterior acabara de se apagar. Ele me olhou profundamente nos olhos. E eu não desviei o olhar. Ele sorriu fragilmente, agradecendo minha atenção. Estava visivelmente exausto, mas prosseguiu sem demora.

– *Como vocês, mortais, são patéticos! – disse a criatura, saltando em cima da cabeceira da cama, se apoiando como uma ave. – Choramingam há dias pedindo a salvação desse velho hipócrita! Eu lhe dei a redenção e a oportunidade de acertar as contas com O Nazareno, mas ele já deve estar jogando Ludus Duodecim Scriptorum com o capeta!*
– *Ele é um santo homem! – balbuciei tremendo muito.*
– *Santo homem! – debochou ao cobrir o Papa com os lençóis brancos bordados com linhas vermelhas e douradas. – Se viver no meio do ouro e com fartura de comida é ser santo, há realmente algo de errado com o seu Deus!*
– *Essas são as palavras de Satã! – vociferei criando coragem. – E aqui elas não têm nenhum poder! Aqui você vai conhecer a luz do Senhor!*
– *Vocês padres são chatos demais! – Deu-me as costas para vasculhar um pequeno baú com as joias do papa. – Sempre afirmam conhecer a verdade e ter o dom divino, mas não passam de uns bostas! Ficaram tão preocupados em manter o poder e os interesses junto ao velho decrépito que nem se preocuparam com o sofrimento dele!*
Ele pegou pesados torques de ouro e uma bela cruz de marfim adornada de ametistas, presente de um poderoso rei do oriente.

– *Essa besta era tão imunda que roubou os pertences pessoais do Papa sem esboçar qualquer remorso! – disse, olhando para os céus e praguejando algo incompreensível.*

Os guardas tentavam insistentemente arrombar a porta, mas esta permanecia imóvel. As batidas eram fortes, mas somente pó caía no chão de mármore de Carrara. Salvatore, em seu último ato de coragem, avançou sobre a besta e apertou seu pescoço com as mãos fortes pela lida do campo.
Com a força empregada seria possível quebrar o pescoço de um porco, mas o demônio se manteve calmo, de braços cruzados. Os músculos dos braços de Salvatore estavam retesados ao máximo e o padre suava muito. Então com um movimento muito

rápido, ele arrancou o coração do pobre Salvatore do peito. O sangue espirrou e o corpo sem vida tombou por cima do Papa. Fiquei aterrorizado. Ajoelhei-me e comecei a rezar fervorosamente na minha língua natal.

> **Fæðer ūre þū þe eart on heofonum**
> **sī þīn nāma gehālgod**
> **tō becume þīn rīce**
> **gewurþe þīn willa**
> **on eorðan swā swā on heofonum**
> **ūrne gedæghwamlican hlāf syle ūs tōdæg**
> **and forgyf ūs ūre gyltas**
> **swā swā wē forgyfað ūrum gyltendum**
> **and ne gelæd þū ūs on costnunge**
> **ac ālȳs ūs of yfele, sōþlice.**

Tinha medo de abrir os meus olhos. Sem controlar meu próprio corpo, mijei em mim mesmo. E o servo de Satã sentia o cheiro da minha covardia, via a minha fé escorrer por entre as pernas.

Por isso riu maliciosamente.

– Padre, quando recobrar a sua dignidade, diga a todos que Rurik de Novgorod, o patriarca, deu o descanso eterno ao Papa Lúcio II! Diga a todos que Rurik está acima de Deus ou do diabo! Diga a todos que todo este mundo pertence à perfeição imortal. Este mundo pertence a mim!

Quando abri os meus olhos ele já não estava lá. A porta se abriu e os guardas entraram, mas já era tarde. O massacre estava feito. A destruição acontecera. E eu estava impotente, caído de joelhos no chão. E, naquela noite, Deus não fez nada!

Padre William Long guardou os papéis em seu armário e colocou um pouco mais de ervas na boca. Eu ainda não entendia muito bem qual era a sua intenção ao me contar essa história. Ele ficou um tempo de cabeça baixa, como se a lembrança pesasse em seus ombros. Eu estava com muita pressa para aguentar conjecturas. Percebendo a minha impaciência, ele se levantou. Apoiou-se na pequena janela e respirou profundamente.

– Depois do ocorrido em Roma fui imediatamente interrogado pelo alto clero – disse, sério. – Eles nunca iriam acreditar na história de um demônio assassino com dentes de fera. Então menti e inventei sobre um ladrão interessado nas joias do Papa. Como esperado, eles não confiaram na minha palavra

e me trancafiaram no calabouço para interrogatórios posteriores. Fiquei lá por cinco dias. Contudo, atarefados com as exéquias papais e com os preparativos da posse do Papa Eugênio III, esqueceram-se de mim e pude fugir com a ajuda de um carcereiro gordo. Isso me custou todo o meu ouro e prata.
– E isso deve ter doído muito! – afirmei com escárnio.
– Andei por toda a Europa – continuou, ignorando a zombaria. – Bavária, Polônia, Ráscia, Flandres, Normandia, Bohemia, Castela, Navarra, Irlanda, Escócia e Inglaterra. E por todos os lugares ouvia relatos de demônios, *schrattl, marbh bheo, glaistig, strigoii* e tantos outros nomes que não consigo me lembrar.
– Fez uma pausa para tossir e cuspir sangue. – Fiquei obcecado por esses seres e encontrá-los tornou-se a minha missão de vida. Então, em 1146, tive o meu segundo presente. Fui acolhido pelo príncipe Urosh II da Ráscia. Seu pai estava acamado e muito fraco, mas mesmo assim continuava falante e temente a Deus. No quadragésimo nono dia desde a minha chegada, ao cair da noite, ouvimos batidas nos aposentos de Urosh I. Os homens pegaram suas armas e eu a minha cruz de ébano. Então, um misto de terror e admiração tomou a minha alma. O pai de Urosh estava morto e ao seu lado havia uma linda mulher de cabelos vermelhos ondulados e longos como labaredas ao vento. Seus olhos eram verdes como as mais belas esmeraldas...
– Liádan! – sussurrei, impressionado.
– Não ouvi direito, *Earl* Harold – falou padre William colocando a mão na orelha. – A doença apodreceu meus ouvidos!
– Não é nada! – desconversei. – Somente me lembrei de uma amiga cujo paradeiro desconheço. Agora prossiga!
– Como desejar! – respondeu, desconfiado. – A bela dama tinha os lábios manchados de sangue e sua pele branca estava levemente corada. Ao nos ver ela cantou uma breve canção, que se me recordo era assim:

"A espada do velho guerreiro irá repousar
Pois a mão outrora firme agora jaz sem vida
E a sua alma valente já está de partida
Para os seus ancestrais encontrar

E em seu último suspiro ele pediu
'Diga ao meu filho que a Ráscia lhe pertence
E as batalhas só os fortes vencem'
Então fechou os olhos e sorriu

Sua velha carne está morta
E seu espírito tornou-se eterno
Seja no céu ou no inferno
Porque para esse mundo não há mais porta"

– Sua voz era linda e suave como o canto de um rouxinol – falou o padre, com admiração. – Todos nós ficamos encantados, como se uma magia antiga nos envolvesse. Então ela partiu flutuando pela janela, desaparecendo no denso nevoeiro lá fora.

– E quem disse que não era um anjo do Senhor vindo para levar o bom Urosh para o céu? – zombei.

– Harold, Harold! – Balançou a cabeça. – Não é um bom momento para brincadeiras! Provavelmente irei morrer esta noite e o meu tempo é precioso. Se alguém tem pressa, esse sou eu, não é?

Suas palavras e seu olhar penetrante me deixaram encabulado. As carnes podres do padre não resistiriam muito e logo ele daria seu último suspiro doloroso.

– Não sei bem o porquê, mas encontrei seus semelhantes em muitos lugares – falou, massageando as têmporas. – Sempre apareciam aonde eu ia. Alguns viraram meus amigos, ou pelo menos pareciam ser. Aquele do retrato – disse apontando para o desenho na parede. – Lembra-se dele? Viu na outra vez que esteve aqui. É Genaro di Napoli. Pintei-o em Florença. Foi nosso último encontro, pois voltei para a Inglaterra. E, para a minha surpresa, deparo-me com o grande Harold Stonecross!

– Você deve se benzer antes de morrer, padre! – sorri. – Suas companhias não são muito recomendáveis!

– Já vi dezenas de mortos, já vi a fúria nos olhos deles, contudo sempre saí ileso, sem um arranhão sequer! – falou, excitado. – Qual é a probabilidade disso? – Ficou em silêncio e me observou. – Você sabe a resposta! E eu também! Então, nos últimos dias, principalmente depois da doença, entendi o real propósito disso tudo. Entendi por que o encontrei. Vi nos seus olhos a salvação!

Ele se aproximou trêmulo e colocou as mãos nos meus ombros. Em outras situações eu teria arrancado os seus braços, mas toda essa desgraça na cidade devia ter amolecido o meu coração.

– Meu destino é ser um de vocês! – falou, com os olhos brilhantes. Um filete de baba escorreu pelo canto da sua boca, pingando na minha calça. – Eu vou fazer parte desse milagre!

– Comeu merda, padre? – empurrei-o com ferocidade. – Isso é um absurdo! A doença deve ter apodrecido o seu cérebro!

– Não se preocupe! Eu já sei como funciona! – Despiu-se da batina preta e deixou à mostra o corpo esquelético repleto de manchas escuras e feridas purulentas. – Haverá dor e agonia, minha carne morrerá, mas depois virão o alívio e a imortalidade!

– E nunca mais poderá ver o Sol ou sentir o gosto do vinho! Terá que viver nas sombras e à custa do sangue de outros! – falei rude. – Padre, isso é uma maldição! Não é o que diria o seu Deus?

– Deus não liga para nós! – gritou. – Ele nos abandonou para sofrermos e morrermos sem amparo! Ele nos deixou confinados e dependentes desse corpo podre e fétido! Não, Harold! Deus já não olha mais para essa terra amaldiçoada. Você é o mais perto de Deus que poderei chegar!

Fiquei comovido com as palavras de William. Ele escancarou a sua alma e foi sincero em cada palavra.

– Se é o seu desejo...

Mordi seu pescoço com força e suguei seu sangue doentio até quase o final. Ele sorria e me abraçava. Depois de um tempo seu corpo nu começou a estremecer. Parei de sugar e coloquei-o na cama, quase desmaiado. Cobri-o com a batina e lhe dei um beijo na testa.

– Obrigado, Harold – disse, sincero. – Harold, meu mestre! Logo irei renascer mais belo e mais forte como nunca fui! E os meus olhos verão o que nunca vi! E terei a eternidade como irmã. Terei todo o tempo para aprender e saborear todo o conhecimento do mundo! – Ele tossiu dolorosamente, mas logo após sorriu. – Harold, meu querido, logo nos encontraremos na outra vida!

– Um dia padre... Um dia! – respondi com pesar.

Ele fechou os olhos e esperou. Esperou até desmaiar. E deve ter sonhado com a transformação antes de morrer. Sonhado com pescoços e garotinhas nuas. Sonhado que caçava ao meu lado em uma bela noite de lua cheia. Sonhado em ser temido e respeitado pelo menos uma vez na vida.

Pobre William Long! Dizia conhecer tanto sobre nós, mas se esqueceu do mais importante, de um detalhe crucial. Não se lembrou de beber um longo gole do meu sangue para poder completar o ciclo do renascimento. Meu sangue é precioso e perigoso demais!

Eu me virei e saltei pela janela. Quase fiquei comovido pelas palavras de William Long. Quem sabe até poderia ter deixado uma lágrima escapar se olhasse um pouco mais para os seus olhos suplicantes, mas a vida é assim, incerta e tortuosa. E eu não fugiria à regra. Afinal, ele não passava de um padre infiel e medroso. E em breve ele se encontraria com Jesus. E deveria dar algumas explicações antes do seu rabo arder no inferno. E nesse momento ele certamente me amaldiçoaria.

Infelizmente o mundo não é perfeito. E assim deve continuar.

A noite já havia avançado bastante e eu tinha me atrasado muito. A cidade estava tomada pelo caos e eu precisava retornar para Stella.

Peguei Fogo Negro. Galopamos rápido pelas ruas de pedras lisas tomadas pela fumaça e pelo fedor dos cadáveres estirados em todas as partes. No caminho encontramos um cavalo malhado perambulando próximo da carpintaria. Provavelmente seu dono estava morto. Então o peguei e o trouxe comigo. O bicho era manso e não ofereceu nenhuma resistência. Ele seria muito útil para puxar a nossa carroça.

Ao chegar em casa, prendi os cavalos no quintal do fundo. Amarrei o malhado à carroça e joguei um saco grande de aveia no cocho. Eles comeram tranquilos, alheios ao caos e ao desespero das pessoas.

Bati na porta e chamei por Stella. Ela abriu devagar e me abraçou como se não me visse há semanas. Havia mais manchas na sua pele e sua respiração estava bastante carregada. Arrumei minhas coisas. Coloquei algumas roupas num saco grande, assim como as joias e as moedas de ouro e prata. Amarrei a bainha com uma espada curta na cintura e coloquei uma faca na bota. Peguei também um pedaço de sílex, caso eu precisasse fazer fogo às pressas. As coisas da minha mulher já estavam arrumadas e dentro do caixão. Joguei o meu saco de pertences lá também e arrastei o caixão escada abaixo com facilidade, apesar do peso.

– Traga os cavalos, amor! – falei para Stella, apressado.

– Cavalos? – perguntou levantando a sobrancelha.

– Sim! Encontrei um perdido por aí! – respondi, trazendo o caixão para fora da casa. – Vá depressa!

Rapidamente ela voltou com os animais e eu coloquei o caixão na carroça. Não queria passar novamente o desespero de não ter onde me esconder do Sol.

Ela montou Fogo Negro e eu guiei o malhado pelas rédeas.

Era meia-noite e saímos da cidade para nunca mais retornar.

Durante a viagem por um caminho sinuoso e lamacento,

contei o final do meu encontro com o deus Pã, falei sobre a música e sobre o horror. E descrevi a destruição da cidade. Os homens atraíram a ira dele, destruindo o templo antigo consagrado ao deus para construir outra igreja. E tudo estava acontecendo exatamente como eu vi.

E sua vingança veio ligeira como o falcão perseguindo o estorninho.

Todos os cristãos estavam morrendo ou mortos. E, infelizmente, Stella também era cristã.

Apesar de fraca ela ouviu atentamente a história, espantada e temerosa. E aguentou três horas no lombo de Fogo Negro. De tempos em tempos ela tossia e cuspia sangue, porém sempre sorria dizendo que estava bem. Mas não estava.

Eu conhecia bem a região e havia preparado um refúgio caso precisasse fugir depressa. Construíra meses antes uma cabana de madeira sólida e sem janelas ao lado de uma pequena queda-d'água. Entramos e eu acendi uma fogueira para aquecer minha dama. Ela sentia frio, mas seu corpo ardia.

Deitei-a sobre uma cama rudimentar e parti um pedaço de queijo fresco trazido da cidade. Ela não quis comer e tampouco bebeu água ou vinho. Piorava a cada momento. E eu temia o pior.

– Harold, meu amor! – disse com a voz fraquinha.

– Descanse, querida! – beijei-a. – Apenas descanse!

– Essa noite nossos caminhos se separam – segurou a minha mão. – O meu corpo não suportará essa provação. Agora só restam meu espírito e a vontade de permanecer ao seu lado.

– Vou buscar algumas ervas para deixar você mais forte! – falei andando de um lado para o outro.

– Meu doce amor! – Sentou-se na cama e me abraçou. – Não há cura que brote da terra ou venha das águas! Nem mesmo estou certa da intercessão de Deus! Não sei se a minha fé é suficiente ou se há um anjo do Senhor ao meu lado.

– Deus! – praguejei. – Ele não se importa! Não liga para nada! Não sei se existe realmente! Pois todos os seus seguidores são fracos e tolos!

Ela me olhou cabisbaixa. Eu não pensara em minhas palavras. Estava tirando a sua última esperança, por mais frágil que fosse. Não tinha esse direito!

– Vou deixar você sozinha por um tempo, para conseguir fazer as suas orações – falei desconcertado.

– Obrigada! – respondeu, sorrindo, enquanto pegava um pequeno crucifixo de madeira.

Deixei-a na cabana e fui para a queda-d'água. Tirei minhas roupas e entrei embaixo do véu gelado. Meu corpo estremeceu. O frio não importava. Isso estava longe dos meus pensamentos. Somente a minha princesa aparecia na minha mente e eu faria qualquer coisa para salvá-la.

Depois de quase uma hora de reflexões sob a água gélida, saí e vesti minhas roupas. Colhi um ramo de flores amarelas nascidas no meio das pedras sobre o pequeno riacho formado pela queda-d'água.

Retornei para a cabana. Stella devia ter adormecido durante as suas preces. Sentei ao seu lado e toquei sua face pálida coberta de pequenas feridas. Ela despertou atordoada. E apesar de tudo sorriu.

– Harold, você voltou! – sussurrou. – Quero passar os meus últimos momentos ao seu lado. Sinto minha vida esvair-se pelas feridas!

Peguei um pano e molhei em uma vasilha de cobre com água limpa. Passei nos ferimentos, retirando um misto de sangue, pus e outros líquidos putrefatos. Ela colocou uma das flores no cabelo.

– Estou bonita? – disse, baixinho. – Depois que eu morrer, quero aparecer nos seus sonhos bonita, não coberta por essa doença... – Seu semblante entristeceu e ela virou o rosto.

– Está linda! – falei, sincero.

Mesmo à beira da morte, seus olhos brilhavam como sempre e seu sorriso era perfeito.

E eu não podia deixar minha dama morrer!

– Você sabe... – gaguejei. – Não precisa ser assim! Você pode passar a eternidade comigo.

– Meu amor! – começou a tossir e cuspir sangue. – Eu seria feliz por estar contigo, mas e o meu espírito? Nunca teria paz!

– Podemos sair desse lugar! – falei, desesperado. – Podemos ir para o continente! Para reinos distantes! Recomeçar tudo onde não nos conheçam! E podemos viver juntos para sempre!

– Eu não estaria completa sem a minha alma mortal! – falou com lágrimas nos olhos. – E com o tempo a imortalidade se tornaria um fardo. Um pesadelo a cada anoitecer!

– Stella...

Ela me interrompeu colocando a mão quente nos meus lábios.

Por um tempo somente nos olhamos e depois ela me beijou.

– Cante uma canção para eu adormecer e não sentir medo do abraço da morte – alisou o meu cabelo. – Cante a mais bela

canção para eu levar a sua voz comigo. E quando eu dormir parta sem me acordar, pois assim desejo. Logo serei apenas carne morta e não quero que me veja em total decadência. Promete?
– Prometo!
Meu coração estava apertado e meu estômago revirado, mas tomei fôlego e cantei. Cantei como nunca havia cantado antes.

"Talvez eu a deixe partir
Se eu achar que é certo
Se eu não puder impedir
Ou se minhas mãos tremerem

Vou apagar a fogueira
Pois há muitas estrelas no céu
O outono ainda não chegou
E a brisa nos acaricia a face

Essa canção eu canto sozinho
E não vejo razão para isso
Pois como antes, em todas as estações
Você poderia estar ao meu lado

Mas prometi não chorar
Porque me lembro do seu sorriso
Em todos os lugares
Em todos os momentos de prazer

Essa será a minha última canção
Pois os eventos mudaram
E a princesa do crepúsculo
Quer partir para sua solitária jornada

Queria me enroscar ao seu corpo
E os deuses sabem que eu tentaria
Se realmente pudesse ir contigo
Lutando contra os anjos que tentassem me impedir

Talvez eu a reencontre quando o tempo parar
E o mundo ruir em chamas
E todas as almas se juntarem
Para beber e festejar

> *Mas, agora essa é a última canção*
> *Uma música de corações divididos*
> *Tendo como testemunhas as sombras*
> *Silenciosas e inconstantes*
>
> *Perdoe-me, por favor!*
> *Se em alguma noite eu a magoei*
> *Se no escuro não lhe dei atenção*
> *E feri a inocência do seu corpo e da sua alma*
>
> *E tenha certeza que meu amor foi verdadeiro*
> *E eu derramaria sangue por você*
> *Meu sangue por você!*
> *E ele fluiria doce o quanto fosse preciso*
>
> *Mas tudo isso ficará no passado*
> *Escondido nessa floresta*
> *Na escuridão sem lua*
> *No vazio sem você*
>
> *Talvez eu a deixe partir*
> *E desapareça antes da alvorada*
> *Sofrendo, perdido...*
> *Em meus próprios pesadelos"*

Stella adormecera.

Seu rosto estava sereno e sua respiração estava tranquila. Ela repousava calmamente sobre a cama precária em uma cabana perdida na floresta. Esse seria seu mausoléu, mas ninguém lhe traria flores. E com o tempo as heras e as teias de aranha cobririam tudo. Mas eu nunca a esqueceria.

Saí e tranquei a cabana.

Montei Fogo Negro e segurei o cavalo malhado pelas rédeas. Partimos.

E a dor preencheu todo o meu ser.

E eu gritei. Urrei como uma besta selvagem, fazendo os pássaros fugirem e os espíritos da floresta desaparecerem com medo.

Cortei os pulsos, mas logo os ferimentos se fecharam e o sangue parou de escorrer. Enfiei três vezes a minha espada na barriga. A dor foi lacerante, mas eu ainda vivia. Um cadáver que não podia morrer ajoelhado sobre uma poça de sangue escuro e coagulado. E esse era o meu fardo. E pela primeira vez pensei na maldição do meu renascimento. E tudo estava nublado na minha mente.

Não vi Stella morrer, mas essa era a sua vontade.

Ela devia estar bem.

Junto ao seu Deus lamurioso.

E eu iria continuar a minha jornada.

Na noite onde todos temiam o inferno.

Mas eu já estava nele. Na divisa dos dois mundos. Onde eu não era deus, tampouco mortal. Onde eu era apenas Harold Stonecross, o solitário.

Fogo Negro relinchou.

E o som me despertou do meu transe.

Seguimos rumo ao sul.

E eu olhei para o céu. E vi um facho luminoso cortando a imensidão. Algum deus estava descendo para a terra. Talvez fosse Pã, para esmagar a cidade com as próprias mãos.

Eu apenas prossegui.

E então começou a chover.

E as minhas lágrimas se dissolveram nas lágrimas das nuvens.

E foram para as entranhas da terra.

Terra que logo engoliria Stella

A minha única estrela.

Capítulo XI – A jornada sem fim

Edred retornou na manhã seguinte com os olhos inchados. Seu nariz estava vermelho e escorria bastante. Crucifixo andava devagar ao seu lado, com a cabeça baixa e choramingando constantemente. O moleque trazia algumas frutas e uma pequena lebre.

– É para ele não sentir fome lá – colocou a comida em um saco. – Deve dar muita fome lá...

Não perguntei onde seria esse lugar. Também não interessava. Nosso amigo, nosso tutor estava morto. E um grande vazio tomou conta dos nossos corações.

Cavamos uma sepultura embaixo da pereira florida. A manhã estava bonita e o céu sem nuvens. Um bando de arminhos passou por nós bem devagar, como se não sentissem medo. Talvez estivessem se despedindo do caçador. Numa árvore próxima, tentilhões cantavam suavemente.

Buscamos o corpo e o trouxemos junto com seus amuletos e armas. Ele estava bastante leve, então Edred o carregou sozinho. Ajudei o moleque a colocar Espeto no buraco. Pusemos alho na sua boca, ouvidos e nariz para afastar os maus espíritos. Seus pertences ficaram em cima do seu peito, assim como as frutas e a lebre. Crucifixo ganiu e correu para a cabana. E nós choramos a cada monte de terra úmida jogado no buraco.

– É só até a sua alma voar! – disse Edred choroso. – Depois você sai da terra! Sim! E sobe, sobe, sobe! E vê as estrelas. Ou o Sol se for dia! Só não se queima, hein!

No seu túmulo não fincamos nenhuma cruz. Kilian não acreditava nelas. Ele tinha os seus próprios deuses. E certamente já estava bebendo com eles e os seus antepassados. Colocamos uma bela pedra negra para marcar o lugar, e, apoiado nela, o seu arco longo tão estimado.

Plantamos uma aveleira sobre a sepultura para dar boa sorte. O moleque se prostrou de joelhos e falou algumas coisas incompreensíveis. Pegou um punhado de terra e atirou para cima enquanto o Sol tocava a nossa face do ponto mais alto do céu.

Depois disso nos abraçamos e ficamos calados por muito tempo. Tudo havia mudado e nós precisaríamos retomar as nossas vidas. Mas naquele dia não fizemos nada. Não caçamos, não colhemos, tampouco saímos da cabana. Roemos pão velho e bebemos o restante do vinho amargo. E depois disso deitamos pensativos e pesarosos até a chegada da lua.

Então adormecemos e eu sonhei com coelhos gigantes e falcões maiores que um homem. E o caçador corria atrás deles feliz com seu arco longo. E eu queria segui-lo, mas ele não permitiu.

– Ainda não Harold! – sorriu. – Ainda não.

E depois disso apenas o vazio da mente. E um sono tenso, cheio de náuseas e calafrios. Ainda bem que o garoto roncava no chão. Ele precisava dormir e descansar. Porque amanhã nada mais seria igual e eu não conhecia o nosso destino.

O Sol penetrou vivo pela pequena janela da cabana e seus raios aqueceram meus pés. Ao acordar pensei em Espeto e chorei, mas logo me levantei. Peguei o meu arco e saí para arranjar o nosso desjejum. Retornei pouco depois com uma truta e ovos de ganso. Como nessa época o nível do rio estava baixo, não foi difícil pegar o peixe em uma reentrância no meio das pedras.

O moleque ainda dormia. Reavivei as brasas da fogueira e preparei os ovos e a truta. Crucifixo levantou e saiu para mijar e latir para um gato que espreitava a nossa criação de perdizes e codornas. Um cervo baliu na floresta. E logo em seguida uivos ecoaram. Os lobos deviam estar próximos, pois Crucifixo farejou o ar e voltou correndo para a cabana.

Edred despertou com um longo bocejar. Estava sorrindo como se acordasse de um sonho bom. Mas, assim que me viu, sua expressão mudou, trazendo-o novamente para a dor da realidade.

Ele se sentou ao meu lado e começou comer o peixe e os ovos com farinha de trigo. Não disse uma palavra sequer. Percebi lágrimas nos seus olhos e a respiração cortada para segurar o choro. Ele fungava com o nariz e limpava nos braços deixando uma marca brilhante e viscosa.

Pegou um dos ovos e a cabeça da truta e jogou para o cachorrinho. Crucifixo devorou os petiscos rapidamente. Depois de um tempo, enquanto ele lambia os restos no chão, começou

a engasgar e a resfolegar. Abriu a boca ao máximo e colocou a língua para fora. Babava muito e fazia barulhos estranhos com a garganta. Vomitou tudo logo em seguida.
– Ninguém manda ser esganado! – Edred falou bravo. – Ninguém vai roubar sua comida! Se bem que a cabeça parecia gostosa! Ei! Da próxima vez a cabeça é minha!
O cãozinho começou a comer o vômito, mas o moleque ralhou com ele.
– Ei! Seu cachorrinho idiota! – disse, pegando-o no colo. – Tem mais um ovo ali. Não precisa comer essa meleca! Eu não como isso! Você já viu? O Harry pode ser! Eu não! Não, não... Só lambo casquinha de ferida e nada mais! Isso pode! Eu acho.
Ri do garoto. Ri do seu devaneio sincero.
E ele retribuiu o sorriso.
E a vida continuou igual. Pelo menos naquele momento.

1167.

Mais de uma década se passou desde a morte da minha querida Stella. E, mesmo com toda a eternidade diante dos meus olhos, o tempo parou. Todas as luzes se apagaram e eu fiquei sozinho em um quarto escuro, perdido, aprisionado em meus próprios pensamentos e ilusões.

Deixei a minha barba crescer e meus cabelos estão longos como os de uma mulher. Não me visto mais com o esplendor e riqueza de antes. A minha vaidade foi trocada por mantos pretos sem nenhum ornamento. Ainda uso a corrente e o pingente com os fios de cabelo de Liádan. Mesmo depois de várias vidas de homens nem um fio sequer caiu.

Da minha querida Stella trago no dedo um anel de bronze, dado de presente na noite em que ela me contou sobre o seu desejo de ter um filho. Talvez eu fosse um bom pai novamente, mas pelo jeito, os deuses não permitiram que o meu sangue se perpetuasse dessa forma. Meu prazer era vazio. E nunca pude dar essa alegria para a minha amada.

Se antes eu acreditava na felicidade, isso se perdeu nas trevas. Não me lembro sequer de como é ter o Sol batendo na face. Não me lembro do gosto do vinho ou da beleza do amanhecer. Tudo são trevas. Os beijos apaixonados de outrora fugiram da lembrança e as minhas mãos não sentem mais o calor do peito macio.

Sou um morto-vivo.
Perdido nas sombras e temido em todos os lugares.
Tornei-me amante de Hel e, quando passo, um vento gélido me acompanha. Meu olhar causa pânico, quem sabe um dom adquirido no encontro com o deus chifrudo. Minha alma se estilhaçou e nada mais me importa.
Nada.

Na fatídica madrugada eu enlouqueci. Libertei o cavalo malhado e destruí o meu caixão, atirando-o ferozmente em uma grande pedra. A madeira se despedaçou e uma lasca feriu meu rosto, fazendo o sangue escorrer sobre os meus lábios. Senti o gosto levemente ácido quando lambi o líquido frio e espesso. Minha pele estremeceu e eu sorri. Então uma sede louca me dominou. E depois disso houve somente terror.

Montei em Fogo Negro e cavalguei como um demônio, sem parar em nenhuma das cidadezinhas no caminho. As pessoas olhavam assustadas e beijavam suas cruzes inúteis. Meu coração e minha alma tinham morrido novamente. E eu queria matar o restante do meu corpo. Queria acabar com a dor.

Um grupo de soldados passou por nós e eu os insultei. Não sei bem o porquê. Doze homens montados em cavalos e muito bem armados eram o mais próximo de uma morte rápida naquele momento. O chefe ergueu a mão e todos pararam. Ele veio até mim com a espada em punho.

– Falou algo, senhor? – perguntou com uma falsa cortesia.

– Eu disse que vocês parecem um bando de veados enfeitados! – respondi irônico.

O soldado ficou boquiaberto e me fitou sem entender nada.

– Como? – perguntou incrédulo.

– Além de veado é surdo! – zombei. – Quer que eu escreva uma mensagem e deixe com a cadela da sua mulher depois de trepar com ela?

O homem já grisalho se enfureceu e empinou o cavalo, e Fogo Negro também ficou sobre as duas patas. Ele sacou a espada e me atacou. A lâmina passou rente ao meu pescoço, deixando um som metálico no ar. Urrei como um animal raivoso e saltei sobre o velhote, destruindo seu nariz com uma cabeçada. Ele caiu como um saco de sementes, levando as mãos ao rosto.

Os outros homens sacaram as suas armas e vieram ao meu encontro. Um grandalhão empunhando uma maça grande com a cabeça de ferro repleta de tachões cavalgou forte e tentou rachar o meu crânio com a arma. Agilmente segurei seu braço e derrubei-o do cavalo. Uma flecha zuniu e se fincou na minha coxa. A dor aguda subiu pela minha perna. E eu apenas sorri.

Um jovem com os cabelos pretos oleosos amarrados com duas tranças tentou me acertar com o seu *sax*, mas me abaixei e cravei as unhas no peito do cavalo, fazendo o animal pular de dor e derrubar o moleque. Senti uma forte pancada no ombro. Um dos cavaleiros me acertou com um martelo de arremesso e logo em seguida outra flecha se cravou no meu braço esquerdo.

Caí de joelhos tomado pela dor. O suor escorria da minha testa. Os cavaleiros me cercaram e apontaram as armas para mim. Tirei a flecha da minha coxa com um só puxão. A lâmina rasgou ainda mais a minha carne e a dor me fez retesar todos os músculos da face. O sangue escorria e as veias pulsavam.

– Desista, seu bosta de bode! – gritou um dos cavaleiros. – E quem sabe deixaremos você viver o restante da sua vida ridícula preso na Torre!

Quebrei a haste da flecha do meu braço esquerdo. Ainda conseguia mexer a minha mão, apesar dela formigar bastante. Meu ombro doía muito. Um soldado careca com o rosto marcado pela doença e com os dentes podres atirou uma flecha que se fincou no chão, bem no meio das minhas pernas.

– Filho da puta teimoso! – rosnou um homem de cabelos louros e olhos azuis. – Vou fazer você implorar perdão beijando o meu rabo!

Coloquei as duas mãos na terra. As nuvens cobriram a lua. Levantei a cabeça e vi uma coruja voando com uma cobra no bico. Isso era um mau presságio. Nessas situações os homens tocariam os seus amuletos e as virilhas para afastar a má sorte. Cuspiriam e bateriam na madeira.

Presságios! Eu era o pior de todos! Tirei os cabelos dos olhos e então um dos soldados acertou a minha testa com o cabo da lança. Caí para trás zonzo. Em outras épocas todos já estariam mortos, mas agora eu não me importava. Talvez hoje eu morresse. E quem sabe minha amada estaria me esperando para me guiar até as estrelas.

Os homens gargalharam. Um soldado com o lábio fendido, feio como um cão sarnento, mijou em mim. Os cavalos batiam as patas no chão fofo e relinchavam. A minha visão ficou embaralhada. Eu me arrastei como pude até apoiar as costas em uma pedra lisa coberta de musgo. O chefe com o nariz quebrado e o rosto ensanguentado caminhou na minha direção com a espada em punho. Pisou na minha barriga com a bota de couro e metal. Seu corpo tremia de raiva e seus olhos estavam vermelhos.

Os homens gritavam insultos e riam. Uma chuva grossa começou a cair, transformando a terra em lama. Um raio cortou o céu. E depois outro. Então o trovão estremeceu o chão. Era uma boa noite para um demônio morrer.

O vento soprou forte, assoviando por entre as árvores. Um galho caiu ao meu lado e pude ouvir um uivo distante. O homem ergueu o pé e pisou novamente na minha barriga com violência. Uma golfada de sangue escuro saiu da minha boca.

– Mata o porco capitão! – falou o homem com um arco longo.
– Antes que ele se cague todo e suje as suas botas!

O velhote assentiu e levantou sua espada. Os soldados urraram de alegria e começaram a bater nos escudos com as armas. Ele cuspiu em mim. O sangue ainda pingava do nariz quebrado e seu rosto agora inchado emanava puro ódio.

– Sou Gundulf, *Earl* de Leicester! – vociferou com a voz fanhosa. – Agora você sabe quem o mandou para o inferno!

Sua cota de malha brilhava a cada relâmpago. Os elos tilintavam a cada movimento do seu corpo forte. E a lâmina maligna reluzia.

Mas, como magia, alguém sussurrava o meu nome.

– *Harold! Harold!*

Então como desperto de um pesadelo, percebi que a voz era conhecida.

– *Harold! Harold! Ainda não!*

– Stella! – gritei.

A lâmina desceu ligeira e o sangue jorrou se misturando à lama. O aço se partiu em dois. Então um gorgolejo sufocado pairou no ar e se perdeu no som forte da chuva.

O velho soldado cambaleou para trás com a faca enfiada no seu pescoço barbado. Ele tinha tentado rachar a minha cabeça com sua espada longa, mas desviei e ela bateu na pedra e se quebrou. Tirei a minha faca da bota e enfiei no seu pescoço, torcendo a lâmina enquanto ele apertava o meu braço.

Earl Gundulf caiu e morreu estrebuchando como uma galinha com a cabeça cortada. Os homens não acreditavam nos seus olhos. Alguns se afastavam com seus cavalos, outros foram tomados pela ira da batalha. Eu me levantei e sorri.

– Chegou a hora da perdição! – rosnei com as presas à mostra.
– Harold Stonecross irá matar a sua sede!

E enfim a orgia da morte dominou a noite.

Quebrei ossos, fiz o sangue jorrar e os gritos animarem a noite silenciosa. Rasguei a barriga do arqueiro com as unhas, fazendo suas tripas caírem no chão. Ele se ajoelhou desesperado e tentou em vão colocá-las para dentro. Bebi o sangue do homem que mijou em mim enquanto arrancava o seu saco enrugado e velho com um puxão brutal.

Um dos homens enfiou a espada na minha barriga, cambaleei até me encostar em um tronco. A chuva havia se tornado uma tempestade e o vento açoitava as árvores. Ele veio na minha direção com uma adaga, mas parou apavorado assim que me viu tirar a espada e lamber o sangue da lâmina. Avancei urrando como uma besta selvagem e cortei sua cabeça com um só golpe.

A cabeça rolou com a boca aberta e os olhos esbugalhados. Poderia jurar ter visto um vulto negro abraçar seu corpo, mas deve ter sido uma ilusão causada pela raiva. Os cavalos fugiram assustados. O demônio da morte lutava sob a chuva. E estava deliciosamente furioso.

Arranquei os olhos do moleque que tentou novamente me acertar com a maça. Cortei a sua língua e quebrei seus dois pés e todos os dedos das mãos. Deixei o moribundo, aleijado, cego e mudo se contorcendo no chão em uma agonia repleta de sons guturais. Infelizmente ele não poderia narrar os feitos do espírito do mal. Não deveria ter arrancado a língua dele, pensei muito tempo depois.

A carnificina estava feita e os corvos iriam ter muito trabalho para comer todos aqueles corpos. E, ao amanhecer, os viajantes gritariam apavorados e os padres da cidade pregariam aos quatro ventos que o demônio andou na terra naquela noite. Abarrotariam as igrejas com sacos de ouro e ricos donativos a fim de afastar o mal. Eles deveriam erguer altares para os demônios! Esses enchem seus bolsos e suas panças!

Peguei a minha faca e dois anéis lindamente ornados do corpo do arqueiro. Arranquei do capitão um pesado torque de ouro e um bracelete de prata entalhado com pedras negras. Encontrei ainda um pequeno saco com quatro moedas de ouro e algumas dezenas de prata. Esse pequeno tesouro me sustentaria por um tempo.

Tirei a haste da flecha do braço. Dei um grito longo e agudo. A dor fez o meu braço adormecer. Contudo, logo esse ferimento se fechou. Quase todos os ferimentos estavam curados. Minha roupa estava empapada do meu sangue e do de meus inimigos.

Mas, felizmente a chuva forte logo lavaria tudo. Eu ainda estava fervendo. Sentei na pedra grande e respirei fundo. Minhas costelas doeram, mas eu estava feliz. Alegre pelo sangue bebido e pelos homens dilacerados. A matança havia desviado a minha atenção. Por um curto tempo me esqueci de Stella. Mas, nesse mundo de merda, nada é perfeito.

Caminhei alguns passos para dentro do bosque, o néctar vermelho dos meus inimigos me deixou forte e excitado. Estava feliz. Até encontrar Fogo Negro caído no chão, imóvel. Havia uma lança fincada no seu peito e ele respirava com dificuldade. Quando me viu ele tentou levantar, mas a dor o fez deitar novamente.

Sentei ao seu lado. Ele mexeu um pouco a pata dianteira. Dei três tapinhas no seu pescoço e ele novamente tentou se erguer, mas eu o acalmei acariciando o focinho. Olhei o ferimento. Todo o metal estava dentro do seu corpo musculoso. Se eu arrancasse a lança ele sangraria até morrer. Se eu a deixasse lá ele agonizaria por um tempo e também morreria. Havia alguns cortes no seu corpo. O valente Fogo Negro ficou ao meu lado quando podia ter fugido. Infelizmente meu amigo lutara mais uma batalha que não era sua. E o destino cruel o levaria e não a mim, o causador de tudo!

Deitei na lama e abracei meu cavalo. Beijei seu pelo áspero e brilhante. Ele relinchou baixinho. A chuva diminuiu até se tornar um chuvisco frio. E assim ficamos abraçados por um longo tempo. Chorei e ele lambeu meu rosto para me consolar. Certamente era muito mais forte e corajoso! Eu era somente um bastardo. Lutava, pois dificilmente morreria. Não por coragem.

Então uma ventania dissipou as nuvens e a lua apareceu no alto do céu. E as estrelas tilintavam na imensidão negra. Vi uma constelação muito brilhante e ela me lembrou a imagem de um cavalo. Quem sabe o meu bom amigo não subiria aos céus e viveria lá, guiando os homens?

A lua prateada refletiu nos olhos dele. E havia ternura nesses olhos. Um amor verdadeiro e sincero que não pedia nada em troca. A não ser um pouco de comida e carinho.

– Por quantas batalhas passamos e por quantos apuros! Quantos passeios sob o luar fizemos, só você e eu! – solucei sem conter o choro – É, meu amigo... Chegou o tempo de nos separarmos.

Essa ideia fez o meu peito doer e por alguns instantes não

consegui dizer nada. Olhei em silêncio para o mais puro dos seres dessa terra desgraçada. De que vale a imortalidade se todos partem e a minha jornada sempre se torna solitária? Eu vago por uma trilha infinita e tortuosa. E esta cruza diversas outras trilhas curtas, mas, não importa o caminho escolhido, não importam os desvios feitos, eu sempre retorno ao caminho inicial, onde o horizonte é longínquo e nublado.

De súbito meus pensamentos se interromperam. Uma bela mariposa com padrões desenhados nas asas em laranja e amarelo vivos pousou na minha mão, despertando-me para a realidade. Era linda e majestosa. Certamente era um bom presságio enviado pelos deuses. Ela abriu as asas e bateu-as por um tempo sem sair do lugar. Então voou em direção à lua e desapareceu.

– Você vai pastar em muitos campos verdejantes no outro mundo. E comerá aveia e centeio até a sua barriga doer – disse eu, com um sorriso, mas com os olhos molhados. – E encontrará uma boa égua para correr com você pelos bosques! E terá uma dúzia de cavalinhos! E não precisará mais lutar, nunca mais! – Essas últimas palavras doeram muito, pois, devido à minha arrogância e estupidez, meu amigo morreria.

Então, o forte corpo de Fogo Negro estremeceu e seus olhos se fecharam. Ele deu um último relincho potente e logo parou de respirar. Meu bom companheiro partiu para junto da manada sagrada dos deuses, liderada por Sleipnir, o cavalo de oito patas de Odin.

Arrastei o pesado corpo para dentro do bosque. Cobri-o com folhas e galhos. E implorei aos deuses para não permitir que nenhum bicho ou homem profanasse meu amigo até a noite seguinte. Logo iria amanhecer e não daria tempo para um ritual adequado. Poucas horas antes eu queria morrer, mas agora eu viveria com o peso e a dor de mais uma perda.

Vaguei pela trilha até encontrar uma casa de madeira muito pequena e simples. Havia mais buracos nas paredes do que em um corpo perfurado por uma saraivada de flechas. Não seria um bom refúgio do Sol, mas por sorte, ou para a diversão das fiandeiras, encontrei um poço no entorno da casa, coberto por uma pesada tampa de madeira para evitar a queda de animais indesejados. Eu viveria pelo menos por mais um dia. Levantei a madeira e desci cuidadosamente me apoiando com os pés nas pedras lisas da parede. Fiz bastante força para colocar a tampa no lugar.

Então me desequilibrei e caí até ficar com a água fria na altura do peito. Felizmente o poço não estava muito cheio. E felizmente não era mais fundo. Seria um sono gelado e desconfortável naquele buraco estreito.

Pensei em Stella e em Fogo Negro e na minha vida antiga. E chorei. Chorei como uma criança abandonada.

Muitos me chamam de demônio, todos me temeram antes da última gota de sangue se esvair e uns poucos admiraram a minha vida, mas ninguém sobre essa terra estranha acreditaria na minha tristeza e em todas as lágrimas derramadas. Ninguém!

Sou um assassino formidável e um amante com séculos de experiência. E as minhas palavras poderiam fazer até mesmo o Papa mostrar o rabo diante da cruz. As mulheres suspiram e os homens me invejam, os padres me cobiçam e eu os desprezo!

Sou quase um deus, um imortal esquecido nesse mundo. Caminho pelas trevas e minha pele pálida me esconde nas brumas. Sou o senhor da morte! Mas meu coração ainda bate e na calada da noite eu choro. E os sentimentos são os últimos resquícios da minha humanidade. Perdida para sempre.

Sim, o demônio chora!

E ao contrário dos homens a minha dor perdurará pela eternidade. E as lembranças envolverão meu coração em espinhos até o fim do mundo. Pois até agora não me esqueci de nenhum detalhe da minha vida prolongada.

Fechei os olhos e perdi a noção do tempo. Adormeci e sonhei com o abraço da morte. Ela me conduzia calmamente por caminhos de gelo, enquanto olhos me observavam e dentes pontiagudos espreitavam atrás das árvores. Eu podia sentir o hálito pútrido dos mortos. E eu tive medo de todas as almas que mandei para o outro mundo. E atrás de gigantescos portões todas elas me esperavam. Famintas.

Acordei assustado. Mas ainda não era hora de sair. Podia sentir a presença maligna da luz. Então fiquei. E tinha medo de dormir novamente e ter pesadelos com a morte. Porém o sono foi mais forte e retornei aos gigantescos portões. Estava preparado para a batalha contra as almas do além.

E como sempre eu sobreviveria...

Passamos mais alguns meses na cabana, mas a dor não se dissipava. Ao contrário, ficava mais intensa. Tudo lembrava o Espeto. As criações, a pequena horta e até mesmo as caçadas e idas para a cidade. De noite eu acordava assustado, imaginando ter ouvido a sua voz, mas ele nunca estava lá.

Edred estava bastante calado nos últimos dias. Passava horas na floresta e muitas vezes nem voltava à cabana para dormir. O moleque sorridente e abobalhado tornou-se sisudo e irritadiço. Somente com o Crucifixo ele continuava da mesma maneira, brincalhão e amável.

E as coisas começaram a ficar sérias. Havia menos de uma semana ele havia machucado bastante um ladrãozinho que tentou roubar a carne de texugo deixada ao Sol para secar. Bateu no moleque com um pedaço de pau até fazer suas costelas se partirem. Impedi-o de matar o infeliz com muito custo, pois ele estava muito bravo e era forte demais.

– Você é um frouxo! – resmungou nervoso. – Se é! Eles zombam de você! Sim, sim! Você é um maricas! Sempre foi! Eles fazem coisas erradas! Sim! E você passa a mão na cabeça deles! É isso!

Não respondi e deixei o moleque ensanguentado fugir cambaleando e chorando muito. Edred nunca gostou de ladrões, mas em outros tempos ele somente assustaria o safado e se gabaria por horas e horas. Diria o quanto era poderoso e como a Fodedora fazia os inimigos mijarem nas calças. Mas tudo estava mudado.

Uma nuvem negra pairava sobre aquela cabana.
E envolvia nossos corações.

Então, em um domingo chuvoso Edred veio sério conversar comigo. Muitas vezes ele fazia isso, mas dessa vez foi diferente. Ele parecia mais velho e seu cabelo estava revolto. Uma barba rala e cheia de falhas cobria o rosto do moleque. Havia algo selvagem no seu olhar. E nas suas vestes. Ele amarrou uma cauda de raposa no cinto e fez um colar com dentes de lobo, presos em uma tira de couro de gamo. E havia uma tatuagem indefinida na sua barriga branca. Certamente ele mesmo a fizera com um graveto afiado e cinzas. Já era um homem feito. E, apesar da sua deformidade física, tinha se tornado um caçador formidável.

– Ei, Harry! – sentou-se ao meu lado. – Eu vou!
– Vai aonde? – perguntei despreocupado.
– Voltar! – disse seco.
– Voltar? – perguntei confuso.
– É isso! – coçou a virilha. – Ir de novo! É, de novo!
– Não entendo – franzi a testa.

– Para a praia! – respondeu com um sorriso acanhado. – Para as redes! Para o meu pai!

Fiquei perplexo e boquiaberto. Esperava tudo do moleque, mas isso não. Ele nunca havia tocado nesse assunto antes, mesmo após a morte do nosso amigo. Ele me olhava fixamente e batia a mão no joelho. Estava impaciente.

– Você vem? – perguntou bruscamente.

– Não sei...

Fui sincero, ele me pegou de surpresa e eu não sabia a resposta.

– Vou amanhã bem cedo! – disse convicto. – E vou levar o Crucifixo! Se quiser ir, acorde cedo! Você dorme demais! Onde já se viu!

O moleque pegou a Fodedora e foi para a floresta com o cãozinho. E eu continuei durante muito tempo olhando para o chão sem saber o que fazer.

A tarde terminou quando resolvi pegar três perdizes no viveiro e prepará-las para depois. Havia mais de três dúzias delas e a cada semana mais ovos e filhotes apareciam. Às vezes uma raposa matava algumas, mas elas sempre aumentavam. E agora Edred, com sua fome insaciável não estaria mais aqui para controlar a população.

Entretanto, esses eram somente pensamentos fúteis surgidos em um momento de distração enquanto eu depenava as aves e preparava uma sopa com cenouras, couves e um pouco de enguia defumada. De tão disperso, quase arranquei um pedaço do dedo com a faca. Foi um corte fundo logo acima da unha.

O sangue escorreu e pingou no chão coberto de palha. Um besouro entrou voando pela janela, bateu forte na trave de madeira do teto e caiu com as pernas para o alto. Agachei ao seu lado. Ele se debatia e fazia um barulho alto com as grandes asas. Virei seu corpo preto e lustroso. Ele picou meu dedo e correu para baixo da palha do chão. Não senti a dor. E o sangue ainda escorria do corte.

Amarrei o ferimento com um pedaço de pano sujo. Abri a porta para respirar um pouco de ar fresco, a madeira rangeu e as dobradiças de ferro estalaram. Um bando de melros pretos pousou no meio da nossa pequena plantação. Um gato cinza de olhos amarelos surgiu ligeiro do meio dos arbustos e deu o bote. Conseguiu pegar uma ave. Dois filhotes apareceram e miaram. A mãe se deitou com a ave na boca e os gatinhos começaram a mamar.

Fechei a porta porque ventava muito. E o vento esfriaria a sopa.
Esqueci-me logo da família de gatos. E de todo o resto. Porque somente uma pergunta martelava na minha cabeça. Eu devia partir com o moleque?
Comi um pouco e fui me deitar. Não consegui dormir. Meu estômago estava ruim. Corri para fora e vomitei um caldo amarelado e azedo. Certamente o problema não foi a comida. Eu estava nervoso, nauseado e ainda não sabia qual seria o meu destino.
Ouvi Edred voltar já de madrugada. Contudo fingi dormir e não me levantei. Ele reavivou o fogo e comeu. E logo já roncava, como sempre.
E aquela noite foi bastante longa.
Os primeiros raios de Sol penetraram pelas frestas e eu não havia pregado os olhos. Estava exausto. Mas, levantei-me e resolvi me lavar no riacho. A água gelada endureceu meus ossos e meus dentes batiam freneticamente. Estávamos no meio do verão, mas a água daquele riacho sempre era gelada.
Nunca passei mal por tomar banho. As pessoas sempre me condenaram por isso. Diziam que a doença entraria pela minha pele enfraquecida pelas esfregadas e pela água. Contudo, desde criança sempre gostei da água. Meu pai, quando estava bem-humorado, me chamava de salamandra branquela. Em todas as outras vezes ele me xingava.
Despertei totalmente com o banho e voltei para a cabana revigorado. Edred estava acordado e pronto para a viagem. Arrumou suas poucas roupas, suas armas e uma trouxa com pão e carne defumada.
– Vou levar umas codornas vivas em um saco! – pegou um pequeno saco feito com algodões crus. – Assim quando acabar a carne seca eu mato elas e como! Sim! E o cãozinho come os ossos! É isso! A carne é minha, certo? – apontou para o Crucifixo. – Umas cinco? Ou quem sabe dez! Ai, ai, ai! Onze é melhor!
Sorri em ver a animação do moleque. Ele também sorriu quando me viu.
– Oi, Harry! – disse, feliz. – Você vai viajar comigo? Ei... Com o Crucifixo também! Isso! Sim!
– Não... – falei de súbito.
Edred me olhou abismado, sem entender nada. Depois de pensar por toda a noite e ouvir o meu coração, resolvi seguir o meu próprio destino, por mais dura que fosse a separação.

Os olhos do moleque se encheram de lágrimas, mas ele não disse nada. Apenas me abraçou longamente. Eu engoli seco e apertei forte o ombro torto. Depois de um tempo ele me olhou profundamente e sorriu. Pegou suas coisas e partiu.

Abaixei e o Crucifixo lambeu o meu rosto. Fiz cócegas na sua barriga e ele começou fazer barulhos engraçados. Depois correu atrás do seu novo companheiro de jornada. Parou no meio do caminho e latiu para mim, mas logo continuou seu caminho.

– Ei, Harry! – Edred gritou. – Quando puder, venha me visitar! A não ser que seja burro demais e tenha esquecido o caminho! Ai, ai, ai! Esse é o meu medo! Como é idiota!

– Eu lhe escrevo uma carta! – gritei de volta. – Opa! Esqueci que você não sabe ler!

– Vá se foder, Harry! – berrou – Vá se foder!

E então partiu cantarolando uma música inventada pela sua cabeça. E logo sumiu no horizonte.

E eu fiquei sem saber ao certo qual seria o meu próprio caminho.

Passei mais três meses na cabana, preparando as coisas para a viagem. Cacei bastante, pois precisava arranjar dinheiro e suprimentos. Fui algumas vezes à cidade para vender a colheita e as aves do nosso viveiro. Consegui algumas moedas e carne de porco salgada. Serviriam bem.

Em outra ocasião, levei para o mercado duas espadas tomadas dos bandidos mortos ao tentarem roubar a cabana. Troquei uma por uma dúzia de flechas. E a outra arma, um pouco melhor, mandei afiar. Comprei uma bainha de couro e prendi-a na cintura. E, com a venda de cinco peles de lobo, comprei um corselete de couro encerado, duas camisas, uma capa de cor ocre e um par de botas compridas. Não queria parecer um mendigo ou um ladrão na estrada.

Sentia falta do moleque, mas com o tempo me acostumei com a solidão. Eu falava com as plantas e com os animais, contava histórias para os espíritos da floresta e ouvia as deles através do farfalhar das folhas das árvores. Ria alto com as lembranças engraçadas do tempo junto ao Edred, como quando ele me encontrou desmaiado na praia e pensou que eu era um peixe e queria me assar com vagens e repolhos. Ou quando ele dava ruidosos peidos e acusava o Crucifixo!

Bons tempos! Mas agora eram apenas memórias.

E eu precisava me acostumar com a mudança.

Várias vezes dormi ao relento só para olhar as estrelas. Para ter a companhia dos meus antepassados. Torcia para eles me verem lá do alto e sentirem orgulho. Pensei nos heróis antigos e nos deuses dessa terra, agora quase esquecidos, trocados por esse outro.

E isso era muito estranho.

Podemos ouvir o martelo de Thor ribombar em trovões e ver as flores desabrocharem para agradar Freya. E as nossas flechas são certeiras se pedimos ajuda a Ull. Mesmo os deuses do Espeto lhe davam ótimas caçadas.

E o que faz o Deus carpinteiro?

Faz somente o povo sofrer pelo pecado e as mulheres se cobrirem até a cabeça com panos! E deixa os homens temerosos! E deixa um bando de velhotes religiosos cada vez mais ricos e poderosos.

Eu nunca vi um milagre. Nem conheço alguém que tenha visto. Contam sobre quando Jesus andou sobre a água e fez a água virar vinho. E isso sempre me deixa muito bravo! Isso só pode ser mentira! Andar sobre a água!

E como as centenas de relíquias sagradas são confusas! Quantos dedos das mãos tinha o apóstolo Paulo? Já vi venderem pelo menos uns 15! E São Simão devia ter uma barba imensa, pois os chumaços vendidos por aí encheriam um saco! E as pessoas pagavam fortunas por elas e continuavam na mesma merda, ou melhor, em uma merda com menos dinheiro!

E mesmo assim o Deus de Nazaré virou o único e verdadeiro.

E isso eu nunca entenderia.

E nem precisaria, pois, como tolo mortal miserável, não podia pensar, tinha somente que tirar as ervas daninhas da plantação e pagar os impostos para os cobradores do rei. E eles apareciam todo o mês desde o começo do ano na porta da cabana.

E essa era a vida por toda a Inglaterra. Trabalhar, trabalhar, pagar tributos e passar fome! Além de ter muitos filhos e quem sabe um pedacinho de terra dura para arar. Isso se a doença não matasse antes!

Essa era a vida...

Mas a minha estava prestes a tomar um rumo inesperado.

Parti em uma manhã de sábado. O vento frio cortava o rosto e endurecia as juntas. Deixei para trás todas as alegrias e tristezas e todos os momentos vividos. Deixei a porta e a janela da cabana abertas, pois um dos desejos do Caçador era deixar a mata tomar tudo de volta. A construção de madeira, a horta,

os animais, tudo era uma doação da natureza e ao final deveríamos devolver a cortesia. Para mim esse era um pensamento sábio.
Então eu respeitei a sua decisão.
Eu tinha 23 anos. Era um homem formado.
Mas, ao pegar a estrada, meu coração se acelerou como o de um garoto prestes a ganhar um brinquedo. Assoviei uma canção aprendida com o meu irmão e deixei tudo para trás.

Acordei gelado e dolorido. O dia dentro do poço foi horrível. Tive sorte de ninguém abrir o tampo para pegar água. Na minha loucura da noite anterior nem considerei nessa possibilidade. Os raios de Sol iriam me torrar e eu não teria para onde fugir. Sobraria somente um monte de cinzas fedorentas.

Porém eu estava vivo. Os deuses aprovavam o meu trabalho nessa terra.

Escalei as paredes escorregadias e ergui a pesada madeira do tampo. Espiei ao redor, mas não havia ninguém, somente um gato amarelo. Ele se arrepiou todo quando me viu e fugiu. Uma fumaça espessa e escura saía pelo teto de palha do casebre e o brilho da fogueira podia ser visto pelas frestas nas paredes.

– Gostaria de estar ao lado do fogo! – pensei alto.

Minha boca estava bastante amarga e eu tinha sede, contudo precisava acabar o que comecei. Minhas costas estalaram quando me abaixei ao ouvir um barulho. Era apenas um porco fuçando ao lado do galinheiro.

Uma coruja me olhou e seus enormes olhos amarelados eram lindos. Eu gostaria de fazer carinho na sua cabeça e sentir sua plumagem macia. Então, como mágica, ela voou e pousou no meu ombro. Ainda atônito, acariciei-a e ela deu um pio longo antes de alçar voo. Seria esse mais um dom? Talvez.

Encontrei um saco grande cheio de grãos. Esvaziei-o no chão sem fazer barulho e coloquei nele bastante palha seca encontrada dentro de um pequeno estábulo onde cabras e porcos dormiam.

Retornei ao corpo do meu inestimável amigo e espantei os corvos que começavam a bicar sua carne. Felizmente nenhum animal maior tinha encontrado a carcaça. Havia feito um pouco de calor durante o dia, portanto foi fácil encontrar bastante madeira seca. Rodeei o cavalo com tocos e galhos e sob eles coloquei palha, folhas secas e gravetos.

Dei um último beijo de adeus e raspei a pedra de sílex com a minha faca e uma faísca saiu forte. A palha se incendiou e o fogo se alastrou rapidamente. Coloquei mais madeira sobre o corpo do meu amigo e sentei no chão a cinco passos de distância. O calor das chamas aqueceu meu corpo. A minha alma estava tão fria quanto um rio congelado.

Logo as labaredas ficaram altas como as árvores e o corpo de Fogo Negro foi se consumindo aos poucos. E depois de cinco horas de fogo intenso restou somente o esqueleto. Certamente seu espírito já cavalgava no outro mundo.

A noite logo iria acabar e eu não teria tempo de procurar abrigo. E certamente alguém pegaria água no poço no dia seguinte. Não seria seguro ficar lá. Então me embrenhei mais na floresta e por sorte encontrei um ninho fundo escavado na terra. Provavelmente fora usado por algum texugo com filhotes.

Arrastei-me pelo buraco. Ele tinha quase o comprimento de dois homens. E, ao chegar ao fundo, encontrei uma cobra. Como um raio ela picou meu braço, mas logo a matei e arranquei sua cabeça do corpo. Ela continuou se mexendo e se contorcendo. Como estava com sede resolvi provar um pouco do sangue.

– Não é tão ruim! – apertei o corpo da cobra para forçar o sangue. – Só espero não me acostumar a me alimentar de bichos!

Saí do buraco e joguei os restos mortais fora. Meu braço doía muito, queimava como se alguém tivesse encostado ferro em brasa. Inchou um pouco. Não dei importância, pois certamente sobreviveria sem maiores problemas.

Arranquei galhos de umas árvores frondosas, pois precisava tapar a entrada do buraco de alguma forma. Entrei novamente, dessa vez começando pelas pernas. Forrei a abertura com as folhas e com a minha capa e tudo ficou negro na escuridão total.

Novamente teria um dia maldormido, com meu braço latejando e as formigas andando pelo meu corpo. Se existiram outros como eu em tempos antigos, é possível que tenham dormido assim. Ri disso, mas logo a alegria foi derrotada pela lembrança da minha amada e do meu amigo Fogo Negro.

Adormeci em meio às lágrimas e a dor.

Capítulo XII – Horizonte

Depois da morte do meu amigo Fogo Negro, vaguei como um espírito sombrio por toda a Inglaterra. Norfolk, Essex, Oxfordshire, Kent, Dorset e mais uma centena de outros lugares. Virei um andarilho. Matava quando tinha sede, brincava com as mulheres para afugentar a tristeza e sofria a cada momento de solidão. E em diversos vilarejos perdidos entre as montanhas fui adorado como um deus. Sacrifícios foram feitos para mim, mas toda essa bajulação me irritava e, como sempre, eu partia tão silenciosamente quanto chegava.

Em muitas vezes quase morri queimado pelo Sol ou mesmo espetado por lanças e espadas. Mas sou persistente, e meus inimigos estão todos mortos. Fiz padres negarem o seu Deus e bispos atirarem montes de ouro aos meus pés antes de terem o coração arrancado. Vi freiras excitadas somente com um olhar meu.

Damas riram com a minha chegada e homens festejaram a minha partida. Aprendi a tocar vários instrumentos tão habilmente quanto manejava uma espada. E a minha voz hipnotizou multidões. Vivi em buracos fedorentos e em castelos suntuosos. Usei ouro no pescoço e me aguilhoaram com ferro em brasa. Sorri com a mesma facilidade com que chorei. E em diversas noites acordei gritando o nome da minha amada Stella.

E os dias, as semanas, os meses e os anos passaram sem eu perceber. Era como se o tempo estivesse parado e eu apenas vivesse em uma realidade minha, íntima, como se envolto por uma redoma de vidro. Nada mais me importava e as paisagens cinzentas da noite se tornaram ainda mais opacas. E o sangue havia perdido o frescor de outrora. Agora ele era apenas necessário.

Então as fiandeiras mudaram os caminhos do meu destino.
Era agosto de 1167 quando eu aportei na França, numa noite quente de verão em que os ares mornos sopravam sem parar. Vim da Inglaterra em um barco mercante e a viagem durou três dias. Paguei o capitão Giorgio di Venezia com duas correntes de ouro. Durante o dia eu me escondia no compartimento de carga junto com barras de ferro, armas, sal e peles. Como sempre, usei como desculpa o problema de pele. E devido à minha sutil persuasão, ou melhor, ao valor pago, não fui incomodado. O dinheiro compra o silêncio e sossega a curiosidade. Uma viagem dessas custaria apenas uma ou duas moedas de prata.

Estava faminto e, pela minha aparência, com cabelos longos, ensebados e uma barba como a de um mendigo, não conseguiria uma caridade muito facilmente. Perguntei para um homem, certamente da nobreza devido às suas joias e o criado armado, onde poderia comprar uma casa. Ele cuspiu no chão e mandou o vassalo de cabelos louros e nariz esnobemente fino me esbofetear. Não reagi. E foi difícil controlar a raiva.

– *Vas te faire enculer* – disse o nobre, mas não entendi direito as suas palavras.

Mas, pelas risadas das pessoas ao redor, certamente ele havia me xingado e humilhado.

Os homens viraram as costas e partiram. Apenas segui-os de longe.

Caminharam por uma rua estreita e recolheram dinheiro de dois meninos. Os pequenos entregaram de má vontade algumas moedas para o senhor. Um grupo de homens escuros negociava escravos e os homens cobiçosos davam altos lances por uma mulher seminua. Duas prostitutas se insinuaram e ele atirou uma moeda. Elas riram e mostraram as tetas. Um garotinho com os cabelos encaracolados passou correndo atrás de um gato arlequim. E o cheiro de urina era tão forte quanto o das cidades inglesas.

Ao fim de um caminho de terra batida cheio de sulcos feitos pelas carroças, o nobre entrou por um portão de ferro trabalhado em uma grande propriedade murada. Ao fundo, às margens de um rio largo, uma construção de pedra parecida com uma torre se erguia imponente. Quatro cãezinhos de pelo preto e branco e orelhas enormes correram na sua direção, vindos de dentro da construção. Ele os afagou e entrou. Os cães o seguiram com latidos agudos. A pesada porta de madeira bateu e os sons irritantes foram abafados. O criado foi para uma casa que ficava do outro lado de um pomar com parreiras carregadas de uvas verdes.

— Encontrei um lugar para passar o dia! – falei contente.

Pulei facilmente o muro e me esgueirei por entre os arbustos e árvores repletas de flores. Um gato preto veio em minha direção e começou a ronronar se esfregando nas minhas botas.

— Depois, amiguinho! – acariciei seus pelos. – Prometo que volto para te buscar!

Ele deu um miado curto e correu despreocupado.

Parei ao lado da parede de pedra da casa e senti o cheiro de peixe assado. Uma mulher ria alto. Olhei pela janela e pude ver por uma fresta sem cortina o nobre comendo o peixe com as mãos. Um bebê brincava com os cachorrinhos e a mulher ria enquanto um dos animais lambia seu pé. Uma criada muito bonita, de cabelos castanhos amarrados em um coque e peitos protuberantes, varria o chão atrás da mesa.

Rodeei furtivamente a construção. As janelas do andar inferior eram grandes e cobertas por suntuosas cortinas. Havia uma dezena delas, mas apenas três portas. No andar superior havia somente duas imensas janelas, uma na frente da casa e a outra na parte posterior, com vista para o grande rio.

Seria fácil invadir, pois pelo menos duas janelas estavam destrancadas. Eu precisava somente ter cuidado em relação aos criados. Não tinha certeza se havia mais alguém na casa. E eu não queria gritarias e escândalos. Contudo, a sede era forte demais, então arrisquei e, como um animal adentrando uma toca estranha, pulei por uma das janelas do fundo e me agachei atrás de um sofá de madeira envernizada e estofado azul.

O ambiente estava iluminado por uma lareira no canto. Peles de ursos e de um cavalo listrado forravam o chão de ladrilhos coloridos. Cabeças empalhadas de vários animais adornavam as paredes, juntamente com belas tapeçarias representando cenas de caçada. Uma armadura completa, uma espada fina e um belo escudo com um brasão de raposa completavam a decoração.

Ponderei se devia aguardar ou atacar naquele instante. Os risos e o barulho dos pratos vindos do cômodo ao lado atrapalharam meus pensamentos. Resolvi me aproximar da porta e observar um pouco mais.

Parecia não haver mais ninguém na casa e aquelas pessoas seriam alvos fáceis. E nos últimos tempos eu não estava sendo mais tão cauteloso como antes. A minha vida pouco importava e no fundo eu esperava o fim de tudo. Mas este nunca veio.

Encontrei uma lira encostada na parede. Era feita de madeira vermelha e o arco era de tília com crinas de cavalo servindo de corda. Era um instrumento muito bem acabado e ornado com entalhes de folhas. Certamente deve ter custado muito mais do que a talha de um ano paga pelos criados.

Ensaiei alguns acordes e logo comecei a tocar uma música, uma melodia triste e ao mesmo tempo belíssima. Ouvira-a quatro anos antes em Bristol, entoada habilmente por um bardo cego. Certamente meu talento não era tanto, mas o barulho na cozinha cessou.

Entrei calmamente e todos me olharam assustados. O homem ameaçou levantar, mas com um olhar incisivo dobrei seu espírito e ele se sentou novamente, obediente. As mulheres estavam inquietas, mas nada disseram; os cães gemeram e correram escada acima. O bebê sorriu e bateu as mãozinhas gorduchas.

Então continuei tocando delicadamente e uma poesia surgiu despretensiosa na minha mente. Comecei a cantarolar enquanto rodeava a mesa.

"Quando a noite escura cai
E a divina luz adormece
A coragem do homem se esvai
E temeroso ele faz sua prece

Deus, olhai por nós com amor
E nos protegei de todo o mal
Então ele se esquece do temor
Pois confia no Pai imortal

E ele come sua farta comida
E brinca com o filho pequeno
E se embriaga com a doce bebida
E faz amor sobre montes de feno

E os anos passam generosos
E a sua vida prossegue perfeita
Enquanto os servos pesarosos
Dão-lhe todos os frutos da colheita

Mas, um dia, o bondoso Deus se irrita
Com as mesmas preces vazias e mortas
E o demônio que nessa terra habita

Encontra abertas todas as portas

*E sorrateiro ele invade a casa
Pois o Senhor a esqueceu
E não importa o fervor da reza
O terror volta na noite em breu*

*As mulheres choram apavoradas
E o bebê ri, sem nada entender
E o homem luta, mas não pode vencer
E as roupas de sangue ficam encharcadas*

.

.

E somem os corpos antes do amanhecer"

 Quando acabei a canção, as duas mulheres ficaram inertes, tomadas pela magia da minha voz. O bebê dormia tranquilamente no chão, chupando o pequeno polegar da mão esquerda. O homem estava trêmulo, com o olhar perdido. Ele segurava uma faca e o seu crucifixo. Coloquei o instrumento musical sobre a mesa e me aproximei com um sorriso sutil. Ele tentou me atacar com a faca, mas com um tapa tirei a arma improvisada da sua mão. Cravei os dentes no seu pescoço comprido e sem barba e tomei longos goles de sangue fresco. A criada, como se liberta de um transe, ameaçou gritar. Silenciei-a com um gesto e ela caiu no chão desmaiada. A esposa gorda despertou zonza e quando me viu tentou correr, mas com um movimento rápido peguei-a pelos cabelos louros crespos e mordi sua teta esquerda. O sangue escorreu quente.

 Eu segurava seu marido pelo pescoço enquanto ele se debatia e resfolegava. Depois de um tempo, seu corpo estremeceu e ficou imóvel. Sem querer não controlei a força e matei-o sufocado. Infelizmente falhas acontecem.

 Suguei todo o sangue da gorda enquanto ela ofegava e gemia baixinho. Parecia estar tendo prazer. E realmente acreditei nisso, pois ela morreu com um meio-sorriso no rosto. O marido devia comer somente a empregada e certamente deixava a esposa esquecida durante a noite. Isso era comum na nobreza, com seus casamentos arranjados visando apenas poder e riquezas.

 E, fatidicamente, as nobres eram as mais feias.

 Mas dane-se a nobreza! Eu estava saciado e incrivelmente feliz. Feliz como não ficava havia anos.

Meu corpo estava quente e minha alma leve. Tão leve que ri ao ver a matança.

Sentei em uma cadeira de encosto alto e limpei a boca em um pano de algodão branquíssimo. Os pratos eram de louça fina e a faca com o qual o homem tentara me atacar era de prata polida com ametistas incrustadas no cabo. E o aroma do peixe assado era delicioso. Pensei em comer um pedaço, mas lembrei-me da dor que a comida causava no meu estômago.

Praguejei.

Então, bateram forte na porta. Olhei por uma fresta da cortina da janela e vi o criado que me bateu no cais. Pensei em me vingar, mas isso poderia comprometer meu esconderijo naquela noite.

– Merda! – esbravejei – Nada pode dar certo de primeira!

Peguei com cuidado o bebê rosado e a faca de prata.

Despertei a criada e ela me olhou assustada. Parecia bastante desnorteada. Fiz sinal para ficar quieta e ela assentiu com a cabeça.

– Você compreende a minha língua? – perguntei áspero.

– Sim, sou da Escócia... – falou tremendo, em um inglês com sotaque.

– Vá até a porta e diga que os seus senhores já foram dormir! – rosnei baixinho. – Faça qualquer besteira e o bebê morre!

– Sim, senhor! – respondeu quase chorando.

Eu me escondi no outro cômodo e observei-a dispensando o homem desconfiado. Ele disse algumas coisas em francês e enfiou a mão sob o seu vestido, antes de lhe dar um beijo nojento. Ela fechou a porta e cuspiu, limpando a boca no avental.

Deviam ser umas nove horas da noite.

– Pronto, senhor! – falou, nervosa. – Como prometi!

– Boa menina! – Observei o homem ir embora.

Por sorte o trauma e o meu encantamento fizeram a criada se esquecer de como matei os seus amos. Ela se lembraria do assassinato, mas eu tinha quase certeza de que as presas e as mordidas estariam apagadas das suas lembranças.

Porém algo urgente tomou conta da minha atenção. Precisava pensar em um plano para passar o dia em segurança. E nenhuma ideia me vinha à cabeça. Estava ficando nervoso quando as minhas reflexões foram bruscamente interrompidas.

– Eu não gostava deles mesmo! – falou a criada, olhando os corpos. – Tomara que queimem no inferno!

Fiquei espantado e não disse nada.

– Esse homem é Valois, um nobre amante das armas aqui de Rouen – pegou delicadamente o bebê dos meus braços e apontou para o morto. – Ele me trouxe como criada quando meu pai não pôde pagar uma dívida herdada do meu avô, que viveu e trabalhou até morrer para a família dele. Porco imundo!

Mantive o silêncio e fingi não me importar.

– E essa vagabunda gorda! – cuspiu. – É Amelie, a mulher mal comida dele. Se você não os matasse hoje, eu certamente colocaria veneno na comida deles!

Ela ficou em silêncio observando-os, então de repente olhou profundamente nos meus olhos, ainda sem dizer nenhuma palavra.

– Quem é você? – perguntou.

– Posso ser seu amigo, se assim desejar! – Sorri e arrumei os cabelos.

– Foi o meu tio Bruce que o mandou vir e matá-los? – perguntou, apertando o bebê adormecido junto ao seu peito.

– Não, eu apenas estava de passagem e resolvi entrar – falei sincero.

– Então o bom Deus ouviu as minhas preces! – Olhou para cima. – A mão de Deus trouxe você até aqui!

– Então lhe fiz um favor, certo? – sorri – Quer que eu mate o menino também? Você não precisa ver...

– Não, pelo amor de Deus! – Acariciou as bochechas rosadas do bebê – Ele é meu filho! Todos pensam que é de Amelie, mas ela é seca como um junco podre! Valois me estuprava quase todas as noites, até que eu lhe dei uma poção para fazer seu vigor se esvair pela respiração. Então, depois disso, ele só me batia e ia dormir. Passei seis meses apanhando como um cão pulguento! Mas, hoje, os vermes vão começar a roer o seu cu! E ele vai sentir as pontadas lá no inferno!

Dei uma gargalhada pela ousadia da moça e vi um sorriso tímido em seus lábios finos.

– Qual é o seu nome? – perguntei, tirando as botas úmidas pela viagem em alto-mar.

– Murron – respondeu com o olhar petulante. – E o seu?

– Harold, o seu criado – curvei-me em uma longa reverência.

– Você é inglês? – perguntou desconfiada.

– Sim, por quê?

– Percebi pelo seu jeito mole! – disse ela, com escárnio. – Vocês ingleses são todos uns maricas! Mas, mesmo assim, eu lhe devo um favor...

– Então, minha querida Murron, irei pedi-lo agora! – Levantei-me e peguei o corpo de Valois. – Preciso dormir em um lugar em completa escuridão. Tenho um pequeno problema de pele! Se o Sol me tocar, posso até morrer.

– Você deve ter sido amaldiçoado pelos deuses – disse a moça, com pena. – Não deve ter comemorado o *Bealtaine*! Não deve ter honrado o deus! Não o pregado na cruz, mas aquele mais antigo. Já vi pessoas como você no meu clã. Pobre coitado! Vou ver o que posso fazer!

Arrastei o corpo para fora, despi-o totalmente e atirei-o no rio veloz. Certamente ele percorreria muitas milhas e eu não teria problemas. Trouxe a gorda e fiz a mesma coisa.

– Misericórdia! – tapei o nariz. – Como essa mulher fede! Nem se eu estivesse sem trepar por mil anos eu comeria uma coisa dessas!

Os dois corpos brancos foram levados pelo rio e logo desapareceram na escuridão. Estava uma noite muito agradável e as estrelas brilhavam no céu. O clima da França era delicioso. E eu estava feliz, estranhamente feliz.

Voltei para casa e encontrei Murron amamentando o bebê. A criada já havia limpado o sangue do chão e jogado os panos na lareira. O ódio no seu coração facilitou muito as coisas e eu era visto como um amigo, um salvador e não como um reles invasor de casas.

– Mas já lhe aviso – falou, com o dedo magro em riste. – Não vou chamá-lo de mestre e nem fazer amor com você! Seu inglesinho metido!

Concordei com a cabeça. A sagacidade da garota me instigava, mas eu iria cumprir minha promessa. Ela era tão alta quanto eu e seu corpo tinha as carnes perfeitamente distribuídas em cada palmo. Havia somente um delicioso excesso nas mamas bem torneadas, sugadas vorazmente pelo bebê recém-desperto.

– Fedelhinho sortudo! – pensei.

Ela devia ter menos que vinte primaveras.

E eu precisaria de muito controle.

Murron me levou até os aposentos de cima. Havia muitas tapeçarias e quadros. Velas grossas em candelabros imensos iluminavam os ambientes luxuosos e ricamente decorados. Os cães estavam escondidos sob uma mesinha estofada e ganiram quando me viram. Abaixei, estiquei a mão na direção deles, e um dos cães me mordeu.

Voou pela janela logo em seguida.

– O *Petit* era uma praga mesmo! – falou a criada – Os outros são bonzinhos.

E realmente os outros três vieram na minha direção abanando os rabinhos felpudos. Acariciei-os e logo já estavam fazendo festa ao meu redor. Senti saudades do Crucifixo.

Murron seguiu até o aposento principal, maior do que qualquer cabana de camponeses. A cama de Valois era grande e havia lençóis de seda azul cobrindo-a. Ela colocou o bebê sorridente cuidadosamente sobre a cama e acendeu as velas de um pequeno candelabro na lareira. Contornou uma cômoda e parou em frente a uma tapeçaria com o desenho da crucificação. Ela afastou a pesada peça e uma portinhola de madeira apareceu por detrás.

Puxou uma chave guardada no meio do seu busto e abriu um cadeado pesado de ferro. Ajoelhou-se e engatinhou para dentro da portinhola.

Segui-a. E fiquei espantado com o que vi.

Havia dezenas de objetos de ouro e armaduras ricamente forjadas com detalhes em prata. Potes de cerâmica belíssimos estavam cobertos por peles e tapeçarias. E encontrei dois pequenos baús abarrotados de joias sobre uma pilha de livros antigos.

– Esse é todo o tesouro de Valois – falou Murron.

– E que tesouro! – olhei para um pesado torque de ouro, grosso como dois dedos entrelaçados.

– E o infeliz está morto! – disse ela, raivosa – Nem todas as riquezas do mundo puderam salvá-lo!

Eu estava impressionado com os anéis, estátuas antigas em ouro maciço e uns besouros feitos em uma pedra verde desconhecida para mim. Havia colares, cruzes e bastante moedas de prata.

– E o importante é que aqui fica sempre escuro como uma noite sem lua – Murron falou, interrompendo a minha contemplação. – Mesmo com o Sol mais forte a luz não passa, pois Valois pediu para taparem todos os buracos do telhado. Não queria chuva ou a claridade estragando as suas riquezas!

– Perfeito – falei, sorridente. – Enfim, um lugar decente para mim.

– Se precisar de algo, é só me chamar. – Saiu pela portinhola e pegou o bebê.

– Além de você, alguém mais conhece esse esconderijo?

– Não – disse ela, pensativa. – Somente eu.

– Bom! – acariciei seu rosto. – Diga ao capataz e a todos que vierem procurar Valois ou a sua esposa que eles saíram apressados no meio da noite, deixando somente o bebê aos seus cuidados. Amanhã de noite cuido disso de uma maneira mais adequada.

– Como desejar, *monsieur* Harold!

Então, para a minha surpresa, o gatinho preto de olhos verdes que encontrei fora da casa apareceu na porta e correu por baixo das pernas de Murron. Ele parou ao meu lado e miou.

– Quer que eu a leve? – perguntou a moça.

Ela estava certa, o meu novo amigo gato era uma fêmea.

– Pode deixar! – peguei-a no colo. – Ela pode ficar.

Murron saiu e fechou a portinhola. E a escuridão total me envolveu. Mas eu já estava acostumado. E estava muito confortável, como não estivera por anos.

A gatinha se aninhou sobre uma pilha de livros, bocejou e fechou os lindos olhos verdes.

– Preciso pensar em um nome para você! – Deitei sobre as tapeçarias empoeiradas – Lindinha, Fofinha, Pretinha... Preciso de um nome menos meloso!

Então adormeci rapidamente, antes mesmo de amanhecer. E sonhei com um campo florido e com o Sol, longe no horizonte, brilhando forte. E o seu calor tocou a minha face. E eu estava feliz. Feliz como nos tempos da minha juventude.

Fui até a cidade e a caminhada alegrou meu espírito. Comi algumas frutas e bebi da água fresca de um riacho estreito. Podia andar por horas, pois não me sentia nem um pouco cansado, mas como escurecia rapidamente, resolvi passar a noite na taverna do Jack Small.

Quando me viu, deu um sorriso largo, mas logo a lembrança de Espeto fez seu semblante se entristecer. Ofereceu-me uma cerveja clara e bebemos pela memória do caçador. Relembramos suas histórias e conversamos um tempo sobre a minha viagem sem rumo. Ele me incentivou e ainda me deu queijo, pão e vinho para levar.

– Um viajante não pode passar fome, caro Harold! – disse, enquanto limpava o balcão. – E você não vai mendigar logo na primeira aventura. Saiba ganhar as pessoas, meu filho, e elas sempre lhe darão comida e abrigo!

Agradeci a ajuda e os conselhos. Pedi um quarto e ele me entregou a chave, mas se recusou a cobrar.

– Esse é por conta da casa – disse, sorridente. – Quer que eu o acorde amanhã cedo, senhor Harold?

– Não é preciso! – respondi. – Para a minha jornada qualquer hora é válida!

Acenei e fui para o meu aposento. Uma prostituta magra e com seios minúsculos se ofereceu para mim na escada. Fechei o negócio por um pence. Ela não era bonita e faltavam pelo menos três dentes na sua boca, mas mesmo assim foi bom e serviu para recuperar o ânimo.

– Sempre que quiser, benzinho! – falou, colocando a saia.

Dei-lhe o dinheiro e ela desceu. Peguei um pano e comecei a me limpar usando a água fria de uma bacia deixada no quarto. Coloquei novamente as roupas e debrucei-me na janela por um tempo. As crianças corriam, duas velhas brigavam por causa de uma costura malfeita e um mendigo mijava em um canto. Um cão se coçava perto de um corcunda, enquanto este flertava com duas prostitutas.

Tudo estava normal na vila.

Então fui dormir. E as pombas arrolhavam nos caibros sobre a minha cabeça.

– Só não caguem em mim! – falei, cobrindo-me com um lençol fino.

Então adormeci e sonhei com Espeto e com o moleque. Foram bons momentos, mas logo um galo cantou em algum lugar e um raio de Sol bateu no meu rosto. Eu estava coberto de penas, mas milagrosamente não estava cagado. Espreguicei e lembrei-me dos peidos matinais de Edred. E ri como se ele estivesse ainda do meu lado.

Quem sabe um dia nossos caminhos iriam se cruzar novamente.

Mas naquele momento a minha jornada era solitária, e eu estava pronto para partir.

Arrumei as minhas coisas e lavei o rosto com água fria para despertar, encharcando os cabelos e a camisa.

Desci e a taverna estava vazia. Somente algumas criadas limpavam a bagunça da noite anterior.

– Acordou cedo, jovem Harold! – Jack falou ainda com a cara inchada de sono.

– Descansei bem e os meus pés estão loucos pela poeira da estrada!

– Venha! – chamou-me com as mãos. – Tome o desjejum comigo!

– Só se me deixar pagar! – falei ao sentar em um banco alto de madeira. – Senão ficarei mal-acostumado!

– Já que insiste... – Deu de ombros – Isso tudo é suor?

– Não, lavei o rosto ao acordar e me molhei demais! – esfreguei as mãos na camisa molhada.
– Rapaz, rapaz! – falou com uma cara apreensiva. – Isso faz mal! Água demais enfraquece a pele e nos traz doenças!
– Vou tomar mais cuidado!
Comemos queijo, pão e bolo de aveia e nozes. Bebemos vinho e conversamos bastante.
Então agradeci e paguei a deliciosa comida.
E saí sem olhar para trás.
Escolhi o lado em que o Sol nasce e parti. Saí da vila em pouco tempo e andei por uma estrada de pedra, que logo se tornou de terra. A visão dos campos arados com o trigo dourado brilhante ao Sol encheu meu coração de ânimo, e o cheiro da terra úmida pelo orvalho da madrugada inundou meu peito de boas sensações.
Lembrei-me dos campos semeados do meu pai e do cheiro do pão recém-assado, feito com o trigo fresco, colhido pelas mulheres. Lembrei-me da minha mãe macerando os grãos em um pilão de pedra, até virarem uma farinha bem fina que ela misturava ao leite de cabra, mel e farelo de avelãs, fazendo o bolo mais delicioso do mundo.
Senti saudades.
Então apertei o passo, porque lá longe, mais distante do que os olhos podem enxergar, estava o meu destino. Não sabia aonde, nem ao certo como chegar, mas ele estava lá, esperando por mim, depois do horizonte.
E enfim teve início a minha jornada. E os primórdios da saga de Harold Stonecross, o imortal.

Capítulo XIII – Novos ares

Despertei com as lambidas da gatinha no meu rosto. Sua língua áspera e seus bigodes compridos faziam cócegas na ponta do meu nariz e nas bochechas. Ela ronronava enquanto passava as patinhas macias no meu peito, pulando logo em seguida sobre a minha barriga.

– Olá, Fluffy! – falei ainda sonolento.

Sem querer e com a espontaneidade surgida somente quando a nossa alma regressa ao corpo ao despertar, dei um nome para a gata.

– Pois agora você será Fluffy! – Peguei-a no colo e acariciei seu pelo curto e rígido. – É um nome simpático, não é?

Ela miou baixinho e limpou a patinha com a língua.

– Bom, vamos, pois há muitos assuntos para resolvermos essa noite! – falei enquanto abria um dos pequenos baús cheios de joias e pegava alguns anéis e braceletes.

Abaixei ao lado da portinhola e fiquei em silêncio para tentar ouvir algum barulho suspeito. Tudo estava quieto. Por sorte Murron não havia trancado a porta. Então, abri-a e engatinhei pela passagem estreita, afastando a pesada tapeçaria. O Sol havia acabado de se pôr, pois ainda era possível ver um horizonte avermelhado atrás dos montes logo ao oeste do rio. Minha pele esquentou com a luminosidade, como se eu tivesse ficado por muitas horas embaixo do Sol escaldante. Mas apesar de tudo era uma visão magnífica. Tive saudades da minha vida mortal... Na verdade, lembrei-me das manhãs preguiçosas sentado sob o salgueiro, vendo as cabras pastarem.

– Harold, seu imbecil! – gritou meu pai com o rosto vermelho. – Não vê que um filhote caiu no lago?

– Desculpe, pai! – falei assustado. – Eu estava distraído! Já vou buscá-lo.
– Moleque estúpido! – bateu na minha cabeça com uma varinha – Puxou a mãe!

Corri com a cabeça doendo e tive de entrar na água fria do lago para salvar um filhote arteiro que tremia como o junco ao vento. Entreguei-o para a mãe aflita e voltei para perto do meu pai.

– Se ele morresse você ficaria sem comer uma semana para pagar o prejuízo – falou, rude.

– Isso não vai acontecer novamente – respondi com a cabeça baixa.

– Acho bom...

Agora, tudo era passado. E no fundo do meu coração, somente o salgueiro me trazia boas lembranças. Quem sabe, um dia, iria visitá-lo.

Para ganhar meus dons tive de perder coisas muito preciosas e estimadas. E não podia ser diferente! Somente os deuses têm a felicidade plena e o poder absoluto. Eles não nos permitem realizar muitos feitos, pois têm medo! Nunca permitiriam que nos tornássemos como eles ou melhores.

Somente os deuses podem desfrutar do gozo perfeito. E quem sabe nem eles estejam sempre satisfeitos nos tronos altíssimos de seus castelos imemoriais.

Certa vez, ouvi de um *magister* italiano que na Grécia e na Roma de antigamente os deuses conversavam pessoalmente com os homens e caminhavam ao seu lado. Muitas vezes os poderosos imortais se embebedavam nas festas a eles destinadas e faziam apostas com heróis e reis, somente para nutrir sua vaidade e soberba.

Se fossem oferecidos sacrifícios, eles lutavam nas batalhas, brandindo espadas de fogo e lançando raios sobre os exércitos inimigos. E assim como ajudavam, podiam desferir uma fúria insana contra os infiéis e opositores. Viravam as marés e enviavam vendavais monstruosos. Faziam a terra cuspir fogo e cair imensas pedras das nuvens. Quando os trovões ribombavam no céu, meu pai beijava o seu amuleto no formato de um martelo.

Seu pai, meu avô, foi criado por vikings, e meu pai conviveu bastante tempo com eles. Lutou com e contra esse povo. Admirava e cultuava os deuses do norte, apesar de haver deuses muito parecidos nas nossas próprias terras.

Ele nunca aceitou o Deus cristão, apesar de jurar amor e devoção aos pés da cruz para garantir as suas posses e influência.
– Thor está zangado hoje! – falava com a expressão séria.
Os deuses também eram luxuriosos e se entregavam à cobiça e ao desejo. Seduziam as virgens, enganavam as mulheres, transformavam-se em animais, e, se os maridos não tomassem cuidado, eles engravidavam as esposas na calada da noite. Bacanais duravam dias e noites, regadas a vinho e embaladas por músicas profanas, seguidas quase loucamente por dançarinos nus e suados. Homens, mulheres, animais, não importava! Somente a beleza era essencial para instigar a besta dentro deles.
Sim, eles nos invejam! Acredito nisso! Sei disso! Cobiçam nossas conquistas e mulheres! Permitiram-nos ter o prazer apenas por um piscar de olhos, enquanto o jato quente de vida pulsa para fora do nosso corpo. E somente nesse átimo sabemos o que é ser um deus.
Assim como os homens, os poderosos imortais não são felizes sempre. E a eternidade pode ser maravilhosa, mas também tediosa e enfadonha. E ninguém me contou isso, ninguém me avisou antes da fatídica escolha.
Mas, agora os deuses ancestrais estão quase esquecidos. Somente poucas pessoas ainda cultuam os antigos costumes. E muitas vezes elas são perseguidas e torturadas com ferro e fogo sob a sombra da cruz. Para mim, foram os deuses que nos abandonaram. Esse mundo se tornou muito chato e temeroso e os homens dão mais valor para uma missa monótona rezada em latim do que uma bela canção sobre peitos e damas safadas. Os supremos seres devem ter se irritado com tamanha cegueira e burrice.
Então, O Deus da igreja e dos padres tonsurados aproveitou a brecha e tomou posse dessa terra. E ele é o pior de todos, porque se alimenta da dor e do sofrimento das pessoas. É preciso se arrepender sempre, mesmo sem ter feito nada. É preciso temer a sua ira e os seus castigos. E, acima de tudo, é preciso lhe dar o que se possui... Ouro, prata, terras! O coração e alma dos fiéis são o que menos importa.
E Ele tem feito um bom trabalho! As pessoas estão cegas e ridiculamente domadas. Nem os carneiros são tão submissos e medrosos! Os bispos lhes tiram tudo e elas ainda lhes oferecem mais! Pagam fortunas pela sagrada água da tina onde Cristo lavou o rabo!

Imbecis!
Dane-se isso!
Eu havia reencontrado a ânsia de viver e até mesmo uma ponta de alegria rondava meu espírito. Vi a lua cheia no céu. E, contemplando seu brilho prateado, lembrei-me dos meus amores e dos meus amigos. Suspirei fundo e mandei meus pensamentos para eles, onde quer que estivessem.

O quarto estava com a temperatura agradável por causa da lareira acesa. O construtor dessa casa a havia montado habilmente, pois, ao contrário da maioria das construções da época, a fumaça era lançada para fora da casa por uma chaminé ao invés de impregnar todo o ambiente.

Aqueci as mãos no fogo e Fluffy apareceu ao meu lado. O brilho das chamas se refletiu nos lindos olhos verdes da gatinha.

Os três cãezinhos arfaram e correram em minha direção. Fluffy se eriçou toda, mas acalmei-a com leves carícias na sua cabeça pequena. Eles pularam na grande cama de Valois e rolaram, divertidos, latindo e mordendo os lençóis e travesseiros. Fiz um pouco de festa, coçando suas barrigas quentes e peludas, mas logo ouvi passos na escada e fiquei de prontidão. Atacaria se preciso.

– Boa noite, *monsieur* Harold! – Murron apareceu trazendo algumas roupas. – Já ia acordá-lo! Teve uma boa noite, ou melhor, um bom dia de sono?

– Dormi magnificamente! – respondi, aliviando os músculos retesados pela expectativa de uma luta.

– Trouxe roupas limpas para o senhor, pois as suas estão fedendo demais! – falou sincera.

– Obrigado, mas, antes de vesti-las, gostaria de me lavar! – falei ao tirar a camisa imunda.

Ela me olhou e sorriu. Saiu ligeira do quarto e voltou em poucos instantes com uma bacia de estanho cheia d´água, um frasco com óleo perfumado e um paninho de algodão.

– Quer que eu me retire? – perguntou, empertigada. – Normalmente ninguém se lavaria a essa hora, mas o senhor deve estar acostumado devido ao seu problema.

– Estou sim – respondi.

Soltei as tiras que seguravam a minha calça e ela caiu no chão. Murron ficou vermelha e tapou o rosto com as mãos, mas pude perceber que ela olhava por entre os dedos finos.

Eu ri, peguei o pano, o óleo e pulei pela janela grande. Caí em cima de uma carroça cheia de feno. Os ratos guincharam embaixo dos meus pés e um mordeu meu dedo. Foi somente um beliscão e bem merecido por eu ter pisado nele.

Observei o rio veloz por um tempo e escolhi um lugar mais calmo para entrar. Não queria ser levado para longe e tampouco estava disposto a gastar energia com braçadas afoitas nas águas bravias. Ao contrário dos rios da Inglaterra, a água não estava gelada, apenas razoavelmente fria. Nadei por alguns minutos e pude ver Murron boquiaberta na janela. Acenei e ela se virou, sumindo no quarto. Parei em um remanso perto da margem e me esfreguei o melhor que pude com o pano embebido no óleo. Ele ficava preto a cada passada.

Saí da água e fiquei por um tempo sentado em uma pedra sob uma frondosa romãzeira, observando um casal de cisnes nadar do outro lado da margem. Valois realmente era privilegiado, pois tinha um pequeno paraíso sob o seu domínio. Tomara que tivesse aproveitado, pois agora ele devia estar no colo do diabo.

A brisa noturna fez meu corpo pálido secar rapidamente. Levantei-me, estiquei todos os músculos do corpo e num piscar de olhos escalei a parede da casa. Assustei a pobre Murron, que colocava mais pedaços de zimbro na fogueira. O ar estava impregnado com seu aroma característico.

– Você é um homem estranho, senhor Harold – falou, desconfiada.

– Com o tempo você se acostuma, minha cara – sorri.

– Quer vestir as roupas agora ou o ar da noite está agradável na sua pele pálida? – perguntou sem jeito.

– Quer que eu me vista ou, quem sabe, prefere ficar sem roupa comigo? – sentei-me na cama.

– Nem pense nisso, senhor Harold! – Ela me repreendeu e atirou as roupas em mim.

Inspirei fundo e vesti as roupas de Valois. A camisa de linho tingido de azul-claro ficou boa. A calça em um tom azul mais escuro ficou um pouco apertada. Usei as minhas próprias botas, pois os sapatos do nobre eram ridículos.

– Nunca vi alguém banhar-se nesse rio! – falou ela, séria. – Você pode ficar mais doente do que já é!

– Certamente não é a água a causadora das doenças. Ainda acredito no contrário! A falta dela deixa as pessoas adoentadas!

Ela zombou das minhas palavras, pois elas iam contra tudo aquilo que ela havia aprendido desde criança.

– E não seria ruim você se lavar – passei o dedo no rosto dela. – Está bem sujinha!

– Idiota! – virou as costas e desceu as escadas.

A água limpa do rio havia revigorado as minhas forças e também aguçado a minha sede. Desci as escadarias, seguido pela Fluffy e pelos cãezinhos. Encontrei Murron preparando a mesa. Havia uma ave assada e um caldeirão de barro com um caldo verde grosso. Dois pães grandes fumegavam ainda.

– A comida está pronta – falou cabisbaixa.

Seu rosto estava avermelhado, mas sem sujeira. Certamente ela devia ter se esfregado bastante a fim de limpar as imundícies da pele. Senti uma ponta de remorso, mas no fundo ela estava mais bonita com as bochechas coradas. Dei-lhe um beijo no rosto e ela corou ainda mais.

O bebê dormia em um berço de madeira, forrado com estofados. Ele abraçava um bonequinho de pano bem surrado. Por um momento, admirei a beleza pura dele e mesmo invejei sua condição. Era um ser sem maldade, sem cobiça, sem nenhum ressentimento. Para ele bastava um pouco de leite quente e um colo macio.

– Senhor Harold! – Murron interrompeu os meus pensamentos. – A comida vai esfriar.

Fingi comer enquanto ela me contava sobre o dia passado. Sempre que Murron desviava o olhar eu jogava um pedaço de frango para os cãezinhos escondidos sob a mesa. Não queria encher sua cabeça de dúvidas ou medos. Ainda era muito cedo para toda a verdade. As confissões ainda não aconteceriam. E se ela desconfiou, nada disse, preocupando-se somente em contar cada detalhe do dia passado.

Serge, o capataz, viera procurar seu senhor e ela havia contado a história inventada por mim. Ele desconfiou e entrou na casa, mas não encontrou ninguém além dela e do bebê. Realmente ele não sabia da existência do cômodo por trás das tapeçarias e também não devia saber das riquezas escondidas.

– Ele ameaçou me matar se eu estivesse mentindo – disse ela, tomando o caldo grosso em pé ao lado da mesa. – Fui firme e sequer gaguejei, e ele foi embora batendo os pés.

– Perfeito! – falei, contente. – Agora irei tentar ganhar sua lealdade.

– Cuidado, senhor Harold, Serge é um homem perigoso – falou a moça, apreensiva.

– Deve ser um cagalhão como todos os franceses! – respondi irônico.

– Mesmo assim, cuidado! – disse ela, com os olhos suplicantes.

— Tomarei cuidado – disse eu, segurando sua mão quente. – E a propósito, de hoje em diante, você não é mais uma serva! Você é minha convidada nessa casa. Você é a minha nova amiga. E não precisa mais me chamar de senhor, apenas de Harold, ou se preferir, Harry.
— Tudo bem, senhor Harry, Harry!
Ela sorriu. Apesar de ter um dente quebrado, tinha uma aparência instigante. Meu fraco, mesmo depois de longínquos anos, sempre foram as mulheres. E tenho certeza de que depois de séculos, milênios talvez, esse ser tão frágil e macio ainda instigará meu corpo e o meu desejo.
Mas eu tinha feito uma promessa.
E por hora iria cumpri-la, apesar de estar muito tentado ao contrário.
— Acho que preciso de outro banho frio! – falei ao sair pela porta da frente.
Caminhei até o pequeno pomar e o cheiro das maçãs, romãs e morangos adocicou a minha alma. Uma lebre grande correu de trás da folhagem espessa de um arbusto e passou ao meu lado, veloz. E acima da minha cabeça uma coruja com filhotes piava ameaçadora. A ave estava com as penas brancas eriçadas e os seus enormes olhos amarelos não piscavam. As duas pequenas aves, alheias à movimentação sob seus pés, destrinchavam um ratinho cinzento.
Andei lentamente até chegar a uma pequena ponte de madeira sobre um riacho raso. Duas trutas estavam paradas sob a água cristalina e pareciam não se importar com a minha presença. Trepadeiras cresciam enroladas nas madeiras apodrecidas e cobertas de limo e musgos. Faltavam algumas tábuas no chão, mas atravessei a ponte sem problemas e, depois de menos de trinta passos, estava à porta da casa de Serge. Era uma construção de madeira e pedra, mas longe de ser modesta como a dos camponeses. A luz irradiada pelo fogo trepidava através de uma pequena janela e a chaminé soltava bastante fumaça. Um cheiro gostoso de bolo de frutas vinha lá de dentro.
Ajeitei as roupas e deixei as joias bem visíveis. Bati na porta por três vezes e me afastei um passo. Ouvi o ruído de um trinco sendo puxado e então a porta rangeu. Serge apareceu com a sua cara azeda e os olhos avermelhados. Ele segurava uma caneca de estanho e seu bafo fedia a vinho barato.
Quando me viu levantou as sobrancelhas finas e franziu a testa. Voltou para dentro e retornou com uma lamparina a

óleo que colocou a um palmo do meu rosto, forçando os olhos de aparência leitosa e levemente azulados na minha direção. O infeliz tinha a visão tão boa quanto a de um texugo velho.

– Quem é você? – perguntou, grosseiro.

– Agora sou seu novo patrão – falei, incisivo.

Ele arregalou os olhos e abriu a boca fina. Sua cara azeda me incomodava, mas não disse nada.

– Onde está Valois? – perguntou, irritado.

– Partiu para o oriente com a sua mulher – menti. – Foi cuidar de umas propriedades herdadas do seu falecido tio Louis. O bom homem morreu a caminho de Jerusalém!

– Tio Louis? – falou coçando o cabelo seboso. – Valois nunca me falou sobre ele! Um tio cruzado!

– Valois não lhe contou muitas coisas – dei uma risada alta.

O homem balbuciou algumas palavras distorcidas. Certamente não me reconheceu, e isso era muito bom para o meu plano de permanecer como senhor daquele local.

A mulher de Serge apareceu na porta. Uma loira magricela e com o rosto marcado pela doença. Seus cabelos pareciam fiapos e uma grande verruga dividia espaço com o seu nariz torto. Era um horror! Por isso o capataz vinha sempre comer a pobre Murron.

– Mas você não disse quem é! – falou Serge, com o dedo fedorento apontado para mim.

– Você? – falei, dando-lhe um bofetão no rosto – Agora é senhor! Senhor Harold Stonecross, seu merda!

Ele ficou vermelho e começou a tremer. Então sacou sua espada fina e tentou me atacar, enquanto sua feia mulher o incentivava com gritinhos roucos.

Serge estocou na direção do meu peito, mas desviei facilmente. Ele bufou e tentou cortar minha garganta. Abaixei e a lâmina zuniu sobre a minha cabeça. Esmurrei-o no estômago e ele se dobrou com a mão na barriga, largando a espada e derrubando a lamparina. Então, com um chute no joelho esquerdo, o fiz desabar de joelhos no chão. Ele ficou coxo até o final da sua vida miserável.

O homem chorava de cabeça baixa, e a mulher se trancou dentro de casa. –Puxei-o pelos cabelos gordurosos e o fiz me olhar. O capataz babava e tremia.

– Quem é o seu senhor agora? – perguntei.

Ele ficou em silêncio.

Esbofeteei seu rosto magro e um dente voou longe.

– Quem é o seu senhor agora? – perguntei novamente.

– É o senhor Harold Stonecross... – sussurrou com a boca ensanguentada.

– Eu não ouvi! – falei fechando o punho.

– É o senhor Harold Stonecross! – gritou. – Pelo amor de Deus, não me machuque mais!

Soltei o cabelo dele e ele desabou no chão, se encolhendo todo como um monte de bosta. Tirei um lenço branco do bolso e limpei o sangue da sua boca. Levantei-o com cuidado e bati na porta da casa. A esposa soluçava lá dentro e pude vê-la pela janela encolhida em um canto, balançando para frente e para trás.

– Abra logo essa porta, sua vadia! – Serge gritou desesperado.

Ouvi a tranca de metal sendo levantada e depois passos rápidos sobre o assoalho de madeira. Abri a porta e vi a mulher num canto segurando uma vassoura.

Acomodei Serge numa cadeira e fiz sinal para a mulher se sentar ao lado dele.

Puxei um banco alto de madeira e sentei-me colocando os dois cotovelos na mesa. Um bolo coberto de amoras ainda fumegava.

– Serge... – sorri e olhei-o intensamente. – Infelizmente começamos mal.

Ele ficou em silêncio com o lenço na boca.

– Não quero que sejamos inimigos! – falei com a voz mansa. – E pretendo reparar o mal que lhe fiz!

Tirei os dois braceletes de prata e três anéis de ouro incrustados com pedras preciosas. Empurrei-os na direção do capataz e coloquei sua mão sobre as joias.

– Sei que é um homem bom. Aceite esses presentes! – falei.

Ele olhou as joias e sorriu também. Sua mulher estava ofegante e mordia as costas da mão com força.

– Estou perdoado? – perguntei esticando a mão – Não fiz por mal. Por favor, vamos esquecer tudo e ser companheiros.

Ele hesitou por um momento, mas logo apertou a minha mão com força.

– Eu é que lhe peço desculpas, senhor Harold! – falou com um sorriso.

– Se for um bom amigo – falei a última palavra pausadamente –, certamente receberá outros presentes tão bons quanto esses!

– Juro pela minha vida servi-lo em tudo! – levantou a mão direita. – Pelo sangue que corre no meu corpo! – Bateu forte com a mão no braço magrelo, – Marie, traga o vinho bom para o nosso senhor!

Sangue! Esses juramentos e pactos são perigosos! Assim como nos dá a vida, o sangue também é responsável pela nossa morte.

E, sobre esses assuntos, eu era um mestre experiente.

A mulher foi até um aposento ao lado e voltou com uma garrafa empoeirada. Trouxe dois canecos e nos serviu radiante. Serge tomou tudo num só gole, limpando a boca na camisa. Eu fingi beber, mas apenas molhei os lábios.

Conversamos por um tempo e contei-lhe uma história sobre minha amizade com Valois, desde quando ele me salvou a vida em uma batalha na Inglaterra. Inventei um bocado de mentiras e ele caiu em todas. Contei sobre uma carta que o antigo senhor havia me enviado antes de partir para o oriente.

– Então ele já sabia que ia para a Terra Santa! – falou, decepcionado. – E não me disse nada!

– Ele deve ter ficado chocado com a morte do tio! – desconversei.

– Mas agora Valois é passado! – disse ele, após mais um gole no vinho – O importante é que ele deixou suas terras em boas mãos!

– E sempre precisarei da sua ajuda! – apertei o seu ombro.

– E sempre terá – respondeu, com a voz embargada pela emoção e pela bebida.

Conversamos noite adentro sobre diversos assuntos. Soube do seu filho morto na primavera anterior, em Flandres, e da sua filha que tinha virado freira e estava num mosteiro em Avignon. Falei sobre o meu problema de pele e sua mulher prometeu rezar para Santa Ida de Nivelles me curar.

Agradeci a hospitalidade e saí.

O homem me acompanhou até a porta e falou muitas cortesias em francês.

– E a propósito – falei ao me virar subitamente –, não quero mais você importunando a Murron.

Ele fechou o cenho, mas logo concordou.

– Nunca mais!

– E não se esqueça de que ela agora é uma convidada na minha casa. Se acontecer algo com ela, a minha honra será maculada.

– Isso nunca, meu senhor! – falou, com a voz temerosa. – Esses foram atos do passado. Mudarei a minha postura completamente.

Dei-lhe as costas e andei com passos firmes sobre a velha ponte. Ouvi a porta se fechar e a voz rouca de Marie.

– Abençoado seja o novo senhor! Ele lhe quebra apenas um

dente e o enche de joias! Comporte-se e não faça nenhuma *merde*!

Ri.

Que belo mundo esse! O medo e a riqueza podem comprar qualquer amizade! A lealdade é medida com lingotes de ouro e a confiança é conquistada na ponta da espada.

Atravessei o pomar e voltei para a casa de Valois, ou melhor, a minha casa. Encontrei Murron rezando, ajoelhada diante de um santo qualquer.

Quando me viu, correu em minha direção e me abraçou.

– Graças à Virgem Maria! – apertou-me contra o seu corpo quente.

– Tudo está resolvido! – acariciei o seu rosto macio. – E nunca mais ele vai importuná-la.

O bebê riu e puxou o rabinho do cachorro ao seu lado.

E a noite ainda estava apenas na metade.

Caminhei o dia todo, parando somente para refeições rápidas com as frutas e nozes encontradas nas árvores perto da estrada. O caminho prosseguiu reto por um bom tempo, mas na segunda metade do dia começou a ficar íngreme e pedregoso. Parei para descansar um pouco, tirando as botas para deixar os pés respirarem. Bebi a água fresca de um riacho vindo da montanha e consegui um pouco de mel, depois de levar algumas picadas nas mãos e no rosto. O tempo ajudou, pois não estava quente, mas também não chovia. E meu ânimo me fazia sempre seguir em frente.

Eu estava num local totalmente desconhecido para mim. E o Sol já se punha no horizonte. Mas, como o tempo estava bom, resolvi dormir no bosque mesmo. Acendi uma fogueira, fiz uma cama com folhas secas e me deitei com uma revoada de barulhentos patos selvagens sobrevoando o local.

Depois de algum tempo, não sei precisar quanto, ouvi um farfalhar atrás de mim. Peguei o meu arco e coloquei uma flecha na corda. Ainda não estava totalmente escuro, então fui cuidadosamente de encontro aos ruídos.

Minha garganta estava seca e minhas pernas trêmulas. Comecei a ofegar e tive de parar por um instante para não denunciar a minha posição. Se fossem bandidos, seria muito perigoso atacar, porém correr também seria um risco, pois não conhecia a mata.

A movimentação estava cada vez mais próxima. Ouvi bem

próximas várias pisadas sobre a relva e os galhos secos. Meu coração disparou. Abaixei-me atrás de um arbusto e afastei cuidadosamente a folhagem para observar melhor.

Expirei fundo de alívio. Era apenas um pequeno bando de corças pastando tranquilamente.

– Ótimo! – pensei, agora mais calmo. – Um assado para o jantar!

Encaixei novamente a flecha no arco.

Puxei a corda para ver se estava tudo correto. A madeira envergou com dificuldade. Os músculos das minhas costas doeram um pouco e as juntas estalaram. Fiquei com medo do bando me ouvir e fugir. Contudo, as corças ainda estavam lá, alheias. Por sorte eu estava contra o vento e elas não conseguiram me farejar.

Eu precisava ser muito rápido. E teria somente uma chance. Levantar, mirar e atirar. Tudo isso num piscar de olhos!

Respirei fundo.

Escolhi uma presa rapidamente através do arbusto. Era um macho jovem, quase um filhote. Estava de costas, comendo as florezinhas amarelas de uma touceira.

Respirei novamente e prendi o fôlego.

Puxei a corda pela metade e o suor escorreu pela minha orelha.

Então, como um lobo que dá o bote, levantei.

O bando percebeu e começou a correr. Cada animal foi para uma direção diferente.

Minha presa estava a menos de quinze passos.

Puxei a corda ao máximo, fechei um dos olhos e mirei bem na barriga dele. E a flecha zuniu. O ferro cortava o ar e as penas brancas viajavam sinuosas. Tudo foi muito rápido. A corda de cânhamo raspou o meu pulso e uma gota de suor escorreu no meu olho.

Pisquei.

E, ao abrir os olhos, vi a corça pular agilmente. A flecha raspou o couro da sua barriga e se fincou com um baque seco em uma figueira. Minha presa fugiu saltando alto para dentro da mata. E nesse instante a minha barriga roncou alto.

Fui buscar a flecha e por sorte a ponta não tinha amassado. Havia alguns figos caídos no chão. Olhei-os. Não pareciam estar bichados. Eu não teria um assado, mas eles serviriam para enganar o estômago.

E por sorte estavam bem doces.

Retornei ao meu acampamento improvisado e dormi. E sonhei durante toda a noite com uma bela coxa de corça tostando na brasa.

Fui acordado por uma chuva pesada antes de o Sol raiar. Poucas horas antes, não parecia que ia chover, pois o céu estava limpo e estrelado. Agora nuvens escuras e pesadas cobriam tudo.

Mas nem isso tirou o meu bom humor.

Arrumei as minhas coisas e parti.

Caminhei pela trilha lamacenta durante três horas e não havia avistado nenhum vilarejo. Matei a sede com a farta água vinda das nuvens e comecei a roer um pedaço de pão duro que trouxera comigo. Não pretendia comê-lo ainda, mas a fome falou mais alto.

Só não mais que o barulho de cascos e rodas atrás de mim.

Uma caravana mercante, escoltada por alguns homens armados, passou vagarosa. As seis carroças, cada uma delas puxada por dois grandes cavalos, estavam abarrotadas de mercadorias, e os animais patinavam na lama, bufando e soltando fumaça pelas narinas. A força feita para arrastar todo o peso era imensa. Alguns homens estavam no chão e ajudavam a empurrar as carroças, atolados até quase os joelhos. Dois meninos colocavam madeira na frente das rodas para melhorar a tração.

E o céu ficava cada vez mais preto e a chuva mais grossa e pesada. E, a cada trovão, os animais relinchavam e ficavam agitados, assim como os menininhos. Eles se benziam a todo instante.

– Que manhã, meu jovem! – falou um mercador gordo com a barba branca como a neve.

– Realmente o tempo está bem ruim! – respondi alto por causa do barulho da chuva e dos ventos.

– E o pior ainda está por vir! – um dos homens armados disse sério.

O vento estava cada vez mais forte e só era possível enxergar poucos passos à frente. Comecei a ficar assustado, lembrando-me das histórias dos deuses guerreando contra os gigantes. Meu pai sempre falava sobre isso durante as tempestades. E quando eu era bem pequeno sempre imaginava um gigante caolho caindo do céu todo ensanguentado.

– Qual é o seu nome, garoto? – perguntou o mercador.

– Harold, senhor! – respondi, protegendo os olhos da chuva.

– E para onde você vai? – perguntou ao espremer a barba branca.

– Não sei ao certo – falei. – Apenas sigo para onde os meus pés puderem me levar.
– Então é um andarilho? – indagou zombeteiro – Pretende se tornar um daqueles frades gordos?
– Não, senhor! – respondi, rindo. – Apenas quero tentar a sorte em algum lugar!

O homem olhou para frente e não disse nada por um tempo. Não foi difícil me manter ao seu lado. A estrada estava péssima, e os animais sofriam para transpor cada passo.

– Quer vir conosco, Harold? – perguntou o homem, quebrando o silêncio – Há um cavalo disponível. Seu dono morreu de febre e diarreia há dez dias.

– Eu gostaria muito, senhor! – falei surpreso.
– Você sabe montar, não é? – perguntou.
– Sim, senhor! – respondi, e subi no cavalo trazido por um garoto ensopado. Ele tremia de frio e a cada trovão fechava os olhos, assustado.

– Você vai ter que nos ajudar no vilarejo! – Segurou as rédeas do meu cavalo. – Precisamos descarregar tudo e pegar mais mercadoria para prosseguir nossa viagem. Assim você pagará pelo transporte!

– Tenho braços fortes, senhor! – falei orgulhoso – Trabalhei na lida do campo por muitos anos. E também o manejo do arco me ajudou bastante!

– Ótimo – bateu no meu ombro com sua mão forte. – Eu sou Hector de Gresmore. Até chegarmos ao vilarejo daqui a três dias, você será responsável por cuidar do meu cavalo. Se houver uma peleja, Deus queira que não, seu arco será bem útil!

– Sou grato pela confiança, senhor! – respondi.

Eu estava feliz.

Ia rumo ao desconhecido com uma caravana importante. Quem sabia os perigos e aventuras reservadas para o caminho?

Meu coração palpitava e eu não conseguia segurar o sorriso no rosto. Estava muito ansioso.

E a jornada estava apenas nos seus primeiros atos.

O restante do dia foi bastante duro, porque a tempestade castigou os homens e os animais. Avançamos pouquíssimo. A trilha praticamente virou um rio barrento e fomos obrigados a montar acampamento ao lado de uma encosta rochosa não muito alta. Hector escolheu o local, pois as sentinelas da noite poderiam vigiar uma área grande no entorno da caravana do alto das pedras.

O comboio contava com cinco homens armados, Victor, Jules, John, Robert e Doninha, um pequeno homem de olhos cinzentos e cabelos quase da mesma cor. Ele tinha o nariz comprido e a boca bem pequena. Seu rosto parecia um focinho, daí o apelido.

– Filho, esse é o melhor atirador de facas que eu conheço! – falou Victor. – Ele pode acertar um passarinho voando a trinta passos de distância!

– Quarenta! – replicou Doninha, limpando as unhas com uma das facas.

– Sua habilidade só não é maior que sua língua! – retrucou Victor.

O homem tinha a voz grossa como o mugido de um boi e sua aparência não era muito diferente. Superava a minha altura em dois palmos e tinha a cintura roliça como o tronco de um carvalho velho. Era o filho mais velho do mercador e pai dos gêmeos Richard e Leonard, que ajudaram no caminho, colocando as ripas sobre as rodas. Os meninos tinham nove anos e pelo jeito iriam puxar a estatura do pai.

O homem era verdadeiramente um gigante! Tinha a cabeça tão grande quanto a de um urso. E carregava presa às costas a maior espada que já vi.

– Essa espada é a maior já fabricada! – falou, orgulhoso. – Mas para poder usá-la é preciso ter o pinto condizente com o tamanho da lâmina!

Os homens gargalharam e fizeram muita algazarra.

– Você pode até ter o pinto grande, mas ele fica todo escondido embaixo da sua pança! – zombou Robert, um homem ruivo que, assim como eu, carregava um arco.

– Sua mulher não me deixou colocar tudo! – respondeu o outro, bem alto. – Disse que só a cabeça podia rasgá-la ao meio!

Os homens bateram os pés e uivaram como loucos. Estavam felizes, ainda mais depois de muitos copos de vinho e cerveja. Além da escolta armada havia mais quatro ajudantes do mercador. Eles estavam sentados debaixo de uma lona, jogando dados e falando em uma língua diferente.

– Esses são Pio, Taddeo, Marco e o menorzinho é o Gigio – falou o mercador. – O pai deles, um grande amigo meu de Roma, deixou-os vir comigo para aprender o ofício. São um pouco arredios e preguiçosos, mas levam jeito para a coisa! Certamente serão grandes mercadores! Ei, *fratellini*, conheçam nosso novo *amico!* – Ergueu a voz, misturando as duas línguas.

Eles acenaram e continuaram com o jogo de dados. Os meninos falavam bem alto e gesticulavam muito, como se estivessem brigando. Arrancavam as toucas bruscamente e batiam no peito, provocando uns aos outros.

– *Va al diavolo!* – Pio gritou apontando o dedo no rosto do Taddeo.

– *Strano!* – Taddeo respondeu balançando a mão.

– Vou *pisciare* nas calças! – disse Gigio, o menorzinho, em um inglês arrastado, misturado com a sua língua natal.

Ele ria muito, colocando a mão na barriga e enxugando as lágrimas com a manga suja de sua camisa marrom. Marco apenas balançava a cabeça enquanto tentava virar os dados dos irmãos.

– *Ladro! Maledetto!* – Pio esbravejou com Marco. – *Figlio di una cagna!*

Nesse instante, Gigio jogou os dados para o lado e saiu correndo soltando os cordões da sua calça verde-escura. Parou numa árvore e começou a mijar. rindo muito. Os homens observavam e não conseguiam conter o riso.

– *Vaffanculo!* – berrou Pio, desesperado. – Você estragou o jogo! Vai pagar três pence por isso!

– *Il mio culo!* – Gigio respondeu e abaixou a calça para mostrar a bunda para o irmão.

Pio e Taddeo correram atrás do moleque e lhe deram uns cascudos. Ele começou a chorar e nem assim parou de gritar.

– *Ai, ai!* – esbravejou esfregando a cabeça – *Froci!*

De fato, os italianos eram bem diferentes dos ingleses. Pude comprovar essa característica bem intimamente muitos anos depois, com a minha amada Stella.

A chuva havia diminuído, e, após comermos um ensopado de carneiro com ervas e cenouras preparado por Victor, Hector falou para John e eu fazermos o primeiro turno da guarda.

Subimos as pedras lisas e ficamos calados no começo.

– Acho que amanhã teremos tempo bom – John falou com os olhos voltados para o céu. – E também já não sinto o cheiro pesado do temporal.

– É bem provável – respondi.

– Contudo, a estrada ainda estará bem ruim – coçou a cabeça. – Seria melhor ter trazido bois ao invés de cavalos.

– Os bois não são lentos demais? – perguntei olhando ao redor.

– São, mas se cansam menos e têm mais força! – respondeu, irritadiço.

– Entendi...

Ficamos quietos, e o silêncio da noite só era interrompido pelos roncos de alguém lá embaixo. Pareciam as serras dos madeireiros quando cortavam as grossas toras de carvalho ou olmo.

– É bom se acostumar com isso! – John olhou para baixo. – Victor ronca como um javali enfurecido! Às vezes vou dormir longe, mesmo com o risco de ser morto por um animal selvagem ou atacado por bandidos.

– Estou acostumado com roncos – estalei os dedos.

Lembrei-me de Edred e tive saudades. Tomara que o moleque estivesse bem junto com o seu pai. Queria vê-los novamente, mas não havia como fazer planos, pois a vida é cheia de entremeios secretos e inesperados.

– Vou caminhar um pouco! – disse John – Essa noite está morta e certamente não há nenhum bandido por perto! Quer vir junto?

– Não, prefiro ficar por aqui mesmo! – respondi, pondo um talo de capim na boca.

John desceu a encosta habilmente, pulando como uma corça de pedra em pedra. Ele era bastante esguio e tinha trejeitos delicados, além da voz fina demais para um homem formado. Carregava uma lança comprida e uma espada curta presa na cintura, mas o que mais chamava a atenção era uma pequena lira presa nas suas costas.

– Ele é um veadinho! – falou uma voz de criança atrás de mim.

Tomei um susto e quase caí da ribanceira.

– Cuidado que ele pode querer te atacar de noite! – disse Leonard, escondido atrás de uma pedra grande.

– Os homens sempre dormem protegendo os seus perus! – disse Richard com o rosto cheio de malícia. – Eu protejo o peru e o rabo também!

– Desde quando vocês estão aí? – perguntei curioso.

– O tempo todo! – falaram juntos.

– Se eu fosse um bandido, tinha cortado a sua garganta sem você perceber! – falou Leonard, segurando um graveto como se fosse uma faca.

– Ainda bem que são meus amigos! – recostei-me em um tronco ressequido.

– Seremos grandes guerreiros! – Richard falou, mostrando os braços. – Já sou muito forte!

– Eu sou mais! – provocou Leonard.

– Não é! – retrucou o irmão.

Eles começaram a se atracar, mas logo os separei. Era difícil dizer quem era quem, ainda mais de noite. A única diferença entre os gêmeos é que Leonard tinha um pedaço da orelha direita faltando. Contudo, se os cabelos estivessem soltos, era impossível distinguir.

– Os dois serão grandes guerreiros! – segurei cada um pelo braço. – Principalmente se forem unidos e se ajudarem! Assim serão invencíveis!

– Jura? – perguntaram em uníssono.

– É claro!

Conversamos por um tempo até John retornar tocando a sua lira baixinho. Os irmãos riram e desceram a encosta ligeiro quando o homem ameaçou correr atrás deles.

– Esses dois me atormentam. – Arrumou os cabelos, pretos como o carvão, caídos sobre os olhos – Se não fossem filhos do chefe daria uma coça neles!

– Não esquenta! São apenas crianças! – falei, despreocupado.

Ele me atirou um cacho de uvas e começou comer as dele.

– Encontrei uma plantação aqui perto – disse cuspindo as cascas.

– Obrigado! – coloquei uma na boca.

Estavam azedas como o Diabo, mas, para não desagradar o homem logo na primeira noite, chupei o cacho todo.

Conversamos um pouco até Jules e Robert subirem, sonolentos, para nos substituir na vigília.

– Podem ir dormir, moças! – disse Robert com a voz rouca e os olhos inchados.

Descemos a encosta e eu fui dormir perto dos gêmeos, que já estavam desmaiados sobre um monte de peles. Eu me ajeitei sobre a capa e fiz minha mochila de travesseiro, mas mesmo assim a umidade do chão molhou minhas costas. Meu estômago estava azedo por causa das uvas e eu não parava de arrotar.

Entretanto, eu estava feliz.

E peguei no sono rapidamente.

E sonhei toda a noite com trovoadas.

Não sei se pela lembrança da tempestade do dia anterior ou por influência do ronco estrondoso do Victor.

Conversei um pouco com Murron e lhe dei a autoridade e a liberdade para cuidar da casa à sua maneira. A princípio ficou acanhada, mas logo abriu um sorriso largo.

– Na propriedade do meu pai nas Terras Altas na Escócia eu cuidava da casa e do trabalho das mulheres depois que a minha mãe morreu – pegou o bebê no colo.

– Ótimo, minha querida! – falei, passando a mão no seu rosto. – Você agora é a minha companheira e convidada nessa casa! Sinta-se à vontade!

– Obrigada, Harold! – disse com a voz macia.

– Agora se me dá licença, preciso resolver algumas coisas na cidade – passei pela porta. – Volto antes do amanhecer!

– Pode me chamar para abrir a porta, se não quiser levar a chave! – acenou.

– Não precisa! – respondi com um sorriso largo – Eu entro pela janela do quarto!

Ela deu uma risadinha marota e fechou a porta.

Caminhei rápido e logo já havia atravessado o portão. Vi Fluffy à espreita de um ratinho, por isso não a chamei. Ela rastejava silenciosamente por entre os arbustos. O roedor comia tranquilamente uma semente caída no chão. A predadora estava a menos de cinco palmos, agachada, praticamente imóvel. Suas orelhas apontavam para a frente e os olhos estavam fixos. Então subitamente ela saltou, e, com um guincho quase inaudível, o rato morreu entre as presas afiadas.

Fluffy se deitou e começou a saborear seu precioso prêmio. Fora uma boa caçada e eu estava ansioso pela minha. Estava com sede, aliás, sedento! E queria o sangue doce de uma virgem ou de um jovem forte. E esse pensamento fez meus sentidos se aguçarem.

Naquela noite alguém receberia o meu beijo. O beijo da morte! O toque dos lábios frios e a pontada dos dentes agudos. O coração se aceleraria mais e mais até o último suspiro e a última batida, até o completo silêncio.

Eu queria sangue!

Um sangue viril e novo!

Andei um pouco até chegar ao porto onde pisei pela primeira vez na França. O lugar estava movimentado, apesar da hora já ser avançada. Prostitutas, gaiteiros, remadores e soldados se misturavam. E todo o burburinho só era abafado pelo barulho das ondas morrendo nas pedras escuras do cais.

Num canto afastado, homens jogavam dados. Gritos, risadas e batidas faziam coro junto ao grasnar barulhento de algumas gaivotas. De longe, pivetes observavam tudo na esperança de roubar alguns trocados. Duas prostitutas enchiam os copos com bebidas baratas e em troca recebiam afagos e pequenos mimos, como lenços e presilhas.

Na única taverna do porto, três homens brigavam. O taverneiro, um gordo imenso, separou a briga dando pauladas nos infelizes. Sua mulher, não menos pesada, atirou-lhes um balde de água fria. Os baderneiros correram e xingaram enfurecidos. Um soldado colocou o pé no caminho de um dos homens, fazendo-o se estatelar de cara no chão úmido pela maresia. Ele ficou desorientado por uns instantes, mas logo se levantou e partiu cambaleante. Uma poça de sangue manchou as pedras ásperas.

Eu ainda não havia escolhido o meu prêmio e passeava a esmo pelo local, respirando o cheiro do mar salgado e flertando com algumas moças. Um remador atarracado, de peito largo e com os braços parecendo dois aríetes, não parava de me olhar.

– Deve ser mais um daqueles veados! – pensei.

– Ei, senhor! Você não estava no barco vindo da Inglaterra? – perguntou ele com uma voz gutural, exalando pela boca cheia de dentes escurecidos um cheiro forte de vinho ruim.

– Sim, estava – respondi secamente.

– Eu era o marinheiro chefe! – sorriu e arrumou as calças puídas.

– Sorte sua! – falei sem dar atenção.

Dei as costas e comecei a caminhar vagarosamente quando de súbito o homem me segurou com força pelo ombro.

– É falta de educação deixar os outros falando sozinhos! – disse, respingando uma saliva azeda na minha cara.

Seus olhos estavam vermelhos e ele cambaleava, fazendo bastante esforço para se manter de pé.

– O que você quer? – perguntei limpando o rosto com a manga da camisa.

– O que eu quero? – falou alto. – Um pouco de gratidão por ter trazido o seu rabo são e salvo até aqui!

– Ah! É isso? – repliquei, irritado. – Então obrigado!

Puxei com força sua mão calejada e coloquei uma moeda de prata.

– Não preciso do seu dinheiro! – rosnou ao atirar a moeda para longe. – Você é aquele veadinho com um problema de pele! E isso deve ter afetado seus bons modos!

– Meu único problema é ter comido a sua mãe e não ter pagado – falei, olhando-o nos olhos. – Mas, por sorte, você é velho demais para ser meu filho!

O homem ficou vermelho e as veias da sua testa pulsaram

forte. Sua respiração se acelerou como a de um touro zangado e uma espuma viscosa se formou nos cantos da sua boca. Ele puxou uma faca presa a um cinto de couro e tentou me acertar na barriga. Desviei facilmente e ele bateu no muro de pedra atrás de mim. O remador se virou com bastante dificuldade, tateando as pedras. Ele estava cansado e tossia como um cão sem ar. Então, ergueu novamente a faca e estocou na direção do meu rosto. Dei um passo para a esquerda e esmurrei seu estômago com muita força. Senti meu punho amassar suas entranhas. O homem perdeu o ar e dobrou o corpo, tomei-lhe a faca rapidamente e coloquei-a na bota.

Dois soldados vinham na nossa direção, então segurei o remador, passando o meu braço em volta da sua cintura. Ele ameaçou dizer algo e começou a retomar o fôlego. Sem hesitar, cravei as unhas na lateral do seu corpo e apertei até furar a pele. Podia sentir a carne e a gordura nas pontas dos dedos e o sangue escorrendo pela mão. O marinheiro engoliu seco. Não conseguia gritar e mal podia se sustentar em pé.

– Está tudo bem? – perguntou o soldado mais velho, segurando o punho da espada.

– Meu amigo aqui bebeu demais! – respondi.

– Ele parece estar mal! – Levantou a cabeça do remador.

– Ele tem o estômago fraco! – retruquei. – Qualquer dose o deixa igual a um velho aleijado.

– Leve-o para casa então – falou o soldado. – Precisa de alguma ajuda?

– Obrigado, senhor! – respondi puxando o homem. – Ele é pesado, mas está hospedado aqui perto.

Sem demora, arrastei o sujeito pelas ruas desertas de Rouen, até encontrar um grande anfiteatro do tempo dos romanos. Levei-o até um canto mais afastado e sentei-o na arquibancada de pedra. O homem, praticamente desmaiado, recobrou a consciência vagarosamente.

A dor e o terror confundiram sua mente embriagada e distorceram a realidade. Estava muito desorientado e trêmulo. Quando me viu, começou a se agitar e tentou se levantar para fugir. Mostrei minhas presas e rosnei perto do seu rosto. Antes de ele começar a gritar, puxei sua língua esbranquiçada com força para fora da boca e cortei-a com a faca. Ele estrebuchou e se mijou todo.

– Para sua sorte, a faca estava bem amolada! – mostrei a língua arrancada para ele. – Viu? Não doeu tanto assim!

O remador estava paralisado, com os olhos esbugalhados e as mãos sobre a boca ensanguentada. Ele tremia muito e lágrimas escorriam dos seus olhos pretos. Estava aterrorizado.

– Nada como apreciar o silêncio da noite! – sussurrei no seu ouvido. – Infelizmente, você escolheu o cara errado para irritar!

Ele balbuciou alguns grunhidos e tentou fugir. E eu cravei os dentes no seu pescoço suado. Foi uma picada rápida e letal. O infeliz já tinha sofrido demais, portanto não prolonguei sua angústia.

Compaixão?

Longe disso! Eu apenas não queria nenhum enxerido vendo a minha primeira caçada. Os boatos se espalhariam como uma doença e as pessoas, temerosas em sua natureza, ficariam reclusas em suas casas, dificultando as próximas, vamos dizer, refeições.

Quebrei dois dentes do remador com o cabo da faca e esfaqueei sua barriga três vezes, para parecer uma briga de bêbados. Os guardas e aldeões estavam acostumados com isso e ninguém desconfiaria. Tirei seu torque de prata e peguei algumas moedas. Agora eu não precisava mais tanto de dinheiro, por causa das riquezas de Valois, mas sempre era bom manter as reservas cheias.

Eu estava quente novamente e muito eufórico. O elixir rubro percorria todo o meu corpo e fazia a vida fluir pelas veias. A sede estava saciada por ora e a noite pareceu mais bonita, mais viva. Caminhei um tempo pela cidade, mas logo retornei. Não faltava muito para o amanhecer e eu não queria deixar a pobre Murron muito apreensiva. Com o tempo ela se acostumaria, mas tudo ainda era muito recente.

Caminhei até a minha nova propriedade e escalei facilmente as paredes de pedra, entrando pela grande janela do quarto. Os cãezinhos vieram me receber, abanando os rabos e pulando nas minhas pernas. Brinquei um pouco com eles, mas sem fazer muito barulho. Murron dormia com o bebê na cama que um dia foi de Valois. Dei-lhe um beijo na testa e ela despertou. Sorriu quando me viu e segurou a minha mão.

– O senhor está mais quente e sua pele mais rosada! – falou ao tocar o meu rosto.

– A caminhada noturna me fez bem – falei docemente.

– Fico feliz, Harold! – bocejou longamente. – Quer comer algo?

– Obrigado, Murron! Estou saciado por hoje!
– Precisa de algo mais? – perguntou, sentando-se na cama.
– Volte a dormir, querida – afaguei seus cabelos. – Amanhã, ao anoitecer, nos veremos novamente.

Ela se deitou, piscou um pouco e logo fechou os olhos, adormecendo tranquilamente.

E eu fui para a minha alcova descansar. O Sol logo despontaria no leste. Mas, eu estava feliz. Estava satisfeito. E aquela tinha sido uma boa noite. Só senti a falta da Fluffy. E também de Stella. Porém logo a escuridão tomou conta da minha mente e eu dormi um sono sem sonhos.

Antes do amanhecer já estávamos acordados. Comemos pão, frutas secas e queijo. Jules me ofereceu um pedaço do esquilo que ele havia capturado em uma armadilha de madeira. Ele o comia cru mesmo, deixando o sangue escorrer pela sua barba rala. Recusei a oferta e fiquei com o estômago embrulhado depois disso.

Arrumamos as coisas rapidamente e desfizemos nosso acampamento. Ao contrário do dia anterior, o céu estava limpo e não havia nuvens negras no horizonte. A tempestade tinha seguido rumo ao sul. Mas, apesar disso, a viagem seria lenta por causa da estrada lamacenta. O Doninha já estava acordado havia bastante tempo e tinha ido vasculhar a estrada um pouco à frente em busca de salteadores e bandidos. Emboscadas eram comuns naqueles tempos.

– Até hoje não sei como esse homem consegue dormir tão pouco! – Hector falou, com um pedaço de pão duro na boca.

Contudo, naquele dia não houve nenhum problema com ladrões. O caminho estava sossegado, Doninha contou para os homens.

– Não há uma viva alma por um longo trecho! – falou.

Eu vivia bons momentos e me sentia importante. Ficava sempre atento aos arredores e certamente dispararia uma flecha sem hesitar se alguém tentasse nos roubar. Mas a viagem prosseguia bastante agradável. Aliás, o dia seria perfeito, mas a roda de uma das carroças lotadas de mercadorias não aguentou o tranco ao passar em um sulco escavado pela chuva e se arrebentou inteira.

A carroça quase tombou, fazendo os cavalos cambalearem e se debaterem assustados. Barris com óleo de baleia, sal e grãos rolaram pela estrada e os gêmeos Leonard e Richard caíram de cima da carroça dentro de uma poça de lama. Por sorte, devido ao chão fofo, somente um barril de sal se espatifou e nenhum dos meninos se feriu. Ao contrário, eles riram e chafurdaram como dois porquinhos.

Gigio, o garotinho italiano, não teve a mesma sorte e quebrou o braço quando um pedaço de madeira da roda voou em sua direção. Valente, o jovem não chorou, só colocou a mão no braço pendente e se sentou em uma pedra na beira da estrada.

– Tudo bem, garoto? – perguntou John.
– Está doendo, mas vou sobreviver! – disse com seu inglês arrastado.
– Deixe eu ver seu braço – falou Hector.

O italianinho tirou a mão e o mercador apalpou o antebraço, sentindo a fratura logo abaixo do cotovelo. Marco entregou para ele dois pedaços de madeira e um pano comprido.

– Vai doer um pouco! – Hector disse para Gigio.
– Eu sei... – respondeu o menino com a voz trêmula.

Contudo, nenhuma lágrima escorreu pelo seu rosto. Ele apenas xingava Hector enquanto ele prendia as talas no seu braço.

– Puta merda! – gritava, nervoso. – Isso está muito apertado!
– Calma filho! – respondeu o mercador segurando a risada.
– Precisamos prender o osso, senão seu braço vai ficar torto como o de um sapo!
– Ai, porca miséria! – falou batendo a mão na testa! – Faz essa merda direito, porque não quero meu braço torto!
– Já basta o pinto! – provocou Pio.

O garoto ficou furioso e começou a berrar um monte de palavrões. Todos da comitiva riram e o trabalho de descarregar as mercadorias da carroça e trocar a roda quebrada ficou mais ameno. Por sorte, o mercador sempre trazia pelo menos três rodas sobressalentes.

– A roda é como uma mulher, filho – piscou para mim. – É sempre bom ter uma de reserva!

Eu ri bastante e pensei como seria bom me casar e ter a minha própria família. Pensei em Edred e em Eofwine. Pensei em Charles, o pescador, e no Espeto. E meu coração bateu apertado, mas logo meus pensamentos foram dispersos. Um grande lobo branco cruzou o nosso caminho calmamente, parando no meio da estrada e olhando para nós. Ele trazia uma grande cobra presa entre os dentes. Os cavalos se assustaram e os homens tiveram de acalmá-los.

– Esse é um presságio – falou Robert, beijando a cruz pendurada no seu pescoço.

– Eu só queria saber se é bom ou ruim! – respondeu Victor com gravidade na voz.

– Apenas vamos seguir nosso caminho – disse Hector, acabando de prender os pinos da roda – Quero chegar amanhã em Birmingham!

– Pai! – gritaram os gêmeos. – Queremos caçar aquele lobo!

– Amanhã, se cruzarmos com ele, deixo vocês irem! – respondeu o gigante.

Eles gritaram e dançaram felizes, ainda bastante sujos de lama.

– Serão bravos guerreiros! – Victor disse, orgulhoso. – Puxaram ao pai!

– Muito obrigado! – respondeu Robert com um sorriso sarcástico.

– Ora, seu merda! – gritou Victor enquanto esporeava seu cavalo na direção do homem que cavalgava em fuga.

Os homens riram. E pareciam ter esquecido a aparição do lobo. Eram como um bando de crianças animadas e travessas. Andamos por mais um tempo, mas a noite começou a cair sobre nós. Então, montamos acampamento e eu fiquei novamente com o primeiro turno da vigília, dessa vez na companhia de Victor.

Subimos em uma das carroças para ter uma melhor visão da área. A caravana parou em uma parte da estrada margeada dos dois lados por campos de trigo e cevada. Era um local de boa visibilidade, pois as plantas ainda estavam baixas. Tínhamos um bom controle da região, exceto por um elevado de terra um pouco atrás de nós. Esse era o ponto mais vulnerável.

E foi por lá que veio o ataque.

Eu conversava com o gigante sobre a minha terra natal e ele me disse ter tios por lá.

– Você deve conhecê-los! – falou, enrolando-se em sua grossa capa de lã.

– Pode ser! – respondi olhando para o campo de trigo. – Mas saí de lá há bastante tempo.

Então, subitamente, nossa conversa foi interrompida por uma flecha curta que passou zunindo ao lado do meu rosto e se fincou num dos barris. Viramos rapidamente e vimos um homem alto e muito esguio parado em cima do barranco com uma besta. Outro já mirava em nossa direção. Então Victor gritou e pulou da carroça, caindo no chão lamacento. Eu me joguei atrás de um barril e ouvi o baque seco da flecha ao bater na madeira. Por pouco eu não havia virado um cadáver!

– Acordem, seus cães! – berrou, e sacou sua enorme espada – Estamos sendo atacados! Acordem! Acordem!
– Matem os filhos da puta! – gritou Hector, protegendo-se atrás de uma das carroças.

Os homens pularam dos seus leitos improvisados e rapidamente pegaram suas armas. Eu preparei meu arco, mas estava com muito medo e por isso hesitei em sair detrás da proteção do barril. Contudo, pude ver oito homens correrem em nossa direção, uivando como loucos, além dos dois arqueiros parados sobre a elevação de terra.

Doninha atirou uma das suas facas e, mesmo sonolento, acertou um infeliz bem no meio da testa. O homem morreu na hora. John, com sua lança comprida, e Victor, com sua enorme espada, correram de encontro aos bandidos, berrando insultos. Vi que um dos arqueiros apontava a arma para eles, então me levantei e disparei uma flecha. Ela se cravou na coxa direita dele, fazendo-o sentar no chão, gritando de dor. O outro homem acabara de puxar a corda e disparou. A flecha se cravou no ombro esquerdo do Victor, mas ele continuou sua carga e berrava como se nada tivesse o acertado. Seus olhos emanavam uma raiva animal e ele lembrava um urso correndo atrás de um cervo.

Então o sangue jorrou forte. John, em uma carga alucinada, cravou sua lança no peito de um bandido largo como uma tora. Ele largou a arma espetada no desgraçado, que caiu no chão e teve espasmos antes de partir desse mundo. Então sacou habilmente sua espada curta, correndo, com o rosto salpicado de vermelho, na direção de um garoto franzino empunhando um podão enferrujado. Rachou o crânio do moleque com um golpe rápido.

Enquanto isso, Victor decepava o braço de um homem, fazendo-o voar para longe ainda segurando uma grande maça. Taddeo atirou uma pedra com a sua funda, mas esta passou longe dos bandidos. Pio zombou da falta de mira do irmão.

– Se o meu braço estivesse bom, estaria socando as bolas desses infelizes! – falou Gigio, escondendo-se atrás da roda da carroça.

Os gêmeos calçaram os sapatos e tentaram entrar na luta com pedaços de pau e pedras, entretanto foram impedidos por seu avô, que empunhava um pesado martelo.

Jules, que corria um pouco atrás, teve a barriga cortada por um machado. Ele uivou de dor e, antes de cair, arrebentou o joelho do seu oponente com um porrete de madeira revestido com metal na ponta. Coloquei outra flecha na corda, mas antes de atirar o arqueiro me acertou de raspão no lado da cabeça. Senti uma dor aguda e logo o sangue escorreu pela minha face.

Fiquei muito zangado, mas Doninha se adiantou e acertou o infeliz no peito. Ele não morreu, pois a faca se fincou no lado oposto ao coração. Mirei no seu peito, porém uma lufada de vento desviou a flecha, que se cravou na virilha do arqueiro. Ele caiu chorando como um bebê.

Leonard conseguiu se desvencilhar do avô e correu em direção ao pai, que trocava golpes com um homem quase tão alto quanto ele. O bandido empunhava uma espada e se defendia dos poderosos golpes com um escudo redondo de madeira e ferro.

Victor golpeou de cima para baixo e a sua espada ficou presa na borda do escudo, que quase fora cortado ao meio. Então seu adversário estocou e raspou a lâmina nas costelas dele. O gigante se dobrou, gemendo de dor. O bandido preparou outro golpe. Então, agilmente, Victor chutou a barriga dele, fazendo a espada se soltar e o homem se desequilibrar, cambaleando para trás.

Leonard então o acertou na nuca com um pedaço de pau, fazendo o sangue escorrer, empapando o cabelo dourado como o ouro. O bandido ficou zonzo e Victor atravessou-o com sua lâmina. Ele morreu sem gritar.

Vi um dos bandidos correr desesperado pela plantação de trigo. Era um garoto um pouco maior que o Marco. Pensei em deixá-lo ir, porém ele podia trazer problemas para nós. Então, coloquei uma flecha na corda e mirei pendendo um pouco para a esquerda a fim de compensar o vento. A corda ficou totalmente retesada, e eu podia sentir as penas roçando a minha bochecha. Então a seta mortal voou, com a haste se insinuando contra o vento, até parar bruscamente no meio das costas do fugitivo.

Ele estava a mais de cinquenta passos e o tiro foi perfeito. Ele estava morto.

John, em um frenesi insano, partiu para cima de um homem que usava uma cota de malha brilhante e uma *morning star* de corrente estranhamente comprida. Ele quase teve o crânio esmagado, mas no último instante se abaixou e desviou do golpe desajeitado. Golpeou com sua espada, de baixo para cima, contudo a cota de malha protegeu bem o homem.

O bandido rodopiou a bola de ferro com pontas acima da cabeça e desceu-a com força. Novamente John desviou, pulando para o lado, e estocou a lateral do corpo do homem. Dessa vez a lâmina perfurou a malha e acertou a carne, mas nada que o fizesse ganhar a luta. Ao contrário. Seu oponente girou o corpo, e sua *morning star* despedaçou a lâmina da espada de John.

A luta parecia perdida, e todos os homens, dos dois lados, observavam o desfecho. Foi muito rápido. A bola de metal desceu veloz e bateu no chão, espirrando lama para todos os lados. Então o veloz John pisou na corrente, fazendo o homem se inclinar para a frente, e com o que sobrou da sua espada, cortou seu pescoço, fazendo-o gorgolejar sangue e cair de joelhos com as mãos no pescoço. John cuspiu na direção do moribundo, que desabou de cara no chão, ficando imóvel.

– Eu adorava essa espada! – rosnou, enquanto limpava o suor e o sangue do rosto.

E foi assim que a batalha teve fim. E, por sorte, nenhum dos nossos morreu. Somente Jules tinha um ferimento mais sério. O corte era profundo e precisaria ser costurado. Doninha ajudou-o a levantar e levou-o para perto das carroças. Assim como era hábil com as facas, era também com as agulhas, e fez um bom remendo na barriga do amigo.

Victor, mesmo com um corte perto das costelas e com uma flecha fincada no ombro, não quis cuidados imediatos e foi, furioso, falar com os quatro sobreviventes. Robert havia demorado um pouco mais para acordar, mas assim mesmo teve uma importante participação no desfecho da história.

Percebendo que a luta já estava vencida por nós, deu a volta furtivamente no barranco e matou mais dois homens que guardavam os cavalos. Foram duas flechadas rápidas e certeiras. E os desgraçados nem tiveram tempo de reagir. Com isso ganhamos mais cinco bons cavalos, algumas armas e mais de cinquenta moedas de ouro, certamente roubadas de outros mercadores.

Os vagabundos foram postos de joelhos no chão e interrogados exaustivamente por Hector. Toda a verdade foi dita à custa de alguns dentes e costelas quebradas. Eles não tinham mais homens e iam para Warwick quando perceberam nossa caravana e resolveram capturar bons suprimentos e mercadorias.

– Amarrem os miseráveis nas árvores! – vociferou Hector. – Amanhã cuidarei de vocês!

– Pai! – falou Victor, transtornado – Vamos matar esses cães!
– Não, filho... – falou o mercador – Chega de mortes!
– E os mortos? – perguntou Taddeo.
– Deixem virar comida das feras da noite! – Hector respondeu. – Levem os corpos para lá – apontou para a plantação. – E deixem apodrecer!

Os quatro infelizes sobreviventes foram amarrados em duas grandes árvores e amordaçados.

– Se gritarem, se fizerem qualquer barulho, ou mesmo se respirarem um pouco mais alto, eu virei aqui e enfiarei um pedaço de pau no cu de cada um! – sibilou Doninha com ódio na voz.

Os bandidos tremiam, mas ficaram calados. Um deles desmaiou pelos ferimentos e talvez nem sobrevivesse. E a noite ainda continuaria por um bom tempo.

Doninha passou emplastro de ervas no meu corte e enrolou um pano em volta da minha cabeça. O sangue já estava seco.

– Isso não vai deixar infeccionar – disse, com um sorriso no rosto. – Vai arder só um pouquinho.

Filho da puta mentiroso! Ardeu pra diabo! Parecia que alguém tinha encostado um ferro em brasa na minha pele. Por sorte a dor passou logo e aquela região parecia morta, pois perdi por um tempo toda a sensibilidade. O meu martírio acabara, porém o de Victor iria apenas começar.

O gigante bebeu quase todo o conteúdo de uma garrafa de vinho. O restante foi jogado no ferimento e sua face se contraiu de dor. Seus olhos estavam vermelhos e ele começara a enrolar as palavras. O grandalhão arfava como um cão e quase quebrou a haste da flecha fincada no seu ombro ao tentar arrancá-la sozinho. Hector, preocupado, esquentava a lâmina de uma faca ao fogo, e esta já estava incandescente.

Richard colocou um pano enrolado na boca do seu pai enquanto Doninha e Robert o seguravam com força. Ele tremia.

Ele sabia a dor que viria.

– Filho, preciso puxar essa maldita flecha – disse Hector, vindo com a faca. – Vou ser rápido!

O gigante rosnou com o pano na boca e fez sinal positivo com a cabeça. Ele suava bastante. Então seu pai montou em cima da sua barriga rotunda e com um puxão forte arrancou a flecha, que rasgou a carne ao sair. E com a outra mão colocou a lâmina vermelha no ferimento.

A carne chiou. Victor virou os olhos e conseguiu levantar Doninha com o braço, jogando-o para longe, fazendo-o se

estatelar de costas no chão. Ele berrava ensandecido e se debatia como um touro antes do abate.
Levantou-se em um pulo e esmurrou um saco com peles. Estava com o rosto vermelho, porém aos poucos se acalmou e desabou no chão. Os homens riram.
– Dessa vez você não mijou nas calças! – falou Jules, deitado, com a barriga toda costurada.
– Eu já havia mijado antes de dormir! – respondeu embriagado. – Por sorte!
Todos riram e começaram a beber. E, apesar do incidente, tudo tinha ocorrido da melhor maneira possível. E ainda ganhamos cavalos e ouro!
– Bandidos estúpidos! – xingou Gigio. – Eu acabava com eles sozinho!
– Como? – perguntou Pio. – Fazendo cócegas?
O garotinho pegou uma pedra com a mão esquerda e correu atrás do irmão enquanto Taddeo e Marco riam. Richard estava emburrado em um canto. Desde que Leonard havia escapado do avô e acertado um dos bandidos com um pau ele estava irritado.
– Merda! – resmungou o menino – Merda!
– Você vai ter a sua chance! – Leonard tentou consolar o irmão.
– Só Deus sabe quando! – disse Richard, pegando uma pele e indo dormir em cima de uma das carroças. – Sou um inútil!
Os homens beberam por um tempo, mas logo foram dormir. Precisaríamos acordar bem cedo para poder chegar a Birmingham no final da tarde. Isso se tudo ocorresse sem mais nenhum imprevisto. Somente o Doninha resolveu ficar acordado e rondando a caravana como um cão de caça.
Antes de me deitar, agradeci aos deuses por guiar as minhas flechas e por eu ainda estar vivo. Agradeci também ao bom Espeto. Foi um ótimo amigo e me ensinou bem suas técnicas com o arco. Ouvi uma coruja piar não muito longe e entendi isso como uma resposta do Caçador. Certamente ele ouvia as minhas palavras.
– Vim lhe agradecer, Harold! – disse Hector, sentando-se ao meu lado. – Você lutou bem!
– Só fiz a minha parte! – respondi corado.
– Muito mais, filho! – deu tapinhas no meu ombro. – Fiz bem em deixar você vir conosco. Vi algo muito profundo nos seus olhos.
– Obrigado, senhor! – falei envergonhado.

– Pegue! – entregou-me um torque de prata. – Você merece!
– Não é preciso, senhor Hector! – respondi.
– Eu insisto! – colocou o cordão belamente entrelaçado na minha mão.
– Obrigado, senhor! – falei, admirando o objeto brilhante.

O mercador se levantou e foi para sua cama. E eu ri comigo mesmo, feliz pela minha boa atuação naquele dia. Sorri até pegar no sono e sonhar que eu era o senhor de toda a Inglaterra.

Capítulo XIV – Confissões

Ouvi uma voz feminina em meus sonhos: – Harold! Harold, querido!
As palavras trêmulas e hesitantes ecoaram na minha cabeça. Do nada, surgiram e desapareceram rapidamente até o completo silêncio dominar tudo. A voz vinha de algum lugar distante, porém era bastante nítida e me envolvia completamente. Eu cavalgava Fogo Negro e subíamos uma colina coberta por flores vermelhas e azuis. Do nosso lado direito, uma pequena cachoeira espalhava pelo ar o cheiro delicioso da terra molhada.
– Harold! – meu nome foi pronunciado docemente.
O som vinha diretamente dos céus, como se uma deusa falasse comigo. Era um dia ensolarado e eu sentia o calor aquecer a minha pele levemente bronzeada. No horizonte uma revoada de andorinhas serpenteava por entre as nuvens esparsas. Desmontei meu amigo e ele começou a pastar tranquilamente do meu lado. Olhei para cima, mas nada vi.
– Harold Stonecross! – a voz chamou meu nome novamente, dessa vez mais próxima.
Então as flores começaram a murchar e tudo se tornou cinza. Meu fiel amigo relinchou e se transformou em uma efígie de barro escuro. Aproximei-me, mas, antes que eu pudesse tocá-lo, um forte vento começou a desintegrá-lo, transformando-o em pó e o carregando para longe. Senti imensa dor e chorei lágrimas amareladas, doentias, assim como a aparência pálida da minha pele. Por fim, o Sol se apagou e no seu lugar ficou somente um borrão de sangue coagulado.
– Harold, acorde! – disse Murron, entrando subitamente pela portinhola com o bebê nos braços.
Acordei assustado e pulei para trás como um gato acuado,

pousando diretamente sobre um dos baús com roupas finas. Meu coração disparou e minhas pupilas se dilataram. Eu podia sentir cada veia do corpo dela pulsar, e sua respiração parecia um vendaval. Meus instintos afloraram como os de uma besta recém-desperta.

Ela me olhou admirada, mas logo qualquer suspeita se dissipou, ou pelo menos foi deixada de lado naquele momento. Seu semblante mudou rapidamente para algo entre a dúvida e o assombro.

Alguém muito importante me procurava e ela viera me acordar.

– Eu disse para ele voltar mais tarde, mas não teve jeito – falou, apressada. – E há guardas! Pelo menos doze deles!

– Acalme-se, minha cara! – segurei nas mãos suadas dela. – Quem está aí?

– O bispo! – respondeu secamente. – Serge tentou persuadi--lo logo no portão de entrada, mas foi grosseiramente empurrado por um dos soldados. Então, como um cãozinho medroso, correu para sua casa e não voltou mais.

Fiquei em silêncio durante um tempo. Eu estava acostumado a receber padres, monges andarilhos e frades recém-ordenados, mas a visita de alguém do alto clero indicava se tratar de um assunto mais importante. Ainda mais com escolta armada. Milhões de possibilidades passaram por minha cabeça, principalmente as mais pessimistas.

Eu havia levantado alguma suspeita quando cheguei da Inglaterra? Alguém me viu matar o remador? Ofendi algum nobre ou religioso? Olhei para as tetas de alguma amante do bispo?

– Ele o espera lá fora, e se você não aparecer logo ele irá arrombar e entrar – falou Murron, com expressão assustada.

– Não se preocupe – sorri para acalmá-la. – Deixe-o entrar. Descerei tão logo acabe de me arrumar.

– Mas, Harold... – Murron engoliu seco. – O Sol ainda não se pôs!

– Merda! – praguejei – Merda!

Maldito detalhe! O imortal Harold tão frágil! Um simples raiozinho podia cozinhar meu corpo como o de uma galinha na panela!

Pude ver a claridade avermelhada atravessar os pequenos furos feitos pelas traças na tapeçaria que ocultava meu esconderijo. Certamente ainda faltava pelo menos uma hora para o Sol se esconder atrás do morro no oeste. E se eu saísse antes disso seria morte certa! Uma morte dolorosa e cheia de agonia, com bolhas e queimaduras por toda a minha pele. Meus olhos arderiam em brasa e por fim estourariam em uma gosma nojenta. Por outro lado, se eu não saísse, poderiam machucar Murron e o bebê. E ainda por cima descobrir meu esconderijo, de onde eu não teria como fugir dos guardas armados.

– Pense, Harold! – fechei os olhos. – Deve haver uma maldita solução! Pense, seu desgraçado!

– Eles estão batendo na porta! – disse Murron apavorada. – Eles vão entrar!

Eu podia tentar me enrolar em um pano grosso, mas qualquer claridade me feriria bastante. Talvez não me matasse, contudo eles perceberiam minha agonia e seria impossível impedir as perguntas.

Podia mandar o bispo voltar mais tarde. Certamente ele não obedeceria e ficaria absurdamente zangado.

Comecei a ficar nervoso. E me imaginei, naquele momento, mais humano do que imortal. Os deuses provavelmente riam e caçoavam da minha fraqueza. Eu estava quase derrotado, quando, então, uma pequena labareda se inflamou na minha alma.

– Que dia é hoje? – perguntei ansioso.

– 26 de agosto – respondeu com uma leve careta.

– 26 de agosto! – sorri. – São Zeferino vai nos fazer um grande favor!

– São Zeferino? – perguntou Murron sem entender nada.

– Sim! O bendito São Zeferino! – levantei as mãos para o céu.

– Não é hora para brincadeiras, Harold! – Murron respondeu zangada.

– Nunca falei mais sério na minha vida! – respondi – Tive uma ideia para nos livrar desse problema!

Ela ficou calada e me olhou com um ar de incredulidade.

– Leve essas garrafas de vinho – peguei duas garrafas do estoque pessoal de Valois. – E faça o bispo beber bastante! Assim seus nervos ficarão mais relaxados. Se for preciso use seus dotes femininos.

Ela ameaçou resmungar, mas continuei as instruções.

– Fale que estou recluso até o anoitecer, rezando ardorosamente para São Zeferino. Fale sobre uma promessa a ser paga. O importante é não deixá-lo subir! Depois eu me viro! – falei, e lhe dei o vinho, juntamente com um beijo na testa.

– Vá agora! – disse.

– E se ele não acreditar? – perguntou ela, receosa – E se ele quiser subir?

– Isso não vai acontecer! – acalmei-a mesmo sem ter certeza.
Ouvi-a descer rapidamente as escadas, com o bebê resmungando, talvez de fome. E pude ouvir também o ferrolho da porta ser destrancado.
– Tomara que ele engula essa – pensei. – Ela podia amamentar o bebê na frente do bispo! Seria uma grande distração.
E felizmente tudo se seguiu conforme o plano. Seu cargo de bispo não lhe permitia impedir as orações, ainda mais se tratando do pagamento de uma promessa. Então, contra sua vontade, segurou seu orgulho e esperou bebendo o vinho e comendo uns bolinhos de mel, recém-preparados por Murron.
Durante meus séculos de vida, pude decorar os nomes e datas comemorativas de cada santo. E eram muitos! Dezenas e dezenas deles! Certamente eu tinha um conhecimento muito melhor do que os de diversos religiosos. A minha cabeça e o meu corpo se mantinham perfeitos mesmo com o avançar das décadas. Somente os meus olhos pareciam antigos. E até um pouco pesarosos, como alguns me disseram.
Desci depois de quase duas horas e encontrei o bispo com o rosto vermelho pelo excesso de bebida. Estava zangado e bufou quando me viu. Uma garrafa estava completamente vazia e na tigela dos bolinhos restava somente uma pasta engordurada.
A sala estava quente, apesar de o vento assoviar lá fora. Desci o último degrau sem pressa e o clérigo tentou se levantar, mas não conseguiu. Era muito gordo, tão gordo quanto um porco adulto. E também era careca. Sua cabeça brilhava refletindo a luz da lareira e das velas nos candelabros presos às paredes. Ostentava no dedo um lindo anel cravejado por um rubi vermelho e no pescoço uma cruz dourada, maciça.
Eu vestia uma túnica simples e surrada que encontrei junto às roupas de Valois. Ela fedia a mofo e tinha a barra e as mangas corroídas pelo tempo e pelas traças. E dessa vez eu não ostentava nenhuma joia. Estava descalço, com o cabelo solto, bagunçado. Parecia verdadeiramente um penitente.
Estendi a mão para o bispo e ajudei-o a levantar. Em sinal de reverência, beijei seu anel. Segurei-me para não rir da minha encenação. Ele balbuciou uma bênção, com seu bafo quente e azedo. Colocou a mão na minha cabeça e fez uma oração rápida.
– Pode se levantar, filho – desmoronou na poltrona – Deus esteja contigo!
– Amém! – sentei em uma cadeira na frente do bispo.
– Não nos conhecemos ainda – falou, colocando um pouco

mais de vinho em uma taça de vidro verde. – Sou o bispo Alain Marlemont.
– Grande orgulho em conhecê-lo! – reclinei-me com respeito.
– Sou Harold Stonecross, humilde servo de Deus!
– Harold Stonecross... – coçou a barriga saliente. – Valois nunca me falou sobre você!
– Meu bom amigo Valois! – lamuriei alto. – Não tive tempo de lhe agradecer!

O bispo me olhou intrigado, enquanto o vinho escorria pela sua papada coberta por uma barba rala. Ele soluçou e limpou a boca na manga engordurada de sua sotaina roxa. Encheu novamente a taça e deu um suspiro longo antes de começar a falar.

– Conheci muito bem Valois – disse pausadamente. – E certamente não era um homem bom e valoroso como você diz Mas, não irei caluniá-lo.

– Meu santo bispo – falei com os olhos aflitos. – Talvez você só conheça o lado, digamos, mais arredio dele. Eu conheci seu lado mais puro, quando ele me salvou da perdição na minha terra natal. E confirmei isso com a sua ida para a Terra Santa! Infelizmente, não o veremos tão cedo. Nunca mais nessa terra banhada de dor! Iremos reencontrá-lo somente quando Deus nos receber no Paraíso! Isso se eu for merecedor da maior dádiva de todas! O bispo certamente é! O amado amigo Valois também!

– Se assim diz... – soluçou o gorducho. – Contudo, não vim falar de Valois. Meus assuntos são com você.

Pigarreou um pouco e fungou o nariz comprido e maciço. Seu olhar bonachão e inebriado não combinava com a sua posição na hierarquia religiosa, mas de forma alguma parecia fraco ou suscetível a fácil ludíbrio. Era um lobo velho e cansado, porém astuto e faminto.

O bispo se ajeitou na poltrona e pareceu recobrar um pouco da sobriedade. Coçou a barba e alisou o anel como se pensasse nas palavras a serem ditas. Limpou os dentes amarelos com a língua e sorriu levemente como se tivesse um plano pronto em sua mente.

– Conversei com as boas pessoas e com os nobres dessa vila e ninguém tinha ouvido falar de você. Mesmo os companheiros mais chegados de Valois o desconhecem – fez uma pausa para estalar os dedos. – E toda essa história é muito estranha.

Eu estava bastante tranquilo e demonstrava interesse nas palavras do bispo. Nenhuma agitação percorreu o meu corpo

e os meus pensamentos fluíam claros e rápidos como um rio lépido.
– Havia um bom tempo que Valois não saia da França. E nunca mencionou desejar ir para Jerusalém ou mesmo ter parentes por lá! – continuou a falar, dessa vez com um pouco de irritação na voz. – Saiba que a verdade deve ser dita ou sentirá a ira de Deus! – E apontou para um dos soldados lá fora.
– Meu bom bispo! – suspirei. – Certamente essa omissão não se deu por mal, mas por humildade! E quanto ao tio, ele teve de correr, e, como pode ver, não houve tempo nem para pegar todos seus pertences. Mesmo os mais pessoais. Nas horas difíceis, qualquer pequena falha pode e deve ser perdoada.
– Humildade? – desdenhou o bispo. – Valois era o homem mais arrogante que já conheci! Posso contar nos dedos de uma mão quantas pessoas gostavam realmente dele! E ainda sobrarão alguns dedos! As pessoas o temiam! Ou tinham dívidas com ele! Por isso o bajulavam!
– Apesar de não concordar com as afirmações sobre o caráter do meu bom amigo, posso considerar claramente a hipótese de Deus tê-lo chamado para essa dura jornada! – respondi com o olhar fixo no teto – Talvez Ele estivesse ajudando seu filho querido a se purificar e a se libertar dos seus pecados! Quem sabe não foi uma provação antes de Valois poder alcançar a plena salvação!
Silêncio...
Apenas o som da respiração pesada do bispo podia ser ouvido naquela sala. Ele estava pensativo e visivelmente admirado com a possibilidade da viagem como forma de expiação dos pecados. Ele mexia os olhos de um lado para o outro, como se alguma coisa invisível passasse à frente deles. Enquanto se achava envolto em seus pensamentos, percebi o religioso balançar positivamente a cabeça, muito sutilmente.
Então, eu abaixei a cabeça e sorri. E todo o meu corpo fervilhava de júbilo. E estrelas cadentes passavam velozes pela minha mente, proporcionando um prazer diferente e singular.
Palavras!
A maior dádiva dada aos homens! São elas que nos diferenciam das feras selvagens.
E a minha persuasão era um dom incrível. O maior deles.
E eu o aprimorava a cada dia. E me fortalecia.
– Como é bela a retórica! – pensei.
Certa vez li sobre isso em um antigo livro em um mosteiro

inglês perdido entre as montanhas. É uma arte criada pelos gregos e aperfeiçoada desde então pelos nobres, pelo clero, pelos reis, pelos gaiatos de cada condado e agora por mim! Adoro brincar com as palavras, com as ideias, com cada frase dita com uma convicção de ferro. Alguns podem voar, outros podem arrancar as pedras da torre de um castelo com as próprias mãos. Eu posso confundir e conquistar somente com sussurros maliciosos, com a impostação da minha voz. Basta cantar docemente cada palavra. Sim, esse era o meu dom. Uma das bênçãos do meu renascimento.

Eu não podia mover uma montanha com minhas palavras, mas conseguia convencer centenas de pessoas a fazerem isso por mim. Podia iludi-las para me amar ou morrer por mim. Poderia ser canonizado, se assim desejasse. E a cada ano esse poder crescia.

O bispo começara a se deixar levar pelas sutilezas pronunciadas com fervor e regadas pelo vinho e pelos bolinhos ingeridos com a parcimônia de um ogro glutão. Todas as barreiras da sua mente foram destruídas e minha voz amarrou sua razão. Ele se transformou na minha *marionette*.

Ele ainda permanecia quieto e agora estava com o cenho franzido, como se quisesse juntar todos os fatos na sua cabeça. Colocou um pouco mais de vinho na taça e bebeu tudo em um único longo gole.

Limpou a garganta e começou a falar.

– Senhor Harold Stonecross, você jura pela sagrada Igreja, por Deus e pela sua vida que está dizendo apenas a verdade? – falou sério.

– Juro! – respondi sem hesitação.

– Então, Harold Stonecross, em nome da sagrada Igreja, eu acredito na sua palavra – disse, abrindo um sorriso largo.

– Louvado seja o Senhor em sua infinita sabedoria! – beijei o anel do bispo.

Pedi a Murron para trazer mais vinho e mais bolinhos. Os olhos do bispo brilharam e pude ouvir seu estômago gritar. Ele mordia vorazmente os quitutes ainda fumegantes e bebia o vinho com gosto.

– Não vai comer nada, senhor Harold? – perguntou.

– Infelizmente não! – respondi. – Também estou jejuando para pagar a minha promessa para São Zeferino.

– Ah sim! – sorriu – Faz bem, filho! Faz bem! O santo saberá recompensá-lo.

Com certeza! E com isso sobrariam mais bolinhos para o religioso insaciável.

Conversamos por um tempo sobre assuntos superficiais, pois certamente o bispo estava muito mais interessado nos petiscos. Contei sobre como Valois me ajudou no passado, usando as mesmas palavras que convenceram Serge. Falei ainda sobre a minha doença e ele prometeu mandar rezar uma missa para mim. E também, se possível, pediria uma prece para o Papa Alexandre III, que ele dizia ser seu amigo de infância.

– Será necessária uma pequena ajuda. Um pouco de ouro para cobrir os custos do mensageiro e do velino em que escreverei o meu pedido pessoal – falou. – Mas, certamente será algo irrisório perto do milagre da sua cura!

Concordei e ele tomou a minha confissão. Queria ter certeza de limpar minha alma antes do Papa curar a minha pele. Contei alguns pecadinhos e me mostrei profundamente arrependido por eles.

– Deus é infinitamente bom! – olhou-me fixamente. – Passe na igreja e compre uma das medalhas bentas de São Pedro e assim estará perdoado.

Tudo correu muito bem. Até melhor do que eu imaginava.

Pedi a Murron para levar uns pães de alho e cerveja para os guardas e pude ouvir os gracejos feitos pelos homens.

A conversa se prolongou bastante, mas enfim, o bispo se levantou com dificuldade. Antes da sua partida, subi ligeiro pelas escadas e retornei com um presente. Uma escultura da Virgem Maria entalhada em mármore.

– É uma linda imagem! – disse ele, contente. – E certamente muito valiosa!

– É um presente de coração! – respondi cortês.

– Imensamente agradecido! – disse o bispo ao esticar o anel para eu beijar.

A mãe de Jesus estava junto aos tesouros secretos de Valois, empoeirada, esquecida. Não teria nenhuma serventia para mim. Contudo, para o bispo era algo de valor inestimável, algo para selar definitivamente a nossa amizade tão profunda.

Convicção, riquezas e bajulação. Essas eram as chaves--mestras para se conseguir qualquer coisa nessa terra de homens suscetíveis. Terra coberta por corrupção e imoralidade.

E eu podia usar essas chaves da maneira que desejasse. Era um mestre nessa arte.

Entreguei a peça para um dos guardas. Ele quase a derrubou devido ao seu peso, precisando da ajuda de outro homem para carregá-la. Os soldados me olharam espantados, pois eu a trouxera sozinho e aparentemente sem nenhum esforço.

Apenas me despedi e fechei a porta. Esse seria mais um mistério sobre o qual conversariam nas tavernas e prostíbulos.

Olhei para Murron e gargalhei. E ela sorriu, aliviada.

O bebê veio até os meus pés engatinhando, seguido pelos fiéis cãezinhos contagiados pela minha euforia.

Belisquei delicadamente sua bochecha rosada e ele sorriu, mostrando dois dentinhos recém-surgidos na sua gengiva molhada. Tentou morder meu dedo logo em seguida, mas tirei a mão e lhe dei um dos bolinhos remanescentes. Ele mastigou um pedaço, babando bastante e grunhindo de felicidade. Afaguei o pelo macio de cada cãozinho e fui abraçar minha querida Murron.

– Obrigado! – dei-lhe um beijo na testa.
– Fiquei assustada – falou.
– Tudo está bem agora – respondi.

Então subi, coloquei uma roupa qualquer e desci a escada aos pulos.

– Vou dar um passeio...

Antes que ela respondesse, saí. E senti a brisa fresca e o cheiro de flores noturnas.

A noite avançava rapidamente.

E eu estava entusiasmado. Corri pela grama úmida e pulei o muro baixo da propriedade. Senti o meu corpo flutuar. Eu não podia voar, mas pairei no ar por alguns instantes, como um beija-flor. E isso era realmente delicioso.

Precisava brindar o meu sucesso com um ótimo sangue.

Quente e fresco.

Por isso, fui à caça.

O restante da noite passou rápido. Por sorte o tempo ficou bom e não fez frio. As estrelas pareciam bem próximas e a lua sorria no céu azul-escuro. Dormimos pouco, mas assim mesmo levantamos com muito ânimo e vontade. Um bando de gansos voou sobre nós, grasnando até sumir no horizonte. Era um bom presságio.

Os bandidos continuavam amarrados nas árvores e assim permaneceriam até alguém libertá-los. Provavelmente morreriam como animais presos nas armadilhas dos caçadores. Pensei em seus corpos apodrecidos e nos corvos bicando seus olhos, arrancando pedaços da carne putrefata. Eu não me importava! Eles mereciam.

Meu ferimento doía um pouco. Podia sentir a pele repuxada devido ao emplastro milagroso do Doninha, mas não era nada que me impedisse de ir ajudar os homens. Victor escondia os olhos da claridade e grunhia como um javali. Na noite anterior ele havia exagerado demais na bebida e acordara com uma ressaca fortíssima. Felizmente seus ferimentos não estavam ruins, apesar dele gemer de dor ao levantar para mijar.

Seus filhos já estavam em cima das carroças e ajudavam o avô com a bagagem. Os irmãos italianos comiam o desjejum fazendo muita algazarra, como de costume. Jules ainda dormia enrolado em uma grossa pele de lobo. Ele não passara uma boa noite, pois tivera febre e calafrios. O corte na sua barriga estava muito inchado e parecia infeccionado. Taddeo rezara por bastante tempo para São Paulo, até apagar de cansaço segurando uma pequena cruz de bronze.

John havia preparado uma infusão de raízes e a colocava com cuidado na boca do amigo. Ele bebeu um pouco antes de engasgar e começar a tossir. De todos nós, somente o pobre Jules estava consideravelmente mal.

– Vamos logo, companheiros – disse Hector, ao montar em seu cavalo. – Nossos suprimentos estão no fim e nossos amigos precisam de cuidados. Se andarmos rápido, nessa noite vocês irão dormir em uma cama!

Os homens concordaram e em pouco tempo a caravana seguia pela estrada. Fizemos um grande esforço e prosseguimos o mais rápido que pudemos. Paramos apenas uma vez para comer um ensopado sem gosto preparado às pressas. Fiquei responsável pela comida dessa vez. Creio que não os decepcionei. Os animais beberam água, mas assim mesmo continuavam exaustos. O suor esbranquiçado secava no lombo deles.

Porém, antes do Sol se pôr completamente, vimos as luzes das tochas e das fogueiras de Birmingham. Nossos corações se alegraram e percorremos as últimas milhas com entusiasmo, deixando de lado o cansaço.

Hector se apresentou aos vigias e eles abriram o portão feito com toras de carvalho. Adentramos a cidade protegida naquele ponto por uma paliçada. Em agradecimento o velho lhes entregou um pedaço grosso de carne de veado defumada.

– Obrigado, senhor! – disse um dos vigias – Que Deus lhe permita bons negócios!

Prosseguimos por um caminho largo até encontrar uma estalagem. Era uma grande construção de pedra e madeira com um estábulo anexo. Estava cheia e o barulho vindo de lá era alto. Risadas, copos batendo nas mesas e os gritos das prostitutas só eram abafados pela onda de arrotos depois de cada gole de cerveja morna.

Hector se aproximou da porta e logo um velhote magro e alto veio ao seu encontro com um sorriso largo. Eles se abraçaram com vigor e conversaram por um tempo. Então vieram para perto das carroças.

– Rapazes! – o mercador falou alto. – Esse é o meu grande amigo Rudolf!

O velhote olhou para nós e acenou.

– Como os meninos cresceram! – falou. – O que está dando para eles comer, Victor?

– Nada de mais! – falou orgulhoso – Apenas puxaram o pai!

Rudolf e os homens conversaram um pouco e logo em seguida nos levou até o estábulo onde acomodamos as carroças e os animais.

– Há três quartos vagos! – cutucou a orelha com um pedaço de mato. – Se não se importarem em dormir juntos, peço para Judith levar mais alguns colchões para lá.

– Agradecemos a hospitalidade! – disse Hector. – Para quem passou semanas dormindo sobre a relva e ao relento, qualquer lugar debaixo de um teto está ótimo.

– Podem ir. Dormirei aqui para cuidar das carroças – falou Doninha.

– Não é preciso, meu rapaz! – disse Rudolf, com um sorriso sincero – Eu já pago uma fortuna para guardarem as minhas propriedades e as dos meus hóspedes.

O estalajadeiro apontou para seis homens armados que nos observavam a certa distância. Eram bastante mal-encarados e certamente não hesitariam em decepar a mão de qualquer bandidinho que ousasse roubar algo.

– Agradeço, mas ainda assim prefiro ficar por aqui – falou Doninha puxando uma manta de lã grossa. – Dormirei melhor aqui fora. Esse porco ronca demais! – apontou para Victor.

– Ora, seu merdinha! – o gigante rosnou e ficou vermelho. – Tomara que um bando de formigas venha de noite para picar o seu rabo fedorento!

Os homens riram e entraram.

Jules foi levado para um canto e teve o ferimento limpo e

envolto em bandagens. Colocaram algumas sanguessugas nos seus braços e peito a fim de abaixar a febre. Os vermes asquerosos sugaram o sangue por mais de uma hora e ao final estavam inchados e roliços. Os ajudantes de Rudolf o levaram para um dos quartos e lhe deram mingau e peras frescas.

– Ele comeu um pouco e dormiu – disse um jovem ruivo. – Amanhã acordará melhor.

Victor lhe deu alguns pence e agradeceu pelos cuidados.

Acomodamo-nos em uma grande mesa e Rudolf veio nos servir. Comemos carne de coelho com ervas e um pão escuro de centeio. Bebemos cerveja e comemos maçãs açucaradas. Os gêmeos levaram comida e bebida para o Doninha e logo em seguida voltaram.

– Pai do céu! – disse Leonard. – Ele devorou tudo!

– Também sobrou tão pouco! – retrucou Richard. – Você comeu quase tudo antes de chegar até o estábulo!

– Seu frangote mentiroso! – xingou Leonard. – Eu te mato!

Richard correu e subiu as escadas com seu irmão no seu encalço.

Hector agradeceu ao amigo e subimos também. Os quartos estavam arrumados e nos acomodamos bem. Dormi com os gêmeos e os irmãos italianos. Não vi como os outros homens se ajeitaram.

Conversei um pouco com os meninos, mas logo eles adormeceram. Eu fiquei acordado por um tempo, pensando na minha inusitada jornada e na luta contra os bandidos. Minha cabeça ardeu um pouco com a lembrança da flechada, contudo o cansaço me dominou e eu fechei os olhos.

Comecei a sonhar com Edred e com o Crucifixo. Corríamos na praia e Charles, o pescador, acenava de um barquinho que flutuava sobre um mar sem ondas. O dia estava quente e a brisa morna balançava os meus cabelos. O céu era de um azul intenso, sem nenhuma nuvem. Eu estava feliz. Derrubei o moleque na areia e o cãozinho veio lamber nossos rostos enquanto rolávamos. Eofwine jogou uma de suas redes sobre nós e fingiu nos pescar. Deitei de barriga para cima e a claridade ofuscou a minha vista. Fechei os olhos e então algo estranho aconteceu. Ouvi a primeira trovoada, depois a segunda, a terceira e a quarta e de repente o céu escureceu e veio a tempestade.

Acordei assustado, com o coração saindo do peito. Os meninos ainda dormiam e as velas ardiam forte em um prato sobre a mesinha de madeira. Então, novamente o trovão ribombou forte. Poderoso como o urrar de um urso. Intenso como só o ronco de Victor conseguia ser.

Ouvi os xingamentos dos homens. Eles abriram as portas dos quartos ao lado e resmungaram. Ouvi alguém descer as escadas.

Demorei a dormir novamente.

Todo o quarto parecia tremer a cada ronco. Tive a impressão de ver a chama da vela balançar enquanto o gigante puxava o ar.

Enfim, só me restou rir sozinho ao lembrar da sabedoria do astuto Doninha.

Um vento morno soprava do mar, trazendo o cheiro de sal e peixe. As folhas farfalhavam nas árvores e um pequeno bando de pombas dormitava sobre um telhado de palha. Os ratos corriam sorrateiros pelos cantos e passaram despercebidos por uma coruja velha pousada em cima de um toco. Dois cães brigavam por um grande fêmur de carneiro e um terceiro mais afastado lambia as feridas recebidas pela luta perdida. Um gato correu para trás de uma carroça e sumiu na escuridão. Pensei ser a Fluffy, mas logo minha atenção mudou de foco.

Eu não havia me afastado muito da minha propriedade, ainda podia sentir o suave aroma exalado pelas árvores floridas no viçoso pomar. O perfume inconfundível das maçãs frescas penetrou nas minhas narinas e me fez lembrar os tempos de menino. A minha cabeça estava envolta completamente nos meus felizes devaneios, quando ouvi gemidos abafados. Eles estavam distantes, entretanto eram muito nítidos para mim.

Caminhei atento, sem apressar o passo e a cada passo os sons se aproximavam. Cumprimentei dois homens que cruzaram o meu caminho. Eles levantaram as mãos em resposta e continuaram seu trajeto tortuoso. Eles cheiravam a cerveja, mijo e vômito seco. Mesmo com muita sede eu não queria esse tipo de refeição. Não naquela noite. Porém esse era o perfume dos homens daquela época, acrescido de gotas de suor, doses de bafos podres e cheiros nauseantes vindos dos sovacos e dos cus. Muitos não tomavam banho durante toda a vida.

Prossegui pela rua larga e virei à direita contornando uma pequena capela. Não havia ninguém. Tudo estava muito silencioso, exceto pelos gemidos extasiados. Esses, contudo, certamente não podiam ser ouvidos por pessoas comuns, só por mim, pelos cães e gatos vadios. E estes não se importavam com isso.

O princípio do meu renascimento foi muito complicado, qualquer pequeno barulho era ensurdecedor. Se uma mosca batesse as asas perto do meu ouvido, minha cabeça ficava atordoada e dolorida. As pessoas pareciam sempre gritar e os latidos dos cães eram mais altos que os trovões! Mas, isso foi só no começo... Aprendi, com certo custo, a controlar minhas habilidades e hoje esse é um dom maravilhoso.

Vi no horizonte negro uma pequena ponte de pedra que cruzava um rio estreito, mas veloz. Caminhei até ela e os gemidos aumentaram, tendo como melodia de fundo o barulho da água entrecortando as pedras. Um casal de patos dormia tranquilamente sobre um toco no meio do rio.

Pisei delicadamente nos primeiros degraus da ponte e andei sem fazer ruído. Parei no meio da construção em arco e sorri. Passei a língua nos meus caninos e senti as pontas aguçadas rasparem a minha língua.

Uma excitação enorme percorreu o meu corpo, atiçando os meus sentidos, aumentando muito o meu desejo de caçar.

Era um rio bonito e suas águas eram límpidas, ao contrário dos fétidos canais que percorriam as cidades da Inglaterra. Se eu ainda fosse o Harold de antigamente, estaria louco para beber um longo gole. Mas, a minha sede era outra e logo seria saciada com goles rápidos do rubro elixir da vida.

Os gemidos graves e agudos se mantinham relativamente constantes desde que cheguei. A respiração ofegante era sincronizada e o cheiro adocicado do prazer entrava lépido nas minhas narinas. Senti a minha pele estremecer e os poucos pelos do meu corpo se eriçarem.

Atravessei a ponte e ao chegar ao outro lado vi uma cena deliciosa. Dois jovens amantes entrelaçados, encostados no barranco úmido, com os corpos nus meio submersos. Eles estavam molhados e, apesar do vento, eu podia sentir o calor emanado por eles.

O homem tinha o corpo atlético e bem definido. Lembrava o perfil daquelas estátuas romanas. Ela era esguia, com peitos deliciosos. Infelizmente não conseguia ver mais partes do seu corpo macio, pois ele a cobria toda e penetrava-a como um garanhão no cio.

Admirei-os por alguns segundos. Tive de controlar ao máximo a minha ansiedade. Então, no momento certo e na velocidade de um pensamento, abracei-os.

O homem ameaçou lutar e a mulher se assustou, contudo

todas as reações foram aplacadas de imediato com apenas um sussurro:

"Fiquem quietos e gozaremos todos juntos".

Então, seus corpos retesados relaxaram novamente e o movimento sinuoso foi retomado aos poucos. Dessa vez, mais excitante, por causa das minhas carícias e beijos. A mulher se contorcia e gemia cada vez mais alto, quase aos gritos. Arranhei as costas do homem e o sangue escorreu em filetes paralelos. Lambi delicadamente os ferimentos e senti os batimentos do coração dele se acelerarem. Gotículas de suor surgiram na sua nuca. Apertei as nádegas dela com força e beijei o seu pescoço.

Ela habilmente desabotoou a minha camisa e acariciou meu peito com a mão.

– Você está muito frio! – disse com a voz trêmula. – Venha se esquentar conosco!

– É o que mais desejo, minha querida! – disse tirando a camisa.

Prossegui com as carícias em ambos e preparei a derradeira investida. Mordi com força o pescoço do homem, logo abaixo da nuca, até arrancar um naco de carne quente. Ele urrou de dor e prazer e apertou com força sua amante. Ela gozou nesse momento.

Suguei com força o sangue jovem e sadio por alguns momentos. Depois retirei delicadamente o corpo quase morto de cima da moça.

Coloquei-o recostado no barranco, praticamente inconsciente. Morreu pouco depois, soltando um longo suspiro.

Ela me olhou sem nada entender.

– Nosso amigo está muito cansado! – acariciei o seu umbigo bem-feito. – Posso tomar o lugar dele?

Ela nada disse e me beijou, abaixando a minha calça com uma rapidez impressionante.

– Você está mais quente agora! – apalpou com jeito as minhas bolas.

Eu sentia a vida do rapaz percorrer cada canto do meu corpo e a euforia aumentou bastante com o toque da garota.

Beijei-a um pouco mais e virei-a de costas, segurando seus peitos duros com as mãos. Os bicos totalmente intumescidos tentavam escapar por entre os meus dedos. Ela estava excitadíssima e se esfregava vigorosamente em mim.

Havia chegado o momento do meu orgasmo.

Afastei seus cabelos louros ondulados do pescoço e beijei-o

carinhosamente. Ela riu e começou a apertar a minha perna com a mão. Dei algumas lambidas rápidas enquanto a tocava na parte mais úmida do seu corpo. A garota gemeu ainda mais.

Então, delicadamente, mordi seu pescoço, furando uma veia com precisão. O sangue esguichou garganta abaixo e eu bebi longos goles. Logo seus movimentos pararam e a respiração se encurtou até cessar completamente.

Abracei-a e lhe dei um beijo na bochecha.

– Boa noite, querida! – sussurrei em seu ouvido.

Arrumei as minhas roupas e senti um delicioso calor no peito. E a noite me pareceu mais colorida.

Arrastei os corpos até um bosque afastado e deixei-os lá, nus e abraçados, com as roupas molhadas ao lado. Os amantes certamente foram felizes nos seus últimos momentos.

No dia seguinte algum camponês os encontraria e espalharia boatos sobre feras infernais. Eu não me importava. Estava plenamente saciado e eufórico, mas a noite logo se findaria e eu precisava voltar para casa.

Capítulo XV – A nobre mordida

Fiquei bastante quente e o meu corpo fortalecido. A cor retornou para a minha pele e um fogo interno se espalhava da espinha para todo o corpo. Havia tempos não bebia o sangue de duas pessoas de uma única vez. E sem desperdiçar um gole sequer!
 Bebi muito, mas de forma alguma me sentia pesado, empanturrado. Estava leve e lépido e mal podia sentir o chão sob os meus pés. Parecia flutuar sobre as pedras úmidas do calçamento. E ouvi um coral de anjos imaginários.
 Toda a excitação do momento também contribuiu para saciar as vontades carnais e mundanas. Ainda sentia breves tremores nas mãos e nas partes internas das coxas. E na minha língua um irresistível sabor de pele, de suor e do vermelho elixir da minha eternidade. Eu salivava como um cão vendo um gordo pedaço de carne.
 Ah!
 Como é delicioso o néctar dos amantes! Espesso e quente, perfeito como um bom vinho envelhecido em tonéis de carvalho! Infinitamente superior ao sangue viscoso dos velhos ou ao caldo aguado saído das veias dos doentes. Acabara de me deliciar com uma iguaria fina!
 E após toda essa orgia, somente uma sensação inundava o meu espírito e percorria cada palmo do meu corpo. Algo quase inexplicável para os mortais, alcançado somente por alguns.
 Eu fui tomado pelo calor do poder.
 E naquele instante eu lutaria contra exércitos!
 Enfrentaria a ira de deuses rancorosos com um sorriso largo no rosto.
 Naquele momento eu era a glória sobre o firmamento. O ser imortal e poderoso, digno de histórias a serem contadas

pelos bardos durante séculos, milênios, enquanto durasse a vida nesse planeta tão ínfimo perto da minha suprema força!

Porém nessa noite etérea e única não havia uma viva alma para contemplar minha supremacia e se ajoelhar aos meus pés.

Restou-me somente retornar ao lar, imaginando batalhas imemoriais e carícias deliciosas nas deusas, espólios de uma guerra eterna vencida por mim.

E no desfecho fantástico das alegorias na minha mente, em que eu me encontrava pairando entre o mundo fictício recém-criado e os cenários reais da minha vida, um cão cinzento parou ao meu lado, perto de uma árvore nodosa, coberta de musgo, e cagou um monte marrom e fedorento.

Então, meu espírito retornou à realidade e eu ri de tudo. Mas, para não perder completamente a beleza da ilusão, o cão se tornou o maior e mais feroz dos lobos, que destrinchava sem dó a carcaça do seu oponente.

Melhor assim...

Alguns cães latiam enlouquecidos e uivavam como os seus antepassados faziam nas florestas distantes. Homens assoviavam e chamavam pelos seus companheiros de uma maneira cantada, muito peculiar.

– Pulguento, vai! – cantarolou um homem com a voz aguda.

– Dentuço, Dentuço! Ôôô! – gritou outro.

Os cães arfaram alto e uma raposa ganiu em seguida, em algum lugar ao norte. Os gemidos angustiantes morreram logo após o som dos baques secos das pauladas. Os risos e a comemoração vieram em seguida. O vento mudou de direção e deixou os barulhos da caçada praticamente inaudíveis.

Então, novamente veio a calmaria.

Ou, melhor dizendo, os sons da cidade voltaram ao normal.

Abri os olhos lentamente e uma lufada de vento frio entrou pelas frestas nas madeiras da parede. Elas estalaram e resmungaram pelo incômodo. Os garotos ainda dormiam, e os gêmeos, deitados em lados opostos de um mesmo colchão rasgado, abraçavam as pernas um do outro.

Alguém tossiu e escarrou na rua logo abaixo. O ruído dos copos e pratos batendo era frenético no andar de baixo. As mulheres espreguiçavam e os homens não perdiam tempo, cortejando-as e procurando algum rápido prazer matinal. Um cheiro de bolo inundou o quarto simples da estalagem. Lavei o rosto e os sovacos com a água fria de uma bacia deixada sobre um banquinho no canto. Sem querer, deixei a água respingar na barriga descoberta do Gigio.

– Porra! – resmungou alto, com os olhos vermelhos e cheios de remela. – Cuidado onde joga a merda dessa água, seu puto!

Antes de eu conseguir me desculpar ele dormiu novamente.

Com o barulho, Pio acordou e mijou tranquilamente em um penico de estanho, jogando em seguida o líquido amarelo pela janela, como era costume na Europa.

Por sorte, ninguém passava na rua no momento.

Os gêmeos acordaram juntos e desceram as escadas em uma corrida frenética. Eles se esmurravam e trocavam insultos. Fui logo atrás deles e Hector me recebeu com um sorriso largo.

– Venha tomar o desjejum conosco, jovem Harold! – puxou um banquinho de madeira ao seu lado.

– Muito obrigado! – respondi. – Acordei com uma fome imensa!

– Então vamos aplacá-la agora mesmo! – bradou, e se dirigiu ao amigo, que estava atrás do balcão. – Rudolf! Traga o melhor da casa para o Harry!

Não demorou muito e mais comida foi servida. Comi pão de centeio, ovos e um guisado de legumes com ervas. Pedi um pedaço do bolo cheiroso. Era de nozes com mel e uvas passas. Estava delicioso e fiz questão de pagar pelo menos isso, pois o resto foi por conta do mercador. Tomei três copos de cerveja e saí para mijar.

Victor estava sentado sobre uma pedra grande, amolando sua enorme espada. Jules estava ao seu lado, sentado em uma cadeira de madeira com encosto alto, um pouco mais corado, a barriga enrolada em bandagens manchadas de vermelho. Sua expressão estava serena, apesar de tudo.

– Bom dia, filho! – falou Victor – Já comeu algo?

– Sim! E até demais! – bati na barriga estufada.

– Então aproveite! – disse ele, passando a pedra na lâmina. – Ficaremos por mais dois dias e partiremos. Você vai conosco, não é?

– Sim, claro! – respondi entusiasmado. – Isso é, se vocês desejarem.

– Filho, você é um bom rapaz e atira muito bem! E o nosso amigo aqui não poderá pegar a estrada! – apontou para Jules.

– Logo estarei bem – falou o homem com a voz ainda fraca. – No retorno, vocês terão de passar por aqui... Aí, se o bom Deus permitir, seguirei com vocês.

Concordei com a cabeça e segui até os estábulos.

Encontrei o Doninha preparando um cozido de cogumelos com uns pedaços de passarinhos. A carne ainda tinha algumas penugens, mas o homem parecia não se importar. Ele molhava o pão no caldo gorduroso e comia vorazmente.

– Isso sim é comida! Não a porcaria mal temperada que servem aí – falou apontando para a estalagem. Tirou um saquinho pequeno de couro pendurado no seu cinto e derramou cuidadosamente um pouco do seu conteúdo na panela.

– Sal! – lambeu os dedos – Uma dádiva do nosso senhor para deixar as comidas deliciosas! Nas estalagens e tavernas de toda a Inglaterra eles não colocam sal suficiente na comida! Mesquinhos, desgraçados! – rosnou.

Apenas levantei os ombros e fui mijar. E o jato amarelo forte me trouxe à mente a imagem de um pote repleto de ouro. Quem sabe isso fosse um preságio...

E, assim, o dia começou muito bem.

"Sol e Lua eram amantes imortais
E unidos percorriam o firmamento
Lado a lado durante eras imemoriais
Dançando conforme os caprichos do Vento

Então, a Lua viu a Terra imponente
Se erguendo em montanhas colossais
E cantou para o Sol dormir impotente
Enquanto descia rápido, mais e mais

E no horizonte o amor proibido aconteceu
E então a noite lúgubre surgiu
Então, de repente, o chão estremeceu
Quando o poderoso Sol os olhos abriu

Labaredas de fúria no ar foram lançadas
E a Terra rangeu e se rachou
A Lua chorou abaixo das estrelas apavoradas
E o fogo celeste tudo queimou

E com tamanha decepção o Sol partiu
E a Lua foi ao seu encalço
Mas veloz ele sumiu
E a Lua minguou no escuro céu, seu cadafalso

Assim, a Lua de prata caminha sozinha pela escuridão
E o dourado Sol fez do dia o seu lar
E eles não mais se deram as mãos
E nunca mais serão um par"

Recitei esses antigos versos enquanto caminhava pelas ruas solitárias de Rouen. A lua minguante e tristonha estava escondida entre as nuvens. Ventava um pouco e o cheiro do mar era bastante forte. Eu podia ouvir cada passo meu ecoar, acompanhados somente por algumas corujas balançando os galhos de uma árvore e uns gatos brigando, tendo uma família de ratos gordos como plateia. Quem sabe algum espírito me seguia. Em alguns momentos calafrios inexplicáveis percorreram o meu corpo. Como se neve fosse colocada na base da minha coluna. Mas, ao meu redor, somente casas adormecidas cuspindo no céu filetes fracos de fumaça das lareiras e fogueiras quase apagadas.

Resolvi adiar um pouco minha volta ao lar. Caminhei por uma larga rua pavimentada que acabava em um trecho de terra. A partir dali não havia muitas moradias, apenas algumas choupanas esparsas, entremeadas por plantações e criações. E esse ambiente aberto, sem muros ou altas construções, ao contrário das cidades apinhadas, me deixou mais feliz. Até o ar fedia menos.

Peguei algumas amoras pretinhas apenas para apreciar seu aroma. Quando eu era menino, passava muito tempo comendo as frutinhas doces em uma amoreira torta nascida perto do riacho ao fundo da casa do meu pai. Comia tanto que cagava e mijava arroxeado por um tempo.

Coloquei uma na boca e mordi delicadamente. O caldo escorreu pela minha língua, mas o gosto foi horrível. Infelizmente, nunca mais poderia provar das delícias humanas. E nunca mais é muito tempo até mesmo para mim.

Esse fato me entristeceu um pouco e a lembrança das coisas boas de antes do meu renascimento apertou meu coração imortal.

Andei por mais um tempo até parar em frente de uma fazenda mais afastada, no sopé de um morro coberto de parreiras. A casa era grande e imponente, com portas e janelas maciças ornadas com entalhes de lírios. Certamente o dono deve ser alguém rico.

Umas galinhas pintadas corriam soltas e os porcos grunhiam no chiqueiro fedorento. Umas vacas pretas dormiam em um estábulo ao lado da casa.

Havia uma criação de cavalos dentro de um cercado grande. Pelo menos cinquenta animais dormitavam ou pastavam tranquilamente.

Eu me aproximei devagar e sem fazer barulho, porém um dos animais me farejou e se agitou. Os outros levantaram as cabeças e as orelhas pontudas e, ao me verem, correram para o lado oposto do cercado, relinchando e dando coices no ar.

Exceto um.

Um grande macho zaino veio lentamente, altivo, soltando vapor pelas narinas, e parou junto à cerca de madeira. Ele balançava a cabeça e batia a pata, levantando poeira e terra. Parei na sua frente e estiquei a mão em sua direção. Acariciei seu focinho forte e dei tapinhas no seu pescoço.

– Bom garoto! – falei.

Ele bufou e seu corpo estremeceu.

Logo me veio à mente a imagem do meu amigo Fogo Negro, e a lembrança doeu muito. Afaguei um pouco mais o cavalo e me afastei. Ainda não estava preparado para outro cavalo. Não essa noite...

Então, senti nas minhas botas um leve roçar. Olhei para baixo e vi a Fluffy, com seus olhos cor de esmeralda refletindo o parco brilho da lua.

Peguei-a no colo e ela ronronou.

– Está longe de casa, menina! – acariciei sua cabeça.

Ela miou e se aninhou nos meus braços, fechando os olhos.

Adormeceu.

Caminhei tranquilamente até meu lar. Durante o trajeto cruzei apenas com dois vadios bêbados e com um casalzinho que correu assustado quando me viu. A menina morena segurava a blusa aberta e o garoto pulava com as calças arriadas. E como é delicioso o aroma do prazer, exalado a cada respiração, por cada poro, em cada gotinha de suor.

Se eu pudesse vagaria por muito tempo ainda. A noite estava agradável, convidativa, e o doce sangue dos amantes encheu meu ser com um ânimo sobrenatural, indolente. Mas meu passeio estava terminado, porque logo iria amanhecer.

Subi novamente até a janela do quarto e encontrei os cãezinhos dormindo sobre a cama. Murron devia estar nos seus aposentos. Coloquei Fluffy delicadamente sobre uma cadeira estofada. Ela abriu os olhos sonolentos, mas logo voltou aos seus sonhos. Então me arrastei para meu covil e o ar impregnado de mofo saiu, como se fosse um arroto preso por muito

tempo, quando abri a portinhola. Eu já estava acostumado e, apesar de tudo, esse era um dos melhores lugares onde eu já dormira.
Nessa madrugada eu estava feliz demais para reclamar. Deitei sobre os tapetes empoeirados e dormi bem depressa. E sonhei com tortas de amora.
Depois da noite de orgia com o sangue dos amantes, passei semanas mais amenas, sem grandes feitos e nenhuma peripécia inusitada. Não sei se esse é o termo certo, mas posso considerar que eu havia caído na rotina.
Dormir, acordar, matar um aqui outro acolá, conversas com Serge, divagações com Murron, pomposos presentes para a igreja e mimos para os cãezinhos e para o bebê. E também um pouco de conversas inúteis com os nobres e pessoas insones da cidade.
– Você reparou na nova carroça do Guy? – perguntou *monsieur Toulouse*, um jovem senhor com extensas propriedades herdadas do pai, recém-falecido, nas cercanias de Rouen.
– Acho que a vi na noite passada – respondi sem dar muita importância.
– Não sei onde aquele açougueiro conseguiu dinheiro para comprá-la! – falou coçando a barba rala.
– Pois é...
E pelo menos duas vezes por semana eu o encontrava. E ele sempre vinha com alguma fofoca ou intriga. Parecia uma velha alcoviteira, mas tinha menos de vinte anos! Se eu fosse ele passaria as minhas noites fodendo com alguma empregada e espalharia bastardos aos montes. Contudo, talvez ele preferisse ser cavalgado a cavalgar!
E assim passava o tempo.
Só saí do marasmo quando comprei o garanhão castanho por algumas moedas de ouro. Foi um ótimo negócio para o senhor, mas o dinheiro era o que menos importava. Eu tinha o mundo!
Foi em uma madrugada morna que bati na porta do casarão da fazenda.
Ninguém abriu.
Bati novamente.
Nada.
Então chamei alto e bati palmas sem me importar com o barulho.
Um velhote cabeludo abriu a porta e apontou uma besta armada. Um cão cinzento rosnava ao seu lado. Seus olhos

vermelhos eram puro ódio. Os empregados, ainda sonolentos, saíram de suas cabanas e me cercaram armados de podões e foices. Um bando ridículo e fedorento.

– Em primeiro lugar, gostaria de pedir desculpas pelo incômodo – falei em um francês ainda arrastado – Eu devia ter esperado raiar o dia, mas não pude conter a minha ansiedade.

– Enfie sua ansiedade no cu e saia daqui agora! – vociferou e cuspiu no chão. – Antes que eu enfie essa seta no seu rabo.

– Irei em breve! – respondi firme – Mas, antes quero lhe fazer uma proposta!

– E você quer o quê? – perguntou rude. – Vá dormir!

– Quero um dos seus cavalos! – falei confiante, chacoalhando uma bolsinha cheia de moedas.

– Não vendo meus animais para qualquer *imbécile*! – disse ele, bruscamente. – Principalmente para um veado inglês!

– Rufião! – rosnou um dos lacaios.

– Mas que porra é essa? – gritou uma mulher vesga, com os cabelos pretos emaranhados e a pele sebosa, saída de uma das cabanas. – Encham a cara desse chupador de pinto de porrada para ele aprender a não perturbar os outros. *Fils de pute!*

Ri da ousadia da mulher. Os franceses eram tão maricas e cagalhões que precisavam de uma dama para defendê-los!

Mas, eu não estava ali para brigar. Eu queria o cavalo! E queria naquele momento.

– É uma pena! – falei. – Infelizmente, terei de gastar o meu ouro com outra coisa...

– *Pièces d'or!* – um dos empregados disse empolgado.

O senhor levantou as sobrancelhas e coçou o queixo pontudo. Limpou a garganta e cuspiu de lado. Ficou em silêncio por um momento.

– Vão dormir! – falou para os homens.

– Não quer que fiquemos aqui, *monsieur* Gaston? – perguntou um homem atarracado e de olhos amarelados.

– Podem ir – disse o velho, irritado. – Eu cuido de tudo!

Cada um se retirou para sua cabana, alguns de má vontade, outros dormindo em pé, até ficarmos somente eu, o senhor e o cão cinzento.

O velhote esperou um pouco antes de falar.

– Meus *chevaux* são os melhores da França! – disse, desarmando a besta. – O rei Louis encomendou cento e vinte deles para sua guarda pessoal! São muito caros! Caros, porque são os melhores!

– São ótimos animais – olhei para os cavalos no cercado. – Por isso lhe peço a gentileza de vender um para mim.

– E você poderá pagar por ele? – perguntou, intrigado.

Eu não estava tão bem vestido como de costume. Usava um par de botas gastas, uma calça preta e uma camisa de algodão cru. Somente um pesado cordão de ouro pendia do meu pescoço, escondido pela camisa.

– Isso basta? – falei, pegando doze pesadas moedas de ouro, parte das riquezas Valois.

– *Mon Dieu*! – fez ele, deixando escapar sua admiração.

Um leve sorriso surgiu e senti muita excitação na sua respiração. Seu coração disparou, mas logo ele se recompôs.

– Isso basta? – perguntei novamente.

Ele pegou as moedas e as mordeu uma a uma. O ouro dos tolos era muito comum, e ainda mais era noite, quando qualquer pedaço de metal polido podia enganar facilmente.

– Não sei... Devo vendê-los para esse homem? Meus nobres *chevaux* – falou consigo mesmo.

Pensou por uns instantes, pigarreando e cuspindo. O cão se sentou e lambeu o saco antes de deitar e fechar os olhos.

– O valor seria muito, muito maior, mas farei mesmo assim – disse azedo. – Qual animal você quer?

Fomos até o cercado e eu apontei o garanhão indócil.

– Escolha outro, meu jovem, esse é muito arisco! – Apontou para um macho menor. – Esse é um bom cavalo!

– Quero aquele mesmo! – respondi incisivo.

– Está bem, está bem! – falou, separando o animal dos demais. – Mas eu lhe avisei! Se houver problemas, não aceito devoluções! Ou aceito, se me pagar!

– Estou certo de que não haverá problema nenhum.

O velhote selou o cavalo e o trouxe para fora.

– A sela é cortesia! – sorriu.

– Obrigado! E se eu lhe der mais essa moeda, posso levar uma fêmea? – coloquei outra moeda de ouro na mão do velhote.

– Sim, sim! – respondeu prontamente – Devo estar louco! Ou com febre! Uma ótima égua por apenas uma moeda!

Ele foi até o cercado e trouxe a fêmea relutante. Era uma bonita égua marrom com a crina e o rabo claros, um pouco menor que o meu cavalo, mas muito forte. Ela relinchou e empinou várias vezes, porém quando a toquei no pescoço ela se acalmou.

– Quietinha, menina! – disse perto do seu ouvido – Quietinha!

Ela me deixou afagá-la e ficou tranquila ao lado do meu

cavalo zaino. Agradeci ao fazendeiro e parti. Resolvi caminhar segurando-os pelas rédeas. E eles vieram sossegados.

Assim arrumei um novo companheiro e o chamei de Espectro da Noite, ou apenas Nighty.

Murron ficou muito feliz com o presente e apelidou sua égua de Cevada, por causa da crina quase dourada.

E todas as manhãs ela cavalgava pelos bosques ao redor da cidade. E em muitas noites, quando eu não precisava caçar, Murron me acompanhava, e sempre se exibia orgulhosa quando encontrava alguma amiga. Ela parecia uma dama da nobreza. E certamente tinha o espírito mais valoroso que qualquer mulher de estirpe.

Os dois animais viviam muito bem, cavalgando livres pela extensa propriedade de Valois, ou melhor, minha. Gostaria muito de vê-los sob a luz fúlgida do Sol, galopando por entre as flores e as árvores, correndo pelo remanso do rio, com a água espirrando cintilante a cada pisada.

Murron e Serge, agora um pouco menos arredios um com o outro, sempre me falavam maravilhados sobre os animais, e eu pintava na minha mente cada cenário, com a brisa fazendo as crinas ondularem suavemente.

Certamente meus animais estavam felizes.

E eu também estava muito entusiasmado naquela semana.

Passamos o dia fazendo reparos nas carroças e vendemos a mercadoria. Por sorte tudo foi comprado muito rápido e certamente o lucro foi bom, pois Hector e Victor riam bastante. Doninha cuidava dos animais, escovava o pelo dos cavalos e arrancava os carrapatos. Trocou as ferraduras gastas e deu pasto fresco com aveia para eles.

– Sal! – jogou sal grosso no cocho. – Até os animais precisam de sal!

Ainda não descobri de onde vinha esse interesse dele pelo sal. E tampouco tinha coragem para perguntar.

Jules estava bem melhor e comia um pouco de peixe defumado. A inflamação no seu ferimento havia diminuído bastante por causa dos emplastros e chás de raízes. Sua respiração já não era tão ofegante e ele até esboçava sorrisos de vez em quando. Somente a sua cor ainda estava muito pálida.

– Vou comprar fígado de urso para você comer! – falou Victor com sua voz estrondosa. – Bastam alguns pedaços por dia, cozidos com cogumelos e mel, para você recuperar a força.

Minha mãe me dava colheradas disso quando eu era pequeno e veja como eu fiquei!

Ele devia ter comido muito desse cozido, pois era imenso e forte como um boi.

Os irmãos italianos e os gêmeos brincavam em um riacho próximo. Gigio cismou que era uma boa época para pescar salmões e teimava com os irmãos mais velhos. Fui até lá lavar as minhas roupas e encontrei a costumeira bagunça.

– Um bando de filhos da puta! Todos vocês! – Gigio gritou e gesticulou muito, com uma pequena fisga na mão. – *Maledettos*!

– Deixe de ser teimoso! – disse Pio. – Não existem salmões nesse rio!

– Agora não tem mais! – resmungou o italianinho. – Eles sentiram o fedor dos seus cus sujos na água e foram embora, porra!

– Esse riacho é muito pequeno para salmões, Gigio! – falou Taddeo, tentando convencer o irmão. – A água flui muito fraca e devagar! Vai encontrar aqui somente uns peixinhos e umas rãs, quem sabe.

– Toda vez que esse puto abre a boca é para falar merda! – bradou o menor, nervoso. – Antes de vocês pularem na água, eu vi pelo menos uns dez e dos grandes!

– Eu não vi nada! – falou Marco sentado em uma pedra.

– Também é cego como um castor velho! – respondeu Gigio, tapando os olhos. – Ai *Dio mio*! Estou cercado de idiotas! Idiotas!

Os gêmeos começaram a rir e a correr um atrás do outro, espirrando água na cara do italianinho.

– Hoje é o meu dia! – enxugou o rosto e arrumou a tipoia que sustentava o braço quebrado. – Ajuda-me, meu São Gennaro! Haja saco!

Acabei de lavar as roupas e voltei para a estalagem. Pendurei-as na carroça para secar, pois nem o Doninha, nem o Jules iriam sair de lá. Essas, mais as que estavam no meu corpo, eram praticamente as minhas únicas vestes. Se as roubassem eu teria problemas.

Perguntei ao mercador se ele precisava de alguma ajuda. Ele assentiu e me encarregou de comprar pregos e também algumas flechas novas.

– Filho, não pegue os muito enferrujados! – disse Hector ao me dar o dinheiro. – Esses entortam facilmente! E escolha os médios. Nem os pequenos demais, nem os grandes demais.

– Sim senhor! Vou escolher os mais novos – coloquei as moedas no bolso. – E os médios.

– E escolha flechas boas! – coçou uma mordida de pulga na barriga. – Essas malditas estão em toda parte! Pinicam o meu saco o dia todo! Onde eu estava mesmo?
– Nas flechas – murmurei segurando o riso.
– Ah sim! As flechas! – Esmagou o bichinho preto com as unhas. – Não importa o preço, compre as melhores! Elas salvaram a nossa vida no caminho. Você sabe escolher melhor do que eu!
– Pode deixar! – virei-me.
– Ah! E se puder compre alguns doces para os garotos! – disse. – Venha cá!

O mercador me deu mais um punhado de moedas e foi atender uma mulher que chegou querendo comprar peixe defumado. Por sorte havia uns poucos no fundo de um saco grande.

– Esses são os últimos, senhora! – colocou os peixes no cesto da mulher. – Vieram diretamente do Mar do Norte! São os melhores de todos!

Fui rapidamente comprar os pregos e as flechas. Não gostava muito de andar nas cidades com o bolso cheio. Os gatunos pareciam farejar o dinheiro e eu não podia me arriscar a perder as moedas do mercador.

Andei com atenção pelas ruas estreitas, repletas de mendigos e bêbados jogados no chão. Uma velhota segurou firme na minha calça e sorriu com a boca cheia de dentes escurecidos e quebrados.

– Uma moedinha para uma velha enferma! – agarrou minha roupa com força.

Apenas me desvencilhei e continuei meu caminho. Ela me xingou e jogou o mijo de um pote na minha direção. Felizmente errou.

Entrei em uma ferraria. O ar estava muito quente por causa da forja e as batidas do martelo no metal incandescente emitiam um som agudo. Fagulhas voavam a cada sopro do fole e o ferro chiava quando era posto na água a fim de fazer sua têmpera. Era impressionante pensar como o homem podia dominar o fogo e moldar o metal segundo a sua vontade.

Observei por um tempo aquele trabalho fascinante. Fiquei em silêncio, mas mesmo assim o imenso ferreiro me viu e veio me atender, deixando o trabalho para o ajudante, mais novo, mas muito forte também. O homem estava sem camisa e os músculos eram elevações maciças, entrecortadas por veias grossas.

– Deseja algo, garoto? – indagou, com a voz extremamente fina para o seu tamanho.

Por um instante fiquei calado e tive de me conter para não

rir. Senti os músculos da minha bochecha tremerem. E comecei a ter comichões no rosto. Se eu risse, certamente seria uma sentença de morte.

– Não tem língua? – perguntou ele, irritado. – Ou veio somente olhar para o meu rabo enquanto eu trabalho?

– Desculpe, senhor! – respondi com a voz trêmula – Eu tentava me lembrar do que vim comprar.

– E já se lembrou? – enxugou o suor com um trapo sujo.

– Pregos... – respirei fundo logo em seguida.

– E de quantos vai precisar? – pegou uma caixa cheia de pregos.

– Quantos consigo comprar com isso? – dei algumas moedas para o imenso ferreiro.

– Vendo trinta para você! É o suficiente? – perguntou.

– Se pudesse ser um pouco mais... – disse eu, resoluto.

– Hum... Deixe-me ver... – coçou a cabeça. – Está bem, garoto! Vendo 35 por esse preço. Senão terei um grande prejuízo.

Escolhi os melhores e paguei o homem, mas antes de sair olhei admirado para uma armadura de cota de malha que estava sobre um molde.

– Linda, não é? – perguntou ele, com a voz fina. – Estou rebitando os últimos elos. E depois irei colocá-la no fogo junto com carvão e cinzas para ela ficar dura como os chifres do Diabo! Daí irei poli-la e ela brilhará sob o Sol. Os inimigos tremerão e borrarão as calças!

– É muito bonita mesmo! – falei. – Gostaria de um dia ter uma dessas!

– E precisará, pois tempos difíceis virão! – disse sério.

Não prolonguei a conversa, pois logo iria escurecer e eu ainda precisava arranjar o restante das coisas. Então, apenas me despedi e saí.

Consegui doze boas flechas por duas moedas de prata e com o restante do dinheiro comprei os doces. Confeitos, gomas, torrões de melado e um punhado de amêndoas meladas ainda quentes. Os moleques ficaram ensandecidos e enfiavam as guloseimas aos montes na boca. E Hector ficou feliz pela alegria deles. E pelo bom uso que fiz do seu dinheiro.

– Bom negócio, filho! – disse, dando tapinhas no meu ombro. – Os pregos são bons e a quantidade também! Foi uma boa pechincha!

Fiquei bastante contente.

Fui para as carroças e guardei as novas flechas junto com as minhas. Naquele instante pensei que seria muito bom não precisar usá-las.

A noite caiu ligeira e todos foram dormir. Amanhã haveria muito trabalho a ser feito, pois logo iríamos partir.

Deitei na cama e fiquei em silêncio enquanto os garotos conversavam. Estava cansado e aos poucos as vozes sumiram, se dissiparam e deram lugar aos sonhos. E, se me recordo, estes foram tão bons quanto os do dia anterior.

10 DE SETEMBRO DE 1167.

Acordei com uma sede pavorosa. Meu corpo estava fraco e dolorido. Nos últimos dias eu não havia bebido sangue suficiente, pois Murron agora passava bastante tempo comigo, com conversas deliciosas e passeios prazerosos. E o bebê parecia gostar muito de mim, pois sempre se agitava e sorria quando me via.

Eu estava muito pálido e sentia um gosto ruim, como se minha boca estivesse ressecada por décadas. A pele estava funda por entre os ossos da mão e as veias pareciam ainda mais azuladas.

Uma ratazana gorda e peluda passou silenciosa ao meu lado. Acreditava estar segura por causa da escuridão. Mas eu podia vê-la perfeitamente, podia sentir o seu cheiro e ouvir cada passo seu sobre a madeira. Então, com um bote rápido, peguei-a e mordi sua barriga, sugando o parco sangue. Não aliviou a minha sede, mas animou um pouco o meu espírito.

Essa noite, eu precisava caçar.

Coloquei uma roupa limpa deixada sobre a cama e desci as escadas com os cãezinhos alvoroçados ao meu lado. O pesado torque de ouro balançava no meu pescoço a cada degrau vencido.

Encontrei Murron servindo cerveja para o Serge, que, quando me viu, abriu um largo sorriso amarelado.

– Patrão Harold! – levantou-se. – Tenho boas novas!

– Pode se sentar! – puxei uma cadeira para mim.

O capataz se sentou e enfiou um naco de toucinho defumado na boca. Ele me ofereceu um pedaço, mas refutei com um gesto.

– A cabana está pronta! – disse com a boca oleosa. – Assim como o patrão pediu! Muito bem calafetada!

– Muito bom! – estalei os dedos – Essa noite irei até lá!

– Devo acompanhá-lo, patrão Harold? – perguntou ansioso. – O caminho é longo.

— Não é preciso! – respondi. – Prefiro que vá até cidade e busque as botas encomendadas na semana passada.

— Sim senhor! – levantou-se ligeiro.

— Só mais uma coisa, Serge! – atirei-lhe um saquinho com dinheiro. – Compre roupas novas para você e sua mulher, pois você está um lixo, homem!

— Deus lhe pague! – riu ele, e saiu assoviando.

Dinheiro, persuasão e charme... Eu tinha os três de sobra.

— Harold! – Murron interrompeu meus pensamentos com a voz anasalada. – Você se importa se hoje eu ficar em casa? Estou um pouco doente.

— Minha querida! Você está bem? Precisa de algo? Vou ficar com você! – falei preocupado.

— Não é preciso! – disse ela, antes de espirrar. – É só um resfriado.

— Tem certeza? – insisti.

— É claro! Pode ir! – falou me dando um beijo na bochecha. – Não sei como você não fica doente! Pálido e frio desse jeito! E ainda por cima não come!

— Como sim! – disfarcei – Sem desprezar a sua deliciosa comida, eu gosto muito das porcarias vendidas nas cidades e nas tavernas. E os deuses me fizeram com um estômago muito pequeno!

Ela me olhou de soslaio. Não disse nada. Já estava acostumada com a minha grave doença e parecia acreditar em tudo. Muitas vezes eu a ouvia rezar pedindo a minha cura.

Minha doce Murron!

Fiz cócegas na barriga do bebê e ele riu, se agitando sobre um tapete de pele de ovelha. Sua boca já tinha alguns dentinhos miúdos e branquinhos como o leite. Peguei um pedaço de toucinho sobre a mesa e dei para ele. Prontamente o enfiou na boca e mordiscou contente a iguaria.

Mandei um beijo para Murron e saí.

— Não me espere! – falei sorrindo. – Vou demorar bastante!

Tranquei a porta e uma lufada de ar morno bateu no meu rosto. Nighty, como sempre, veio me receber. Acariciei o seu focinho e ele relinchou.

— Hoje não, companheiro! – falei – Você pode descansar e namorar a Cevada.

Essa noite seria só minha.

Toda minha.

– Puta merda! Como minha barriga dói!
Acordei assustado e ainda zonzo. Devia ter sonhado. Virei para o lado e bocejei. Logo dormiria novamente. E rapidamente as pálpebras pesaram e o silêncio veio à mente. Mas, de repente, senti um fedor horrível, acompanhado de gemidos e sons inconfundíveis.

Sentei na cama com os olhos entreabertos e vi o Gigio sentado sobre um balde, fazendo caretas em um canto mal iluminado do quarto. Pio estava sentado na janela, com as calças arriadas e suando muito.

Taddeo se contorcia sobre seu colchão de tanto rir. Os outros garotos não estavam no quarto.

– Desse jeito vou perder o meu cu! – disse Gigio fazendo força. – Não paro nunca de cagar!

– Pelo menos não está chovendo no seu rabo! – falou Pio, se equilibrando na janela.

Ainda era noite e uma chuva fina caía. Taddeo levantou-se ligeiro e parou do lado do irmão sentado na janela.

– Ah ah ah ah! Quase mijo nas calças – aliviou-se por um longo tempo. – Quem mandou comer todos os doces de uma só vez?

– Foi o *maledetto* do Harold que comprou doces estragados – gritou Gigio. – Esse balde está machucando a minha bunda!

Não aguentei ver todo aquele escândalo e comecei a rir também. O irmão mais novo ficou vermelho e suas caretas eram um misto de dor e ódio.

– Assim que eu acabar vou fazer você comer toda a minha merda, Harold! – falou enquanto peidava alto. – Vai lamber esse balde!

Os gêmeos voltaram ensopados e emburrados. Marco veio logo depois com um sorriso malicioso.

– Eu não disse que era mais esperto! – Alisou as roupas secas. – Caguei em uma bacia mesmo! Achei-a atrás do balcão!

– Essa você ganhou! – falou Leonard ao tirar as roupas molhadas.

– Se eu demorasse mais um pouquinho procurando outra bacia ou balde, cagaria nas calças! – disse Richard, se enxugando. – Arranhei todo o meu rabo quando me limpei com aquela maldita folha.

– Pronto! – disse Pio colocando novamente as calças. – Tomara que chova forte! Tem merda escorrendo por toda a parede!

– As mocinhas querem calar a boca! – rosnou Gigio. – Não se pode cagar em paz!

Todos nós rimos do garoto e ele ficou mais nervoso, espumando pelos cantos da boca.
– *Figli di putana!* – gritou o menininho raivoso – *Leccaculo!*
– Marco, você me ajuda aqui? – perguntou Taddeo, segurando um dos braços do irmão caçula.
Marco pegou o outro braço e o balde e eles o levantaram.
– Segure o balde, senão vai voar sujeira para todos os lados! – disse Taddeo rindo.
– Seus veados! – berrou o menino – Eu vou cair!
– Não vai não! Relaxa! – disse Marco.
Eles o levaram para fora do quarto e trancaram a porta.
– Pronto, agora você pode terminar seu serviço em paz! – falou Taddeo.
– Seus maricas! – berrou – Vou entrar aí e socar vocês! *Froci! Froci!*
Rimos por bastante tempo. Pio ficou com dó do seu irmão pequeno e abriu a porta. Ele entrou com lágrimas nos olhos e se deitou sem falar nada. Havia muito tempo ainda até amanhecer, então dormimos.
Mas, pelo que me lembro Gigio se levantou mais duas vezes para se aliviar.

Fluffy estava no meio de um bando de gatos vadios. Quando me viu, se aproximou com o rabo levantado e ronronou por entre as minhas pernas. Seus olhos verdes irradiavam um brilho único e místico. Tentei pegá-la no colo, contudo ela correu para junto dos seus companheiros noturnos. Hoje ela queria a liberdade e eu também.
Apesar da cidade não ser tão pequena, os rostos sempre eram os mesmos, principalmente durante a noite. Prostitutas, marinheiros, veados, mendigos, judeus e bêbados. Os mesmos nobres notívagos e enfadonhos com suas corriqueiras maledicências e as já batidas donzelas em busca de calor para seus leitos.
Porém, apesar da sede imensa, eu buscava algo novo.
Então o vento soprou forte e, como se dominado por um feitiço da natureza, segui-o. Corri para o norte, mais veloz que um cavalo, em direção à minha nova propriedade adquirida há bem pouco tempo. Comprei umas terras férteis e boas. Era um lugar bonito com um trecho de bosque intocado e plantações.
Pedi que Serge contratasse mais criados para cuidar das terras, carpinteiros e construtores para construir uma cabana no meio do bosque. Ordenei uma sólida construção de pedra,

com apenas uma pequena janela e um porão sob o assoalho. Aproveitei uma grande encosta de rocha nua para servir como fundo para o meu covil. Custou caro, mas eu dei ainda mais dinheiro para apressar a obra.

E o dinheiro abria todas as portas e fechava algumas bocas...

Ouvi sinos distantes. Milhas e milhas nos separavam. O badalar estava fraquíssimo. Mas, meus ouvidos lupinos nada perdiam.

E aquele som me atraiu. Algo me instigou. Vozes ecoavam em minha mente.

Havia muito tempo desde a última vez que eu estivera em um convento. Foi uma ótima refeição. E nessa noite tudo iria se repetir. Corri até a imponente Catedral de Rouen. Um bom tempo se passou, apesar de não haver cansaço. A curiosidade me açoitava. Os sinos já estavam calados, não havia ninguém nos arredores e apenas a luz das velas tremulava pelas janelas das clausuras e dos aposentos.

E a sede bestial maculava os meus pensamentos e movia as minhas vontades.

Comecei a escalar os muros lisos.

Eu me espremi por uma janela estreita e coberta de musgo. Tive de subir bastante até encontrar uma entrada. Na maioria das janelas havia vitrais em tons de azul, muito bonitos. Saí em um corredor parcamente iluminado e muito comprido. Parei um pouco para escutar, mas não ouvi passos, apenas alguns murmúrios nas celas. Eram os infindáveis pedidos ao Nosso Senhor.

Caminhei até encontrar uma escada no final do corredor. Subi com cuidado pelos degraus largos. A Lua estava escondida e o vento resmungava indócil.

Cheguei a outro corredor e dessa vez tive de esperar um pouco, pois ouvi passos. Por sorte o som aos poucos se distanciou até desaparecer completamente. Esgueirei-me pelas sombras e passei de porta em porta até uma em especial prender a minha atenção. Era uma porta com entalhes na madeira avermelhada, ricamente decorada, ao contrário das demais. As dobradiças fortes de ferro polido não tinham nenhuma teia de aranha presa nelas. E, lá dentro, ouvi a voz de algumas mulheres, não o lamento de uma única voz.

E elas falavam em inglês. Com as mesmas vozes que me instigaram no bosque distante.

– Senhor Jesus! – lamuriava uma das vozes.

– Trazei a salvação! – respondia a outra.

Um cheiro gostoso de flores e frutas frescas era exalado pelas frestas, diferente do cheiro pungente das velas e do mofo provenientes das outras celas. E essa parte do corredor era coberta por um tapete vermelho com três leões amarelos bordados. E na parede do outro lado uma bela cruz de prata repousava sozinha sobre a pedra rústica.

Girei a maçaneta com cuidado.

A porta estalou. Estava destrancada.

Então, abri-a com muito cuidado. Vi um quarto ricamente mobiliado e bem iluminado com candelabros. Uma senhora estava deitada na cama enquanto outra senhora e uma moça rezavam ao seu lado.

Tamanha eram a concentração e devoção que elas não me perceberam.

Até eu trancar com um baque seco a porta atrás de mim.

Elas se assustaram e ameaçaram gritar, contudo rapidamente quebrei o pescoço da senhora mais velha, sentada ao lado da cama. Em seguida, beijei a mais nova, deixando-a atordoada, sufocando qualquer grito.

E tudo isso foi mais rápido que dizer: "Boa noite, senhoras!".

A mulher na cama jazia alheia a toda movimentação. Ela olhava para a senhora que pendia morta na cadeira sem realmente entender nada.

– Qual é o seu nome, doce menina? – perguntei para a moça, enquanto me sentava ao seu lado.

– Ma-mary! – gaguejou.

Ela ainda não estava completamente desperta e me olhava atônita.

– Está com medo Mary? – perguntei ao fazer leves carícias no seu rosto.

– Quem é você? – perguntou ofegante.

Ela era loira e sardenta, com os olhos azuis como o céu mais límpido da manhã. Estava um pouco acima do peso, mas isso ressaltava suas curvas deliciosas.

– Sou Harold! – respondi com um sorriso.

Ela ficou em silêncio.

Tremia bastante.

– Harold Stonecross – disse sussurrando. – Seu anjo! Seu desejo! Sua perdição!

Eu me aproximei ainda mais e quando toquei seu pescoço com meus lábios senti uma pontada do lado direito do corpo, um pouco abaixo das costelas. E a pontada se transformou em uma dor aguda, lancinante. Olhei para Mary e vi a fúria nos seus olhos. Seu rosto contorcido e seus lábios finos cerrados estavam ameaçadores.

– Você invadiu os aposentos da Senhora dos Ingleses! – vociferou com ódio. – Então merece morrer, seu porco!

Dei um passo para trás e coloquei a mão na fonte de toda a dor. E com um movimento rápido puxei a faca comprida. Segurei o grito e caí para trás em um baque seco.

– Você vai sangrar até morrer! – ameaçou.

A dor era horrível e o sangue frio escorria, manchando a camisa e o chão. Abaixei a cabeça e segurei o ferimento com a mão.

– Morra! – rosnou se aproximando de mim.

Uma coruja piou lá fora e desabou uma chuva forte. E os pingos grossos açoitavam o vitral, e o vento vindo do corredor entrou por debaixo da porta e fez o fogo tremeluzir nos candelabros.

A moça, determinada, se virou e foi ver o cadáver da velha, agora não contendo mais as lágrimas.

Então eu apenas ri.

No começo baixinho, pois a dor ainda não havia desaparecido completamente, depois mais alto e mais alto, até virar uma gargalhada daquelas de perder o fôlego.

Mary se virou com um sobressalto e me olhou sem entender nada. E a dúvida deu lugar ao espanto no seu semblante quando me levantei e mostrei o ferimento completamente fechado e sem nenhuma cicatriz.

A pobre menina desmaiou, mas não a deixei cair.

– Não queria que fosse desse jeito – sussurrei no seu ouvido, antes de cravar os dentes no seu pescoço rechonchudo.

Suguei todo o sangue e ela morreu sem dor. Preferia que ela tivesse prazer e volúpia em seus últimos momentos, mas não foi possível. A pobre alma deve estar vagando aterrorizada no mundo dos mortos.

Sentei-me na cadeira ao lado da velha moribunda, completamente saciado. O sangue da jovem era forte e revigorou todas as minhas energias. Minha pele ficou mais rosada e quente. Logo iria partir e quem sabe encontraria Murron acordada.

Mas, quando a euforia da matança diminuiu, lembrei-me das palavras de Mary e fiquei intrigado.

"Senhora dos Ingleses".

Pensei por um tempo até conseguir colocar todas as peças do tabuleiro no lugar. Quem dormia ao meu lado era uma nobre!

Não uma nobre qualquer, mas sim Matilda da Inglaterra! Filha de Henrique I e neta de William, o Conquistador! Nada menos que a Imperatriz Consorte do Sacro Império Romano!

Mordi os nós dos dedos devido à ansiedade e senti tamanha vontade de conversar com a Senhora, porém ela jazia imóvel na cama.

Passei a mão pela sua pele enrugada, mas suave. Ela estava quente, como se febril, e de tempos em tempos murmurava algumas palavras confusas. Levantei cuidadosamente a sua cabeça e coloquei na sua boca um pouco de água. Ela deu um gole e, como se despertasse de um sonho, abriu os olhos lentamente.

– Você é o nosso Senhor Jesus? – perguntou com a voz fraca.

– Não, minha Senhora... – neguei acariciando os seus cabelos grisalhos.

Ela fechou novamente os olhos e suspirou fundo.

– Então, ainda não estou no Céu? – perguntou confusa.

– Está no seu quarto, minha Senhora! – respondi serenamente.

Ela ficou pensativa por um tempo, como se as coisas não estivessem certas. Ou talvez não soubesse se estava acordada ou sonhava. Mas logo a cortina densa da dúvida foi dissipada e deu lugar a uma alegria sincera.

– Alguém tão belo só pode ser um enviado de Deus! – disse com um olhar maternal. – Você veio me buscar?

– Não saberia para onde levá-la, minha Senhora... – respondi, encabulado pela serenidade dela.

– Não precisa mentir para mim! – falou ela, ainda nos meus braços. – E não precisa me chamar de Senhora! Apenas Matilda! O tempo dos títulos e falsidades já acabou. Desejo agora apenas descansar sob a sombra das parreiras do Éden e me banhar nos lagos mansos e límpidos das terras do nosso Senhor. Você pode me levar até lá?

– Irei levá-la, doce Matilda – segurei a sua mão frágil. – Essa noite iremos voar sobre as nuvens e alcançar a morada dos Anjos!

Ela sorriu por uns instantes e pegou uma belíssima cruz dourada ao lado da cama, colocando-a sobre seu peito.

– Eu sabia que as histórias dos padres eram mentirosas! – disse baixinho.

– Mentirosas? – perguntei sem entender.

– É claro! – falou com um brilho no olhar. – Sabia que não

precisaria esperar até o Juízo Final para ir até junto de Deus! Nem sei se existe um Juízo Final! Eles falam isso apenas para nos assustar. Não é?

– Sim, é isso mesmo... – respondi, mesmo sem saber a verdade.

Ela irradiava vivacidade e felicidade quase infantis, e, apesar do seu corpo estar fraco e velho, sua alma tinha muita força.

– Estou pronta! – falou a Senhora. – Enfim chegou o tempo do fim das dores, do sofrimento e das tristezas!

– Não se preocupe! – abracei-a. – Vai ser muito rápido! Reze para Deus com muita fé e antes de acabar já estará nos braços Dele.

Respirei fundo. Ela começou sua prece. Em vez do Pai-Nosso, Matilda fez sua oração particular.

Então, delicadamente mordi seu pescoço, e meus dentes furaram facilmente a pele fina e enrugada. Bebi devagar, o sangue fluía fraco pelas veias cansadas. Ela continuou sua prece com devoção até o último suspiro, quando o seu coração parou de bater.

Limpei seu pescoço e puxei com cuidado suas vestes a fim de tampar o ferimento. Ela parecia dormir e seu semblante irradiava serenidade e realeza. Cobri-a novamente e pensei que, se esse Deus cristão existisse, ela estaria com Ele agora.

Encontrei papéis e um tinteiro sobre a cômoda.

Escrevi em letras grandes a frase:

"Great by Birth, greater by Marriage, greatest in her Offspring: Here lies Matilda, the daughter, wife and mother of Henry".

Foi a minha maneira de homenageá-la.

Coloquei sobre seu peito o papel e me despedi com uma reverência. Peguei os corpos das criadas mortas e também um saco com moedas de ouro. Deixei as joias dela no lugar, em respeito à sua dignidade mesmo no leito de morte.

Parti pelo mesmo local de onde vim.

E deixei as duas no meio da mata. E nessa noite as feras e os vermes comeriam muito bem.

E assim eu havia matado minha sede.

E aplacado a dor e a angústia da nobre Senhora dos Ingleses.

E sem querer eu acabara de ajudar a escrever um pedaço da História.

Capítulo XVI – A caçada ao demônio

Victor chegou com um sorriso largo no rosto.
— Acordem, meninos! Hoje o dia será especial
O chuvisco fino havia cessado, mas o vento frio atravessava as frestas da parede e gelava a alma. Ainda estava escuro. E nem os galos tinham começado sua desafinada serenata matinal. Ouvi os roncos dos homens nos quartos ao lado.
Nenhum dos garotos se mexeu da cama e os gêmeos nem haviam percebido a presença do pai.
— Se arrumem rápido e comam bem! — disse o filho do mercador batendo palmas com as mãos imensas. — Iremos caçar!
Como se tivessem ouvido uma palavra mágica, Richard e Leonard pularam da cama e comemoraram entusiasmados. Os garotos italianos já estavam praticamente vestidos depois de segundos. Só o Gigio permanecera deitado com a cara fechada.
— Podem ir! — resmungou, sonolento. — Tive uma noite de merda! Não dormi nada! A minha bunda está muito assada para eu colocar calças! E, além do mais, com esse braço quebrado não pego nem andorinhas.
— Você pode ir e ver a gente caçar! — disse Pio.
— É a mesma coisa que ver alguém comer uma mulher e apenas poder bater uma punheta, seu estúpido! — esbravejou o garotinho com gestos frenéticos. — Não tem graça!
— Então vamos logo! — disse Victor — Não podemos perder tempo!
Descemos as escadas aos pulos, como um bando de javalis enlouquecidos.
Comemos rapidamente e bebemos vinho para esquentar.
— Se esfriar mais, vai nevar! — disse Pio. — Adoro a neve!
Marco ria baixinho no canto. Mordia o nó dos dedos da mão para tentar se controlar. Os gêmeos se entreolharam e também

começaram a rir. A princípio não entendi nada, mas logo me lembrei da fatídica noite anterior. Uma das empregadas lavava a contragosto a bacia cheia de merda.

– Se eu pego o desgraçado que fez isso na minha bacia de salmoura, eu mato! – resmungou enquanto esfregava vigorosamente o recipiente. – Porco filho da mãe! E como fede!

Busquei meu arco e algumas flechas e os outros também se armaram. Os meninos pegaram atiradeiras e pedaços de pau. Hector vestiu um gibão de couro e pegou uma lança curta com a ponta brilhante de tanto polimento.

E assim fomos para a Floresta de Arden. Andamos algumas milhas com o vento cortando nossa pele e o chão cheio de barro mole e pegajoso, o que dificultava bastante a nossa jornada. Porém todos estavam muito animados. E cantarolaram uma canção sobre caçadas:

"Eu matei um javali fedorento
E eu cacei um lobo pulguento

Com minha lança furei um dragão
E eu cortei a juba de um leão

Eu piquei uma cobra gigante
E eu a tromba de um elefante

Eu sangrei o lombo do centauro
E eu arranquei o chifre do minotauro

Minha mulher queria um frango
Praguejou e não comeu o rango

Mandei-a para casa lavar meu calção
Ela reclamou e levou um bofetão

E a caçada foi muito boa
Enchemos a pança e rimos à toa!"

A trilha se estreitou e, logo após uma pequena elevação de terra, surgiram as imensas e antigas árvores de Arden, lindas e intimidadoras ao mesmo tempo. Elas pareciam engolir o horizonte como um gigante maciço de cabelos verdes e a pele marrom rugosa.

– Amigos, hoje nos arriscaremos bastante! – falou alto e com muita empolgação o filho do mercador. – O pessoal da cidade disse que um imenso lobo está matando todas as criações!

– Um lobo demônio! – completou Hector, com uma piscadela para o filho.

– Isso mesmo, pai! – falou o homenzarrão segurando uma lança com quase o dobro da sua altura. – E ele gosta de comer crianças! Principalmente meninos levados!

Os gêmeos soltaram um gemido e rapidamente colocaram pedras nas atiradeiras com as mãos trêmulas.

– E também aprecia muito a carne de italianinhos! – disse Hector.

– Ai, Jesus! – proferiu Marco ao fazer o sinal da cruz.

– Vamos ficar juntos! – sussurrou Victor – E não façam barulho.

– Nem respirem, se conseguirem! – disse Hector com um olhar maroto.

– Não exagera, vô! – falou Richard.

– O máximo que iremos conseguir são alguns coelhos magros ou ratinhos do mato – resmungou Doninha. – Lobo! Deve ser algum cachorro vadio! Esse pessoal é muito supersticioso!

Ele farejou o ar como um animal e se abaixou para olhar algumas pegadas. Balançou a cabeça em reprovação e continuou com o andar despreocupado.

Lobo ou cachorro, por via das dúvidas, encordoei o meu arco e, assim como os outros, medi cada passo para não fazer barulho.

E assim adentramos as sombras da floresta e começamos a grande caçada ao lobo demônio. E, se essa história era verdadeira ou falsa, pouco me importava, pois senti calafrios percorrerem a minha espinha quando um vento fraco soprou do oeste.

Eu me afastei do bosque e rumei para casa com a sede aplacada. As pesadas moedas de ouro tilintavam no bolso. E o cabelo ensopado cobria a minha face. Mas eu não precisava olhar para saber onde estava indo.

Foi algo extremamente inusitado matar a Senhora dos Ingleses e eu ainda não conseguia assimilar esse fato com clareza. Sentia um misto de euforia e serenidade, de angústia e excitação, de júbilo e descontentamento. A chuva grossa deixava cada passo no chão enlameado pesado e lento. E os séculos da minha existência passaram nublados pelos meus olhos. Assim como acontece quando nos encontramos à beira da morte.

Comecei a chorar sem saber o porquê, mas antes de chegar aos meus aposentos eu já estava rindo, rindo enquanto a lama sujava todo o tapete caro do quarto e a água ensopava a colcha sobre a cama enquanto eu rolava sobre ela. E nesse instante eu me senti um tolo.

E ainda assim eu era o tolo mais poderoso dessa terra...

Retirei-me para meu covil e desabei sobre os travesseiros que pedi para Murron comprar. Eles ficaram molhados e sujos, mas eu não me importava. Esse dia seria apenas um átimo na minha eternidade e aqueles somente mais alguns travesseiros entre centenas, milhares de outros.

Meu sono foi entremeado por pesadelos com crianças sendo queimadas e mulheres gritando enquanto eu as trespassava com minhas presas. Eu era cercado por homens armados e açoitado, cortado, perfurado por lanças. Mas não morria. Sangrava pelos olhos e ouvidos e agonizava eternamente, cego e surdo. Não dormi nada bem e acordei com uma sensação estranha. E tinha certeza de que algo iria acontecer em breve.

Antes de falar com Murron, tomei um longo banho no rio. O cheiro da velha Senhora ainda estava impregnado em mim. Joguei as roupas fora e voltei para meus aposentos. Penteei os cabelos e prendi-os com uma fita azul. Vesti roupas novas e uma bota de cano alto feita de couro de camelo, um bicho estranho das terras quentes do sul.

Coloquei correntes, anéis e também, sem saber o motivo, uma adaga comprida na cintura. Perfumei meu corpo e roupas com um perfume vindo da Espanha, trazido, segundo o mercador, das terras longínquas da Arábia. Paguei o pequeno vidro esverdeado, cheio até a metade com uma essência de bergamota, com dois broches de ouro. Comprei para Murron uma essência de damasco. Até hoje nunca vi essa fruta com os meus próprios olhos.

Jamais havia sentido um cheiro tão delicioso assim na Inglaterra. E na pele da minha querida ficou muito melhor, um aroma sensual e excitante demais. O odor inflamava a alma, o coração e outras partes menos nobres do corpo.

O mercador ficou feliz, pois além dos perfumes comprei roupas e joias. Barganhei o pagamento com algumas caras tapeçarias e peças da coleção de Valois. O homem bronzeado e rechonchudo disse que iria retornar dali a alguns meses com novos perfumes. Eu esperava ainda estar na cidade.

Desci a escadaria e percebi a admiração no rosto de Murron quando ela me viu arrumado. Estava amamentando o bebê com seus seios voluptuosos e pude ver de relance a aréola rosada em volta do bico escondido dentro da boquinha. E isso me fez feliz.

Os cãezinhos devoravam pedaços de carneiro e nem perceberam a minha aproximação. Beijei o bebê e a minha dama e me preparei para sair. Como sempre ela me olhou com angústia e uma pontada de medo.

Mas, então, resolvi fazer algo diferente.

– Minha querida! – falei ao me virar e voltar para perto dela. – Por que você não vai se arrumar para darmos um passeio?

Seus olhos mudaram rapidamente e uma euforia linda dominou suas feições.

– Volto rapidinho! – disse subindo as escadas.

– Leve o tempo que precisar! – respondi abrindo a porta e levando uma cesta cheia de maçãs para dar para os cavalos.

Ela desceu linda, perfumada e com os cabelos sedosos refletindo a chama da lareira. Vestia um caro vestido vermelho como o sangue e uma corrente com um delicado crucifixo de prata. Parecia uma nobre dama. E certamente era. E eu a amava.

O bebê estava sorridente enquanto mastigava um pedacinho de pano. Suas bochechas grandes e avermelhadas eram encantadoras. Mesmo sem nunca ter tomado um banho na vida, como era costume na época, ele parecia um bonequinho feito de neve.

Brinquei com o bebê e ele segurou meu dedo com a mão gordinha. Riu alto, deixando um filete quente de baba escorrer no meu braço.

Subitamente me veio a lembrança de como era ser pai.

E senti saudades do meu filho.

– Filho! – bronqueou Victor com Leonard – Não mexa com essa aranha! Ela é venenosa! Você quer ficar doente e morrer?

– Desculpa! – disse o garoto ao se afastar rapidamente da grande aranha negra com enormes quelíceras. – Eu só estava vendo!

– Então veja de longe! – retrucou o pai.

– Você só faz merda! – bronqueou Richard. – É o dia todo procurando encrenca!

O irmão nem respondeu e continuou o caminho cabisbaixo.

Andamos por quase duas horas floresta adentro até o Doninha abaixar subitamente e fazer sinal para nós fazermos o mesmo.

Exagerados, os gêmeos e Pio se atiraram no chão e cobriram as cabeças com as mãos. Hector se irritou devido ao barulho e mandou-os ficarem em silêncio.

– Essa bosta ainda está quente! – sussurrou Doninha, apontando um monte de fezes. – O lobo deve estar muito perto.

Andamos com o máximo de cuidado, sempre contra o vento. Então, novamente o atirador de facas mandou que nos abaixássemos. E apontou para a frente.

– Ao lado da árvore morta – sussurrou.

Eu não vi nada no início, mas depois de um tempo meus olhos se acostumaram ao emaranhado de plantas.

E lá estava um grande lobo cinzento com os olhos amarelos, com os pelos em volta da boca manchados de vermelho. Ele estava deitado respirando bem rápido e ao seu lado jazia um carneiro pequeno.

Victor nos dividiu em grupos e fez sinal para circundarmos a fera.

Robert e Doninha, os mais experientes em caçadas, iriam se aproximar pela lateral, onde as chances de emboscar o animal eram maiores.

Taddeo e eu ficaríamos parados no lugar para bloquear qualquer tentativa de fuga por esse lado. O mercador e seu filho iriam dar a volta para deixar o lobo sentir o cheiro deles.

– Quando sentir o nosso fedor ele irá de presente para vocês – falou o mercador para o Doninha.

– Queremos ir também! – sussurraram os gêmeos ao mesmo tempo.

– Vocês vão para trás daquele arbusto e fiquem quietos como pedras! – ordenou Victor aos meninos. – E se ele vier para cima de vocês, subam nas árvores como esquilos!

E, como um bando de caçadores de antigamente, cada um tomou sua posição.

Coloquei uma flecha na corda e Taddeo empunhou sua azagaia com força. Vimos os homens se esgueirarem entre as árvores enquanto o lobo continuava sua refeição.

– Esse é dos grandes! – murmurou Taddeo. – Onde será que está o bando?

Dei os ombros e continuei com o olhar fixo no bicho.

Passou pouco tempo até o animal se levantar abruptamente e farejar o ar.

O lobo estava a uns cem passos, o que tornava impossível um tiro preciso com o arco. Se não houvesse tantas árvores, quem sabe seria possível. Mas eu não arriscaria estragar a caçada naquele momento.

– Ele está ferido – disse Taddeo. – Ele não coloca a pata esquerda no chão!

O lobo se sustentava apenas com três patas, deixando a esquerda dianteira soerguida. Farejou mais um pouco e deu algumas voltas procurando sinais de algum intruso; suas orelhas tentavam captar qualquer som que indicasse a presença do perigo. Um bando de pardais levantou voo e passou barulhento sobre nós. A revoada alertou a fera e, então, ela disparou mancando na direção de Doninha e Robert. Desapareceu completamente da nossa visão.

O mercador e seu filho correram logo atrás, arfando como cães velhos. Taddeo e eu andamos alguns passos para a frente, atentos a qualquer movimentação. Retesei um pouco a corda e senti uma gota de suor escorrer pela orelha. Eu estava nervoso.

Taddeo rezava baixinho na sua língua:

"Padre Nostro, che sei nei cieli,
Sia santificato il tuo nome.
Venga il tuo regno,
Sia fatta la tua volontà,
Come in cielo, così in terra.
Dacci oggi il nostro pane quotidiano,
E rimetti a noi i nostri debiti,
Come noi li rimettiamo ai nostri debitori.
E non ci indurre in tentazione,
Ma liberaci dal male.
Amen."

Ouvimos um barulho do nosso lado e um ganido alto ecoou na floresta.

E tudo ficou em silêncio.

Até os homens gritarem e assoviarem em comemoração. Corremos em sua direção e vimos o lobo abatido. As crianças se admiraram e abraçaram o pai e o avô. Robert limpava sua lança e enxugava o suor da testa.

Doninha estava cabisbaixo, agachado em um canto.

Amarramos o lobo em um pau e Victor e Robert o carregaram nos ombros. Os gêmeos passavam a mão no animal com medo e admiração. Leonard tocou no canino aguçado e deu um assovio de espanto.

– É mesmo um lobo demônio! – disse Leonard com os olhos arregalados. – Nossa!
– Será que acharemos uma criança na sua barriga? – perguntou Pio.
– Pode ser! Agora vamos logo embora! – falou o mercador. – Está esfriando rápido!
– E os outros lobos demônios podem chegar, não é, vô? – falou Richard.
– Isso mesmo! – falou com os olhos arregalados. – E eu não quero ver aqueles dentes afiados perto de mim!

Pegamos as armas e iniciamos a nossa marcha para a cidade.

– Você vai ficar aí parado, Doninha? – perguntou Victor.
– Quero pegar alguns cogumelos frescos – respondeu ele, com a voz meio embargada. – Podem ir.
– Volte antes de escurecer! – alertou Hector. – Essa floresta é perigosa!
– Não se preocupe!

Já estávamos nos distanciando quando ouvi um chamado.

– Ei, Harold? – chamou o Doninha. – Você pode me ajudar com os cogumelos?

Olhei para o mercador e ele assentiu com a cabeça, apesar de estranhar o pedido.

Os homens desapareceram da vista e por um tempo ficamos em silêncio até Doninha começar a falar.

– Eu matei! – disse, pesaroso. – E não devia ter feito isso!
– Pensei que havia sido o Robert! – falei desconfiado.
– Ele só enfiou a lança para conferir se estava realmente morta – falou, ao me mostrar uma das suas facas salpicada de sangue. – Eu a acertei bem no meio do peito! No coração! Morreu na hora!
– Era uma fêmea? – perguntei.
– Era, e certamente estava amamentando! – respondeu ele, quase aos prantos – Suas tetas estavam inchadas! A coitadinha estava longe do bando por causa da cria e com a pata machucada, só lhe restava caçar os carneiros presos nos cercados. Ela não teve escolha!

Repentinamente ele desabou no chão e começou a chorar convulsivamente. Balançava o corpo e cobria os olhos vermelhos com as mãos sujas de terra.

– Não podemos fazer mais nada agora – falei para tentar consolar o homem.

– Podemos sim, seu idiota! – Doninha levantou com um pulo e se exasperou como eu nunca vira antes. – Temos que achar a toca com os filhotes! Não devem estar longe!

Ele começou a andar com passos largos e firmes.

– Você me ajuda? – perguntou, parando e me olhando com súplica. – Por favor! Eles vão morrer se ficarem sozinhos!

Concordei, e começamos a nossa busca pela floresta.

Fuçamos em cada buraco, em cada oco de árvore, em cada arbusto. Adentrávamos perigosamente a Floresta de Arden e era muito fácil se perder naquela mata fechada, coberta pela penumbra.

Ouvimos uivos.

– Vamos depressa, Harold! – disse o homem assustado – Eles nos farejaram!

Apressamos nossa busca e minhas pernas estavam trêmulas. Achei ter visto olhos atrás de um arbusto e minhas mãos começaram a suar. Estávamos com as esperanças quase perdidas quando, perto de um riacho, avistamos uma toca profunda. Doninha se deitou e entrou no buraco até ficar apenas com os pés para fora. Então deu um grito abafado e saiu rapidamente com três filhotes chorões.

– Calma, calma! – disse, afagando os filhotes. – Vou cuidar de vocês!

Eram duas fêmeas e um macho com nem dois meses de vida. E agora seriam nossos bichos de estimação.

Os uivos estavam cada vez mais próximos.

Então, instintivamente corremos e corremos ainda mais quando ouvimos um farfalhar de folhas às nossas costas.

E não paramos de correr nem fora da floresta.

Voltamos para a estalagem. Chegamos ofegantes e cobertos de suor, pálidos como fantasmas. Victor veio ao nosso encontro, preocupado.

– Onde diabos vocês estavam? – perguntou com a voz grave. – Já íamos juntar um grupo para procurar as duas moças!

– E esses cogumelos estão muito peludos para o meu gosto! – gozou Hector quando viu os filhotes.

Doninha pediu desculpas e sorveu longos goles de cerveja trazida por Jules.

Os meninos vieram correndo e, quando viram os lobinhos, riram e pularam.

– Meu Deus do Céu! – falou Richard boquiaberto. – São lobos de verdade!

– Ele está olhando para mim! – disse Leonard, acariciando o lobinho macho. – Podemos ficar com eles?
– Acredito que sim! – respondeu o avô. – Perguntem ao nosso amigo!
O mercador apontou para o Doninha e ele assentiu com a mão, ainda recuperando o fôlego.
As crianças fizeram uma grande algazarra e assoviaram. E logo os meninos brincavam com eles como se fossem cãezinhos.
Gigio pegou escondido do estalajadeiro três carcaças de pombos crus. Os lobinhos farejaram e logo agarraram os prêmios com voracidade.
– Ei! Você vai engasgar com os ossos! – disse o italianinho, tentando pegar a ossada da boca da fêmea maior. Esta travou os dentes e não soltou.
– Nossa! – espantou-se Pio. – Você já comeu! – Pegou no colo o macho. – Vou te chamar de Guloso!
– E ela vai ser a Lua! – gritou Leonard. – Os olhos dela são prateados como a Lua!
– Vem, Sorriso! – disse Richard.
– Sorriso? – perguntou Taddeo.
– Isso mesmo! – respondeu o outro, divertido. – Sorriso!
– Mas por que esse nome? – indagou o italiano.
– Veja só! – disse Richard, com um graveto na mão – Pega, Sorriso! Pega!
Ele balançou o pauzinho e a lobinha veio em sua direção, mostrando os dentinhos brancos e arfando.
– Viu? Ela sempre mostra os dentes! – disse Richard.
Todos riram e os meninos estavam muito felizes.
Mas a noite escura veio muito rápido e um vento insuportável soprou do norte. Pesadas nuvens negras encobriram o céu. O fogo nas tochas tremulava com força e muitas vezes quase era apagado por uma lufada de ar úmido. As ruas estavam mortas e todas as casas estavam completamente trancadas.
Doninha e os ajudantes de Rudolf improvisaram uma proteção com panos grossos, madeiras e fardos de feno para vedar os vãos nas paredes do estábulo. Levei duas tinas grandes para dentro e enchi com água, e também busquei feno e cenouras para os animais.
– Os animais vão congelar se não fizermos isso direito! – disse John, um dos ajudantes mais velhos. – E você, homem, vá dormir lá dentro!

– Ficarei bem! – Doninha respondeu secamente. – Farei uma fogueira.
– Cuidado para não botar fogo em tudo! – falou John. – Há muita palha seca por aqui.

O atirador de facas apenas deu um olhar de soslaio e continuou levando os animais do mercador e dos outros hóspedes para um canto onde poderiam ficar mais aquecidos. E os filhotes de lobo seguiam no seu encalço, tentando, sem sucesso, morder sua bota.

Hector trouxe uma jarra grande de vinho para o amigo e bastante toucinho defumado.

– Isso vai ajudá-lo a ficar quente – disse o mercador.
– Obrigado!
– Vai precisar de mais alguma coisa? – perguntou Hector. – Quando a coisa ficar feia lá fora será difícil sair!
– Tenho tudo o que preciso aqui! – respondeu, colocando um pesado manto de pele de urso nas costas – Pode ir descansar, bom amigo!

Pio veio correndo com uma tigela de leite.

– É leite de ovelha! – falou enquanto colocava a vasilha sobre uma prateleira. – Quando vocês crescerem comerão as ovelhas! Elas são gostosas!
– Ei, Doninha! – Pio chamou-o. – Dê para eles mais tarde! Agora eles já comeram os pombos!
– Pode deixar! Boa noite!
– Boa noite! Durma bem!

Ele deu mais um passo e se virou rapidamente.

– Boa noite, Guloso, Lua e Sorriso! – acenou para os lobinhos.

O mercador também se despediu e fechou a porta pesada do estábulo. Retornou para a estalagem e se juntou a nós para comer um caldo forte de peixe com ervilhas, temperado com bastante mostarda. Bebemos cerveja clara e vinho de bétula. As crianças comeram um pouco de nozes.

– Vê se não exagera, Gigio! – Taddeo ralhou com ele – Senão vai cagar a noite toda!
– Foda-se! – respondeu o irmãozinho enchendo a boca. – Estão deliciosas!

Fomos para os nossos aposentos e logo em seguida caiu uma nevasca monstruosa e estranha. Não era inverno e todos se intrigaram com essa mudança repentina no tempo.

– Deus deve estar bravo! – falou Pio. – Vou rezar um pouco!

O menino se ajoelhou e rezou com uma cruz de madeira

junto ao peito. E nesse momento centenas, milhares de pessoas faziam o mesmo para acalmar Deus.

Porém ele não escutava.

Os raios cortavam a noite e acendiam clarões medonhos seguidos pelas trovoadas ensurdecedoras. Elas estremeciam o quarto e faziam minha respiração ficar pesada, ofegante. O ar úmido e gelado queimava as narinas e congelava as pontas dos dedos e do nariz.

Naquela noite não dormi quase nada. Imaginei o deus Thor martelando seus inimigos sem piedade. Pensei no gigante de gelo esfacelado pelo metal pesado e os pedaços do seu corpo sendo atirados longe, até se transformarem nessa nevasca.

Os gêmeos tremiam na cama. Certamente todos, até os homens, estavam com medo.

Nada podíamos fazer a não ser esperar.

E a viagem do dia seguinte teria de ser adiada. Não havia como sair com as carroças abarrotadas de mercadorias. As estradas estariam bloqueadas pela neve ou pela lama.

A noite demorou uma eternidade para acabar. E de manhã os raios e trovões cessaram, mas ainda caia bastante neve. E o Sol não apareceu.

Mesmo com o frio de trincar os ossos, os meninos foram brincar sobre o tapete branco. Os lobinhos praticamente desapareciam sob a neve abundante e fofa. Houve guerra de bolas de neve e muitos tombos por causa do chão liso.

O som dos martelos castigando os pregos e as madeiras era incessante. Muitos homens arrumavam suas casas danificadas na noite anterior. Alguns animais pereceram na tempestade, assim como alguns velhos e crianças doentes.

E dessa forma se passaram as horas, os dias, as semanas...

E os ânimos começaram a se exaltar e muitas mercadorias tiveram de ser vendidas por um preço muito baixo. E os homens já não eram mais tão amigos, e por pouco a caravana não se desfez.

Então, após 46 dias, o Sol brilhou novamente e eles partiram.

E tudo ficou bem novamente.

E o mercador sorria enquanto instigava os cavalos pela trilha difícil. Tudo voltou ao normal. E os espíritos dos homens se reacenderam. A estrada era o segundo lar deles.

Eu também gostava muito das viagens, das aventuras, e na minha vida já tinha andado bastante, cruzado a Inglaterra ao acaso, conhecendo pessoas, fazendo alguns amigos e mesmo alguns irmãos.

Talvez por isso, por estar cansado da vida errante, eu resolvi ficar. E agora eu tinha dois motivos.

– Merda de tempo! – Hector olhou para o céu e praguejou. – Essa bosta vai piorar, isso sim!

Era o segundo dia depois do início da nevasca e as coisas não iam nada bem.

– Os homens da vila disseram que logo o frio vai diminuir – falou o seu filho, costurando uma das botas.

– Porra nenhuma! – retrucou o pai. – Olhe essas nuvens pretas no céu!

E assim a profecia do mercador se cumpriu, e, como o tempo não melhorava, fomos dispensados por um tempo.

– Rapazes! – chamou-nos no seu quarto. – Vocês estão livres para tocar suas vidas enquanto essa maldita neve não para de cair.

Jules resolveu retornar para casa. Queria ver a mulher e os filhos. O ferimento na sua barriga deixara sequelas, ele andava curvado como um corcunda e tinha muitas febres.

– Estou imprestável! – falou com lágrimas nos olhos. – Só vou atrapalhar vocês!

Victor insistiu para ele ficar, mas o homem estava irredutível.

O mercador de Gresmore lhe deu um lingote de ouro e moedas de prata. Jules arregalou os olhos e recusou.

– Não posso aceitar – disse, devolvendo o pequeno tesouro.

– Isso é pela nossa amizade de quinze anos! – falou o mercador – Você foi um ótimo companheiro!

Os dois se abraçaram e choraram como crianças. Jules partiu no dia seguinte, mal se segurando em cima do cavalo.

Doninha passava o tempo todo na floresta com os lobinhos. O clima ruim parecia não afetar em nada o homem. Ele voltava de tempos em tempos para buscar alguma coisa e conversar com o mercador. Sua aparência estava cada vez mais selvagem.

Hector, Robert, Victor, os gêmeos e os italianos ficaram na estalagem.

E eu conheci uma garota.

Na verdade, o acaso nos juntou.

– Harry! – Hector me chamou no terceiro dia após a grande nevasca. – Você pode me fazer um favor?

– Pode dizer! – respondi limpando as mãos sujas de óleo.

– Preciso comprar umas boas mantas de lã para revender quando partirmos – disse ele, vindo na minha direção – Rudolf me falou sobre uma fazenda a menos de quatro horas de viagem daqui.
– Mas e toda essa neve? – indaguei.
– A estrada até lá é plana e, mesmo com a neve, um cavalo passa sem problemas! – falou. – Você quer ir até lá?
– É claro! – respondi entusiasmado – Precisa que eu apronte seu cavalo?
– Não, não! – disse o mercador – Arrume somente o seu. Você vai sozinho!

Meu coração acelerou e bateu forte como um tambor de guerra. Uma coisa era comprar pregos no ferreiro da cidade, outra era cavalgar sozinho e no meio da neve rumo ao desconhecido.

– Estou bastante ocupado com umas contas. Preciso preparar tudo para quando partirmos – falou Hector. – E o meu filho foi com Robert até Dudley negociar uns artefatos sagrados.

Hector fitou-me bem nos olhos por um tempo e esse instante pareceu uma eternidade.

– Você dá conta, Harry? – perguntou levantando a grossa sobrancelha esquerda.
– Sim... – respondi com confiança.
– Certeza? – perguntou dessa vez com mais firmeza. – Senão espero o Victor retornar.
– Tenho! – respondi firme – Eu consigo!

O mercador me deu dinheiro e falou a quantidade a ser comprada.

– Se o tempo piorar, durma por lá, filho! – disse sério – E de forma alguma volte de noite! Os bandidinhos de estrada não descansam nem com o tempo ruim!
– Serei cauteloso! – falei. – Estarei bastante atento durante o caminho.
– E não se esqueça de pechinchar! – falou ao caminhar para a estalagem. – O segredo de um bom negócio é conseguir o menor preço!

O mercador gargalhou e acenou.

Confirmei e fui arrumar as minhas coisas. Peguei meu arco e a minha tão estimada faca. Toquei seu punho de madeira vermelha e me lembrei do bom Eofwine. E também do Edred. E era impossível não sorrir com a lembrança do moleque.

Como será que eles estavam?

Espero reencontrá-los um dia.

Parti com o vento gelado cortando a pele do meu rosto. Mesmo com luvas, as minhas mãos estavam duras e os dedos adormecidos. Parei um pouco para esticar as pernas. Elas estavam enrijecidas e doeram muito quando desci do cavalo. Senti-as formigarem.

Retomei a viagem e, antes do meio-dia, cheguei numa grande fazenda, exausto e tremendo de frio. Em um dia normal, com o caminho livre, eu demoraria menos da metade do tempo para chegar, mas hoje, por várias vezes, tive de desmontar e andar com a neve acima da cintura. Meu cavalo soltava vapor pelas narinas e estremecia o corpo para se esquentar.

Parei perto do portão da propriedade e, no mesmo instante, dois imensos cães dourados correram em minha direção e estacaram a poucos passos de onde eu estava. Eles me encaravam sem latir, com suas cabeças gigantes e os focinhos poderosos cobertos por uma máscara negra. Não tiravam os olhos de mim.

Sempre gostei de cães, mas não arrisquei uma aproximação. Assoviei para chamar alguém e os gigantes latiram forte. O som ecoou por entre as árvores demorando alguns instantes para desaparecer. Então uma jovem linda de cabelos castanhos ondulados e pele alva apareceu e chamou os monstros.

– Venham, meninos! Vamos! – cantarolou, com a voz mais doce que eu já tinha ouvido. – Aqui, garotos! Bons meninos!

As feras obedeceram e correram até ela abanando os poderosos rabos. Cada vez que encostavam na moça enchiam sua roupa de baba.

– O que o senhor deseja? – perguntou ela, afagando os cães.

– Eu vim comprar lã! – respondi ao descer do cavalo. – Mantos de lã!

– Não temos muitos! – Aproximou-se. – Menos de vinte, com certeza!

Mesmo se ela não tivesse nenhuma peça, eu negociaria qualquer outra coisa. Até mesmo os imensos cães.

– Não tem problema! – sorri. – Qualquer quantidade serve!

No momento eu estava mais interessado na garota. A mercadoria era o de menos!

E como um menino que ganha um brinquedo novo eu estava eufórico e excitado. Muito excitado.

A garota amarrou os cães no tronco de uma árvore e veio até mim.

– Você deve estar congelado! – Sorriu com os dentes brancos como a neve. – Venha! Vou lhe servir algo quente.

Agradeci com a cabeça e senti o meu rosto corar. Seus olhos, azuis como o céu mais límpido, eram emoldurados por sobrancelhas delicadas e levemente avermelhadas devido ao frio. Definitivamente eu estava apaixonado.

Os cães rosnaram quando passei por eles. Só de olhar para as feras eu já ficava intimidado. Imaginei as enormes bocarras dilacerando minhas mãos e braços e roendo os ossos da minha canela. Senti calafrios.

– Não se preocupe! – falou a menina, interrompendo meus pensamentos – Logo se acostumarão com você! São bons mastiffs!

– São lindos! – Olhei-os ainda com receio. – E grandes! Nunca vi desse tamanho!

– São os meus bebês! – Coçou a orelha de um. – Meus filhinhos!

– Bebês! Imagine quando crescerem! – ri intimidado.

Ela também riu e esfregou as mãos.

– Aliás, qual é o seu nome? – perguntou.

– Harold – falei, fitando seus maravilhosos olhos azuis. – Harold Stonecross.

– Eu sou Ann! – disse ela.

– Oi! – respondi como um idiota.

Ficamos em um desconfortável silêncio e eu queria me enfiar em um buraco e sumir. Estava sendo um tonto. Um idiota tímido. Ann iria me achar um veadinho.

– É melhor você levar o cavalo até o celeiro – disse ela, apontando uma construção grande de madeira e pedras. – Deixe-o junto com as ovelhas e os meus cavalos.

Levei-o e amarrei-o em um toco. Logo ele começou a comer a forragem abundante. A água nos cochos estava com uma fina camada de gelo por cima e as ovelhas se espremiam juntas em um canto. Cumprimentei um criado jovem, da idade de Taddeo, e ele retribuiu com um breve aceno.

Voltei rapidamente e ela me convidou para entrar. O fogo estava acesso e queimava forte, enchendo o interior da sala de fumaça. Tirei o casaco de couro e a pesada capa. Ann retirou dos ombros o xale de lã ricamente bordado.

Sua mãe, uma senhora carrancuda, com o rosto sulcado por rugas e cicatrizes de varíola, me olhou com desdém e continuou a tecer alguma coisa. Cumprimentei-a e ela sequer levantou o rosto. Apenas resmungou algo e cuspiu no chão. Seus cabelos brancos totalmente desgrenhados lhe davam uma aparência horripilante. Parecia uma velha saída das histórias de espíritos maus que as mães contam para fazer as crianças dormirem sem resmungar.

– Não ligue para ela! – disse Ann baixinho – Desde que o meu pai morreu, há três meses, ela está assim. E, como meus irmãos estão com o exército em Wessex, agora sou eu que cuido dos negócios! Algumas vezes mamãe passa dias sem falar uma palavra!

Ela me serviu vinho, que ajudou a esquentar o meu corpo e diminuir um pouco a timidez. Não recusei quando ela encheu meu copo pela segunda vez. Seus seios se avolumaram sutilmente para fora do vestido enquanto ela se inclinava para completar a minha caneca. E sobre eles pendia um crucifixo e um pé de coelho, delicadamente dispostos na junção das duas belezas de carne macia e branca.

Antes dela se endireitar, desviei o olhar rapidamente. Não queria parecer um tarado ou cafajeste. Se ela percebeu, nada disse.

Ann deu uns goles na sua bebida e soluçou baixinho. Suas bochechas se avermelharam ainda mais e o brilho dos seus olhos celestes se intensificou.

Como era linda!

Minha respiração estava acelerada e o coração queria pular fora do peito.

– Fiz porco assado e torta de legumes! – disse ela, ao buscar a comida. – Por que não come com a gente? É difícil tratar de negócios com a barriga vazia.

– O cheiro está delicioso! – falei. – Mas não quero incomodar. Aguardo lá fora enquanto você come.

Nesse instante meu estômago me traiu e roncou alto, fazendo um ruído agudo, para logo em seguida borbulhar. Corei na hora. Ann riu e colocou um prato a mais para mim. Não aguentei e ri também, cruzando meus olhos com os dela por um instante.

– A sua barriga já respondeu por você! – colocou um pedaço grande de porco no meu prato. – Espero que goste do meu tempero!

– A viagem me deixou com fome! – falei ao me sentar à mesa – Sua mãe não vai comer conosco?

– Não se preocupe! – disse Ann, experimentando a comida. – Quando ela tiver fome, ela vem. Não é mais uma criança!

Conversamos durante a refeição e rimos bastante. Ajudei-a com os pratos e bebemos um pouco mais. Ela me ofereceu frutas com mel e vinho quente açucarado. Eu já estava meio zonzo, mas muito feliz e faceiro. Ann enrolava um pouco a língua e ria espalhafatosamente.

E os momentos foram maravilhosos, repletos de histórias e algumas mentirinhas para impressionar. A mãe da garota pegou o restante da torta de legumes e se retirou para o quarto no andar superior. E assim o dia voou e anoiteceu sem percebermos.

E sequer havíamos falado das mantas.

– Minha nossa! – espantei-me ao olhar para fora. – Já é noite! Preciso ir embora!

– Com esse tempo? – Apontou para a neve grossa que caía. – É melhor ficar por aqui!

– Ann... – Desejei concordar prontamente – Eu não vou incomodá-la mais! Estou sendo um estorvo.

– Imagine! Será um prazer, Harry! Você é o meu convidado – segurou as minhas mãos. – Vou arrumar um lugar para você dormir.

Ela trouxe algumas mantas e as criadas desceram um colchão. Colocaram-no perto da lareira na sala.

– Está bom para você? – perguntou, esfregando as mãos junto ao fogo.

– Melhor impossível! – respondi.

Na verdade, seria bem melhor se ela se deitasse ali comigo e ficássemos nus, com os corpos entrelaçados para afugentar o frio.

Dei um sorriso malicioso por causa desse pensamento.

– Só mais uma coisa... – Ann disse ao morder o lábio inferior. – Você se importa em dormir acompanhado?

– Claro... Que não... – gaguejei, surpreso.

Tive de me encolher um pouco para disfarçar o aumento repentino do volume dentro da minha calça.

– Que bom! – sorriu. – Maravilha!

Meu coração quase saia do peito e minhas mãos tremiam. Senti o suor escorrer pela espinha e um jorro de alegria me dominou. Respirei fundo. Precisava me controlar para não fazer feio. Não podia manchar a minha reputação logo na primeira noite. Disfarçadamente, comecei a afrouxar as roupas e soltar alguns cordões. Eu já estava prestes a atacar.

Ann se afastou um pouco e abriu a porta. A neve jorrou para dentro e salpicou seus cabelos de branco. A garota estremeceu, assoprou as mãos e saiu. Demorou um pouco para voltar com os enormes cães, presos por cordas perigosamente frágeis. Eles levantaram as orelhas quando me viram e bufaram.

– Desculpe a demora! – falou, e soluçou em seguida. – Aproveitei para fazer xixi!
Eu ainda não entendia nada.
– Javali, Matador! – disse de joelhos ao lado dos gigantes babões – Vão cumprimentar o Harry!
Ela soltou as cordas e as feras vieram na minha direção.
– Ai de mim! – pensei – Vão me comer vivo.
Contudo, para minha surpresa eles me cheiraram com seus imensos focinhos gelados e logo em seguida lamberam minhas mãos como filhotinhos afoitos. Um dos cães ficou em pé, apoiado no meu ombro. Era quase da minha altura e pesado como um urso. Fiquei coberto de baba e pelos.
– Muito bem, meus bebês! – disse a menina. – Eles vão dormir com você! Não se importa, não é?
– Eu adoro cães! – respondi com um sorriso forçado.
– Ótimo! – disse, dando-me um beijo no rosto.
– Comportem-se, crianças! – falou para os mastiffs.
Então subiu as escadas e me deixou lá, sozinho com Matador e Javali. Senti como se jogassem gelo dentro das minhas calças. Eu estava totalmente atônito. E meu ânimo se amoleceu.
Deitei no colchão e me cobri. Fechei os olhos e pensei em Ann. Lembrei-me dos momentos maravilhosos ao seu lado e adormeci exausto.
Sonhei com o seu sorriso e com seus olhos brilhando como estrelas vespertinas. Ela tirou a roupa e nua se atirou nos meus braços. Senti o seu calor, o peso do seu corpo, o hálito da sua boca.
Mas, algo estava estranho. Ela estava pesada demais, com a pele áspera e cheia de dobras. E fedia como uma roupa suja.
Abri os olhos lentamente e vi o Matador deitado com a cabeça na minha barriga e o Javali ao meu lado, soltando seu bafo fétido na minha cara, enquanto a baba escorria perigosamente perto da minha boca. Ameacei levantar, mas os cães resmungaram.
Afundei no colchão. Só desejava dormir, assim aquele suplício passaria mais rápido. Javali me deu uma lambida de boa noite molhando a minha boca, nariz e testa.
– Boa noite para você também! – resmunguei.
Um gosto de ossos e carne podre ficou na minha boca. E o cheiro ocre da baba se impregnou nas narinas.
Assim, guardado por dois gigantes babões, adormeci. E pelo menos fiquei aquecido junto às feras.

A noite passou rápido e, mesmo com os cães roncando e peidando, dormi razoavelmente bem. E um pouco antes de amanhecer Ann desceu as escadas, ainda sonolenta e com os olhos vermelhos entreabertos. Os mastiffs saíram de perto de mim e foram cumprimentar sua dona.

Quando me viu, a garota sorriu e mesmo descabelada e com olheiras profundas era linda. Divina!

E novamente meu coração disparou e minhas mãos estremeceram. Eu a amaria para sempre.

Tinha certeza disso.

Ela veio correndo e me abraçou, e só nesse instante eu me dei conta que eu estava fedendo, ou melhor, estava cheirando como os cães.

– Dormiu bem? – perguntou.

– Muito bem! Contudo, não se aproxime muito – falei, cheirando as minhas roupas. – O fedor está insuportável!

– É como se eu desse um abraço em um dos meus bebês! – ponderou.

– E eu não tenho nenhuma outra roupa! – disse eu, tentando inutilmente limpar os pelos grudados nas minhas vestes.

– Se você não se importar, eu lhe trago uma muda de roupas do meu irmão – disse ela depois de se espreguiçar. – Ele tinha o seu corpo quando partiu, mas com o treinamento deve estar muito forte. Elas não servirão mais.

Sem intenção, ela havia me chamado de magricelo e franzino. Mas meu amor podia me chamar do que quisesse.

– Não me importo nem um pouco! – respondi prontamente. – Mas, antes preciso muito me lavar!

– Com esse frio? – fez uma careta. – Troque só de roupa!

– Prefiro me lavar! – insisti. – Tenho esse costume!

– Você é estranho! – franziu o cenho e torceu o nariz. – Nem quando está calor é bom tomar banho!

Mesmo resignada, a menina foi buscar um balde de água. Demorou bastante para esquentar por causa da temperatura. Ela saiu e eu me limpei como pude com um pano e um sabão pela metade. Os cães me olhavam e desviavam agilmente dos respingos d'água.

– Puta merda! – xinguei baixinho. – Está bem frio! Meus dedos estão duros.

Matador bufou e virou a cabeça de lado.

– A culpa é de vocês! – falei, apontando para os mastiffs. – Podiam babar menos! E feder menos!

Eu ainda estava nu quando Ann voltou com as roupas do irmão.

– Belo traseiro! – falou com o rosto em brasas.

– Ai cacete! – respondi, cobrindo-me como pude. Senti meu corpo esquentar e certamente eu também estava vermelho.

Ela riu e saiu, mas percebi-a espiar por entre uma fresta da parede de madeira.

– Eu estou vendo você! – falei, colocando as calças do irmão dela.

Ann se afastou rapidamente, tropeçou em algo e xingou logo em seguida. Correu com passos mancos até sair pela porta.

Acabei de me vestir e, apesar das calças pinicarem minhas pernas, eu fiquei melhor do que estava. Fui atrás da garota, e a neve da noite ainda estava fofa. Toda a região estava coberta de um branco puro. Com um pouco de dificuldade circundei a casa para procurar meu novo amor.

Ann pegava lenha recém-cortada pelos empregados. Fui ajudá-la no serviço. Sem querer minha mão tocou no seu seio, já intumescido pelo frio, quando ela me passou as madeiras. Ela desviou o olhar, mas assim mesmo pude sentir sua respiração acelerar, trêmula. Saia da sua boca uma fumaça branca a cada expiração.

Apesar do toque leve e rápido, senti a firmeza do seio jovem.

Matador parou do nosso lado para mijar em uma pedra. Levantou a pata poderosa e deixou sair o jato amarelo. Ficou assim por muito tempo e a quantidade de líquido me impressionou. Formou-se uma poça imensa como um lago dourado circundado pela neve fresca da noite.

– Nossa mãe! – admirei-me. – Não acaba nunca?

– Ainda falta um pouco! – disse Ann enquanto esperava. – Pronto!

– Eu não mijo isso nem em uma semana! – falei absorto.

Voltamos para casa e a mãe dela ainda roncava. Tomamos o desjejum praticamente sem trocar palavra. Porém nossos olhos sempre se cruzavam. Logo em seguida fomos para o celeiro tratar dos animais e ver as mantas. Aliás, ela me lembrou delas, pois eu já havia esquecido completamente da minha missão.

Eu estava no Paraíso com um anjo sempre ao meu lado.

Eram boas mantas, 16 ao todo, grossas, trançadas com capricho e bem escovadas. E, acima de tudo, serviram para formar um ótimo e macio ninho de amor.

Tudo foi muito rápido. Os empregados estavam ocupados com os outros afazeres da fazenda e por isso ficamos a sós. Ann buscou cenouras para os cavalos e eu coloquei feno e alfafa para as ovelhas. Fiz o meu trabalho rapidamente e observei de perto as delicadas curvas dela. Seu vestido se estreitava na cintura e a pele alva do seu pescoço estava à mostra, por causa do cabelo preso. Foi então que uma das cenouras caiu no chão e ela se abaixou para pegar. Não resisti e a abracei por trás. Ela levou um susto e se virou com um pulo. Beijei-a sem dizer nada.

Tive receio de ela me bater, mas, ao contrário, Ann me apertou com força e mordeu minha boca até quase arrancar sangue. Sua saliva era doce e os lábios finos estavam quentes. E a língua vívida fez um rodamoinho junto à minha.

Ann se livrou com dificuldade da parte de cima do vestido e pôs a minha mão no seu seio pequeno e pontudo enquanto abria os cordões da minha calça. Mordi seu pescoço e beijei seu mamilo rosado, delicioso. Não resisti e suguei com força, mordiscando a aréola e o bico. Ela gemeu e se esfregou na minha coxa com vigor.

A garota abaixou as minhas calças e me fez carinhos especiais na virilha. Levantei sua saia e lá, em cima das mantas, nos amamos pela primeira vez.

Ficamos exaustos e suados.

E todo o frio passou como mágica.

Por um tempo nos olhamos sem dizer nada, depois nos abraçamos e lá mesmo adormecemos, aninhados em um encaixe perfeito. O sono gostoso durou pouco. As ovelhas começaram a balir. Acordamos, mas tudo estava tranquilo. Os animais apenas conversavam. Beijei sua boca avermelhada e depois seu pescoço. Desci vagarosamente cada vez mais. Então, começamos tudo novamente.

Paguei pelas mantas, preparei meu cavalo e voltei para a cidade, mas antes tive que prometer retornar no dia seguinte.

– Harold... – disse Ann, ao me abraçar. – Meu doce Harry! Prometa que voltará!

– Com o meu próprio sangue! – respondi lhe dando um beijo.
– Você vai me esperar?

– Sim! – respondeu. – Não demore!

– Não vou! – falei. – Eu queria poder voar para chegar mais rápido.

– Eu sei... – Acenou com lágrimas escorrendo pela sua linda face – Que a Virgem Maria lhe proteja.

Mandei um beijo e parti.

E antes do fim da tarde cheguei com as mantas.

Hector gostou muito das peças e me agradeceu. Deixou o restante das moedas comigo e me convidou para comer com eles.

– Senhor! – Chamei o mercador. – Precisamos conversar.

Ele se virou e levantou as pesadas sobrancelhas.

– Pode falar, filho! – Sentou-se em um toco de árvore e cruzou os braços.

Contei toda a história e meus sentimentos por Ann e ele prestou atenção em cada detalhe.

– Você não perdeu tempo, Harry! – falou. – Por isso demorou!

– Foi mesmo! – respondi sem jeito. – O senhor então me libera do serviço?

– Quem sou eu para prender alguém! – disse ele, ao se levantar. – Você não é um escravo! É um companheiro de viagem, um amigo!

– Muito obrigado! – falei. – Sempre que precisar de mim pode me chamar!

– E você também! – falou o mercador passando o braço em volta do meu pescoço. – Venha, vamos comer e beber!

E nos divertimos noite adentro.

Falamos sobre aventuras e viagens e o mercador contou suas peripécias de moleque.

– Uma vez, quando tinha treze anos, passei cinco dias e cinco noites fazendo amor com uma prostituta! – falou após dar um longo gole na sua cerveja – E foi sem descanso! No final ela não aguentou mais e me pagou para parar!

– Velho mentiroso! – falou Victor com a voz estrondosa. – Você deve ter se sujado antes de começar!

– Pergunte para sua mãe se ela não ficou assada na primeira vez! – retrucou Hector.

– Deve ter ficado, pois os dedos dela eram grossos como pedaços de madeira! – Victor respondeu prontamente, batendo a mão na mesa de tanto rir.

Apesar de me divertir bastante, a minha cabeça estava completamente em outro lugar. Os homens continuaram com a farra e com as piadas, a maioria sem graça, então me despedi, pois queria dormir cedo. No dia seguinte a viagem seria longa.

– Essa mulher mexeu mesmo com você! – falou Victor. – Ela te amarrou pelos bagos e apertou forte!

– Cuidado, filho! – disse Hector com uma piscadela – Não se prenda somente a um par de coxas! Há milhares de outros nesse mundo!

– Quando eu crescer, também quero cavalgar em várias potrancas! – falou Leonard. – Quero ser igual ao meu avô!
– Outro dia, eu vi as tetas da mulher do leite! – disse Richard. – Nossa! Como eram grandes!

O pai e o avô gargalharam e o som foi abafado pela música que começou a ser tocada por uns escoceses totalmente bêbados. As flautas, tambores e violas desafinadas tentavam acompanhar os cantores.

"Não importa se é loira
Ruiva ou morena
Se é baixa ou gordinha
Se tem sardas
Ou piolhos
Eu não ligo nem um pouco

Não importa se tem os dentes
Ou se é banguela como um peixe
Se seu cabelo cheira a rosas
Ou se fede como um porco
Se as tetas são caídas
Eu não ligo nem um pouco

O que me interessa é a xoxota!
Peluda e molhadinha!

O que me interessa é a xoxota!
Da minha mulher ou da vizinha!"

Subi as escadas e fui para os meus aposentos. Por causa do barulho e pela vontade imensa de ver minha amada, dormi pouco e as horas demoraram muito para passar. Ouvi cada um dos garotos chegar para se deitar e ouvi também os risinhos sacanas das mulheres nos quartos ao lado.

– Ai! Ai! – alguma prostituta gritou com a voz estridente. – Eu não aguento! É grande demais! Tira, tira!

– Então chupa, sua vadia! – respondeu um homem. – Para de reclamar e engole tudo!

– Está fedendo! – disse a mulher com um grasnar horrível – Não quero mais! Toma o seu dinheiro!

– Cala a boca, sua puta! – gritou o homem – Vou comer você de qualquer jeito!

– Sai agora, sua bicha! – vociferou a mulher. – Senão arranco o seu pau!
Então começou uma grande briga repleta de xingamentos e gritaria. Houve tapas e coisas quebradas até Rudolf subir com os seus guardas e acabar com a zona.
– Seu filho da puta desordeiro! – rosnou o estalajadeiro. – Saia agora se não quiser que eu espalhe suas tripas pelo chão!
Ainda houve alguns gemidos e baderna, mas devo ter cochilado logo em seguida, pois não me lembro de muita coisa.
Acordei sem fazer barulho e lavei o rosto e os sovacos. As estrelas ainda despontavam no céu e as árvores farfalhavam com o vento. Mijei longamente num balde, joguei o líquido amarelo pela janela e acertei sem querer um cão vadio. Ele ganiu e correu para longe. Não nevou tanto como nas noites passadas e também não estava tão frio. Arrumei as minhas poucas coisas, guardei o dinheiro junto ao peito e fui me despedir do mercador. Ele não estava no quarto.
Desci as escadas sem fazer barulho. Tive de desviar de um anão largado sobre os degraus.
Encontrei Hector jogado em um canto do salão, com o copo de cerveja ao seu lado e uma mulher gorda no seu colo. Aliás, havia vários homens estirados no chão. Os escoceses se amontoavam ao lado do balcão. E Victor estava debruçado em uma mesa, roncando como sempre. Resolvi não acordá-lo e saí.
Respirei fundo e iniciei a minha nova jornada. Dois dos capangas de Rudolf faziam a guarda e me cumprimentaram. Retribuí com um aceno e continuei meu caminho.
– Ei, Harry! – alguém me chamou de dentro do estábulo.
Virei e vi o Doninha mascando uma erva e cortando pedaços de carne para os filhotes afoitos.
– Ouvi dizer que você vai embora! – falou.
– Vou sim – respondi.
– Precisa de alguma coisa? – Olhou para o céu encoberto. – Tem um bom casaco?
– Está tudo bem! – falei.
– Obrigado por me ajudar com eles – agradeceu, apontando para os lobinhos.
– Não foi nada – respondi.
– Se cuida, moleque! – disse ele.
Acenei e parti para a fazenda.
Direto para os braços da minha amada.
Cheguei ao final da tarde, completamente esgotado pela

dura caminhada. Não queria pegar nenhum cavalo do mercador. Estava exausto e faminto. Minhas pernas doíam e os últimos passos até a porteira foram os mais difíceis. Os dedos dos meus pés pareciam congelados dentro das botas.

Javali e Matador estavam deitados junto à porta de entrada do casarão. Quando me viram os cães abanaram o rabo e correram para me encontrar.

– Oi, meninos! – falei com o fôlego curto – Sentiram a minha falta?

Os gigantes arfaram e, quando adentrei a cerca, pularam em cima de mim. Não aguentei o peso e eles me derrubaram no chão.

– Parem de me lamber um pouco! – falei enquanto tentava me defender das feras. – Vou me afogar com tanta baba!

Então um assovio ressoou e eles saíram correndo.

Ann veio, linda, perfeita, até mim e me ajudou a levantar. E me beijou longamente, até ficarmos quase tontos pela falta de ar.

– Senti muito a sua falta! – sussurrou no meu ouvido.

– Não vivo mais sem você... – respondi.

Ann me abraçou com bastante força e chorou de alegria. Então me convidou para entrar e eu lhe dei duas pequenas flores que encontrei pelo caminho. Estavam meio murchas e queimadas pelo frio, mas assim mesmo ela adorou.

– São as flores mais lindas desse mundo! – beijou-as.

Ann havia feito salmão e comi como um animal. Deixei somente um monte de espinhas no prato. Bebemos cerveja e comemos nozes. Como sempre, sua mãe se retirou para o quarto sem falar nada. Não me importei. Apenas fiquei de mãos dadas com a minha amada. Exausto por causa da viagem, bocejei. Ela percebeu o meu cansaço e arrumou minha pousada no mesmo lugar ao lado do fogo, mas antes de dormir nos amamos mais uma vez.

E, para a minha felicidade, os cães dormiram junto aos outros animais no celeiro.

Os dias e as semanas passaram como o voo rápido das andorinhas, como em um sonho bom. Aprendi a lidar com as ovelhas e arei a terra endurecida de gelo para iniciar uma horta quando o tempo melhorasse. Vendi por um bom preço três arcos longos que fiz com teixo e duas dúzias de flechas de freixo com penas das asas de gansos. Encomendei as pontas de ferro ao ferreiro Tuck. Ele mandou seu ajudante trazer à fazenda dezenas de pontas furadoras e triangulares. Usei todo o meu dinheiro para pagá-las, mas valeu a pena, pois consegui um valor cinco vezes maior na negociação das armas. Estávamos felizes, e, com a minha ajuda, as coisas prosperaram bastante.

Então, no final de uma manhã ensolarada, a primeira em muitos dias, Taddeo e Pio chegaram à fazenda.

Cumprimentei-os calorosamente e cuidei dos cavalos enquanto Ann lhes oferecia bolo e vinho.

– Vamos pegar a estrada amanhã – falou Taddeo. – Você virá conosco?

– Hector precisa de ajuda, pois conseguiu uma grande carga de espadas, escudos e elmos – falou Pio, com a boca cheia. – Ele vai levar até o rei Æthelred. São mais de cem belas espadas! Comprou de um mercador vindo lá do continente. Nunca vi um aço tão bem polido e brilhante.

– O mercador vai precisar de toda a escolta possível! – disse Taddeo. – Os bandidos são loucos por essas cargas! E na volta, estaremos carregados de moedas.

– Ele comprou outra carroça! – grunhiu Pio com pedaços de bolo saindo da boca. – Taddeo vai guiar ela!

– E certamente seu arco seria muito útil! – disse Taddeo – Você tem uma mira boa!

– Então... – falou Pio após um longo arroto. – Você vem com a gente?

Não respondi de imediato e fiquei pensativo. Fui tomar um pouco de ar e ordenar os pensamentos. Uma viagem como essa, além de ser uma ótima aventura, renderia um bom dinheiro. Poderia fazer melhorias na fazenda e comprar presentes para minha amada. Meu espírito estava dividido.

Voltei resoluto depois de um tempo.

– Taddeo – olhei para ele, depois para Ann. – Diga ao mercador que peço desculpas, mas vou ficar.

– Fico feliz, meu amor! – Ann explodiu em alegria – Nós dois ficamos!

Ela acariciou a barriga e isso me fez cair sentado no chão, boquiaberto e desnorteado. Os irmãos explodiram em risadas.

– Harry, você vai ser pai! – disse Pio. – *Si avrà un figlio*!

– O que você disse? – perguntei ainda atordoado.

– Acorde, homem! – falou Taddeo, me ajudando a levantar. – Sua mulher está graúda!

– Como não percebi? – olhei intrigado nos olhos azuis dela.

– Porque, como todos os homens, você é um tolo avoado!

– Ann respondeu depois de me beijar na testa. – Enquanto a barriga não atrapalha, para vocês está tudo normal.
Os irmãos celebraram conosco e deram para a minha amada um bonito crucifixo de bronze.
– É para proteger o bebê! – disse Pio. – Vou ver se arranjo uma imagem da *madona* para você. Minha mãe não perdeu nenhum filho por causa dela!
– Muito obrigado! – falou Ann ao colocar o crucifixo no pescoço – É lindo!
– Já está tarde e logo escurecerá – falou Taddeo ao sorver o último gole da sua cerveja. – Temos que ir!
E assim nos despedimos dos italianos e eles partiram com a minha resposta. Ficaram tristes por eu não poder acompanhá-los, mas muito felizes porque eu seria pai. E só quando minha amada e eu ficamos a sós é que compreendi realmente o que estava acontecendo.
No dia seguinte, bem cedinho, pedi para um dos empregados da fazenda buscar um padre. Peter, um bonachão beberrão, com a barba na altura do peito, veio montado em sua mula cinza. E ele nos casou no mesmo dia. Paguei com duas moedas de prata e um odre grande de vinho de amoras.
Ann ficou ao mesmo tempo espantada e eufórica.
– Harry! – ela sorria e estava muito corada. – Você devia ter me avisado antes!
– E estragar a surpresa? – respondi ao segurar a sua mão. – Espero que você me aceite como marido!
Ela aceitou e enfim se tornou minha mulher. Apesar de tudo ter sido ajeitado às pressas, aquele foi o momento mais feliz da minha vida e com certeza da dela também.
Os meses passaram e a barriga dela cresceu.
Aguentei os enjoos e as crises de mau humor. Tentei compreender os momentos de choro e compartilhei da sua alegria. Atendi seus desejos, como quando ela me pediu um peixe com ervas no meio da madrugada.
– Ann, minha querida – falei sonolento. – Não temos peixe!
– Eu quero peixe! – resmungou. – Quer que seu filho nasça com cara de peixe?
Não disse nada, calcei as botas e saí guiado pela luz parca de um archote. Fui até um rio próximo e demorei até quase o amanhecer para conseguir pegar uma pequena truta.
– Você demorou! – falou Ann, sentada na escada.
– Estava difícil pegar o peixe – respondi, irritado e encharcado.

– Pare de falar e prepare logo meu peixe! – disse ela. – E com bastante alho! O bebê está chutando de fome.

Fiz tudo como ela pediu e ela engoliu a refeição. Sorriu e me deu um beijo.

– Vou dormir! – falou, depois de lamber vorazmente os dedos. – Você vem?

– Daqui a pouco! – respondi exausto.

Fiquei pensando em tudo e senti um pouco de medo. Eu seria um bom pai? Saberia cuidar da criança?

E o tempo voou rápido.

E todos os meus medos desapareceram na tarde do primeiro dia de abril de 1004, quando nasceu Daniel, meu filho. E ele era a coisinha mais linda que eu já tinha visto.

Lembrei-me das suas bochechas rosadas e dos dedinhos pequeninos do seu pé gordinho. Lembrei-me de como ele enfiava toda a mãozinha na boca e de como ria quando eu mordia sua barriguinha saliente. Vi na minha mente sua boquinha pequena sorrir e mostrar os dentinhos despontados nas gengivas molhadas.

Entretanto, tudo isso era passado. Distante. A minha sina era enterrar meus entes queridos, era deixar para trás tudo aquilo que amo. E seria assim sempre, por toda a eternidade.

Murron desceu as escadas e pegou o bebê dos meus braços. Ele segurou a minha orelha e riu enquanto eu fingia sentir dor.

– Vai arrancar a minha orelha! – falei fazendo uma careta.

O lóbulo escorregou por entre os dedinhos rechonchudos. Soltei um gemido e pulei de dor. O bebê bateu palmas e falou algo incompreensível.

A minha dama também sorriu. Estava muito bonita e perfumada. Colocou uma flor nos cabelos e um broche de ouro no vestido. Segurei-a pelo braço e fomos para fora. A noite agradável tinha o perfume de flores e as estrelas pontilhavam o céu em volta da lua nova. Era um momento perfeito, contudo nosso passeio só durou até o portão.

Serge correu desesperado em nossa direção. Estava branco como leite, suado e choramingava como uma criança. E logo atrás dele pude ver uma horda de religiosos, guardas e plebeus enfurecidos.

– Fuja, meu senhor – gritou Serge, segurando as minhas mãos, com o rosto em puro desespero. – Eles querem matá-lo!

Antes que eu pudesse responder, dois guardas correram na

minha direção e me seguraram. Outro, baixinho e com apenas dois dentes podres na boca, puxou Murron e o bebê. Eu poderia ter me livrado facilmente, mas não reagi com medo de que a ferissem ou ao pequeno.

Serge correu para sua casa e se trancou lá.

– Covarde! – pensei.

Porém meus pensamentos foram dissipados, pois o bispo Alain de Marlemont veio na minha direção.

– Amarrem-no! – ordenou aos guardas.

Ele segurava um báculo de ouro e uma pesada cruz de prata na outra mão.

– Caro bispo! – falei irritado. – Sob qual alegação você entra na minha propriedade e dita tais ordens? É melhor me soltar agora!

– Em nome de Deus, da Sagrada Igreja e com a permissão do rei, eu o acuso de assassinato – vociferou com os olhos inflamados. – Assassinato da nobre Senhora Matilda!

Os homens do povo urraram e levantaram suas tochas e armas improvisadas.

– Demônio! – gritaram em coro. – Aberração do inferno!

– Cria de Satanás! – vociferou um padre com os olhos se revirando nas órbitas. – Queime! Queime!

Então eles avançaram como um bando de javalis enfurecidos. Alguém atirou uma pedra e ela bateu no meu queixo, causando uma dor aguda.

Empurrei um dos homens que me segurava e atirei o outro longe usando somente o braço esquerdo. Mas, então um dos guardas veio por trás e me acertou na cabeça com um porrete. Tudo começou a rodar e escurecer. Ouvi um grito distante. Era a voz da Murron. O bebê começou a chorar.

Tudo estava estranhamente silencioso.

Eu não ouvia nada ao meu redor, apenas via as bocas se mexerem e os pés pisarem forte no chão.

A raiva súbita tomou conta de mim. Percebi o sangue frio escorrer pelo meu rosto. Ainda tonto, esmurrei o bispo e senti uma das suas costelas se partir sob o peso do meu soco. O miserável caiu e se contorceu, chorando feito um bebê.

Cuspi nele e me virei para avançar em um guarda jovem. O infeliz tentou se defender com o escudo, mas joguei meu corpo sobre ele e o fiz cair a uns três passos. O veado bateu a cabeça num toco de árvore, gorgolejou sangue e morreu.

Saquei a minha adaga e gritei um desafio. O padre

ensandecido correu na minha direção e tentou me atacar com a tocha. Desviei e rasguei sua garganta. Um dos guardas atirou com sua besta e a pesada seta se cravou na minha coxa. Urrei de dor e arremessei a adaga, que se fincou bem no meio da sua testa em um baque seco.

Corri mancando para atacar um guarda segurando uma alabarda, mas um golpe de martelo foi desferido com violência nas minhas costas. Caí de joelhos e minha respiração ficou difícil. Um dos guardas tentou me chutar no estômago, mas segurei seu pé e torci com força até sentir o osso se quebrar e os tendões se romperem.

Então uma lâmina fria beijou o meu ombro e rasgou minha carne até o osso. Outra espada maligna cortou a minha face e quase me cegou. Passou a menos de um dedo do meu olho esquerdo.

– Quero ele vivo! – falou o bispo com muita raiva. – Quero ele vivo!

Logo em seguida alguém me golpeou na nuca.

Desmaiei.

E a partir daí tudo ficou negro.

Capítulo XVII – Ferro, água, veneno e fogo

Todos os meus músculos latejavam. Minha respiração chiava e meu peito parecia explodir a cada inspiração. Era como se houvesse pregos e pedras nos pulmões. Tentei mexer as pernas, mas algo me prendia. Senti uma pontada aguda nos tornozelos, como se a carne estivesse esfolada. Abri os olhos e, mesmo com o dom da perfeita visão no escuro, demorei um pouco para me acostumar com o negrume.

Tudo rodava e eu não conseguia enxergar nada além de vultos e borrões. Tentei me levantar, porém eu estava muito fraco, cansado. Tombei de lado. Vomitei em seguida, resfolegando com o metal grosseiro apertado na minha garganta. Minha pele estava muito branca e eu podia ver claramente cada osso da minha mão.

Grilhões prendiam meus tornozelos e um colar de ferro machucava o meu pescoço. E, nos pulsos, grossas correntes. Fiz força para arrebentá-las, mas não consegui. Tentei arrancá-las, mas elas estavam bem presas na parede de pedra bruta.

Eu estava numa masmorra fétida e úmida, parcamente iluminada por uma tocha atrás de um portão de ferro. Ratos imensos devoravam um cadáver putrefato preso na parede à minha frente. Um esqueleto jazia pendurado em uma gaiola e diversos crânios estavam jogados pelo chão.

Não havia nenhuma janela e o ar estagnado cheirava a morte. Um filete de água escorria por um buraco e se acumulava em uma poça limosa ao meu lado. Havia marcas de sangue seco e merda nas pedras e nas paredes.

– Há quanto tempo estou nesse buraco? – falei para mim mesmo.

Forcei novamente as correntes, mas elas não cederam nem um pouco. Quebrar os elos de ferro grosso estava além das minhas forças. Nem um urso raivoso conseguiria estourar o ferro fundido.

Os cortes no meu corpo estavam curados, apenas minha cabeça ainda latejava e meus pulmões ainda queimavam. Contudo, eu sobreviveria, como sempre.

Fiquei em silêncio por um tempo, e meus olhos melhoraram pouco a pouco. Consegui ficar de pé, mas, antes de poder pensar em qualquer coisa, ouvi passos e vi a luz trêmula do fogo se aproximar do portão. Logo vieram as sombras das pessoas, e, por fim, um guarda corcunda e amarelado apareceu para abrir a masmorra.

O infeliz sorriu quando me viu e lambeu os lábios fissurados. Depois, grunhiu algo e se afastou. Então o bispo Alain de Marlemont surgiu andando com dificuldade.

– Está melhor das costelas? – perguntei insidioso.

Ele me olhou com raiva, mas se conteve.

– Vão melhorar – respondeu, com um olhar maligno. – Já quanto a você...

O bispo fez uma oração silenciosa. Logo em seguida, chamou dois homens grandes e um padre com feições femininas.

– Trouxe a sua puta? – apontei para o padre franzino.

O bispo ficou impassível, mas pude perceber um sorriso irônico no rosto de um dos homens.

– Harold, Harold! – disse o bispo, aproximando-se com bastante cautela – O demônio tomou conta da sua alma, por isso você diz essas coisas!

– E ele deve ter dormido com você, por isso você fede tanto! – falei, e em seguida dei uma cusparada na cara do bispo.

Alain de Marlemont deu um passo para trás e limpou o rosto com a manga da roupa. Balançou a cabeça em reprovação e saiu.

– Já desistiu, seu veado? – gritei, – Quando eu me soltar vou foder o seu rabo gordo!

O padre abaixou a cabeça e pude sentir seu coração se acelerar. Ele cruzou as mãos e seu corpo se retesou.

– Está com medo? – tentei avançar sobre ele como um animal. – Você não passa de um monte de merda!

As correntes me impediram, mas assim mesmo ele fugiu pelo portão. O corcunda ria enquanto colocava na boca um pedaço de queijo embolorado. Seus cabelos esfiapados caíam pelo rosto e encobriam os olhos cinzentos e malignos.

Minha força se restabelecia aos poucos e o ódio dentro de

mim era imenso. Forcei o colar de ferro até sentir a pele rasgar, mas ele resistiu firme. Rosnei para os homens e os desafiei em vão. O miserável corcunda riu ainda mais, deixando os pedaços de queijo caírem da boca.

Alain de Marlemont voltou com alguns instrumentos de tortura. Atrás dele, o padre se escondia e evitava o meu olhar. Ele me mostrou peça por peça e eu apenas assoviava quando as via.

– Não sei se depois de passar pelo julgamento de Deus você estará tão confiante – disse ele, com as sobrancelhas cerradas. – Pedi pessoalmente ao rei para, digamos, conversar com você e obter a sua confissão, pois a justiça dos homens não basta para um demônio.

– Bispo! – falei com escárnio. – Acho que você irá se cansar muito antes de eu começar a sofrer!

O corcunda bateu palmas e foi enxotado pelos homens. O padre suava e ofegava e os seus joelhos não paravam quietos por baixo da batina.

– Vincent, preste atenção em tudo! – falou o bispo para o padre. – Depois você irá transcrever o ocorrido para mandarmos ao Papa Alexandre III e ao rei Henrique Plantageneta.

O padre concordou com a cabeça. Olhei-o profundamente e ele desviou o olhar..

– Agora me diga, Harold Stonecross, você matou a Senhora Matilda? – perguntou firme o bispo.

– E isso faz alguma diferença? – respondi. – Ela já está morta mesmo!

– Harold Stonecross! – gritou Alain. – Você matou a Senhora Matilda?

– Não me lembro – falei, irônico. – Só recordo de ter deixado a sua mãe com o rabo esfolado! Ela gemeu como uma cadela!

– Senhor, tende piedade dessa alma! – exclamou ele, olhando para cima.

O bispo ordenou que um dos homens pegasse um chicote de couro trançado e me açoitasse 65 vezes.

– Cada açoite representa um ano da vida da nobre senhora! – falou sisudo.

A dor foi aguda, mas sequer gemi. Aguentei cada golpe estalar na minha carne. Meu corpo ficou repleto de vergões e até mesmo alguns cortes, mas, antes do carrasco terminar, alguns dos ferimentos já estavam completamente curados.

Quando a sessão acabou, eu ri alto e zombei deles.

– Vocês batem como mulherzinhas!

Os homens ficaram perplexos e só o corcunda parecia se divertir.

– Só isso, bispo? – perguntei – Tudo podia ter sido resolvido com um bom vinho!

– Satanás dá poderes para seus servos! – Alain rosnou. – Mas, seu poder não é nada para Cristo!

Então ele pegou um frasco de água benta e jogou o líquido em mim. Comecei a gritar, a me contorcer e colocar as mãos sobre a face. Alain de Marlemont começou a rezar alto uma prece em latim. E o padre fez o sinal da cruz por várias vezes.

Silenciei de repente e todos me olharam perplexos. Comecei a rir e o bispo se espantou com a minha reação.

– Meu caro Alain! – enxuguei o rosto na manga imunda da camisa. – Há como esquentar um pouco a água? Hoje está muito frio. E se puder trazer um pedaço de sabão e um pano velho para eu me esfregar seria bem melhor.

O homem ficou vermelho e as veias saltaram na testa oleosa. Pegou uma espécie de rastelo e entregou para um dos homens. Porém, este ficou com medo de se aproximar e passou a ferramenta para o outro.

– Em Nome de Deus! – urrou o bispo. – O que vocês estão fazendo?

– O cabo é curto demais! – falou um dos homens.

– Vá logo, seu imbecil! – vociferou o bispo.

Então o homem veio com receio e me atacou. O golpe foi forte e rasgou a carne do meu peito. Ele se animou, mas, antes de desferir o segundo açoite, abaixei com uma agilidade felina e peguei um dos crânios, que usei para rachar a sua cabeça. Ele caiu inconsciente e o sangue verteu pelo ferimento.

O padre soltou um gemido alto e o bispo me olhou abismado. Então o outro homem puxou o moribundo e todos foram embora calados. O corcunda trancou a masmorra e sumiu na escuridão, assoviando desafinado.

Desabei no chão com dor, exausto. Por hoje não haveria mais suplícios. Os ânimos dos torturadores foram duramente golpeados. Essa batalha eu havia vencido. Mas até quando eu aguentaria?

O esqueleto pendurado na gaiola parecia rir. Quem sabe o safado não zombava de mim lá do outro mundo. E eu merecia! O poderoso Harold Stonecross! Prisioneiro de um bispo gordo.

Um rato passou pela minha perna. O sacana procurava por

carne fresca, por um furto fácil e rápido. Ele me mordeu logo acima do joelho.

Filho da puta!

Agarrei-o e suguei todo o seu sangue. Serviu para me animar um pouco. Atirei para longe a sua carcaça seca e os outros ratos brigaram pelo prêmio. Uma ratazana maior arrastou o cadáver por um buraco e sumiu.

Eu também queria sumir daquele lugar, mas tudo o que pude fazer naquele momento foi fechar os olhos e desmaiar num sono repleto de agonia e pesadelos.

Acordei assustado com o choro do meu filho. Ele estava deitado no berço ao lado da nossa cama. Os cães subiram correndo as escadas e pararam ao lado dele, olhando sem entender. Ann também levantou de sobressalto e pegou-o no colo. Ele a abraçou forte e começou a soluçar, balbuciando algumas palavras indecifráveis.

– Está tudo bem agora! – Ela ninou Daniel. – A mamãe está aqui!

– O que aconteceu? – perguntei com o coração acelerado.

– Ele deve ter tido um sonho ruim! – disse Ann.

O bebê resmungou um pouco, contudo adormeceu novamente e minha amada colocou-o no berço. Os mastiffs se deitaram ao seu lado e não os impedimos. O amor deles pelo meu filho era surpreendente. Dariam a vida por ele.

Daniel cresceu rápido e depois de oito meses estava forte e sem nenhuma doença. Seus olhos eram azuis como os da mãe e os cabelos pretos como os meus. Era muito esperto e risonho, principalmente quando brincava com Javali e Matador. Por várias vezes ele dormia junto aos gigantes.

A chegada do meu filho encheu as nossas vidas de felicidade. Ele ajudou Ann a sorrir novamente, pois a sua mãe havia morrido de gripe alguns dias após o menino nascer. As duas já não se falavam, mas mesmo assim ela sentiu muito a perda. Porém Daniel preencheu os nossos dias com muita alegria.

Os tempos eram bons. Minha reputação cresceu bastante na região e a fazenda começou a ser chamada de Stonecross. Ann estava radiante e suas mantas sempre eram vendidas rapidamente. E aos poucos começamos a enriquecer.

Nesses oito meses, nossos negócios prosperaram. Eu me aprimorei cada vez mais na fabricação dos arcos e pessoas vinham de longe para comprá-los, principalmente nobres.

Arrumei um ajudante. Um garoto esperto chamado Will. Tinha apenas doze anos e era bem pequeno, mas fabricava habilmente as cordas de cânhamo e sabia deixar as pontas das flechas bem afiadas. Ele era órfão e passou a viver conosco.

– Senhor Harold! – falou o menino ruivo em um dia nublado. – Já fiz cinquenta cordas!

– Muito bom, Will! – respondi ao verificar o trabalho. – Estão ótimas!

– Como já acabei o serviço, posso ir pescar com o Martin? – perguntou, receoso.

– É claro! – disse eu. – Volte antes de escurecer.

– Obrigado! – respondeu ele, e correu para chamar o amigo.

Era um bom menino e todos gostavam muito dele. E eu o tratava como um filho.

E assim o tempo voou. E a paisagem embranqueceu.

E o vento do norte soprou frio.

E chegou o Natal.

O primeiro Natal do meu filho.

Era dia 23 de dezembro. Reuni os criados mais jovens e fomos caçar. Levei o meu arco longo e dois rapazes da fazenda foram com lanças. Will ostentava orgulhoso um arco um pouco torto feito por ele mesmo. Saímos ainda no escuro e o frio açoitava a pele, fazendo as juntas arderem. Caminhamos mais de meio dia até o bosque e logo nos primeiros passos já vimos pegadas na neve.

– São cervos! – disse Will. – E olha esse monte de bosta! Ainda está quente!

O garoto tinha razão. Agachei-me ao seu lado e coloquei a mão sobre as bolinhas escuras. Além disso, havia dezenas de pegadas e certamente os animais haviam passado havia pouco tempo.

Antes de ficar órfão, Will aprendera muito com seu pai, um caçador experiente da região. Desde bem pequeno ele sempre o acompanhava pelas matas. O garoto era muito habilidoso. Sua visão era ótima e seus ouvidos aguçados. Sabia construir armadilhas e sempre encontrava os rastros, mesmo os mais sutis.

– Rapazes! – falei ao me levantar. – Quero um cervo bem grande para a ceia de Natal!

Eles concordaram e seguimos em silêncio no encalço dos animais. Andamos bosque adentro e a tarde avançava rápida.

Eu já estava cansado, mas Will, com seu vigor juvenil, foi um pouco à frente para buscar mais rastros.

– Will, não avance muito! – falei. – E se não encontrar nada, volte!

– Pode deixar, chefe! – respondeu maroto.

O garoto passou mais de uma hora sem retornar enquanto nós descansávamos um pouco. Eu já estava bastante preocupado, mas antes de sairmos para procurá-lo ele voltou, silencioso, com um sorriso no rosto.

– Eu vi seis deles! – falou, após tomar fôlego. – Ao lado do lago! Estão pastando!

– Ótimo Will! – afaguei sua cabeça. – Vamos!

Caminhamos em fila, guiados pelo garoto. Quando nos aproximamos, ele fez um sinal e se abaixou. Apontou para o leste e logo pude ver o movimento dos animais. Nesse momento a surpresa era fundamental e o silêncio era essencial para isso.

Passamos terra pelo corpo e pelas roupas para disfarçar o cheiro. Não acreditava muito nisso, mas os homens daquela região sempre faziam esse ritual.

Encordoei meu arco e Will fez o mesmo. Cada um dos homens foi para um lado a fim de cercar os animais. Eles apenas evitariam a fuga. Nessa tarde seria o arco que cantaria a canção da morte. E as flechas muito bem polidas pelo garoto rasgariam o couro e a carne. E o sangue escorreria até o cervo sucumbir sem forças.

Hoje a morte viria emplumada, cortando o céu como um raio.

Eu preferia ir sozinho, mas sem o moleque nunca teríamos achado os animais. Assim como Espeto um dia confiara em mim, eu confiei nele.

Deixei-o me acompanhar. Ele era muito esperto, e, apesar da pouca idade, sempre trazia coelhos e raposas para a fazenda. E foi um pé de coelho amarrado ao seu pescoço que ele beijou antes de avançar.

Ele ficou ao meu lado. Pisávamos com cuidado para não fazer barulho. Estávamos a menos de trinta passos e a visão era perfeita. Coloquei uma flecha na corda e o garoto também. Ele começou a mirar e ameaçou se levantar, mas fiz um sinal para ele esperar.

– Calma, filho! – sussurrei – Só teremos uma chance!

– Eu não vou errar! – disse impaciente. – Eu acerto!

– Eu sei disso! – falei – Mas, se nós dois acertarmos, é bem melhor!

Ele diminuiu a pressão na corda e esperou. Eu não queria acertar nenhuma fêmea ou filhote. Ainda me lembrava dos lobinhos órfãos. Portanto escolhi um macho velho, cheio de cicatrizes. Sua galhada era bastante grande e o seu pelo de inverno estava muito volumoso.

– O que me diz do macho grande? – sussurrei.

Will concordou com a cabeça e respirou fundo.

– Mire bem! – falei baixinho. – Quando eu assoviar, dispare a sua flecha!

Vi uma gota de suor escorrer pela bochecha dele e sua respiração se acelerou.

Apesar de saber atirar muito bem, nunca tinha caçado com o arco. Sempre preparava armadilhas ou usava uma pequena fisga.

Porém não havia tempo para hesitação.

Levantei-me cuidadosamente e fiquei atrás de uma árvore. Por sorte, o vento soprava para o lado oposto dos animais e escondia o nosso cheiro. Will se apoiou no joelho direito e mirou. Ele conseguiria atirar por entre as plantas sem ser percebido.

Retesei o arco e pedi ajuda aos espíritos da floresta, como o bom Espeto havia me ensinado. Puxei a corda até a orelha, assoviei e disparei. A corda raspou no meu pulso e a flecha sibilou e voou lépida, pronta para dar o seu beijo fatal.

Will também disparou e sua flecha zuniu pelo mato.

O garoto era bom.

E, quase no mesmo instante, a minha flecha se cravou no pescoço do cervo enquanto a do moleque se fincou nas ancas. O animal berrou. O bando se assustou e correu, atravessando o lago. O macho tentou fugir, mas caiu na beira da água. E não se levantou mais.

Corremos em sua direção e Will o degolou com sua faca. O sangue jorrou e molhou a neve e o capim. O cervo revirou os olhos e morreu rapidamente. Abracei o garoto e assoviei para chamar os homens.

Eles vieram e comemoraram conosco. O garoto ria e beijava seu amuleto da sorte. Olhou para cima e agradeceu a ajuda do pai.

– Com certeza ele guiou a minha flecha! – falou com os olhos brilhantes.

Concordei e também pensei nos meus amigos queridos que já tinham partido. Meu coração se apertou, mas logo veio o sorriso pelas boas lembranças. Então a tarde se foi e a noite negra engolfou o céu.

Resolvemos acampar no bosque porque seria mais seguro. Fizemos uma grande fogueira para nos aquecer e nos proteger das feras. Um dos homens temperou o fígado, o coração e os rins com ervas e sal. Fizemos uma armação de madeira e espetamos as iguarias em gravetos. Colocamos para assar sobre as brasas. Logo o cheiro delicioso inundou nossos narizes.

Comemos e rimos. Will se gabava de ter dado o tiro fatal.

– Eu acertei o pescoço! – disse após lamber os dedos engordurados. – Foi certeiro!

Deixei-o se gabar e comecei a limpar um pedaço do terreno para afastar os bichos.

Improvisamos uma cabana com galhos e folhas, e ela nos ajudou a suportar o frio e nos proteger da neve que voltou a cair. De tempos em tempos alimentávamos a fogueira.

Um dos criados contou uma história de assombrações e demônios. Seu rosto brilhava por causa do fogo e o pobre Will se encolheu todo atrás de mim. O bravo caçador quase molhou as calças.

A noite foi dura e eu sonhei com fantasmas e com monstros gosmentos saindo do lago, mas logo o dia clareou e marchamos para casa. Fizemos uma maca para transportar o cervo. Tivemos muito trabalho e o chão escorregadio em alguns trechos foi um grande obstáculo. Will cantarolou durante toda a viagem e ainda zombava de nós.

– Como são lerdos! – falou. – Além de matar o cervo vou ter que puxar a carcaça?

Um dos homens se irritou e correu atrás dele, mas escorregou e caiu de cara no barro.

Rimos muito e ele começou a ficar vermelho.

– Quando chegarmos na fazenda você vai ver! – falou, apontando o dedo para o garoto.

Chegamos após o meio-dia do dia 24. Ann ficou muito feliz ao nos ver. Os mastiffs vieram correndo e como sempre me derrubaram.

– Parem agora! – falei, tentando tirar os gigantes de cima de mim. – Parem de lamber o meu rosto!

Consegui me livrar dos cães e levantei. Limpei a baba pegajosa e fui encontrar a minha amada.

Daniel estava com a mãe e abriu um grande sorriso quando o peguei no colo. Ele bateu palmas e puxou o meu cabelo.

– Estava preocupada! – disse após me dar um beijo.

– A caçada demorou mais que o previsto – falei, mordendo

de leve a mãozinha do meu filho. – Escureceu rápido, por isso resolvemos acampar.
– Graças a Deus vocês estão bem! – abraçou-me com carinho.
As mulheres da fazenda destrincharam o animal e logo colocaram a carne em um caldeirão. Ann já havia posto umas aves para assar e tinha feito bolos de aveia e frutas. A ceia estava garantida.
Um dos homens trouxe um pinheirinho. Colocamos a arvorezinha no centro do salão e a enfeitamos com panos coloridos e velas penduradas. Todos ficaram muito contentes, principalmente os filhos dos criados. Eles riam e dançavam em volta da árvore.
Nossos empregados eram muito bons e trabalhadores. Gostávamos deles e eles também gostavam da gente, portanto comemoramos o Natal todos juntos e a noite longa passou agradável.
Eles ficaram muito agradecidos quando dei um casal de ovelhas para cada um.
– Podem criar seus animais juntos aos nossos! – falei. – Mas todo o lucro que conseguirem com eles será de vocês. Vamos apenas dividir o trabalho e a alimentação deles.
Um dos empregados chorou e se ajoelhou para me agradecer, mas levantei-o e dei-lhe um abraço. Nunca me achei superior, por isso eu os tratava como amigos. Ann admirava a minha postura, pois toda a sua família era diferente e o pai mantivera até alguns homens em condições de escravidão.
E assim continuei com os presentes. Dei para Daniel um cavalinho que entalhei na madeira e para Ann um vestido que comprei na cidade sem ela saber. E para Will um arco novo, pintado de verde como ele gostava. Na empunhadura gravei o seu nome.
Ele ficou boquiaberto e segurou o arco como se estivesse com um artefato sagrado nas mãos.
– Agora você tem que fazer umas boas cordas do tamanho dele! – falei.
– Vou fazer! – respondeu, ainda admirado. – Meu Deus!
Também ganhei presentes, um ótimo par de botas e um barril de vinho de bétula.
– Obrigado, Ann! – falei.
Ela sorriu em retribuição e foi buscar mais bebidas.
Bebemos bastante hidromel e cerveja quente e cantamos canções alegres.
E no meio da madrugada o cansaço veio, os criados foram

para as suas casas e nós adormecemos, no salão mesmo, ao lado da lareira, da árvore e dos cães fedidos.

Fui acordado com um balde de água gelada atirada no meu rosto. E, antes que eu pudesse reagir, colocaram um saco escuro na minha cabeça e senti o ferro comprimir minha carne logo acima dos pulsos. Tentei lutar, mas certamente homens fortes me seguravam. Podia senti-los resfolegar e rosnar para me manter preso. E alguém me batia com uma vara para abalar o meu espírito. Parei de reagir, pois naquele momento era inútil. Preferi poupar as minhas forças.

– Está pronto para confessar, Harold? – perguntou o bispo com rancor.

Sua voz maliciosa era facilmente reconhecida e não tinha saído da minha cabeça nas últimas horas. O ódio voltou ao meu corpo e dessa vez empurrei mais forte. Quase me libertei dos meus carcereiros, mas recuei abruptamente porque senti uma dor aguda no peito. A carne chiou exalando um cheiro de queimado. Urrei de dor e por mais três vezes a minha carne foi tocada pela brasa.

A pele e os músculos do meu peito ardiam insuportavelmente, mas eu podia perceber o meu corpo começar a reagir para curar o ferimento. Mesmo sem enxergar, consegui chutar a perna de um dos meus carrascos, mas infelizmente só pegou de raspão. Contudo, eles não perdoaram a minha rebeldia e me espancaram com porretes e barras de ferro.

Os ossos do meu braço esquerdo se quebraram, assim como algumas costelas. Eu não conseguia gritar, meu nariz foi destroçado e eu estava prestes a desmaiar quando ouvi o bispo interromper a carnificina.

– Chega! – disse, com a voz aguda. – Esse cão do diabo está acabado! Não o quero morto!

Eu estava sem forças, completamente combalido. Minhas pernas não sustentavam o peso do meu corpo e eu só me mantinha de pé por causa dos algozes que me seguravam com suas hastes de ferro.

O corcunda tirou o saco da minha cabeça e riu ao ver o meu rosto ensanguentado. Eu estava ofegante e doía muito para respirar. E meu braço fraturado latejava, ainda mais com a pressão da haste.

– Você matou a Senhora Matilda? – perguntou o bispo secamente.

– Os ingleses a mataram – falei lacônico.

– Senhor Harold... – disse ele, com uma longa pausa. – Por que mente para a Sagrada Igreja e para mim?

– Porque eu não ligo para as cócegas que você me fez até agora, seu velho imprestável – respondi contendo a dor.

Os homens se entreolharam perplexos. Quatro lacaios me prendiam enquanto dois se ocupavam de me espancar. E o maldito corcunda apenas ria.

Não sei por que, mas eu gostava dele.

O padre jogou em mim um pouco da água do rio onde Jesus havia sido batizado e eu lambi o líquido misturado com o meu sangue para provocá-lo. Atirou alhos, arroz e leu uma dezena de escrituras e textos sagrados. Apenas permaneci displicente. Nada disso adiantaria.

Já tomado pela raiva, Alain de Marlemont pegou um pesado crucifixo de ouro e mostrou para mim.

– Muito bonito! – falei. – Ficaria muito melhor enfiado no seu cu!

O bispo suspirou profundamente. As veias da sua testa saltaram e ele cerrou os punhos. Balbuciou algo em latim e chamou o jovem padre com um gesto desesperado.

– Vincent! – gritou. – Faça algo, seu imprestável! Traga-me o alicate.

Ele me mostrou a ferramenta e perguntou novamente se eu havia matado a Senhora Matilda.

– Eu matei a sua mãe de prazer, seu filho da puta! – respondi cuspindo sangue.

O carcereiro riu fazendo uns barulhos estranhos pelo nariz.

Alain de Marlemont não disse uma palavra sequer e quebrou pessoalmente cada dedo da minha mão direita com o alicate. Soltei um uivo a cada estalo dos ossos dos meus dedos se partindo. Ele soltou um sorriso de satisfação pelo trabalho realizado.

– Você é bem resistente, senhor Stonecross – falou com admiração. – Mas, até quando?

– Até o fim dos tempos, seu bosta! – rosnei – Eu posso aguentar isso e muito mais!

– Pode mesmo? – perguntou com sarcasmo.

– Sim! – respondi sorrindo. – É mais fácil seu coração explodir pelo esforço do que eu morrer, seu gordo inútil.

Ele ficou vermelho e pensativo enquanto os homens suavam muito.

– Você é apenas teimoso! – disse ao retomar a calma – Mas

logo o poder de Deus expiará seus pecados e você vai implorar por perdão!

– Você é que vai implorar quando eu estraçalhar o seu rabo gordo! – vociferei. – Vou deixá-lo no meio do nada, sangrando enquanto os corvos bicam as suas feridas!

– Harold! – exclamou ele, e limpou o suor da testa com um paninho encardido. – Você vai para o inferno antes!

– Inferno! – debochei. – Satanás deve gostar de mim por causa das almas que lhe mandei de presente! Principalmente as dos padres!

O bispo gritou e me bateu no rosto com a pesada cruz. O sangue espirrou no seu rosto e a minha bochecha se rasgou em duas.

– Não importa o quanto me bata, seu miserável, eu nunca irei morrer! – falei com ódio.

– Você vai morrer como um rato nesse buraco! – berrou. – Vai morrer!

Eu me deliciei com o descontrole do religioso e, apesar da dor, ri alto.

– Meu estúpido bispo! – debochei. – Nada nem ninguém, nessa terra, pode me matar! Eu sou imortal!

– Você está dominado pelo Diabo, mas logo ele sairá do seu corpo! – disse ele, esquentando uma barra de ferro em uma das tochas. O metal incandescente tinha o formato da cruz na ponta.

– Você pode me queimar o quanto quiser! – falei. – Doerá um pouco, mas nada de grave acontecerá! Veja você mesmo! As queimaduras do meu peito estão curadas!

O bispo deu um passo para trás por causa das minhas palavras e pediu para o carcereiro cortar a minha camisa. O corcunda tirou uma faca com a lâmina cega e enferrujada da cintura e rasgou minha roupa.

– Santo Deus! – falou o padre Vincent, comprimindo-se aterrorizado em um canto.

Alain de Marlemont colocou a mão no peito e seus lábios tremiam muito.

– Pelo sangue de Cristo! – gaguejou o bispo. – Que tipo de demônio você é?

– O pior de todos! – respondi. – E em breve terei o seu corpo e a sua alma!

O bispo fez o sinal da cruz e uma prece estúpida.

– Por hoje já chega! – ordenou. – Vamos embora...

Os homens liberaram as hastes e eu desabei no chão, mas não gemi de dor. Eles partiram e, quando tudo estava em silêncio, coloquei cada osso dos dedos no lugar. A dor horrenda subiu pelos braços e fazia a minha cabeça zunir. Depois, arrumei o nariz quebrado que estalou ao voltar à posição certa.

Logo a cura se iniciou, mas eu estava debilitado demais e ela iria demorar a se completar. Precisava de sangue com urgência, não queria parecer fraco no próximo encontro com o bispo.

Porém nem os ratos apareceram. Minhas esperanças já haviam se esgotado quando algo muito interessante aconteceu. E nesse momento o destino voltou a sorrir para mim.

Ouvi passos hesitantes na escada. Não sei quanto tempo se passou, se era dia ou noite. Naquela maldita masmorra tudo era sempre negro, silencioso, fétido. O corredor começou a se clarear pela luz trêmula.

Tive medo pela primeira vez desde que chegara naquele buraco. Eu estava muito machucado e meus ferimentos ainda não haviam se curado completamente. Outra sessão de tortura como aquela acabaria comigo.

Endireitei o meu corpo da melhor maneira possível, mas fiquei meio deitado, meio sentado em cima do meu sangue seco.

Então o padre Vincent apareceu e adentrou sorrateiro pelo portão de ferro. Ele trazia consigo um odre.

– Harold... – disse com a voz temerosa. – Não vou machucá-lo!

Ele se aproximou, e mesmo que eu quisesse reagir não conseguiria. Meus músculos estavam distendidos e meus nervos travados, sem contar as diversas fraturas nos ossos. Tremendo como um galho ao vento, ele abriu o odre e verteu o líquido morno na minha boca. Pensei ser mijo ou alguma outra substância para tentar me dopar, contudo o sabor inconfundível do sangue me animou. Fresco e forte, como eu nunca havia provado antes. Bebi rapidamente, quase engasgando. Esvaziei todo o odre.

– Obrigado! – falei, tomando fôlego.

Naquele momento eu estava realmente grato. Eu não iria morrer naquele buraco, mesmo se ficasse sem me alimentar por meses, mas o elixir vermelho me ajudaria a aguentar melhor o tranco, a me recuperar depressa.

– Delicioso! – falei, eufórico.

– Sangue de cavalo – falou o padre – Apesar de não ser o seu preferido, ele vai ajudá-lo.

– Já sinto a força retornar! – falei ao me levantar com um pulo.

Vincent deu um passo para trás e ameaçou ir embora, mas fiz um gesto para ele não se afastar.

– Não se preocupe! – disse eu. – Por ora, considero-o um amigo. E não sou tão irracional a ponto de machucar um amigo.

Seu corpo relaxou e ele soltou um suspiro de alívio. Sentou-se diante de mim, olhando com admiração enquanto os ferimentos se curavam sem deixar qualquer marca ou cicatriz. Ele pegou uma das tochas e se aproximou.

– Espantoso! – disse, boquiaberto. – É sempre assim?

– Sim, sim! Agora me diga... – falei, massageando a nuca dolorida. – Como sabia sobre o sangue?

Ele deu um sorrisinho triunfal e tirou alguns rolos de papéis amarelados de dentro da batina.

– Li sobre isso! – disse. – Em uns manuscritos antigos que encontrei em uma igreja na Inglaterra.

Fiquei intrigado, mas nada falei. Então ele prosseguiu.

– Fui terminar os estudos para a minha ordenação na Inglaterra. Tudo era muito monótono e enfadonho. Passava horas e mais horas em um ócio insuportável, rezando missas chatas e ouvindo confissões ridículas. Entretanto, um dia, enquanto eu perambulava distraído pelos quartos e salas da igreja, encontrei um material muito interessante e bem incomum. Vários desenhos e manuscritos intrigantes de um padre chamado William Long – encarou-me por um tempo. – Esse nome lhe é familiar?

Como esse mundo é pequeno! O legado do padre havia sobrevivido ao caos da cidade.

– Eu o conheci há muito tempo – falei. – Morreu durante uma peste.

– Exatamente! – disse ele, entusiasmado. – No início pensei ter encontrado relatos fantasiosos ou mesmo histórias profanas, pouco adequadas para um padre, porém com o tempo percebi não se tratar de lendas ou mitos, mas de fatos muito bem detalhados.

– Essa era a obsessão da sua vida! – falei, depois de me lembrar da nossa derradeira conversa.

– Eu sei! – respondeu Vincent. – Estudei seus textos uma dezena de vezes! E você estava descrito nas últimas páginas. Ele lhe tinha profunda admiração. O magnífico Harold Stonecross! O imortal! O flagelo dos homens!

– E, assim como ele, você deseja ser como eu? – perguntei enfatizando a última palavra.

– Não! – refutou imediatamente. – Sou apenas um historiador! Quero conhecer mais sobre vocês! Ainda há alguns pontos obscuros! Gostaria de clarear algumas passagens.

– Agradeço pelo sangue, mas prefiro descansar um pouco, pois o bom bispo logo virá me açoitar um pouco mais – falei irritado. – As pauladas deixaram a minha cabeça estranha e não me lembro de mais nada!

– Não minta para mim! E não se preocupe! – sorriu. – O bispo irá dormir por muitas horas! Coloquei um preparado no seu chá. Você não o verá tão cedo! E não se esqueça... Agora eu sou seu único amigo!

– Se você me soltasse seria bem mais fácil me lembrar das coisas... Amigo – falei.

– Infelizmente não poderia! – respondeu, com o semblante endurecido. – Não tenho as chaves e tampouco as ferramentas necessárias para partir os grilhões! O que posso fazer é lhe trazer sangue sempre depois das torturas. Isso se você colaborar com meus manuscritos.

Concordei. O merdinha havia dominado a situação, e infelizmente eu precisava dele. Conversamos por um longo tempo enquanto ele fazia muitas anotações. Quando não compreendia algo, o padre me interrompia e me encarava com uma curiosidade quase infantil.

Vincent não era tão insuportável como os padres costumavam ser, mas assim mesmo ele me via apenas como uma peça-chave para poder completar a sua própria história e quem sabe publicar algum manual contra os chupadores de sangue ou um bestiário que viraria referência nos estudos do Vaticano. Eu queria me calar e mandá-lo embora, todavia eu precisava dele para me manter vivo.

Pensei em cravar meus dentes no seu pescoço comprido. Desisti. Eu perderia o pouco que havia conseguido. Precisava esperar. Afinal eu tinha todo o tempo do mundo.

– Por hoje basta! – Vincent falou com os olhos vermelhos. – Vamos continuar nossa história em breve!

– E, se possível, da próxima vez eu gostaria do sangue de uma jovem ruiva! – falei irônico. – Traga-a para mim e eu serei eternamente grato.

– Que Deus o abençoe e o faça suportar as dores! – disse ele, balançando a cabeça antes de partir.

Estava com raiva e as minhas costelas ainda doíam um pouco. Tentei novamente arrebentar as correntes, mas elas continuaram firmemente fincadas na parede de pedra. Puxei até os pulsos sangrarem e nada aconteceu.

– Malditos ferreiros! – gritei. – Não podiam ter deixado um elo solto?

Nada me restava a fazer, então me deitei no chão úmido e frio. Podia ouvir os ratos correndo atrás das grossas paredes e um barulho forte lá fora. Devia estar chovendo.

As minhas suspeitas se concretizaram quando as goteiras aumentaram e os pequenos filetes de água escorrendo pelas paredes se tornaram mais grossos, jorrando como se as pedras chorassem. Todo o calabouço ficou molhado, coberto por uma lâmina d'água. Tive de me sentar para manter um pouco do meu corpo seco.

O cansaço dominava todos os meus músculos. A cura me esgotou bastante. Fechei os olhos por um instante e adormeci rapidamente. Já havia dormido em lugares piores, em situações muito ruins. Sonhei com Liádan e Stella. Sonhei com Edred e com o meu pai. Sonhei com crucifixos e com o cãozinho Crucifixo. Sonhei com a brisa noturna acariciando a minha face enquanto eu observava o mundo do alto de uma torre imensa. E nesse instante a sensação de liberdade reencontrou meu coração e eu tive paz. Depois disso, não me lembro de mais nada.

Os mastiffs ainda roncavam quando acordei. Já estava claro, e a neve refletia a luz diáfana pela janela. Ann ainda dormia calmamente com Daniel em seus braços. O fogo havia se apagado e estava frio. Coloquei uma manta sobre os meus amores e saí. Os cães me seguiram bocejando e se esticando. Os criados ainda dormiam, mas Will estava perto do celeiro e atirava com seu arco novo.

– Bom dia, filho! – falei ainda sonolento.

– Oi, Harold! – respondeu com um aceno.

– Cuidado para não acertar uma ovelha! – brinquei.

– Não se preocupe! – respondeu ele, e colocou uma flecha na corda – Veja!

O garoto apontou e puxou a corda até a orelha e atirou em seguida. Acertou em cheio um pequeno alvo redondo colocado em cima de um barril.

– Belo tiro! – falei.

– Estou aumentando a distância! – disse ele. – Quero acertar um besouro a cinquenta passos!

– Eu mesmo nunca conseguiria!
– Eu sei! – brincou o garoto. – Você está ficando velho!
– Velho? – falei – Você me paga!
Corri atrás dele e, apesar de quase ficar sem fôlego, consegui derrubá-lo na neve. Fiz cócegas e pedi para ele implorar perdão.
– Perdão! Perdão! – gritou, rindo muito. – Vou mijar nas calças!
Soltei-o e ele correu mostrando a língua. Não tinha energia para ir atrás dele. Os mastiffs fizeram o meu trabalho e foram ao seu encalço. Eles também gostavam muito do garoto.
Eram tempos felizes e prósperos. Retomamos o trabalho ainda de ressaca por causa da noite anterior, e assim a semana passou veloz e o ano acabou rápido. E veio 1005. Logo na segunda semana consegui vender mais de quinze arcos para um *Earl* de Warwick. Minha fama crescia e se espalhava pela Inglaterra. Precisei providenciar mais homens para trabalhar com a madeira e até mesmo montar meu próprio barracão para o ferreiro.
Contratei um espanhol chamado Garcia, amigo do ferreiro da cidade. Era um homem de poucas palavras, mas com uma habilidade imensa. Manejava o ferro e o aço com muita facilidade e sempre reclamava da lerdeza dos ajudantes e do vinho ruim feito na região, mas seu humor azedo era compensado pela destreza e capricho.
Assim, além das pontas de flechas, passamos a vender ferraduras, pontas de lança, facas e até mesmo algumas espadas. E ele queria começar a produzir armaduras.
– Já encomendei o ferro da Espanha! – disse, martelando um lingote incandescente – O melhor do mundo!
O comércio foi intenso nos primeiros meses. Trocamos algumas ovelhas por panos, pois a mulher de um dos criados tinha extrema habilidade com costura. Lucramos muito com os vestidos vendidos para os ricos da região.
Ann começou a fazer cidra e a criar abelhas. Estava animada e passava horas com as mulheres dos camponeses da região, plantando flores e árvores para aumentar a produção. Daniel deu seus primeiros passos e falou sua primeira palavra, "Jaa". Era como chamava o Javali, um dos nossos cães.
De apenas seis empregados quando eu conheci Ann, a fazenda passou a contar com mais de trinta pessoas. E nossas terras aumentavam conforme os vizinhos entravam no

negócio. Passamos a ser um importante ponto de comércio entre Birmingham e muitas cidades e vilarejos nas proximidades. E até mesmo de lugares bem mais distantes.

Então, no mês de abril, quando meu filho completou um ano de vida, começou a chover sem parar, e com o aguaceiro chegou um mercador vindo do norte. Os cavalos patinavam na lama e todos estavam ensopados. E, apesar de tudo, os homens cantavam uma bela canção em sua língua nativa.

– Boa tarde, meu senhor! – falou o mercador com um inglês cheio de sotaque.

– Boa tarde! – respondi, indo ao seu encontro com Will do meu lado. – E quem é o nobre mercador?

– Erik Erikson, seu criado! – desmontou o seu grande cavalo – E esses são os meus filhos!

Os filhos eram tão grandes quanto o pai. Um deles, que parecia ser o mais velho, era um bom palmo mais alto.

– Sejam bem-vindos! – cumprimentei-os. – Vamos entrar e sair dessa chuva fria! Tenho um bom vinho para nos aquecer!

O homem abriu um largo sorriso e me acompanhou, enquanto Will guiou seus filhos para o celeiro, onde os animais poderiam comer e descansar um pouco. O garoto ficava muito contente sempre que eu lhe dava alguma tarefa importante. E fazer as honras da casa para os filhos do mercador certamente era uma delas.

Convidei-o para dentro do salão e ele sentou ao lado da lareira. O fogo estava vivo e serviu para nos aquecer e secar um pouco as roupas. Ele tirou as botas e colocou os imensos pés brancos na beira do fogo até a sola ficar avermelhada. Erik me contou um pouco da sua história. Ele era norueguês e vivia na Inglaterra havia cinco anos.

– Muitos dos meus companheiros vieram enriquecer com a guerra, mas eu preferi o comércio! – piscou. – A gente ganha mais dinheiro e não precisa suar tanto!

– Isso é verdade! – concordei.

– E, enquanto os maridos se matam no campo de batalha, sobram mais potrancas para a gente montar! – falou e gargalhou alto – Só não conte para a minha mulher! Ela é tão gorda e grande que me derruba com apenas um soco!

Comecei a rir e ele se contorcia segurando a barriga. Parecia ser um bom homem, mas, como era de costume, nossos criados ficaram próximos para qualquer eventualidade. Por sorte o mercador bonachão de fato era uma boa pessoa.

Perguntei sobre suas mercadorias e ele ficou muito animado. Trazia uma carroça cheia com botas de couro, sal, vinagre e muitos utensílios e armas. Tinha também algumas cruzes compradas de um monge romano.

– Thor perdoe a minha alma! – falou segurando seu amuleto de martelo. – O que a gente não faz para sobreviver!

Comprei bastante sal, uma das cruzes para Ann e um bom machado.

– Você vai cortar a madeira como se fosse manteiga! – disse ele, orgulhoso. – A lâmina é feita com o melhor aço da Dinamarca!

Ann trouxe muita bebida e pão. Will chegou com os filhos do norueguês e eles se juntaram a nós. Uma das criadas veio com uma tigela cheia de toucinho e outra com peixinhos fritos. Não pude deixar de perceber os olhares admirados dos filhos do mercador para as curvas de Adelaide, filha de um dos empregados.

Depois dessa refeição o frio passou e a língua ficou mais solta e as risadas mais altas.

Daniel acordou e olhou desconfiado para os homens desconhecidos. Erik sorriu quando viu o pequeno e abriu os braços fortes. Então meu filho correu e se atirou sobre o grande homem. Ele o pegou no colo e o levantou fazendo-o soltar gritinhos e risinhos animados. Os mastiffs se aproximaram e latiram para o norueguês. Acalmei-os e eles se deitaram, mas permaneceram atentos a cada movimento.

– É um garoto forte! – falou. – Ele me lembra o meu filho Olaf. Morreu no último inverno.

Pude perceber lágrimas nos olhos castanhos, porém ele disfarçou logo e bebeu um longo gole do vinho. E o largo sorriso retornou para sua face. Mas, pude perceber lá no fundo a tristeza contida. Perder um filho devia ser horrível.

Um pouco antes do pôr do sol eles nos agradeceram pela comida.

– Estamos cansados da viagem e os animais precisam se alimentar bem para suportar o longo caminho – disse o norueguês, coçando a barba. – Poderíamos passar a noite no celeiro?

– É claro, Erik! – respondi – Seria uma loucura sair com esse tempo!

– Muito obrigado! – disse o mercador. – Porém faço questão de pagar!

– Não é preciso – falei. – Você nos divertiu muito com as suas histórias!

Erik agradeceu e foi com os filhos para o celeiro. Os criados haviam colocado palha nova e seca para eles dormirem. Eles pretendiam sair logo cedo. Ainda havia muita mercadoria para vender e um longo caminho para percorrer. Os mercadores nunca se detinham muito em um único lugar, suas almas estavam nas estradas, apesar de deixarem um pouco do coração em cada paragem.

Porém, a natureza não ligava para isso. As nuvens pretas se adensaram e a água castigou a terra.

Como a chuva virou tempestade, eles ficaram conosco por um tempo. Quatro dias. Aproveitei para me inteirar dos assuntos do norte. Erik falou sobre as batalhas pela disputa do trono da Escócia entre os primos Kenneth III e Malcolm II. Contou-me alguns podres da nobreza e como as milícias aterrorizavam alguns vilarejos. Contou como as estradas estavam cada vez mais perigosas e as taxas cada vez mais caras. E isso era uma reclamação comum a todos os viajantes.

Tudo estava normal no mundo.

Porém em uma das conversas eu soube de algo muito ruim. E isso mudaria a minha vida para sempre.

Ainda estava no limiar entre os sonhos e a realidade -- aquele momento em que a visão fica enevoada e não sabemos se estamos de olhos abertos ou vemos algo que está dentro da nossa cabeça -- quando o portão de ferro se abriu rangendo e o bispo apareceu muito irritado. Junto dele estava o padre Vincent, impassível. O religioso carregava uma bolsa de couro e ela parecia se mexer. Ele não me olhou diretamente uma vez sequer. O corcunda trazia duas tochas e quatro homens encapuzados seguravam as malditas hastes. Um deles tinha uma besta armada. Eles ficaram a distância e pude perceber o medo exalar dos seus corpos.

Alain de Marlemont me examinou criteriosamente e soltou um suspiro de espanto e admiração. O canalha devia estar impressionado com a minha cura total. Ele fez um sinal e um dos homens acertou minha boca com a haste. O sangue jorrou e, antes do carrasco desferir o segundo golpe, o corte se fechou.

– Satanás dominou o corpo desse homem! – exclamou o bispo. – Uma legião de demônios corrompeu a alma dele! Esse ser não é mais Harold Stonecross! É o mal encarnado! É preciso erradicar o mal da nossa terra!

Os homens se benzeram e balbuciaram preces. O padre

pegou um papel e fez algumas anotações. O filho da puta sabia disfarçar bem!

– E como ele é o mal encarnado nenhuma arma pode matá-lo ou persuadi-lo a contar a verdade! – O bispo continuou o seu discurso alucinado. – Devemos usar os próprios artifícios do demônio!

O corcunda uivou e cantarolou uma música totalmente inapropriada.

"O Diabo me deu vinho
O Diabo me deu pão
Ele me deu roupas de linho
Ele me deu a mão

Em troca vendi a minha alma
Mas o meu rabo não!"

O bispo furioso o espancou com o báculo e ele saiu correndo e chorando, subindo as escadas até sua voz desaparecer completamente.

– Filho de Satã! – rosnou o bispo para mim. – Você confessa ter assassinado a Senhora Matilda?

– Essa história novamente, bispo? – perguntei, entediado. – Podíamos pedir para nosso amigo cantar mais uma música!

– Cale a boca desgraçado! – gritou e quebrou o seu pesado báculo em um golpe no meu ombro.

A dor foi lancinante, e, se eu não me desviasse, ele teria rachado a minha cabeça. Por sorte foi apenas mais um osso trincado.

– A força está boa, mas a sua pontaria está uma bosta! – zombei, tentando controlar a dor. – É a idade ou o excesso de punheta, bispo?

– O demônio nos enche de blasfêmias! – vociferou ele. – Tenta nos iludir e nos dissuadir dos nossos sagrados propósitos! Mas Deus sempre vence o mal!

– Amém! – falaram os homens em coro.

– A partir de agora não usarei mais nenhuma arma! – falou mais sereno. – Não usarei mais água nem ferro. Não macularei a sagrada cruz com a sua pútrida presença. Mas, se não confessar, seu desgraçado, vai conhecer as piores dores do mundo!

– Vou ter um filho? – perguntei, fingindo preocupação.

– A minha paciência e a minha benevolência são imensas... – disse ele, com uma pausa para massagear as costas. – Contudo, elas já se acabaram. E se você não confessar agora, sentirá toda a ira do Senhor através das minhas mãos.

Alain de Marlemont estava suado e uma espuma nojenta se formou nos cantos da boca. Enquanto isso, Vincent permanecia impassível, distraído com suas anotações. Um rato me olhou por um buraco na parede e sumiu na escuridão.

Fiquei calado por um tempo, mas o bispo não se deu por vencido.

– Confesse, seu imundo! – rosnou – Confesse e lhe darei uma morte rápida!

– Eu confesso! – falei abaixando a cabeça. – Não aguento mais esconder a verdade!

Houve o silêncio e vi todos se entreolharem desconfiados.

– Em nome de Deus! – Alain disse com uma pontada de satisfação. – Fale! E quem sabe eu terei pena da sua alma!

– Eu limpei a bunda no pano que você usou para limpar a boca depois de comer os bolinhos lá em casa! – falei sério. – Espero que você possa me perdoar... Eu pequei!

O bispo deu um grito e colocou a mão no peito. Ele ficou vermelho e ofegante. Pediu para um dos homens trazerem vinho e um banco. Enquanto a bebida não chegava, Alain resfolegava e tremia. O homem voltou rápido e o bispo tomou alguns goles, babando como uma criança pequena. Cheirou o conteúdo de um pequeno frasco de vidro e desabou sobre o banquinho de madeira.

O safado poderia ter morrido, mas aos poucos sua cor voltou à pele e ele parou de ofegar. É uma pena... Tudo ficaria mais fácil com a sua morte.

Ficaria...

– Prendam a cria do demônio! – falou, com a voz grave. – Batam nele, se preciso! Esfolem seu couro até sobrarem somente os músculos. Só não matem o desgraçado! A partir de agora ele só vai respirar se eu deixar.

Com muito sacrifício e depois de muita luta eles conseguiram me imobilizar, mas para isso me atiraram duas setas com a besta, uma na barriga e outra na coxa. Furaram meu corpo com uma lança várias vezes. Mal consegui reagir e apanhei como um cão sarnento, mas em um descuido quebrei dois dentes de um dos algozes. Quando ele estocou com a lança, segurei o cabo perto da ponta de ferro e empurrei-o violentamente na direção do rosto do infeliz.

O homem gritou e caiu para trás, ensanguentado.

— O bom bispo é um mentiroso! — falei quase sem fôlego. — Precisou apelar para as armas, seu cagalhão!
— Foi apenas um subterfúgio para sua falta de colaboração! — falou ele, calmo.
— Logo mais irei colaborar com os coveiros da cidade... Mandarei você de presente para eles! — rosnei, com a boca ensanguentada. — Faço questão de pagar o dobro pela sua cova.
— Vincent! — grunhiu o bispo — A cobra!
Então o padre abriu com cautela a bolsa de couro, colocando-a no chão. Pegou um pedaço de madeira com um gancho na ponta e tirou de dentro uma agitada cobra castanho-avermelhada bem comprida. Ela estufou o pescoço e colocou a língua para fora.
— Essa é uma naja! — falou o bispo. — Vinda diretamente do Oriente! Uma picada pode matar um cavalo em poucos minutos! E os nativos afirmam ter visto elefantes mortos perto de um ninho dessa cobra!
Não estava com medo, mas fiquei preocupado. Não sabia como meu corpo reagiria ou mesmo se eu sobreviveria. Já havia sido picado por cobras, mas daquelas com veneno suficiente apenas para matar ratos e coelhos. Essa era grande e suas presas quase do tamanho do meu dedo.
Alain de Marlemont percebeu meu receio e sorriu. Ordenou ao padre para colocar a cobra perto do meu corpo. Ela balançava freneticamente a língua e tentou me picar duas vezes. Praguejei por não conseguir intimidá-la ou mesmo controlar um pouco da sua raiva assassina.
— Esse é o animal do demônio na terra! — disse ele. — Foi assim que Satanás fez a mulher pecar. E assim ele tentou Jesus! E esse animal de Satã irá fazer você confessar e morrer dolorosamente!
Os algozes suavam muito, pois era difícil me prender. Quatro homens truculentos estavam nos limites das suas forças. Tentei em vão um último tranco. Apenas rasguei mais meus pulsos feridos. O sangue pingava escuro.
— Você matou a Senhora Matilda? — rosnou o bispo. — Responda, Harold Stonecross! Eu lhe ordeno!
— Uma vez matei uma Matilda em um prostíbulo! — falei. — Era parente sua?
O bispo segurou com força a cruz dourada pendurada no seu peito e fez um sinal para Vincent. O padre hesitou e foi xingado pelo bispo.
— Seu padreco inútil!

Então, com ódio no rosto e os dentes cerrados, ele esticou a madeira e a cobra se agitou. Tudo foi muito rápido e ela picou meu pescoço, injetando o veneno poderoso. Era uma grande ironia do destino! Fui mordido no pescoço! Os deuses riam e zombavam de mim! Podia ouvir ecos das suas vozes na minha mente.

Ou quem sabe a alucinação já havia começado. Senti as veias queimarem e meu coração acelerar muito. Os homens me soltaram e eu desabei me contorcendo de dor. Já não tinha mais forças para gritar. O veneno subiu rápido pelas veias e a minha cabeça começou a latejar como se me batessem com um martelo. Aos poucos minha visão se nublou e os sons pareciam mais abafados e distantes.

– Você confessa? – perguntou o bispo.

Eu tentei xingá-lo, mas não consegui. Balbuciei apenas algo incompreensível. Mas, Alain de Marlemont era astuto e se aproveitou da situação.

– Senhores! – bradou. – Eu o ouvi dizer sim! Não foi?

Os homens se entreolharam confusos, mas concordaram. Apenas Vincent se manteve quieto.

– *Gratia Dei!* – disse o bispo – Está acabado! O papa e o rei da Inglaterra já têm o seu culpado!

Tentei agarrar a barra do manto do bispo, mas não tive forças. Eu salivava como um cão raivoso e logo em seguida comecei a tremer. Senti cada músculo do meu corpo se estirar e se torcer em espasmos fortes.

– Boa noite, querido Harold... – Alain fez uma pausa. – Logo estará nas entranhas do inferno!

Todos foram embora. Olhei para o padre, entretanto ele não esboçou qualquer reação. Fiquei sozinho e na completa penumbra. Estava quase cego e surdo. Mal conseguia respirar e a dor era horrenda. O bispo não mentiu, foi a pior da minha vida.

Tentei me mexer e não consegui. Estava paralisado. E nesse momento eu tive medo de morrer.

Ainda era madrugada e chovia forte quando fui até o celeiro cuidar dos animais. Erik e seus filhos já estavam acordados e jogavam dados. Como sempre, o norueguês abriu um largo sorriso e se levantou para me cumprimentar. Fez questão de me ajudar a alimentar os animais e a recolher o esterco.

– Eu quero fazer uma plantação de cânhamo – falei, colocando o esterco em um barril. – Assim que o tempo melhorar vou adubar a terra!

– Ouvi falar sobre os seus arcos! – disse o mercador. – São os melhores da região!
– Obrigado!
– Quem sabe na volta eu pego alguns com você! – falou. – O pessoal lá no norte está muito alvoroçado! Estão acontecendo algumas brigas por terra lá em Yorkshire! E certamente seus arcos serão vendidos com facilidade!
– Sério? – perguntei, alarmado.
– Sim! – Erik respondeu com o olhar grave. – Alguns nobres estão se matando e há também algumas rusgas com os dinamarqueses. E o povo, como sempre, precisa lutar como pode para salvar o rabo dos seus senhores e também o próprio rabo!
– Meu irmão de sangue mora lá com o pai! – falei apreensivo. – Edred é o nome dele! E o seu pai, Eofwine, é redeiro.
– Conheci alguns, mas não lembro os nomes deles! – falou. – Não costumo comprar muitas redes. Mas conheci um cujo filho me fazia rir! Um menino torto e muito desbocado!
– Edred! – empolguei-me. – Certamente é ele!
– Há alguns meses ele tentou me vender uns anzóis vagabundos e, quando recusei, ele quis brigar – falou, rindo. – Meu moleque mais novo teve de lhe dar uma porrada nos cornos para ele sossegar!
– O moleque não tinha nenhum juízo! Porém acho difícil o bom Eofwine tentar lhe vender algo ruim!
– Na verdade o pai do moleque, esse Eofwine, estava doente! – Erik falou. – Então o garoto torto assumiu o seu lugar, mas certamente não vai conseguir ir muito longe!
– E você sabe algo mais sobre eles? – perguntei, preocupado.
– Não... Infelizmente.

Agradeci e saí. Os relatos do mercador me deixaram apreensivo e muito triste. Eles eram a minha família e me ajudaram muito quando precisei. E agora estavam totalmente necessitados.

Ainda demorou três dias para a tempestade acabar e eu poder seguir rumo ao norte. Ann ficou muito preocupada com a viagem, mas entendeu a necessidade. Não queria deixar Daniel nem a minha amada, contudo eu precisava partir.

– Deixei o dinheiro para pagar os impostos e a igreja – segurei com carinho as mãos dela. – Retorno quando puder!
– Vá com cuidado! – disse com lágrimas nos olhos. – Esperarei por você!
– E o meu coração ficará aqui!

– Já conversei com os empregados! – disse ela, com Daniel no colo. – Eles vão tocar o trabalho e darão conta das encomendas.
– Papa! – falou meu filho – Papi!
Não resisti e abracei-o com força. As lágrimas escorreram pela minha face, umedecendo o cabelo fino de Daniel. Eu desejava ficar e estar sempre ao lado da minha família. Eles eram a minha vida.
Porém eu precisava partir.
Porque as raízes do passado nunca devem ser esquecidas.
Arrumei as minhas coisas e peguei uma quantia grande de dinheiro para ajudar Eofwine. Selei o meu cavalo e galopei rumo ao norte. Contudo, mesmo antes de sair da fazenda, tive a minha primeira surpresa. Will surgiu ao meu lado com suas malas presas no lombo da sua pequena égua. Ele trazia consigo o arco e dois molhos de flechas.
– Aonde você vai, mocinho?
– Vou junto com você! – disse ele, carrancudo. – Você precisa de segurança!
– E quem vai cuidar disso? – perguntei.
– Eu! – respondeu ele, seco. – Você virou um comerciante molenga! Aposto que não consegue mais puxar a corda do arco sem os braços tremerem!
– Eu vou puxar a sua língua se você não der meia volta! – disse eu. – A produção de cordas não pode parar!
– Você fala demais! – replicou ele, irritado. – Se eu não o mantiver vivo de nada adianta ter cordas ou não! Vamos logo!
– E quem vai cuidar da fazenda? – perguntei, impertinente.
– Ann precisa de ajuda!
– A fazenda está cheia de gente! – falou o garoto, sisudo. – Qualquer idiota pode cuidar das ovelhas! E além do mais eu tenho muito talento para ficar preso naquele lugar!
– Talento para confusões! – retruquei.
Ele bufou e galopou para longe. Ri alto e provoquei-o um pouco. Ele praguejou e resmungou até não aguentar mais e começar a gargalhar. Não esperava ninguém comigo nessa jornada, contudo fiquei feliz com a companhia do garoto. Ele me disse que ficou ressentido por eu não tê-lo avisado. Na verdade percebi algo diferente. Ele estava com medo de ficar sozinho de novo.
E assim Harold Stonecross e seu fiel escudeiro Will ganharam a estrada.
O primeiro trecho da viagem foi tranquilo. Cruzamos com

mercadores e viajantes. Eu conhecia alguns deles, pois já tinham feito negócios na fazenda. Thomas, um velho soldado, escoltava um dos comerciantes. Veio na minha direção com um sorriso largo. Ele já havia comprado um dos meus arcos, por isso me reconheceu.

– Senhor Harold! – falou ao se aproximar. – Também aproveitou o fim da tempestade para ir fazer negócios?

– Na verdade vou para o norte ver um familiar doente – respondi. – Quero chegar o mais rápido possível.

– Estão se matando naquelas bandas! – disse ele, sério – Meu filho perdeu um braço e meu sobrinho morreu com uma lança atravessada nas tripas. Eles estavam lutando pelo senhor David Gaveston contra os rebeldes. Não é um bom momento para ir até lá!

– Agradeço o aviso. – falei. – Mas preciso ir.

– Vá com Deus, senhor Harold! – disse o soldado.

Meu coração se apertou e o medo cresceu na minha alma. Precisava ser rápido. Galopamos, e os cavalos quase chegaram à exaustão. Antes de escurecer paramos em um vilarejo e paguei algumas moedas pela nossa estadia em uma taverna. O cocheiro cuidou dos animais enquanto fomos comer algo. Logo fomos descansar. E antes do Sol nascer já estávamos acordados e comíamos o desjejum com voracidade. Não havia tempo a perder.

Nos dias seguintes tudo continuou bem e o tempo se firmou de vez. Conseguíamos percorrer boas milhas antes de anoitecer e não houve nenhum imprevisto sério, apenas um pequeno incidente com uns bandidinhos.

Estava quase anoitecendo e nesse dia dormiríamos ao relento. Era possível ver fumaça saindo pelos telhados de algum vilarejo, contudo seria perigoso seguir no escuro. Paramos perto de um bosque e andamos por entre as árvores até encontrar um pequeno curso d'água. Prendemos os cavalos e eles começaram a pastar. A viagem era muito cansativa para eles.

– Vou comprar bastante aveia para eles – falei, acariciando os animais. – E uma dúzia de cenouras.

– A minha prefere repolhos! – respondeu o garoto.

– Então compraremos dois grandes!

Lavei o rosto no riacho e bebi a água fria e revigorante. Uns peixinhos nadaram para longe. Pensei em fazer uma pequena rede com uma camisa, mas seria muito trabalho para pouca comida.

O vento começou a zunir por entre os galhos e uma revoada de pássaros passou sobre nós. Will e eu improvisamos uma barraca e fizemos uma fogueira. Os últimos raios de luz passavam entre os troncos das árvores e formavam algumas sombras assustadoras. Começou a esfriar depressa.

Encontrei alguns cogumelos em um tronco podre e cozinhei-os com um pouco de enguia defumada comprada de um pescador. Comemos o caldo com pão e goles de um vinho amargo. Will me ofereceu algumas avelãs encontradas pelo caminho e eu aceitei. Serviu para amenizar o gosto ruim da bebida.

O garoto foi buscar mais gravetos para a fogueira quando foi pego de surpresa por um moleque um pouco maior do que ele. Ele veio a contragosto com uma faca enferrujada na garganta, enquanto outros dois moleques saíram detrás de uma moita e apontaram suas lanças de madeira torta para mim.

Um deles tinha no máximo oito anos de idade e o outro era um pouco maior, mas magro como um graveto.

– Passe todo o dinheiro! – falou o moleque que segurava o Will. – Senão o fedelho morre!

– Por mim tanto faz! – falei ao me levantar. – Ele é um peso morto!

Will me olhou, a princípio, sem entender nada, mas, esperto como era, logo entrou no jogo e me deu uma piscadela.

– Filho da puta! – gritou, se debatendo. – Se não fosse eu você teria se perdido!

– Sem você eu já estaria na Escócia! – retruquei .– Lerdo!

– Sem chance! – respondeu bravo. – Você é burro demais!

– Não sei por que a sua mãe não o jogou de cima de um barranco quando você nasceu! – resmunguei.

– Calem a boca, seus pedaços de merda! – gritou o moleque, abaixando a faca por um instante.

Will soube aproveitar o vacilo e pisou com toda a força no pé do bandidinho. Ele guinchou e começou a pular com um pé só, soltando o garoto. Aproveitei para segurar a lança do moleque mais velho, arrancando-a da sua mão. Bati com o cabo no seu estômago e ele se dobrou de dor.

O menorzinho ficou assustado e correu. Will colocou o pé na sua frente e ele caiu no chão, ralando a testa. O garoto com a faca se recuperou e avançou em mim, rosnando como um animal. Ele tentou furar a minha barriga, mas desviei e acertei sua nuca com o cabo da lança. Ele bambeou e desabou desacordado.

O menininho chorava e tremia muito. O outro tentou correr, mas Will lhe acertou uma pedrada na bochecha. A mira dele era magnífica. O bandidinho parou e colocou a mão sobre o rosto sanguinolento. Ele olhou para o garoto com um olhar maligno, porém logo a dor dominou seu semblante. Ele cuspiu um dente e depois outro.

Will então encordoou habilmente seu arco e colocou uma flecha na corda. Começou a retesá-la e certamente iria atirar.

– Não! – gritei. – Não vale a pena matar esse bostinha!

– Ele nos mataria se pudesse! – retrucou ele, esticando ainda mais a corda.

– Nós não somos assassinos – argumentei.

– E nem covardes! – disse o garoto, com raiva.

– Eles já levaram uma surra! – falei. – Vão voltar para casa como cães sarnentos!

– Vão voltar em caixões! – vociferou.

Will soltou a corda e a flecha voou, cortando a escuridão. Sequer tive tempo de gritar: antes do garoto abaixar o arco, a morte emplumada se fincou com um baque seco no tronco de um salgueiro logo atrás do moleque, um pouco acima da cabeça dele.

Will não erraria um tiro de tão perto, mesmo com pouca luz. Ele queria apenas assustar o safado. E deu certo, pois o moleque virou os olhos e desmaiou logo em seguida.

Amarramos as pernas e as mãos dos dois maiores. O menor chorava baixinho e havia se mijado todo. Aproximei-me segurando a lança e Will sacou sua faca. Quando nos viu, ele gritou aterrorizado e implorou pela sua vida. Sua testa estava sangrando e seu nariz escorria bastante.

Pensei em afugentá-lo, porém fiquei com dó do infeliz. E meu bravo escudeiro também.

– Ei, Harold! – disse Will. – Não podemos deixá-lo sozinho por essa escuridão! Apesar dele merecer!

– É... – respondi pensando no que fazer com o bastardinho.

– E se a gente o deixasse dormir aqui? – perguntou Will.

– Não sei... – falei pensativo. – Ele pode querer soltar os outros...

– Pelo amor de Deus! – gritou o menininho. – Eu prometo ficar bonzinho! Eles não são meus amigos! Vim com eles porque eles me bateriam se eu não viesse!

– Qual é o seu nome? – perguntei incisivo.

– Oliver... – falou ele, trêmulo. – Mas me chamam de Pato.

– Para mim você não se parece com um pato! – disse Will. – É muito magro!

– Eu nado muito bem! – respondeu ele, com uma pontinha de orgulho. – Tenho bastante fôlego!

– E os seus pais? – perguntei, e me agachei ao seu lado.
– Minha mãe morreu quando eu nasci e o meu pai foi morto na guerra no mês passado! – disse ele, choroso. – Fiquei com a minha tia, mas ela me odeia! Ela me trata como um escravo.
– Pobre coitado! – falou Will. – Você promete obedecer ao senhor Harold? Como se o próprio Deus falasse com você?
– Eu juro pela minha vida! – disse o menino, ajoelhando-se – Só não quero voltar com eles!
– Ótimo! – Will sorriu – E se você sair da linha, eu mesmo vou enfiar essa faca no seu rabo!

Oliver olhou assustado para o garoto e concordou com a cabeça. Pediu licença e foi esvaziar as tripas e se lavar. A pressão sobre ele fora grande demais. Mas teve que ser dessa forma.
– Está com fome? – perguntei quando ele retornou.
– Faminto! – respondeu. – Há dias só como raízes e frutinhas!
– Então coma enquanto eu penso no que fazer com você! – falei.
– Will! Traga pão e enguias... E apenas um golinho de vinho!
– Pode deixar! – disse o garoto, com um sorriso no rosto.

Will se compadeceu e cuidou dele como um irmão mais velho. Limpou o ferimento e até fez algumas piadinhas. A história do menino lembrava a sua e ser órfão era muito difícil.

Chequei as amarras dos outros dois bandidinhos desmaiados e fomos dormir. Pato apagou rapidamente e Will se deitou ao seu lado, com a faca na cintura. Eu demorei um pouco para relaxar. Havia muito para pensar, inclusive sobre Edred e o bom Eofwine.

E naquela noite tive alguns pesadelos, com garotos famintos e com a guerra. E tudo foi muito real, assustadoramente real.

Demônios rastejantes se enrolavam nas minhas pernas, enquanto pequenas bestas aladas mordiam meu rosto e arrancavam os meus olhos. Eu estava envolto em fogo e a dor era insuportável. A minha carne chiava enquanto era queimada. As labaredas malignas faziam a pele borbulhar e os músculos se romperem em estalos desesperadores.

Alguns deuses escuros cavalgaram na minha direção e riram de mim, cuspiram no meu corpo destruído. Eles jogaram vinagre nos meus ferimentos e cantaram a minha derrota, e a essa zombaria se juntaram hordas de padres e bispos com as carnes dos seus braços e mãos quase decompostas, como se fossem cadáveres. Vermes saíam das suas entranhas putrefatas e o fedor exalado era nauseante.

Então, subitamente, um anjo com asas de aço desceu dos céus e açoitou os demônios com seu chicote flamejante. Os seres repugnantes explodiam em milhares de faíscas com cheiro de enxofre. Ele bateu suas asas e jogou os padres e bispos para longe, fazendo-os se estatelarem nas rochas aguçadas do vale, transformando-se em montes de pó e cinzas. Os deuses olharam para ele com escárnio, partiram e sumiram em meio ao turbilhão de areia surgido das entranhas da terra.

O anjo esticou a mão e eu toquei seus dedos magros. Eu estava muito fraco e mal conseguia me manter desperto. O anjo sorriu e levantou voo sem avisar. Eu me segurei como pude, mas logo vieram a tontura e o desespero. O turbilhão iria nos engolir e se aproximava rapidamente. O anjo voou mais rápido e alto e eu me desequilibrei. Mas, quando eu estava prestes a cair, ele agarrou minha camisa com força. Fiquei dependurado no seu braço e senti suas veias pulsarem ritmadas perto do meu rosto. O instinto animal despertou incontido e sem hesitar cravei minhas presas no pulso suave.

Ele gritou de dor e começou a cair, desfalecido. Corvos de olhos vermelhos nos rodeavam e grasnavam, ferindo com os bicos vis a delicada pele do anjo. A morte seria certa e a queda estava quase completa. Contudo, antes de batermos no chão, despertei atordoado e vi Vincent estirado ao meu lado, desfalecido, com dois furos no pulso branco. Ele abriu os olhos e tomou fôlego.

– Sou eu! – balbuciou. – Sou eu, Harold.

Ele trazia consigo uma jarra de metal com sangue de algum animal. Certamente viera me ajudar, porém durante o meu delírio à beira da ruína a besta dominara meu ser e eu o atacara sem dó, esvaziando seu pálido corpo.

O cadáver preso na parede parecia vivo, como se algum espírito maligno houvesse encarnado em suas carnes decompostas. Todos os ratos saíram dos esconderijos e guinchavam ameaçadores.

Vincent tentou falar algo, mas morreu antes de conseguir. Seu coração parou sem sangue e ele expirou profundamente. Eu estava curado, saciado e fortalecido, contudo a minha única chance de me manter vivo naquele buraco jazia ao meu lado.

Não tive tempo de lamentar a perda. Ouvi passos nas escadas, e não havia como esconder o corpo. O corcunda destrancou o portão e se assustou quando viu o padre morto. Subiu correndo e logo ouvi vozes graves e mais passos pesados. Ouvi o metal tilintar na pedra e o fogo tremeluzir maligno.

Eu estava fodido.

E dessa vez seria muito sério.

Quatro guardas armados com martelos e espadas desceram na frente. O bispo Alain de Marlemont apareceu logo em seguida e ganiu quando viu o companheiro morto. Ele caiu de joelhos e chorou segurando a mão de Vincent.

E depois do pranto vieram os gritos e uivos de dor, e logo a raiva o dominou. A mais pura e maligna ira emanava da sua pele oleosa e enrugada. E o fogo saiu dos seus olhos. E, com um gesto, as agressões começaram.

Fui atacado por uma espada que raspou minha barriga. Desviei com facilidade e consegui chutar a boca do desgraçado. Não foi certeiro, mas ele sentiu o gosto da minha bota. Um dos guardas tentou rachar meu crânio com o martelo, mas aparei o golpe com a corrente. Puxei a arma e o homem se desequilibrou, cambaleando.

Mais dois guardas desceram correndo a escadaria, armados com lanças curtas. Um gigante manco e com os braços do tamanho de troncos veio em carga na minha direção. Consegui dar um passo para o lado e a lança se despedaçou na parede de pedra.

Puxei com violência o seu cabelo preto trançado e ele caiu no chão. Chutei sua orelha e um grito horrível de dor ecoou pela masmorra. Outro guarda me atacou com a espada e cortou levemente minha mão. Ainda consegui cravar minhas unhas no seu ombro, rasgando com facilidade o colete de couro encerado. Ele uivou de agonia e se afastou. Peguei o cabo da lança destruída e finquei na barriga do gigante caído. O desgraçado havia sacado uma adaga e por pouco não acertou a minha perna.

A espada cortou o ar novamente, porém consegui segurar o punho do infeliz e puxei-o para mim, cravando os dentes no pescoço suado. Dei três longos goles, rosnando como um lobo ao proteger sua refeição, e ninguém me impediu. Estavam abismados, paralisados pelo medo. Arranquei um naco de carne do pescoço e o sangue esguichou sujando as paredes e o teto. O desgraçado caiu e seu corpo foi tomado por espasmos.

Os homens recuaram.

– Ataquem, seus desgraçados! – vociferou o bispo – Se não, cuidarei pessoalmente da danação das suas almas imundas!

A luta recomeçou e eu me esquivei dos golpes enquanto

pude, até um dos malditos soldados me acertar uma martelada de raspão na testa. Enquanto eu aparava o golpe do lanceiro com as correntes, o filho da puta me pegou desprevenido. Fiquei desequilibrado e me estatelei na parede. Minha vista se embaralhou e minha cabeça latejou como se sinos imensos tocassem dentro dos meus ouvidos.

Então, antes de conseguir qualquer revide, senti o metal rasgar meu pescoço, logo abaixo da coleira de ferro. O sangue jorrou e manchou de vermelho o rosto do meu agressor. Então, um pesado martelo rodopiou no ar e desceu com força para destruir meu joelho direito. Desabei no chão.

O bispo gargalhou de triunfo.

E os homens ainda me perfuraram algumas vezes com as espadas e a lança.

Eu estava acabado.

O corte profundo no meu pescoço vazava sem parar. Segurei o ferimento e o líquido frio escorreu por entre os dedos, cada vez mais fraco, mais devagar. Tudo foi muito rápido, não houve nem tempo de sentir dor.

Não houve mais nada, somente silêncio e escuridão.

Capítulo XVIII – Réquiem

Um galo cantou em algum lugar. Will e Oliver ainda dormiam. A noite anterior fora bastante desgastante, por isso deixei-os descansar mais um pouco. O sereno noturno deixou a manhã gelada e as roupas úmidas. Meus ossos estalaram e os músculos das minhas costas doeram quando me levantei.

Os outros dois ladrõezinhos já estavam acordados e tentavam soltar as amarras a todo custo. O rosto do maior parecia um tomate maduro, e as veias do pescoço saltaram pelo esforço. Quando me aproximei ele começou a me xingar e a gritar como um louco.

Enfiei um tufo de mato na sua boca e ele engasgou, mas felizmente ficou quieto depois disso. O outro chorava e implorava por perdão.

– Meu irmão e eu só queríamos comer alguma coisa – disse, rouco.

– E por que não pediram? – perguntei com firmeza.

– Porque somos dois idiotas! – respondeu ele, com a voz entrecortada por soluços – Deixe a gente ir embora.

– Vocês têm família?

– Somos vizinhos da tia dele – disse o moleque, apontando para o garotinho adormecido. – Meu pai é um bom homem. Muito trabalhador!

– Então, vou falar com seu pai e, se ele quiser vir buscar vocês, sorte... – falei despreocupado. – Se não, os corvos terão um banquete.

O menino abriu um berreiro, enquanto o outro ralhava com ele, ainda cuspindo alguns pedaços de mato e terra.

Acordei Will e Oliver e partimos rapidamente.

– Desmontem e guardem tudo – falei. – Comemos algo no caminho.

Rapidamente foi tudo arrumado. Deixei os irmãos amarrados e fui até o vilarejo falar com a tia de Oliver e o pai dos garotos.

– Bom dia! – falei para uma velha carrancuda e quase careca.

Ela me olhou de soslaio e grunhiu alguma coisa para si mesma. Como se eu não existisse, começou a varrer a porta do casebre. Oliver estava mais atrás, junto do Will. Sua expressão era de puro medo e, quando o chamei, o pobrezinho veio relutante e de cabeça baixa.

– Minha senhora... – chamei-a de novo.

– Estou ocupada! – respondeu ela, bruscamente. – E não quero saber se esse merdinha aprontou alguma coisa. Pode enforcá-lo se quiser.

– Na verdade, quero pedir sua permissão para ele ir morar comigo – falei. – Ele será meu aprendiz.

– Para mim ele pode até ser a sua mulherzinha! – respondeu irritada. – Eu não me importo!

A velha entrou e fechou a porta com um baque seco. E assim Oliver se tornou meu outro escudeiro nessa viagem, aliás, estava mais para ajudante de Will. E ele estava muito entusiasmado e orgulhoso. Agora era o segundo no comando.

Fui até a casa do pai dos garotos e ele ficou muito envergonhado quando contei a história da noite anterior. Ofereceu algumas moedas como forma de compensar a irresponsabilidade dos filhos, mas eu recusei. Indiquei onde eles estavam amarrados e me despedi. O homem me agradeceu com lágrimas nos olhos. E prometeu repreendê-los com severidade.

– Isso nunca mais vai acontecer – afirmou, segurando um pequeno crucifixo de madeira pendurado no seu pescoço. – Juro pela minha vida!

Apenas concordei com a cabeça e me virei. Os moleques não eram problema meu, e eu já havia perdido muito tempo. Um tempo precioso.

Ainda faltava um longo trajeto até avistarmos o mar escuro de Scarborough. Por isso partimos a galope, e logo o vilarejo ficou distante atrás de nós e uma colina verdejante se aproximou. Voltou a chover, e os pingos finos cortavam a pele embaixo das roupas grossas.

O pobre Oliver não tinha vestimentas adequadas, mas por sorte cruzamos com um mercador e consegui comprar duas calças, um casaco grosso e um par de botas que ficaram grandes, mas serviram bem para esquentar os pés.

Depois disso a estrada foi nossa companheira por mais seis dias, até chegarmos à praia de areia grossa e avistarmos a velha cabana de Eofwine. O vento levantava a palha do telhado e as madeiras das paredes estavam soltas ou apodrecidas. A porta estava pendurada, amarrada por uma corda. Se não fosse a fumaça saindo pelas frestas, o local pareceria abandonado.

– Tem alguém em casa? – perguntei ao abrir a porta.
– Não temos mais nada... – respondeu uma voz rouca e frágil.
– Vocês já levaram tudo.

Eu me aproximei e não acreditei nos meus olhos. Deitado na cama estava Eofwine, esquálido, com uma cor amarelada e doentia e quase sem cabelos. Sua pele estava coberta de feridas e o cheiro putrefato tomava todo o recinto.

Nada lembrava o forte homem de outrora.

– Quem está aí? – perguntou.
– Sou eu, o Harold – respondi segurando sua mão ossuda.
– Harold! – falou com a voz mais alegre. – Louvado seja Deus! Pensei que eram os lacaios do Wulf exigindo mais dinheiro.

O pobre homem não me olhava, e, ao chegar mais perto, vi seus olhos leitosos e opacos. Ele estava completamente cego. Contudo não era o momento para condolências ou dó.

Eofwine e eu conversamos por um bom tempo e ele me contou como as coisas ficaram difíceis por causa da sua doença.

– E agora essa guerra – falou. – Eles precisam de cada vez mais dinheiro para manter os homens e por isso esfolam a nossa pele e tiram tudo de nós. Se eu não pagar eles vão tomar essa cabana e nos expulsar!

– Não vou deixar isso acontecer – respondi.

Coloquei a mão no ombro dele e um sorriso surgiu nos seus lábios rachados. Nesse instante a porta se abriu atrás de nós e os garotos levaram um susto. Eu me virei e logo meu coração disparou de alegria. Edred apareceu com as roupas esfarrapadas, mas com a mesma cara de sempre.

– Harold! – gritou, e correu na minha direção.

Edred me abraçou e me levantou do chão com facilidade. Então desabou a chorar como uma criança. Foi difícil acalmá-lo, mas Will conseguiu com um pedaço de doce feito com anis. Ele colocou tudo na boca e ficou feliz ao mastigar a guloseima.

– Estamos com fome, Harry! – falou mais calmo. – Eles batem na gente e tiram tudo... Filhos da puta! Eu escondi a Fodedora, senão eles pegavam ela!

Dei nossa provisão de viagem para eles comerem. Tudo foi devorado rapidamente.

– Vá com calma – disse eu para Edred. – Se não você passa mal.

– A barriga vazia me deixa mal! – respondeu ele, com a boca cheia de toucinho. – Ai, ai! Você demorou muito para vir...

Percebi uma profunda tristeza nos olhos dele, um peso que não existia no passado, e isso doeu muito na minha alma. Mas como eu poderia saber?

Anoiteceu e todos foram dormir, apenas Eofwine e eu ficamos acordados até de madrugada. E naquela noite vi as engrenagens do destino se encaixarem perfeitamente. Vi o tempo girar em perfeita sincronia. Depois disso, nunca mais acreditei em coincidências.

– Você promete cuidar dele? – perguntou-me subitamente, após falarmos de pesca e de como preparar um bom peixe na brasa.

– Vou cuidar de vocês dois – respondi.

– Meu tempo nessa terra terminou – disse ele, com peso na voz. – Logo não estarei mais aqui.

– Não diga bobagens! – falei. – Ao amanhecer vou procurar um bom médico para você. Tenho bastante dinheiro. Trarei um padre também. E comprarei ervas e boa comida.

– Apenas prometa! – disse com firmeza.

– Prometo... – respondi sincero.

Ele assentiu com a cabeça e me olhou com ternura. Nada falou, apenas sorriu e suspirou profundamente. Também não tive coragem de dizer uma palavra sequer. O silêncio já dizia tudo. As teias do destino há muito já foram trançadas.

Logo Eofwine adormeceu com o semblante mais tranquilo. Demorei a dormir e antes de amanhecer já estava acordado. O céu estava limpo, estrelado, e uma brisa deliciosa soprava morna do mar, mas meu bom amigo não veria mais o Sol nessa terra.

Eofwine estava morto.

Apenas esperara o meu retorno.

– Descanse com os anjos, pai... – falou Edred. – E encontre uma mulher para você no céu! O Crucifixo vai lamber você, se vai!

Paguei os ritos funerários e lhe dei um enterro digno. O moleque queria ficar na cabana, mas a região estava muito perigosa, assolada pela espada e pelo fogo. Convenci-o a partir conosco. Ele relutou, porém depois de um tempo aceitou. Nada mais o prendia àquela praia, somente as lembranças.

A estrada virou nossa companheira novamente. Durante o caminho contamos histórias, rimos e ao fim da jornada chegamos à fazenda. Felizmente, até aquele momento, tudo estava bem e meu filho e minha esposa vieram nos receber. Mas, como sempre, foram os mastiffs os primeiros a chegar até nós.

– Eu amo vocês também! – falei, ao tentar tirar os dois monstros de cima de mim. – Nossa Mãe! O bafo de vocês piorou ou é impressão minha?

Will assoviou e os cães o acompanharam calmamente. Era incrível como eles obedeciam mais ao garoto do que a mim. Aliás, eles obedeciam melhor a Ann, aos criados e até mesmo ao pequeno Daniel. Mesmo sem saber falar direito ele dava ordens aos gigantes e eles abaixavam as orelhas. Eu era o brinquedo deles.

Beijei a minha amada e peguei o pequeno no colo. Era ótimo voltar para casa.

– Ei, Edred! – chamei-o. – Venha conhecer a minha família!

– É lindo como a mãe... – disse ele, aproximando-se. – Ainda bem que o seu filho não nasceu com a sua cara feia.

Ann não segurou o riso e convidou-o para entrar e comer algo. Fui conversar com os criados e ver se tudo andava bem na fazenda.

A produção estava ativa e eles deram conta das encomendas. Somente o estoque de arcos estava baixo, mas isso seria remediado logo.

– Will! – chamei o garoto. – Precisamos compensar os dias fora. Veja se há bastante cânhamo seco e faça cordas para arcos longos e curtos.

– Sim, senhor! – respondeu ele, com um sorriso – Vou ensinar o Pato. Ele sabe depenar gansos, então vou pedir para ele pegar as penas para as flechas.

– Só não o faça trabalhar demais – falei. – Deixe-o aprender direito o serviço, pode ser?

– Sim senhor! – respondeu ele, e correu para chamar o garotinho.

– Senhor Harold! – um dos criados me chamou. – Já cortei bastante madeira para os arcos. Já estão secas e lixadas. E as pontas estão afiadas e polidas.

– Obrigado! – respondi – Hoje à tarde virei para vê-las. Por favor, peça para afiar minhas ferramentas.

– Vou conversar com o espanhol – falou.

Fui para casa e encontrei Edred e Daniel sentados no chão,

devorando um pão de frutas ainda quente. Meu filho ria com os ruídos que o moleque fazia enquanto comia. Na verdade, ele já era um homem, mas eu o via como o garoto respondão e brincalhão de sempre. Apesar do ocorrido com Eofwine, eu estava feliz.

– Coma todo o seu pão – falou para Daniel. – Assim você cresce forte e bonito como o titio. Sou seu titio, sabia?

– Titio! – falou Daniel – Pão *gotoso*.

– Isso mesmo! – respondeu Edred – O pão é gostoso. E com pedaços de carne de porco salgada seria muito melhor. Um porco bem gordinho!

Ann olhava para tudo divertida e não conseguia conter o riso. Os mastiffs entraram e se sentaram ao lado deles, lambendo as migalhas caídas no chão. Edred fitou-os por um tempo, desconfiado, e Daniel fez carinho no focinho do Javali.

– *Jaali!* – disse com um gritinho.

– Minha nossa... – falou o moleque com a boca cheia. – A comida por aqui deve ser boa. Olha o tamanho deles!

Matador se aproximou de Edred e, em um instante de distração, pegou o pão da sua mão e saiu correndo com o prêmio na boca. O moleque bufou e correu atrás dele.

– Eu vou cortar o seu rabo e assar no espeto! – gritou. – Devolve o meu pão!

Daniel bateu palmas e deu risinhos até ficar sem fôlego.

A casa ficaria mais feliz depois da chegada do meu irmão.

E disso eu tinha certeza.

Gargalhadas.

Alguém ri?

Ou será algo da minha cabeça?

Ouço o barulho de correntes e martelos. Sinto o meu corpo ser arrastado, mas não consigo sequer abrir os olhos. Meus ombros doem como se uma águia gigante tivesse cravado suas garras neles.

– Estou vivo?

Quero gritar, mas não consigo. Quero pedir socorro, mas para quem?

Como está frio... Tão frio como se lâminas de gelo rasgassem a minha pele. Ou quem sabe não é a minha alma sendo dilacerada? Estraçalhada por demônios famintos.

Será que já cheguei às planícies geladas do *Niflheim?* Hel já me espera de braços abertos?

Merda... Não consigo me mexer. Não sinto meus membros, como se houvesse ficado imerso na água gelada por muito tempo.

As marteladas estão mais fortes agora, e vespas picam meus pulsos e pés. O tormento eterno já começou?

Ou estou preso em um pesadelo e não consigo acordar?

Merda...

Despertei.

Mas, como alguém desperta sem antes ter dormido?

Tudo está confuso.

Há vozes e muito barulho ao meu redor, mas mesmo de olhos fechados sinto tudo rodar e não consigo distinguir nada, nem uma palavra sequer. Meus pensamentos foram interrompidos como se eu tivesse adormecido ou desmaiado. Mas alguém morto pode desmaiar? Ou os deuses brincam com o meu espírito e, quando se entediam, me colocam em um abismo vazio e sem memórias?

Estou realmente fodido.

Sinto o cheiro de sangue seco. Provavelmente o meu mesmo. E o fogo estala em algum lugar.

Abro a boca e só consigo balbuciar um gemido fraco.

Pouco a pouco meus sentidos retornam e as coisas ficam mais claras. Minha mente se acalmou. Somente meu espírito continua inflamado, agitado. Meu corpo está destruído. Eu posso sentir o ferimento do meu pescoço quase cicatrizado, mas praticamente nenhum sangue escorre por ele.

Estranho, mas eu estou em paz.

Não sei quanto tempo passou. Perdi totalmente a noção e sequer consigo ponderar sobre a minha vida ou morte. Apenas fragmentos entrecortam minha mente. E não consigo juntar os pedaços. Nada faz sentido.

Tento e consigo abrir os olhos. E percebo não estar no inferno.

Ainda...

Uma multidão se reunia ao meu redor e uma fogueira queimava alto a alguns passos à frente. Eu estava pregado em uma grande cruz de madeira. Tachas compridas trespassavam meus pulsos e meus pés sobrepostos. Incrivelmente não sentia mais dor. Talvez, no fim, não haja mais nada para sentir.

Um bando de religiosos liderados por Alain de Marlemont me olhava com curiosidade, escárnio e maldade. Juízes cochichavam entre si. Pareciam corvos à espreita da carniça, brigando pelo melhor pedaço. A plebe me olhava com espanto e medo e, apesar de segurarem repolhos e tomates podres, ninguém ousou atirar.

Meu fim era certo e eu não me importava mais. Já havia vivido muitas vidas de homens e o mundo havia sido meu palco de terror por um longo tempo. Estava calmo e não temia a morte. Talvez eu fosse bem recebido no outro mundo pela quantidade de almas que mandei para lá.

Os deuses certamente riem e se embriagam em seus altos castelos. Meu fim deve ser divertido e um deles vencerá a aposta.

Danem-se!

Nada mais tinha importância naquele momento.

Nada...

Contudo, a minha paz acabou quando olhei para o lado e vi, amarrada pelos pulsos e pelos pés em uma trave de madeira grosseira, a minha querida Murron, desfalecida, com um profundo corte na sua testa.

– Desgraçados! – gritei com a voz rouca e fraca.

Alain de Marlemont levantou a mão e a multidão se calou, exceto por alguns jovens entusiasmados. Eles continuaram os xingamentos, mas logo foram acalmados pelos guardas com pauladas.

– Esta noite, as maldades desses dois servos do demônio terão fim... – disse, girando para olhar a multidão. – A graça de Deus voltará para essa terra de pecado.

– Seu bastardo! – vociferei. – Murron é inocente! Ela não sabia de nada.

– Quem dá abrigo ao mal do mal é – respondeu sem titubear.

Murron acordou e olhou assustada para a multidão. Quando me viu começou a chorar desesperadamente.

– Harold... – disse, com dor e medo na voz. – O que aconteceu?

Antes de eu responder, o bispo se intrometeu com a voz alta para todos ouvirem.

– Ele seduziu a sua alma e deu-a de presente para Satanás – falou, imponente. – Peça perdão e quem sabe o bom Cristo expie seus pecados!

– Mas, eu não fiz nada de errado! – disse ela aos prantos.

– Peça perdão! – gritou o bispo.

Sem conseguir reagir, Murron pediu perdão por várias vezes, e o rosto de Alain de Marlemont foi tomado por uma expressão de triunfo. Então, com uma grande cruz apontada para ela, proferiu as palavras olhando para o céu.

"Requiem aeternam dona eis"

E com um gesto ordenou ao corcunda para colocar fogo nas madeiras empilhadas embaixo da minha amada. O fogo pegou rápido. Logo os pés dela começaram a queimar, e a carne chiou enquanto a fumaça intoxicava a pobre coitada.
– Socorro, Harold! – gritou agonizante – Socorro!
Essas foram as últimas palavras proferidas pela minha doce Murron. E, após isso, apenas gritos incessantes de desespero e dor. Ela sofreu por muito tempo até a morte trazer alívio para seus suplícios. Por três vezes implorei misericórdia para o bispo, por três vezes ele negou. E sorriu ao vê-la queimar até seu corpo se desfazer em cinzas.
Eu só queria uns instantes a mais de vida nesse mundo para poder vingá-la. Depois minha alma podia ser atirada aos cães do inferno.
Porém eu estava impotente, vencido, subjugado.
– E o filho dela? – perguntei com a vontade dilacerada.
– Ele será cuidado pelas freiras – respondeu o bispo. – Ele é uma criatura imaculada e a Sagrada Igreja ainda pode lhe dar um bom caminho.
– Você promete não fazer mal a ele? – falei, firme.
– Harold! – falou ele, aproximando-se. – Você não está em condições de me pedir nada. Porém, em minha grande benevolência, irei cuidar pessoalmente da criação e educação dele.
Não havia como eu fazer mais nada. Apenas esperar a minha própria morte.
– Ei, Alain! – chamei-o. – E as minhas madeiras? Não vai fazer churrasco com o meu corpo?
– Boa observação! – respondeu – Você tem a couraça dura e o diabo impregnado nas suas carnes. Fogo não adiantaria. Você secaria como um pedaço de carvão, mas logo se recuperaria.
– Então o que vai ser? – perguntei.
– Vamos deixar o brilho de Deus agir sobre você – falou, sarcástico. – Logo vai amanhecer...
– Vai ser um espetáculo e tanto! – falei, irônico.
– E eu o verei bem de perto – empolgou-se.
Não adiantava lutar ou protestar. O fim era iminente e eu preferia encará-lo com dignidade. Olhei para o lado. O fogo ainda ardia forte e consumia os ossos da minha querida Murron. Senti uma lágrima escorrer pela minha face.
Uma lágrima de sangue.

E depois outra e mais outra, até meu rosto ficar manchado pelo líquido rubro. A plebe se alvoroçou me xingando, atirando as verduras podres, mas uns poucos até me chamaram de santo. Alguns padres se indignaram, porém vi um semblante de dúvida em outros.

– Harold Stonecross é o maior servo de Satã nessa terra – bradou o bispo, enquanto as pessoas gritavam pela minha morte. – E nem o ferro, nem a água ou o veneno puderam matá-lo. Nem o fogo dos homens...

As pessoas estavam frenéticas.

– Mas contra o poder de Deus não há defesa! – gritou o bispo. – O fogo sagrado irá castigar esse ser imundo!

A multidão se alvoroçou e comemorou como se atirassem moedas de ouro aos seus pés. Os padres começaram a rezar e os soldados levantaram as armas.

– Vamos deixar a Luz divina queimar essa alma negra e decrépita! – falou o bispo, levantando a pesada cruz – Vamos fazer nossas preces e pedir um amanhecer claro e um Sol brilhante!

Todos se ajoelharam e rezaram ruidosamente. E o bom Deus ouviu os clamores, pois as poucas nuvens se dissiparam e logo seria dia. O Sol despontaria atrás de um monte onde ovelhas pastavam. Mais alguns minutos minha carne queimaria e se incendiaria.

Logo seria o fim de Harold Stonecross, o imortal.

A manhã estava quase no fim e uma claridade pálida despontava por entre as nuvens pesadas. Edred estava no pasto e acabara de ajudar um cordeiro a nascer. O animal havia ficado preso pelas patas e, se não fosse ele, mãe e filhote morreriam.

– Vai mamar... – disse ao colocar o cordeirinho nas tetas da mãe. – Você lutou bastante e precisa de leite para ficar forte.

Já haviam se passado oito meses desde a chegada do meu irmão. Edred aprendeu rapidamente a lidar com os animais e isso ele gostava muito de fazer. Achava o trabalho nas plantações chato e não tinha habilidade com metal ou tecelagem, porém com os bichos ele tinha um dom especial.

– Os animais escutam a gente, sim, sim – falou um dia para Oliver. – A gente fala com eles e eles respondem. Uns latem, outros miam e outros... Sei lá.

– E você entende tudo? – perguntou o garotinho.

– Lógico! – respondeu – Não sou tapado como o Harold...

Edred era petulante e insolente. Alguns criados se irritavam com ele, principalmente quando opinava sobre o trabalho, mas a maioria gostava muito do moleque.

Tudo estava bem na fazenda. Uma caravana de mercadores comprou quase toda a produção de mantas e também três barris de cidra. A neve caia lentamente com flocos leves e esparsos, era um dos invernos mais amenos dos últimos tempos. Os homens estavam felizes, pois não haveria tanta dificuldade como nos outros anos. Os animais estavam gordos e o estoque de grãos e forragem estava cheio.

Eu tinha muitos motivos para me alegrar, porque meu irmão estava comigo, Daniel crescia forte e minha amada esperava outro bebê.

– Estou grávida, Harold! – falou ao se deitar ao meu lado – Tenho certeza.

Coloquei a mão sobre a sua barriga e beijei-a com carinho. Eu seria pai novamente.

– Queria uma menina... – Ann falou com doçura.

– Eu quero dez meninas! – disse eu. – E mais dez meninos!

– Então essa casa ficará pequena demais! – respondeu ela, com os olhos arregalados – E não se esqueça dos cães. Eles ocupam bastante espaço

Abracei-a e rimos bastante. Nossa família cresceria e tudo era perfeito.

O tempo voou e, no meio do mês de julho de 1006, nasceu Marian, uma linda menina de cabelos dourados e olhos azuis como o mar. E com a pele tão alva e as bochechas tão rosadas como as flores do campo na primavera. E todos na fazenda admiraram a sua beleza. Daniel a chamava de Docinho e Edred apelidou-a de Floco de Neve.

Meu filho amava a irmã e cuidava dela, apesar do seu pouco tamanho.

– *Qué* a mamãe? – Daniel perguntava para Marian. – Não *pecisa* chorar. Eu estou aqui para *poteger* você.

Tudo ia bem.

E a felicidade era constante na nossa fazenda.

Mas as fiandeiras nunca descansam.

E, às vezes, divertem-se de maneira sórdida.

Quando completou dois meses, a minha linda flor do campo começou a murchar. Parou de mamar de repente e uma febre alta se abateu sobre ela. Nada fazia seu corpo esfriar e depois de dois dias a minha pequenina foi tomada por tremores. Seus olhinhos se reviravam nas órbitas e seus músculos se retorciam muito.

As mulheres dos trabalhadores tentaram infusões, unguentos e até mesmo trouxeram uma poção feita por uma velha curandeira. Nada adiantou. Paguei vinte moedas de ouro para um bispo de passagem por Birmingham. Ele fez uma oração rápida, com descaso, e depois disso Marian piorou.

Ann já havia perdido as esperanças e ficava todo o tempo ao lado dela. Daniel trouxe um pequeno dente-de-leão e o colocou no berço da irmã.

– É *pá* ela *ficá* boa – disse com firmeza – Olha *pá* mim, Docinho!

Como se ouvisse o irmão, ela abriu os olhos e o azul se mostrou tão lindo quanto antes, mas um instante depois os fechou novamente e a tristeza escureceu definitivamente nossos corações.

Com o passar dos dias ela já havia emagrecido muito e sua pele estava ressecada e opaca. As mulheres se revezavam nas orações e os homens trabalhavam calados. Havíamos tentado de tudo, e nada fazia minha pequena Marian recuperar sua saúde e alegria.

– E os deuses? – perguntou Edred enquanto eu cuidava dos cães.

– O que têm eles? – respondi sem dar muita importância.

– Você se lembra do Espeto? – falou – Ele sempre falava dos deuses e sempre agradecia depois de uma boa caçada. O seu pai mesmo acreditava no trovão e no raio, como era o nome mesmo? Bor? Por? Thor! Isso! Quem sabe eles não ajudam a Floco de Neve?

Parei para pensar um pouco. Edred respeitou meu silêncio e se afastou. Somente Javali e Matador permaneceram deitados ao meu lado.

Até agora tudo havia sido em vão. Tentamos a cura dos homens e também imploramos para o Deus dos padres, e a minha doce filhinha continuava na iminência da morte. Sofria como nenhuma criança deveria sofrer.

Resolvi então, aceitar o conselho do meu irmão e buscar ajuda dos deuses. Com bastante pressa, peguei meu arco e a minha lança e me despedi de Ann.

– Vou para a floresta! – falei. – E, se os deuses quiserem, nossa pequenina será curada.

Ela ameaçou protestar, mas saí rapidamente e cavalguei rápido. Will apareceu correndo junto com Oliver. Os garotos me chamaram e eu não respondi. Tentaram me seguir e eu não me detive.

– Vão para casa! – falei duro – Dessa vez eu preciso ir sozinho.

Eles pararam e se entreolharam sem nada entender. Feriu meu coração ralhar com eles, mas eu não tinha tempo. As horas da minha menininha nesta terra se esgotavam com uma velocidade maligna.

Ultrapassei os limites da fazenda e fui em direção de uma antiga floresta. Os homens a chamavam de *Old Oak* e afirmavam ser assombrada por espíritos errantes. Se os deuses ainda andavam naquela terra, lá seria um bom local para encontrá-los.

Cavalguei até anoitecer, estava exausto, dolorido. Desmontei e amarrei o cavalo em um tronco caído. A floresta o deixou agitado, por isso resolvi entrar a pé. As altas faias se ergueram à minha frente e depois de alguns passos tudo ficou negro, difícil de enxergar. Algumas vezes tive de tatear para não bater com o rosto nos troncos. Outras vezes tropecei nas raízes salientes.

Não acendi uma tocha para não atrair ou ofender os espíritos da floresta. Algo dentro de mim dizia para continuar no escuro. E eu obedeci. Sentia meu corpo envolto em uma magia sutil. Talvez fossem ilusões da minha cabeça devido ao desespero. Talvez não.

O ar era pesado e as árvores antigas pareciam murmurar entre si quando o vento soprava por entre os galhos. Por várias vezes me assustei com algum barulho e tinha a sensação de que algo me observava. Parei para beber um pouco da água de um riacho e seu frescor revigorou as minhas forças. Ainda não sabia para qual deus implorar, tampouco como ter os meus anseios atendidos.

Os deuses do norte e dos celtas se pareciam em alguns sentidos. Talvez fossem os mesmos altos senhores com outros nomes. Eu estava indeciso, mas precisava prosseguir; não sabia qual caminho tomar, por isso deixei as minhas pernas me guiarem, mesmo porque os meus olhos não tinham muita utilidade na escuridão.

Andei por um longo tempo, serpenteando por entre os troncos, passando com dificuldade por cima dos galhos caídos. Então, por um descuido ou pelas mãos do destino, pisei em falso e rolei por um barranco. Caí por cerca de doze passos até parar abruptamente aos pés de uma grande árvore.

Por sorte não quebrei nenhum osso e tive apenas alguns arranhões e escoriações no corpo. Levantei-me e circundei o tronco nodoso e maciço.

No lado oposto àquele onde eu caí havia uma pequena clareira com uma grande rocha no centro. Parecia uma mesa de pedra esculpida por algum povo antigo. Sem os galhos e folhas para impedir o seu brilho, a lua cheia clareava bem o ambiente. O carvalho cujo tronco eu circundara era magnífico, imenso. Emanava um poder ancestral e forte. No meu coração eu sabia que havia encontrado o lugar perfeito para conversar com os deuses. Só ainda não sabia como.

Pensei em vários deuses e nos espíritos de outrora. Pedi um sinal, mas nada surgiu, nenhum pássaro voou e nenhum animal se alvoroçou na mata. Já fazia muito tempo desde a minha chegada e logo amanheceria.

Estava prestes a desistir e comecei a achar essa ideia uma loucura. Apoiei as mãos sobre a mesa de pedra e, enfim, os deuses me enviaram um sinal. As fiandeiras do destino trabalhavam freneticamente no outro mundo naquele momento.

Entalhadas na rocha havia algumas runas bem gastas pelo tempo. Não conseguia lê-las direito e mesmo se isso fosse possível não as compreenderia. Contudo, agora eu sabia para quais deuses era consagrado aquele lugar.

Ajoelhei-me e pedi com força ajuda a Thor, Odin e Baldr. Implorei com a minha alma e com o fervor de um pai desesperado. Clamei por Frigga, Sif e Eir. Chorei como uma criança, gritei como um louco. E o silêncio dolorido prosseguiu incólume.

Olhei novamente para as runas e continuei sem compreendê-las. Entretanto, outro sinal veio da pedra. Vi manchas vermelhas desbotadas pelos anos sob o Sol e a chuva, desgastadas pelo vento e pela neve.

– Sangue! – falei – Os antigos deuses pedem sacrifícios em troca dos seus favores. Meu pai sempre falava isso!

Não encontraria nenhuma caça no escuro. Não ouvi nenhum animal, o silêncio era absoluto. Amaldiçoei-me por deixar meu cavalo fora da floresta. Minha pequena Marian não teria mais um dia e a cada minuto desperdiçado ela se aproximava da morte. E isso eu não deixaria acontecer. Eu a protegeria com a minha própria vida se fosse preciso.

Pensei por alguns instantes.

A decisão derradeira foi tomada.

E assim as fiandeiras completaram o trabalho com os fios da minha vida.

Arranquei as roupas e fiquei nu.

Peguei minha adaga e fiz uma prece para os deuses.

Subi na mesa de pedra e olhei pela última vez para a lua.
O vento soprou forte.
E com um golpe seco cravei a lâmina no meu estômago. Tirei-a com um puxão rápido e caí de joelhos sobre a pedra fria.

– Salvem Marian! – gritei, agonizante. – Salvem minha filha...

O sangue escorreu pelas minhas pernas e manchou a rocha. E, quando tocou as runas, estas se tornaram nítidas e reluziram. Então nuvens surgiram e encobriram a lua.

E o raio cortou o céu.

E o trovão estremeceu a terra.

E na frente do grande carvalho surgiu um gigante ruivo, com um martelo na mão.

O grande deus Thor havia ouvido o meu chamado.

– Ouvi suplícios e súplicas da tua boca angustiada – falou com a voz poderosa. – E pelo teu sangue derramado aqui estou. Há muito os deuses foram esquecidos nessa terra, trocados pelo carpinteiro e sua cruz de madeira. Não caminhamos entre os homens como outrora e alguns dos altos poderes envelhecem e se encolhem amargurados.

– Mas muitos homens ainda têm os deuses no coração – respondi. – E nesta noite a minha esperança não está no Deus da igreja, mas no senhor do martelo.

– São verdadeiras as tuas palavras – falou o deus do trovão. – Porém, antes de enfrentar o martírio na floresta, recorreste ao nazareno por diversas vezes.

– Isso não negarei, eterno senhor... – respondi envergonhado. – Porém, se o meu sangue e a minha vida compensarem essa falha, rogo pela querida Marian.

– Tens coragem – falou o deus. – E teus olhos são sinceros, assim como tua alma.

– Obrigado, poderoso senhor! – falei com a mão sobre o corte. – Meu tempo agora é curto, mas imploro para o da minha filha ser repleto de primaveras e verões.

– Nobre mortal... – falou ao se aproximar. – Teu gesto foi digno e nos salões de meu pai tua alma se regozijará. Porém inútil será a tua morte.

– Não entendo... – falei tentando me manter desperto.

– O destino da pequena Marian já fora selado – falou o deus com o semblante triste. – E a estada dela neste mundo havia de ser curta. Há algumas flores que só desabrocham por um único dia e logo perecem. Contudo essas são as mais belas.

Senti a minha alma se dilacerar e agora meu ferimento doía

insuportavelmente. Tudo havia sido em vão. Minha pequenina morreria e eu deixaria minha esposa só. Ann não suportaria a dor. Pobre Edred, Will e pequeno Oliver. Tudo estava perdido.

Deitei-me na pedra e chorei sem forças. E cada lágrima queimava a face, nublava o belo rosto da minha filha. Sua imagem estava opaca na minha mente.

Tudo estava perdido.

– Bravo mortal – disse Thor –, imagino a tua dor e dela me compadeço, porém nada posso fazer senão abreviar teu sofrimento e angústia. Se assim desejares, terás teu fim agora e logo cavalgarás com as Valquírias rumo ao Valhalla.

– Misericordioso Thor... – falei à beira do desmaio. – Se realmente não há outra maneira, entrego minha vida a ti. E por favor, zela pela minha família!

Então ele levantou seu martelo e os raios e trovões recomeçaram. Estava prestes a invocar as forças da natureza para dar cabo da minha carne quando foi subitamente interrompido.

– Pobre Harold... – disse um homem magro e alto surgido da floresta. – Está muito perto do fim, eu sei, mas não dê ouvidos ao meu impetuoso irmão. Seu sacrifício pode não amolecer o coração do deus do trovão, mas há outros mais misericordiosos em Asgard.

– Loki! – rosnou Thor. – Sua cobra nojenta!

– Estes são modos de tratar seu irmão? – disse o outro, sibilando. – Eu vim ajudar onde você falhou.

Thor avançou sobre o irmão e pegou-o pelo pescoço. Levantou-o do chão com um braço só, como se fosse um boneco de palha, e preparou o martelo para golpeá-lo.

– Espere! – gritou Loki engasgado. – Por que não deixa o mortal ouvir a minha proposta?

– Não há nada a ser feito! – bradou Thor. – E tu sabes disso!

– Nada para um bárbaro como você! – grasnou Loki, quase sem fôlego. – Mas eu sou um feiticeiro, o pai de toda a magia.

– Tu és o pai das traições, ó deus da mentira! – replicou Thor.

– Harold... – grunhiu Loki com a garganta esmagada. – Eu posso salvar a pequena Marian! Confie no meu poder!

– Por favor, poderoso Thor... – falei, resfolegando. – Deixe-me ouvi-lo... Permita-me conhecer as chances da minha filha. Eu lhe imploro!

O deus do trovão me olhou com pesar e atirou seu irmão contra uma árvore com violência. Loki o olhou com ódio e demorou um tempo até se recuperar. Certamente um homem morreria com tal agressão.

– Sábia decisão, Harold Stonecross – disse Loki massageando a nuca. – Agora, como prova da minha boa vontade, irei curar esse ferimento. Precisa de todo o seu sangue para raciocinar direito.

O deus tocou a minha barriga e imediatamente o ferimento se fechou. Senti a pele se repuxar e os músculos daquela região arderam um pouco.

Estava escuro, pois as nuvens escondiam a lua. Olhei admirado para a minha barriga e forcei a vista para enxergar. Loki percebeu meu esforço e estalou os dedos. Então luzes pulsantes se acenderam ao nosso redor, como se estrelas descessem do céu e iluminassem a clareira.

Não havia qualquer cicatriz. Minha pele estava intacta e o corte sumira por completo. Levantei-me e não senti mais dor ou fraqueza. Apenas a minha alma estava pesada, negra como a mais escura das noites. Não dei importância para os meus instintos. O negrume dentro de mim vinha da dor da minha filha.

Essa era a minha ilusão.

Ouvi corvos em algum lugar na floresta e o ar esfriou rapidamente. Um som lamurioso vinha das árvores, como se fosse uma canção triste trazida pelo vento, um aviso. Peguei minhas roupas e me vesti enquanto Loki andava ao meu redor com as mãos para trás.

Ele era mais alto do que Thor, porém mais esguio e com os cabelos negros, revoltos, sob um chapéu esquisito. Sua barba bem aparada contrastava com os pelos longos e grossos no rosto do irmão. Suas feições delicadas tinham certa malícia e seus olhos emanavam uma estranha energia. Já o filho mais velho de Odin tinha o aspecto rude, mas seu olhar era sincero e limpo como o dia.

– Logo irá amanhecer – falou Loki. – E sinto a vida da pequena Marian se esvair em cada dolorosa respiração.

– E antes do Sol raiar sua alma já estará no mundo além – respondeu Thor altivo.

– Isso se ficarmos aqui com toda essa divagação! – disse Loki. – Diga sim e eu posso curá-la!

– Então, salve minha pequenina! – implorei, prostrando-me aos pés do deus. – Peça o que quiser. Darei minha vida novamente se for preciso!

– Veja, Thor! – falou o deus com malícia. – Esse mortal sabe quem realmente é digno de sua adoração.

– Levanta-te, tolo Harold Stonecross! – ordenou o deus do

trovão – Não sabes realmente as intenções do monstro diante do qual tu te prostras. O deus da falsidade irá cobrar-te um preço alto e doloroso demais.

– Meu corpo pode ser dilacerado desde que o de Marian não precise ser entregue à terra faminta – respondi, convicto. – E se para isso precisar desagradar um irmão imortal para satisfazer o outro, sem hesitar o farei!

Loki gargalhou, e percebi a fúria percorrer o corpo de Thor. Seus olhos faiscaram e, no céu, os raios e trovões se intensificaram como em uma tempestade.

– Então és infinitamente idiota! – vociferou o deus. – E de mim, nunca mais terás qualquer ajuda, nem tampouco sua alma será bem-vinda na morada de Odin. Tua filha poderá ser salva, mas a morte recairá sobre tua família, pois, para uma vida poupada, outra deverá ser entregue.

– Meu belo e mimado irmão! – insinuou Loki. – Ainda não aprendeu a perder com dignidade? Se um mortal não deseja proteção do seu martelo você se exalta como uma criança birrenta.

– Aos céus retornarei! – rosnou Thor. – E quando nos confins do tempo nos reencontrarmos, Harold Stonecross, sentirás a fúria do martelo e do raio, pois nesse dia não serás mais um homem, mas sim mais uma maldição horrenda a caminhar nesta terra!

Thor invocou a tempestade e a chuva caiu forte. Girou seu martelo sobre a cabeça e um furacão se formou em torno do seu corpo. Então depois de um estrondo ele subiu veloz aos céus e sumiu. Porém o aguaceiro continuou castigando a terra. Eu estava encharcado e tremia de frio.

Loki se mantinha seco e tranquilo.

– Foi melhor esse bruto ir embora – disse ao se aproximar.

As luzes pulsantes não se apagaram com a chuva e se juntaram em uma grande esfera de brilho azulado que seguia o deus conforme este caminhava sobre a lama, como se seus passos não tivessem peso algum.

– Os homens sempre deram muito valor ao meu irmão – sussurrou no meu ouvido. – Tem um bom coração, é verdade, mas é apenas um monte de músculos sem cérebro. Ele é apenas uma arma de Odin. Eu sou a criatividade e a esperança! Sou a novidade e o imprevisto. Muitos me veem como o mal, mas sou apenas o equilíbrio!

Observei calado enquanto o deus discursava. Suas palavras

eram belas e perigosas. Entretanto, depois de ouvir os avisos de Thor, meu coração sentiu grande peso. Não sabia se essa tinha sido a decisão certa. Enfurecê-lo foi uma tremenda estupidez, mas naquele momento não havia pensado em mim, somente na minha filha.

– Não temos muito tempo! – falei para Loki.

– Tempo! – esbravejou irritado por eu tê-lo interrompido. – Eu sou o mestre dele agora e sempre. O tempo nada significa para mim. Posso pará-lo apenas com um pensamento.

Não duvidava dos poderes dele, contudo controlar o tempo devia ser algo além dos poderes do próprio deus supremo de Asgard.

– Peço perdão...

– Sei, sei! – Loki me interrompeu. – Vamos tratar de negócios então. Humanos, sempre tão apressados!

O deus preocupado e generoso deixou cair sua máscara e se tornou arrogante, impulsivo, porém, não havia como desistir. Eu já havia perdido a ajuda de Thor, se houvesse uma chance com Loki eu a agarraria com todas as minhas forças.

O deus estalou os dedos e surgiu um grande trono dourado sobre a pedra. Ele flutuou até lá e se sentou displicente. Ficou um tempo em silêncio e me observou com seus olhos ávidos. Ele parecia ler minha mente e sondar meus pensamentos, mesmo aqueles mais escondidos e secretos.

Uma alcateia de lobos negros surgiu da floresta. O macho líder se aproximou e cheirou-me. Senti um frio percorrer minha espinha. Ele mostrou os dentes e rosnou para mim. Loki permanecia impassível. O grande lobo uivou e os outros o acompanharam. Minhas pernas tremiam, mas não ousei me mexer. Senti o suor escorrer frio pelo meu corpo. O odor do medo os instigava bastante.

O bando me cercou como faziam com suas presas. Tentei gritar, contudo minha voz não saiu. Pensei em correr, tentar subir em alguma árvore próxima. Minhas pernas não me obedeciam e meu corpo pesava como chumbo. Entrei em desespero. Não entendia o propósito disso tudo.

Então Loki gargalhou longamente, e o céu escureceu ainda mais.

E por mais duas vezes faria isso naquela noite.

O deus assoviou, e os lobos se viraram e deitaram ao redor da grande pedra.

– Esse mundo foi infectado por poltrões medrosos, vermes

receosos e biltres. Seguidores de um Deus fraco que só pensa na paz e na felicidade dos seus amados filhos... – Esmurrou o trono, falando com escárnio. – Ele deseja trazer o paraíso para esta terra. Mas, para isso, seus cordeiros devem seguir cegamente a tábua com suas leis. Por sorte, os homens são surdos, burros e agem pela vontade dos corvos da Igreja, não pelos ensinamentos daquele livro sagrado. Senão essa terra já estaria coberta de mel, quando na verdade deveria estar banhada em sangue!

Sua voz ecoou maligna e as árvores lamentaram mais uma vez.

– Os deuses do norte não se preocupam mais – disse. – Estão muito ocupados com o ócio, embriagados de hidromel e música. E em sua imensa sabedoria bradam que o tempo deles junto aos mortais já passou. Mas eu, Loki, vou consertar isso! Chegou o momento do cordeiro ser dilacerado. Chegou a era do lobo!

Eu vi fagulhas negras saírem dos olhos dele. Vi uma imensa luz negra circundar seu corpo quando ele se levantou do trono e veio em minha direção. A chuva continuava pesada, rancorosa, como se Thor sofresse pela minha decisão. Um raio caiu muito perto de onde eu estava e partiu uma árvore ao meio.

– Ainda quer salvar sua menininha? – perguntou imponente.

– Sim eu quero! – respondi sem titubear.

– Ajoelhe-se, mortal! – ordenou.

Novamente, prostrei-me aos seus pés e ele estapeou a minha face. A pancada foi muito forte e o sangue escorreu pela minha boca. Antes de eu me recuperar completamente, ele chutou meu estômago com violência. Tombei para o lado, gemendo e me contorcendo de dor.

– Quem é seu mestre agora? – vociferou.

– Loki... – respondi sem ar.

– Fale mais alto, mortal! – rosnou o deus.

– Loki! – gritei pensando em Marian.

– Você jura seguir meus desígnios até os confins do tempo? – falou com mais calma.

– Juro! – falei.

Então a esfera de luz azulada subiu acima das árvores e partiu veloz como um raio. Tudo ficou escuro, exceto por um brilho estranho emanado pelo deus. Os olhos dos lobos eram pontos luminosos e terríveis na penumbra.

– Cumpri a minha parte – falou Loki. – Sua filha já abriu os olhos e sorri novamente. Ela terá muitos verões e primaveras, como você pediu. Agora chegou a vez de cumprir a sua parte no nosso acordo.

– Estou pronto... – respondi, apesar da incerteza no meu coração.

E pela segunda vez Loki gargalhou com malignidade. Cobras surgiram e rastejaram pela lama, aninhando-se junto aos lobos.

O deus fez alguns gestos rápidos com as mãos e meu corpo começou a se erguer sozinho do chão. Murmurou algumas palavras em uma língua estranha e uma névoa rubra me circundou. O cheiro exalado por ela era nauseabundo como o de um cadáver.

– Para o recomeço deve haver o fim – disse com os olhos fixos nos meus. – E antes do fim é preciso conhecer o sofrimento.

A névoa esquentou bastante, como um vapor de água fervente, e começou a se agitar, se adensar em torno do meu corpo. Estava difícil respirar e minhas narinas ardiam. Não conseguia me mexer, e de repente a maldita bruma rubra entrou no meu corpo pela minha boca. Caí na lama fria. Tentei me levantar e não consegui. Meu renascimento havia começado. E, assim como uma criança vem ao mundo aos prantos, meu corpo e minha alma foram tomados por imensas dores.

Pedi por ajuda, mas Loki apenas me observava. Todos os meus ossos pareciam se quebrar. Tive espasmos e minha mandíbula travou. Um grande estrondo ribombou dentro da minha cabeça. Experimentei um frio imenso, como se o sangue congelasse dentro das minhas veias. Senti como se facas rasgassem o meu corpo por dentro.

Clamei por ajuda novamente e nada adiantou.

Vomitei até não sobrar nada no meu estômago. Esvaziei as tripas e isso queimou como o fogo. Meus olhos arderam e meus ouvidos zumbiram alto. Gritei de agonia e dor. E quanto mais o tempo passava, o meu suplício piorava.

E, pela terceira vez, implorei por ajuda.

Então Loki entoou uma poesia e sua voz era maravilhosa.

"Caminhante da escuridão
Levante agora, pois assim lhe ordeno
Vá em companhia da solidão

Flagelo da vida
Não verá mais o Sol
Pois só ele infringirá a fatal ferida

Andarilho da Lua
Seduzirá mulheres e homens
E beberá o sangue da carne nua

Assassino noturno
Trará a morte e a ruína
E será bestial, soturno

Pai dos demônios sombrios
Assim a Igreja o chamará
E seu nome causará arrepios

Mas nem sempre viverá em tristeza mortal
E terá prazer como nenhum outro
Pois será Harold Stonecross, o imortal

...

Hão de perecer seus amores
Mas, terá o poder para a morte revogar
E assim cessar todas as dores

Basta não sugar todo o vermelho elixir
E dar do seu próprio sangue
Para outro imortal surgir

Agora vá e cumpra sua missão
Banhe a terra com sangue
E dos homens seja a perdição!"

    Não entendi os propósitos desses versos, porém a dor cessou. Inspirei profundamente e pude distinguir o cheiro de cada planta daquele pedaço de floresta. Consegui abrir os olhos novamente e vi as coisas com uma clareza impressionante. Era uma noite de tempestade, mas eu enxergava como se fosse o mais luminoso dos dias. E muito mais além.

    Meus ouvidos estavam sensíveis como os dos cães. Ouvi algum animal se mover em uma moita distante. Uma coruja piou e os filhotes responderam. E cada pingo de chuva parecia uma batida em um pequeno tambor de guerra. Todo esse ruído me incomodava, doía.

    Urrei como um animal selvagem. Vi minhas unhas se

tornarem garras e meus dentes crescerem como presas. Os lobos e as cobras fugiram, aterrorizados com a minha presença. Então Loki gargalhou pela última vez.
– Eis minha bela criação! – falou o deus. – Outros deuses em outras nações já criaram alguns monstros deturpados, mas nenhum se compara a você, Harold Stonecross, o imortal! Sim, eles me invejarão!
– No que eu me transformei? – rosnei para o deus.
– Você descobrirá sozinho – respondeu. – Agora vá para o oeste. Logo irá amanhecer. Há uma caverna onde pode se abrigar até a noite cair novamente. E lembre-se: fuja do Sol.
– Loki! – gritei com raiva – Preciso de respostas!
– Terá a eternidade para descobri-las – respondeu ele. Irônico.
Avancei sobre o deus com uma velocidade espantosa, mas ele desapareceu em uma nuvem de fumaça.
– Não fique triste, pois iremos nos encontrar mais vezes...
A voz do deus parecia estar em todos os lugares e circundava o ar enquanto ecoava repetidas vezes por entre as árvores.
A chuva cessou e o céu ficou limpo rapidamente. As primeiras luzes do dia surgiram. Lembrei-me das palavras de Loki e fui para o oeste. Corri tão rápido quanto um cervo, pulei com agilidade sobre os galhos e pedras. E nesse momento eu ri pela primeira vez depois do meu renascimento.
O Sol se levantava no horizonte e os feixes de luz já se refletiam no meio do tronco das árvores. A claridade incomodava muito e meus olhos doíam. Senti um ardor na pele, como se tivesse sido imerso em água muito quente. Corri com mais vigor e logo encontrei a caverna. Parei na entrada e olhei para dentro da escuridão. Podia haver algum animal. Porém não tive tempo para pensar, pois um raio intrépido atravessou a densa folhagem e queimou meu ombro, fazendo a carne chiar.
A dor foi excruciante. Pulei para dentro da caverna e me arrastei para o fundo, no breu total. A queimadura ardia e fumegava. Por sorte a minha camisa me protegeu um pouco. Demorou um tempo, mas a dor cessou.
E assim eu ganhei a minha primeira cicatriz depois do meu renascimento.
E daquele dia em diante o Sol, outrora tão amado, passou a ser a minha maldição, a minha perdição.

O Sol, tal qual um estandarte da morte, logo subiria no céu. A alvorada logo surgiria esplendorosa e mortal. Uma queimação leve tomou conta do meu corpo. Era o anúncio da minha ruína. Seria o meu fim e eu já estava conformado. Pensei em todos os meus amores e amigos. Lembrei-me de muitas histórias e dos tortuosos caminhos da minha longa vida. Olhei para o lado e minha alma se despedaçou novamente ao ver as cinzas da minha amada. Murron não merecia isso.

Porém a minha sina havia séculos profetizada sempre se cumpria, e eu, de uma maneira ou de outra, era a danação dos meus amores.

Os sinos da igreja tocaram e a multidão se alvoroçou. Os guardas tocaram cornetas e tambores. O bispo levantou a cruz e gritou para Deus me fritar, seguido pelo coro desafinado de padres. Não era preciso pedir. Isso já aconteceria normalmente. Os raios muito em breve bateriam diretamente no meu rosto e eu teria uma morte horrível. Eu estaria acabado em muito pouco tempo.

Mais alguns instantes...

Eu podia ouvir as risadas vindas de Asgard e de mais além. E as fiandeiras logo cortariam o último fio do meu destino.

Olhei para o céu e vi dois corvos. Hugin e Mugin, o pensamento e a memória de Odin, iriam presenciar o meu fim para relatar ao seu mestre, em cujo salão eu estava proibido de entrar. Depois da minha morte não haveria boas-vindas, bebidas ou banquetes; eu não abraçaria meus antepassados e tampouco festejaria com Thor, Baldr e Heimdall. Talvez meu espírito fosse atirado em um vazio negro e frio. Ou quem sabe seria despedaçado totalmente assim que o Sol torrasse o meu corpo.

Abaixei a cabeça e uma tristeza profunda doeu no peito. Eu não derramaria lágrimas, não daria esse prazer aos meus inimigos. Eles já tinham o meu sangue, minha vida. Os corvos voaram baixo e pousaram num telhado próximo. Seus olhos vermelhos se cruzaram com os meus. Contudo, foi outro animal que me chamou a atenção. Uma gatinha preta de olhos verdes se aproximou rapidamente.

– Fluffy! – falei. – Vá embora, menina! Não vai ser bom me ver virar um monte de cinzas.

Ela parou perto de mim e miou e o som parecia um grito. Um grito de raiva e fúria.

A plateia se entreolhou e o barulho diminuiu.

Fluffy miou mais uma vez, e agora o som se parecia com um canto. Era uma voz feminina, doce, conhecida. Então a magia aconteceu e eu fiquei boquiaberto.

Envolta em brumas sobrenaturais, a gata mudou de forma.

– Harold, meu amor! – falou, ao se transformar em uma mulher. – Eu voltei!

A multidão gritou espantada e alguns fugiram aterrorizados.

– O demônio apareceu em forma de mulher! – berrou uma velha manca. – É o fim do mundo!

O bispo ficou atônito, paralisado. Um padre velho caiu para trás e começou a ter espasmos. Um bêbado assoviou e falou obscenidades, sendo logo punido com uma paulada na nuca. Eu apenas admirei a linda jovem ruiva, nua, perfeita, divina. Olhei profundamente nos seus olhos esmeraldas e minha alma serenou. Minha Liádan havia retornado. E iria me salvar.

Os raios malignos, tal qual espadas flamejantes, despontavam. Minha pele estava ressecada e começava a se rachar como uma folha seca. O tempo era curtíssimo. Liádan me segurou pela cintura e me arrancou à força da cruz. Os pregos rasgaram meus pulsos e pés. Quase desmaiei novamente, mas minha dama me beijou e isso fortaleceu a minha vontade.

Apoiei-me nela. A cura dos meus ferimentos ainda não havia começado, pois eu estava quase sem sangue, vazio e oco como madeira podre. Eu era praticamente um cadáver que respirava. Ela colocou meu braço em volta do seu pescoço e me arrastou, correu o mais rápido que pode. Porém, antes de nos afastarmos, duas setas acertaram as suas costas. O maldito bispo ordenara o ataque.

– Não os deixe fugir! – Alain de Marlemont urrou. – Atirem! Logo o Sol vai acabar com eles! Atirem!

Ela gemeu de dor e se arqueou.

– Fuja Liádan! – falei, com a voz trêmula. – Corra e se salve!

Ela nada disse e sorriu. Arrancou uma das setas com um puxão seco e lambeu a ponta impregnada de sangue.

Então uma grande coruja cinzenta voou rasante em direção dos soldados, ameaçadora. E com um pio ensurdecedor fez todos largarem as armas e se dobrarem de dor com as mãos nos ouvidos.

Fiquei atordoado, surdo momentaneamente. E dentro da minha cabeça ressoava um barulho estridente, como se um grande sino badalasse sem parar.

A coruja fez a volta e seguiu seu caminho para o oeste.

Liádan endireitou o corpo e sorriu para mim.

A multidão ainda estava no chão, em pânico.

– *Apenas feche os olhos* – sussurrou diretamente na minha cabeça. – *A mãe terra nos acolherá agora.*

Não tinha forças, estava exaurido, e as pálpebras ficaram pesadas demais.

Senti o meu corpo sendo envolvido com vigor, mas de maneira carinhosa, em um abraço frio e úmido. Senti-me completamente acolhido, seguro.

Então, os gritos ficaram abafados e veio o silêncio, a paz. E uma sonolência incontrolável devido ao amanhecer. Senti o toque da minha amada, frio, suave.

Extasiante...

Pensei estar imerso em um sonho, em uma fantasia da minha própria imaginação. Talvez eu estivesse morto. Não sabia ao certo.

Vazio...

Silêncio...

...

Senti o meu corpo sendo puxado rapidamente. E, quando abri os olhos, vi o cenário do meu último calvário.

A Lua estava alta no céu e um vento frio assobiava entre os galhos ressequidos das árvores.

Liádan sorria para mim com o corpo sujo de terra. A grande fogueira havia muito se queimara por completo. Não restavam nem as cinzas e a cruz pendia torta, quebrada. O local estava deserto.

– Estou no mundo dos mortos? – perguntei desnorteado.

– Não meu querido – ela respondeu com doçura. – Você está comigo.

Levantei-me e minhas pernas doeram. Eu também estava coberto de terra. E muitos ferimentos ainda não se curaram por completo.

– Mas... O que aconteceu? – perguntei. – Não me lembro de muita coisa... E o Sol?

– Harold, meu amor! – disse – Cada um de nós desenvolve dons especiais. Eu sempre fui ligada à terra e, na necessidade, ela nos acolheu como uma mãe. Protegeu-nos em seu ventre. Deu-nos abrigo.

– Quanto tempo se passou?

– Não importa! – Liádan respondeu. – Semanas, meses, eu não saberia dizer... O suficiente para podermos caminhar em segurança.

Eu estava fraco e confuso, mas confiava na minha amada.

Andamos um pouco, passos arrastados e doloridos.

Então uma grande coruja desceu do céu em espiral. Eu me lembrava dela. Ela nos ajudou no derradeiro momento.

Ela se aproximou calmamente.

E a magia aconteceu. Vi outra transformação que alegrou de vez o meu coração. A ave se tornou uma mulher morena, linda como o anoitecer.

— Stella! — disse eu, abismado. — Mas... Como?

— Meu amado Harold — disse ao segurar a minha mão. — A morte quase me tocou naquela noite terrível, mas, antes do último suspiro, tive a minha salvação, o meu renascimento.

Ela olhou com carinho para Liádan.

E então eu compreendi tudo.

Não havia visto Stella morrer. Fugi como um covarde antes do último suspiro.

E este nunca aconteceu, pois a dama de cabelos vermelhos a salvou. Liádan nunca havia me abandonado, sempre estava próxima. E eu, em minha confiante soberba, não percebi os sinais, não compreendi os sonhos, não ouvi os suspiros trazidos pela brisa da noite.

Sim, eu era o mais antigo. E também o mais tolo!

Quis fazer mais perguntas, mas Liádan colocou o dedo sobre os meus lábios.

— Haverá muito tempo para as respostas — falou com doçura. — Agora precisamos partir.

Stella me beijou a face, e o toque dos seus lábios fez minha pele se estremecer. Elas me abraçaram.

Eu estava muito fraco, cambaleante. Fui tomado por um torpor repentino. Fraquejei e adormeci como uma criança no colo quente da mãe. E nos meus sonhos as duas damas da noite me acariciavam sob um luar perfeito, com a brisa suave. Bebíamos o sangue mais doce que eu já provara e nossos corpos estavam aquecidos, entrelaçados.

Despertei em um lugar desconhecido, porém aconchegante, como se fosse um grande caixão acolchoado com panos macios. Eu estava deitado entre as minhas singelas amantes ainda adormecidas, nuas, cada uma com a cabeça apoiada em um braço meu, formando um delicioso enlace.

E depois de muitos e muitos anos reencontrei a felicidade, o amor verdadeiro, eterno e puro.

A paixão fora reacendida pelas damas imortais.

Ergui a tampa delicadamente. O negrume dominava o ambiente. Levantei-me com cuidado. Meus ferimentos haviam se curado completamente. E o meu ânimo retornou, assim como a sede insaciável.

Sorri.

Vesti-me com roupas feitas sob medida com panos finos, tais quais as de um lorde. Estavam postas sobre uma cama bem-arrumada. Prendi os cabelos com uma fita dourada. Elas sabiam como me agradar.

Subi as escadas de pedra e abri um alçapão pesado, de madeira grossa. Adentrei um salão lindamente decorado com tapeçarias e porcelanas. Olhei pela pequena janela e as estrelas brilharam forte no céu limpo. Respirei o ar úmido e morno. Era uma noite perfeita.

Loki gargalhava e zombava dos outros deuses.

As fiandeiras teriam de continuar seus trabalhos.

Teriam de emendar os fios da minha vida e tecer novas tramas.

Porque uma nova jornada de sangue acabara de recomeçar.

Epílogo

Acordei. Não me lembrava de quando dormi. Devo ter desmaiado pelo cansaço e pelas emoções daquela noite atípica. O rosto da minha menininha surgiu na minha mente. Fui tomado por uma felicidade intensa. Minha pequena Marian foi salva e eu havia sobrevivido à provação de Loki. Nunca mais poderia ver o dia, porém esse sacrifício foi brando pela sua recompensa.

Certamente minha família compreenderia e me ajudaria com a nova vida. Eu precisaria consertar os buracos nas paredes da casa, trocar as janelas e a palha do telhado. Ou quem sabe construir um lugar debaixo da terra como a toca de um texugo. Talvez Ann estranhasse nos primeiros dias, mas essa sensação logo passaria. Os risos gostosos da minha filhinha continuariam e somente isso importava.

Sim, todos entenderiam.

Aceitariam a minha condição.

E seríamos felizes como antes...

Eis minha ilusão.

A raiva da madrugada anterior desapareceu. A minha nova vida não seria fácil, mas tudo daria certo. Meu espírito se acalmou e apenas a curiosidade me instigava.

– O que eu sou agora? – pensei.

Já era noite.

Eu sabia disso por causa do silêncio e do ar frio vindo lá de fora. Saí da caverna e o mundo estava em completa escuridão, sem estrelas e com a lua pálida, circundada por um anel avermelhado. Não dei importância. Estava extasiado com meus dons. Meus olhos enxergavam perfeitamente cada nuance, cada pequeno animal noturno escondido nas densas folhagens.

A minha pele estava muito branca, com as veias saltadas, e as minhas costelas ficaram salientes como se eu não houvesse comido durante dias. Estiquei o corpo e as juntas estalaram. Senti-me mais leve, ágil. Pulei e fiquei impressionado quando meu corpo se levantou mais de cinco palmos do chão sem qualquer esforço, como se pairasse como uma libélula. Ainda não havia me acostumado com meus ouvidos sensíveis e todos os ruídos me assustavam.

Coloquei as mãos no rosto com medo de ter virado algum animal, mas tudo parecia normal.

Ou melhor, parecia estranho.

Minha pele estava lisa, sem cicatrizes ou barba, e muito fria, como a dos mortos. Passei a língua nos dentes e senti os caninos mais aguçados, maiores.

Contudo, meus pensamentos foram interrompidos por uma dor de estômago forte e a sensação de garganta seca. Era como se eu tivesse muita fome, ou melhor, uma mistura entre fome e sede insuportáveis. Pensei nos bolos e pães da Ann e senti nojo, assim como quando imaginei frutas ou legumes frescos.

Então, em algum lugar na floresta ouvi algo parecido com vozes. E a necessidade de me alimentar aumentou. Não tinha mais nada em mente, apenas essa vontade incontrolável, beirando o desespero.

– Talvez sejam caçadores! – falei. – E quem sabe tenham alguma carne crua.

Estranhei essa ideia, contudo meus sentidos se aguçaram e eu fui para o sul. Andei um pouco até perceber as coisas com mais clareza. Comecei a sentir o cheiro deles e ouvi os três se separarem. Era incrível, mas eu podia distinguir cada pessoa.

– Dois pequenos foram na direção da clareira e um se aproxima de mim – falei, impressionado com essa habilidade. – Duas crianças e um homem que anda engraçado!

Eu iria encontrar esse homem.

Ele estava a menos de quarenta passos e a luz trêmula de uma tocha já surgia por entre as árvores. Caminhei em sua direção e, quando faltavam poucos passos para o nosso encontro, me escondi rapidamente em um arbusto. Não sei o porquê disso. Apenas segui meus instintos.

O homem passou por mim. Era meio corcunda e vestia uma grossa capa, por isso não consegui ver seu rosto encoberto pelo capuz. Carregava uma lança curta com a qual se apoiava a cada passo descompassado.

Ele estava ofegante e seu coração batia forte. Senti o medo exalado pela sua pele.

E nesse instante minha respiração acelerou e minhas presas cresceram como as de um lobo. A sede apertou e movido apenas pela emoção, avancei como uma fera e cravei os dentes no pescoço engordurado dele.

O homem gritou desesperado e lutou em vão.

E eu dei cinco longos goles do seu sangue quente e forte.

E nesse instante senti um prazer indescritível, intenso.

Todo o meu corpo se aqueceu e a dor começou a cessar. Eu estava saciado.

Então, o homem pediu socorro, já com as forças exauridas.

E eu reconheci a sua voz.

E pela primeira vez desde o meu renascimento amaldiçoei o que eu me tornara.

– Edred! – falei com ele nos braços.

– Harry... – disse ele, com lágrimas nos olhos. – Sou eu! Dói muito... *Tô* com sono.

– Vou levar você para casa – falei. – Vou cuidar de você.

– Por que você me mordeu? – perguntou Edred, com a voz fraca. – Eu vim salvar você... A Marian está boa. Sarou. Eu estou muito ruim!

– Por favor, perdoe-me! – pedi a meu irmão.

– Está tudo bem! – respondeu ele. – Já achei você... Agora eu só quero dormir um pouco. Só isso...

Edred fechou os olhos e suspirou. Seu coração bateu cada vez mais devagar, mais fraco, até parar completamente.

Meu irmão havia morrido nos meus braços.

E as palavras de Thor vieram aos meus lábios, como se o próprio deus falasse por mim.

"... mas morte recairá sobre tua família, pois para uma vida poupada, outra deverá ser entregue..."

Gritei e chorei sobre o corpo de Edred. Minha alma dilacerada emanou para o meu corpo um sofrimento horrendo, o pior da minha existência. Chorei muito e meus olhos arderam. E lágrimas de sangue pingaram sobre o peito dele como se fossem respingos de tinta da minha vil assinatura. Ouvi os garotos se aproximarem e por isso fugi. Não queria cometer mais uma atrocidade. Como um covarde, deixei meu irmão sobre a terra úmida e ela bebeu o restante do seu sangue.

Oliver e Will chegaram logo em seguida e se desesperaram ao ver Edred morto. Lembrei-me de cada palavra do poema do deus da traição e das mentiras. Todas se encaixavam agora.

E assim começou a jornada de morte de Harold Stonecross, o assassino.

E, daquele dia em diante, nunca mais vi ou soube algo sobre a minha família e não retornei para as minhas terras. Tornei-me um errante, um andarilho das sombras, com o peso da morte de milhares.

Tornei-me um pesadelo para os homens.

– Foi uma linda morte, não foi? Fiz um ótimo trabalho com ele! – disse Loki para Hel. – Começamos bem. Muito bem!

– Ainda é cedo para afirmarmos isso – respondeu a deusa da morte.

– Você verá, minha filha – falou o deus, com exacerbação – A criação do papai não vai decepcioná-la!

– Assim anseio! – disse ela, secamente. – E espero não ter interferências do Trovão.

– Meu irmão não irá intrometer-se nisso! – disse Loki, sorrindo. – Os dados já rolaram e as apostas foram feitas. E o meu pai se contentará quando o poder retornar para Asgard!

– Não me importo... – falou Hel, com a voz cortante. – Eu só desejo as almas. Quantas forem possíveis.

– E as terá!

E a paz e o silêncio reinaram na noite pela última vez.

Tempos de Sangue

O Andarilho das Sombras

Deuses Esquecidos

Guerras Eternas

O Despertar da Fúria

WWW.TEMPOSDESANGUE.COM.BR

Este livro foi impresso em papel pólen bold na
Printing & Internet Solution em dezembro de 2015